Debbie Macomber
Pensando en ti

Editado por Harlequin Ibérica.
Una división de HarperCollins Ibérica, S.A.
Núñez de Balboa, 56
28001 Madrid

© 2007 Debbie Macomber. Todos los derechos reservados. PENSANDO EN TI, Nº 99 - 1.5.10
Título original: 74 Seaside Avenue
Publicada originalmente por Mira Books, Ontario, Canadá.
Traducido por Sonia Figueroa Martínez

Todos los derechos están reservados incluidos los de reproducción, total o parcial. Esta edición ha sido publicada con permiso de Harlequin Enterprises II BV.
Todos los personajes de este libro son ficticios. Cualquier parecido con alguna persona, viva o muerta, es pura coincidencia.
™ TOP NOVEL es marca registrada por Harlequin Enterprises Ltd.
® y ™ son marcas registradas por Harlequin Enterprises Limited y sus filiales, utilizadas con licencia. Las marcas que lleven ® están registradas en la Oficina Española de Patentes y Marcas y en otros países.

I.S.B.N.: 978-84-671-8063-3
Depósito legal: B-12827-2010

Para Susan Plunkett, Krysteen Seelen,
Linda Nichols y Lois Dyer...
autoras maravillosas,
y amigas fantásticas

CAPÍTULO 1

Teri Polgar fue al supermercado el jueves por la tarde, y mientras recorría los pasillos decidió preparar para cenar macarrones con queso, su especialidad. Algunos podrían pensar que era una comida más bien propia del invierno, y que no era adecuada para mediados de julio, pero a ella le gustaba en cualquier época del año. Y en cuanto a Bobby... en fin, él apenas se daba cuenta de la época del año en que estaban; de hecho, a veces ni siquiera era consciente de la hora del día.

Al llegar a casa, lo encontró delante de un tablero de ajedrez, completamente absorto. El hecho en sí no era nada inusual, pero había dos detalles que la sorprendieron: el tablero estaba encima de la mesa de la cocina, y Johnny, su hermano pequeño, estaba sentado frente a su marido.

Johnny sonrió al verla entrar cargada con la bolsa de la compra, y comentó:

—He venido a veros, y Bobby se ha empeñado en enseñarme a jugar.

Al oír que su marido murmuraba algo, supuso que estaba saludándola. Bobby solía farfullar en voz baja cuando estaba inmerso en su propio mundo de estrategias y movimientos de ajedrez. Decir que era un hombre poco convencional sería quedarse muy corto. Bobby Polgar era un fenómeno del ajedrez a nivel internacional, uno de los mejores jugadores del mundo.

—¿Cómo os va? —dijo, mientras dejaba la compra encima de la encimera.

Su hermano se encogió de hombros, y comentó:

—No tengo ni idea, pregúntaselo a Bobby.

Teri se acercó a su marido, le rodeó el cuello con los brazos, y le besó en la mejilla antes de decirle con voz suave:

—Hola, cariño.

Él le dio un apretón en la mano, y le dijo a Johnny:

—Tienes que proteger siempre a tu reina.

El joven asintió con paciencia.

—¿Puedes quedarte a cenar, Johnny?

Su inesperada visita la había sorprendido gratamente. Estaba muy orgullosa de su hermano, y siempre había sido bastante protectora con él. Era comprensible, porque podría decirse que lo había criado ella; en cierto modo, su familia era tan poco convencional como la de Bobby, pero desde otro punto de vista. Su madre se había casado seis veces... o quizás habían sido siete, había perdido la cuenta.

Su hermana Christie se parecía más a su madre que ella, pero al menos era lo bastante inteligente como para no casarse con los perdedores que iban pasando por su vida. Aunque ella misma tampoco se había librado de algunas lecciones dolorosas de la vida, sobre todo las que entraban en la categoría de hombres aprovechados.

Aún le costaba creer que Bobby Polgar estuviera enamorado de ella. Trabajaba en un salón de belleza y no se consideraba una intelectual, pero Bobby decía que era práctica, intuitiva, y que tenía una inteligencia aplicada al mundo real, mientras que él era una persona puramente cerebral. El hecho de que su marido le dijera algo así hacía que lo amara aún más, y empezaba a creerle. Estaba loca por él, y la felicidad que sentía aún le resultaba muy nueva y le daba un poco de miedo.

Lo cierto era que tenía razones más que reales para estar preocupada, aunque procuraba restarles importancia. Recientemente, dos matones que parecían recién sacados de un episodio de *Los Soprano* le habían dado un buen susto, aunque la verdad era que no le habían hecho nada.

Aún no sabía de qué iba todo aquello; al parecer, aquellos tipos habían sido una especie de advertencia dirigida a Bobby. El mensaje parecía ser que el hombre que los había enviado, quienquiera que fuese, podía llegar hasta ella cuando le diera la gana, pero aquel tipo la había subestimado. Ella era avispada y había aprendido a cuidar de sí misma, aunque la verdad era que los dos matones la habían asustado un poco.

No sabía si Bobby era consciente de quién estaba detrás de la amenaza, pero se había dado cuenta de que él no había participado en ningún torneo desde que aquellos dos hombres habían ido a verla.

—Será mejor que me vaya —le dijo Johnny, en respuesta a su pregunta sobre la cena.

—Quédate un par de horas más, voy a preparar mis macarrones con queso especiales —a su hermano le encantaba aquel plato, así que era el aliciente perfecto para convencerlo.

—Jaque mate —dijo Bobby con voz triunfal. Parecía ajeno a la conversación.

—¿Tengo alguna salida? —le preguntó Johnny, mientras fijaba de nuevo su atención en el tablero de ajedrez.

—No, estás en el Agujero Negro.

—¿El qué? —le preguntaron Teri y Johnny al unísono.

—El Agujero Negro. Es imposible que un jugador gane cuando está en estas circunstancias.

—Entonces, no me queda más remedio que rendirme —Johnny tumbó su rey con un suspiro, y añadió—: La verdad es que estaba claro desde el principio quién iba a ganar la partida.

—Para ser un principiante, juegas bien —comentó Bobby.

Teri alborotó el pelo de su hermano a pesar de que sabía que a él no le hacía ninguna gracia que lo hiciera, y le dijo:

—Considéralo un cumplido.

—Vale —le dijo él, sonriente. Echó hacia atrás la silla, y le preguntó—: ¿No crees que ya es hora de que le presentes a Bobby a mamá y a Christie?

Bobby miró al uno y a la otra, y comentó con total inocencia:

—Me encantaría conocer a tu familia, Teri.

—Ni hablar —se volvió hacia la compra, y fingió que estaba muy atareada sacándolo todo de la bolsa. Colocó sobre la encimera el requesón, que era un ingrediente indispensable de sus macarrones, junto a una barra de queso amarillo.

—Mamá me preguntó qué tal os iba —le dijo su hermano.

—¿Aún sigue con Donald?

Donald era el último marido de su madre hasta la fecha. Había evitado hablar de su familia con Bobby, porque hacía muy poco que se habían casado y no quería desilusionarlo tan pronto. Estaba convencida de que en cuanto su marido conociera a su familia empezaría a tener serias dudas sobre ella, sería una reacción más que lógica.

—La cosa está un poco tirante —Johnny le lanzó una mirada a Bobby, y comentó—: Donald tiene problemas con la bebida.

—¿*Donald*?, ¿y qué me dices de mamá? —le dijo ella.

—Está esforzándose por superarlo —Johnny siempre intentaba defender a su madre.

Donald había parecido prometedor al principio. Su madre y él se habían conocido en una reunión de Alcohólicos Anónimos, pero, por desgracia, habían pasado rápidamente de apoyarse el uno al otro para permanecer sobrios a beber juntos. Ninguno de los dos era capaz de conservar un empleo, era un misterio cómo se las arreglaban para salir adelante.

Ella ayudaba a su hermano desde un punto de vista económico, pero no estaba dispuesta a hacer lo mismo con su madre. Estaba claro que cualquier dinero que le diera acabaría malgastado en una botella de alcohol o en otra noche en el bar de turno.

Se cruzó de brazos, y se apoyó en la encimera antes de decir con sarcasmo:

—¿Que mamá está esforzándose? Sí, claro.

—Bueno, al menos deberías invitar a Christie a venir para que conozca a Bobby —Johnny se volvió hacia él, y le dijo—: Es nuestra hermana.

—¿Por qué no me has hablado nunca de ella? —parecía perplejo al darse cuenta de aquel detalle.

Teri sabía que, poco después de conocerla, su marido había contratado a un investigador privado para que averiguara todo lo posible sobre ella... de hecho, él mismo lo había admitido con su naturalidad habitual... así que él estaba al tanto de que tenía una hermana menor; sin embargo, tenía sus razones para no querer mencionarla, y Johnny las conocía. Señaló con un dedo acusador a su hermano, y le dijo:

—No quiero que me hables de Christie, ¿está claro?

—¿Se puede saber qué es lo que te pasa con ella? —refunfuñó su hermano.

—Eres demasiado joven para entenderlo —su hermana y ella estaban completamente distanciadas, aunque se esforzaba por tratarla con aparente cortesía cuando coincidían en público.

—Venga, Ter... Bobby y tú estáis casados, debería conocer a la familia.

—Ni hablar.

—¿No quieres que conozca a tu familia? —Bobby la miró con expresión dolida. No se daba cuenta de que aquella conversación no tenía nada que ver con él, sino que el problema radicaba en su suegra y en su cuñada.

—Claro que quiero que las conozcas... algún día —Teri le dio unas palmaditas en el hombro, y añadió—: Pensé que sería mejor que nos instaláramos en la casa antes de invitarlas a venir.

—Ya estamos instalados —Bobby indicó con un gesto el mobiliario impoluto y el parqué de roble.

—No del todo, ya las invitaremos más adelante —tenía pensado esperar unos cuatro o cinco años... incluso más, si podía.

—A mamá y a Christie les encantaría conocer a Bobby —insistió Johnny.

En ese momento, Teri entendió a qué se debía la inesperada visita de su hermano: su madre y Christie le habían enviado a modo de emisario. Su misión consistía en conseguir que accediera a presentarles a Bobby Polgar, el famoso millonario que había cometido la insensatez de casarse con ella.

—Van a tener que conocerle tarde o temprano, no vas a poder posponerlo indefinidamente —le dijo su hermano, con una lógica aplastante.

—Ya lo sé —admitió, con un pequeño suspiro.

—No tiene sentido dejarlo para más tarde.

Como estaba claro que no iba a poder evitar la temida reunión familiar, decidió hacerle caso a su hermano.

—Vale, de acuerdo, invitaré a cenar a todo el mundo.

—Genial —Johnny sonrió de oreja a oreja.

—Seguro que después me arrepentiré —masculló ella en voz baja.

—¿Por qué? —le preguntó Bobby con perplejidad.

Teri no supo cómo explicárselo.

—¿Tu madre y tu hermana son como tú? —le preguntó él, al ver que no contestaba.

—¡No!

Había hecho todo lo posible por tomar decisiones que no se parecieran en nada a las que habían tomado ellas, aunque el resultado había sido un éxito parcial. A pesar de que jamás bebía más de la cuenta, había cometido más de un error en el tema de las relaciones sentimentales... hasta que había conocido a Bobby.

—Me caerán bien, ¿verdad? —la sonrisa de su marido reflejaba una fe inocente.

Ella respondió encogiéndose de hombros. Su madre y su hermana se parecían en su comportamiento y en su actitud de perdedoras, aunque el problema de Christie se limitaba a los hombres y no se extendía también a la bebida. Bastaba con ponerle delante un hombre, fuera quien fuese, y no podía resistirse.

—¿Christie aún está con...? —fue incapaz de recordar el nombre del tipo con el que había estado viviendo su hermana.

—Charlie —le dijo Johnny.

—¿No se llamaba Toby?

—Toby es el de antes de Charlie... y no, Charlie la dejó el mes pasado.

Genial, así que su hermana estaba a la caza y captura de un nuevo novio. La situación cada vez tenía más mala pinta.

—Christie irá a por Bobby.

—Claro que no, sabe que está casado contigo —le dijo su hermano con firmeza.

—¿Y crees que eso la detendrá? No sería la primera vez que se interesa por un hombre casado, está claro que intentará hacerme alguna jugada...

—¿Le gusta el ajedrez? —le preguntó Bobby con entusiasmo.

Era obvio que no había entendido a qué se referían.

—No, pero pensará que eres el hombre más brillante y guapo del mundo.

—Igual que tú —le dijo él, sonriente.

—Sí, pero incluso más.

—Estás celosa —le dijo su hermano.

—No digas tonterías, Teri sabe que la amo —dijo Bobby, mientras se ponía de pie.

Ella le abrazó con fuerza, y le susurró:

—Gracias.

—¿Por qué?

—Por amarme.

—Eso es fácil.

—Me gustaría poder quedarme, tortolitos, pero tengo que irme. Mañana tengo que entregar un trabajo —Johnny estaba asistiendo a un curso de verano para prepararse de cara al curso siguiente. Se puso de pie, y añadió—: ¿Llamarás a mamá?

—Sí, supongo que sí —suspiró resignada ante lo inevitable.

—Y también a Christie, es tu hermana.

—Bobby no estará a salvo con ella cerca, ya lo verás —«y tampoco lo estará mi matrimonio», pensó para sus adentros.

No le gustaba pensar mal de su hermana, pero sabía por experiencia propia lo que iba a pasar. Christie intentaría ligar con Bobby, el hecho de que estuviera casado le daría igual. Había intentado seducir a todos sus novios anteriores, y Bobby no sería la excepción; además, como era su marido, seguro que Christie lo consideraba un reto especial.

Pobre Bobby, no tenía ni idea. Jamás había conocido a una familia como aquélla.

—¿La semana que viene? —le preguntó Johnny, con tono esperanzado.

—No —le contestó, categórica. Necesitaba tiempo para prepararse—. Dame una semana para que pueda organizarme... en dos semanas, a partir del sábado.

—Vale, nos vemos entonces —su hermano no parecía decepcionado por el retraso, y la besó en la mejilla mientras iba de camino a la puerta.

Cuando Bobby se acercó a ella y le pasó un brazo por los hombros, Teri se recordó a sí misma de nuevo que su marido y ella se amaban, pero fue incapaz de silenciar del todo los miedos que la atenazaban.

Bobby Polgar era muy diferente a los otros hombres que había conocido, pero aun así seguía siendo un hombre. Seguro que sería tan susceptible a la belleza y al encanto de Christie como todos sus antiguos novios.

—Me alegra poder conocer a tu familia —comentó él, después de que Johnny se fuera.

Ella se esforzó por sonreír. Pobre Bobby, no sabía en lo que se había metido.

CAPÍTULO 2

Troy Davis había sido el sheriff electo de Cedar Cove durante cerca de diecisiete años. Se había criado en aquella ciudad y había ido allí al instituto, y después, como muchos de sus amigos, se había alistado en el ejército, donde había formado parte de la policía militar. Se había adiestrado en el Presidio de San Francisco, y justo antes de partir hacia una base situada en Alemania, había aprovechado tres días de permiso para hacer turismo por la ciudad. Había sido allí, en una neblinosa mañana de 1965, donde había conocido a Sandy Wilcox.

Se habían dado sus respectivas direcciones después de pasar el día juntos, y se habían carteado mientras él cumplía con su periodo de servicio. Le había pedido que se casara con él en cuanto se había licenciado del ejército, y como por aquel entonces ella estaba en la Universidad Estatal de San Francisco, se había mudado a aquella ciudad. Se habían casado en 1970 y se habían ido a vivir a Cedar Cove, donde él había aceptado un empleo en la policía. Había estado trabajando de ayudante durante un tiempo, pero al final se había presentado a las elecciones a sheriff y las había ganado. La vida les había tratado bien, pero Sandy había enfermado...

—¿Papá?

Estaba sentado en la sala de estar, con la mirada fija en la alfombra, pero alzó la cabeza al oír la voz de su hija Megan, que había ido a ayudarle a organizar las cosas de Sandy.

—El reverendo Flemming está aquí —le dijo ella, con voz suave.

Estaba tan inmerso en sus pensamientos, que ni siquiera se había dado cuenta de que llamaban a la puerta. Se puso de pie justo cuando Flemming entraba en la sala de estar.

—He venido a ver cómo estáis, Troy.

El reverendo de la iglesia metodista de la ciudad era un hombre bondadoso de voz suave, y había oficiado el funeral de Sandy con compasión y sinceridad. En más de una ocasión, Troy le había encontrado haciéndole compañía a su esposa, leyéndole la Biblia o rezando con ella, o simplemente charlando. Se sentía conmovido por la actitud considerada y compasiva que el reverendo había mostrado primero con Sandy, y en ese momento con Megan y con él.

No supo cómo contestarle, y al fin se limitó a decir:

—Estamos sobrellevándolo como podemos, reverendo.

Un fallecimiento nunca era fácil de aceptar. Creía que estaba preparado para perder a Sandy, pero se había equivocado. Como sheriff, estaba familiarizado con la muerte, y era algo a lo que jamás podría acostumbrarse; sin embargo, aquella pérdida había sacudido los cimientos de su vida. Nadie estaba preparado para perder a una esposa o a una madre, y la muerte de Sandy había sido un golpe brutal tanto para Megan como para él.

—Si necesitas algo, sólo tienes que decírmelo —le dijo Flemming.

—Gracias. ¿Le apetece sentarse?

—Acabo de preparar café, ¿le traigo una taza? —apostilló Megan.

Estaba orgulloso de lo buena anfitriona que era su hija. Ella había asumido aquel papel desde que la esclerosis múltiple de Sandy había empeorado, y había continuado ayudándole incluso después de casarse. Él le agradecía que se hubiera encargado de suplir a su madre cuando era necesario. Le había acompañado a varios actos públicos en lugar de Sandy, y había organizado de vez en cuando cenas con amigos de la familia. Hacía dos años que Sandy había sido ingresada en una clínica, y desde entonces Megan y él estaban cada vez más unidos.

—Gracias, pero no puedo quedarme —les dijo el reverendo—. Me gustaría ayudaros en todo lo que pueda... por ejemplo, si os resulta demasiado doloroso organizar las cosas de Sandy, puedo pedirles a algunas de mis feligresas que vengan a echar una mano.

—No hace falta, estamos bien —le dijo Troy.

—Todo está bajo control —comentó Megan, que ya había empezado a guardar la ropa y los efectos personales de su madre.

—En ese caso, os dejo tranquilos —Flemming le estrechó la mano a Troy, y se marchó.

—Papá... vamos a salir adelante, ¿verdad?

La voz tentativa de su hija le recordó a cómo sonaba de niña. Le pasó el brazo por los hombros y asintió mientras intentaba sonreír. Por regla general, conseguía ocultar el dolor que lo atenazaba, porque Megan ya tenía bastante con soportar su propia angustia.

—Claro que sí.

Fue junto a su hija al dormitorio que había compartido con su esposa durante más de treinta años. Había cajas llenas de la ropa de Sandy diseminadas por la alfombra, y la mitad del contenido del armario estaba sobre la cama de matrimonio... vestidos, jerséis, faldas y blusas, que en su mayor parte llevaban años colgados allí sin que nadie los usara.

Sandy había pasado los últimos dos años en una clínica especializada. Él había sabido desde que la habían ingresado allí que su esposa no iba a regresar a casa, pero aun así, había sido incapaz de aceptar el hecho de que la esclerosis múltiple iba a acabar matándola.

Aunque lo cierto era que no había sido aquella enfermedad la que había acabado con ella. Sandy tenía el sistema inmunológico tan debilitado, que había muerto de neumonía, aunque habría podido ser por cualquier otro virus o infección.

Por el bien de su mujer, había fingido que creía que ella regresaría a casa algún día, pero en el fondo siempre había sabido la verdad. Le había llevado a la clínica todo lo que ella le había pedido, pero con el paso de los meses Sandy había dejado de pedirle cosas, ya que tenía todo lo que necesitaba... su Biblia, varias fotos que tenían un gran valor sentimental para ella, y una mantita para el regazo que le había tejido Charlotte Jefferson antes de casarse con Ben Rhodes. Sandy tenía necesidades simples, y no pedía casi nada; conforme habían ido pasando las semanas y los meses, había ido necesitando menos cosas.

Él había dejado todo lo que había en la casa tal y como estaba el día en que la había llevado a la clínica, porque al principio había parecido que era algo importante para Sandy. Para él también lo era, porque había contribuido a perpetuar la ilusión de su posible recuperación. Ella había sentido la necesidad de creer que podía curarse, hasta que había sido incapaz de seguir engañándose a sí misma; por su parte, él había querido aferrarse al más mínimo atisbo de esperanza hasta el último momento.

—No sé qué hacer con la ropa de mamá —Megan estaba de pie en medio del dormitorio, con los brazos cayéndole sin fuerzas a ambos lados. La mitad del armario que antes estaba ocupada con las cosas de su madre ya estaba vacía—. No sabía que tenía tantas cosas, ¿crees que deberíamos donarlas para caridad?

Troy se dio cuenta de que era una cuestión que tendría

que haberle planteado al reverendo Flemming, quizás la iglesia tenía algún programa de recogida de artículos para los pobres.

—Sí, supongo que sí —él preferiría no cambiar nada, al menos de momento.

No entendía por qué Megan creía que era importante recoger cuanto antes las cosas de su madre. No había protestado al verla llegar con las cajas de cartón, pero consideraba que no hacía falta apresurarse tanto.

—Casi todo está pasado de moda —su hija alzó un jersey rosa que a Sandy siempre le había encantado.

—Déjalo todo aquí por ahora.

—No —le dijo ella, con una vehemencia sorprendente.

—Megan, será mejor que no hagamos nada de lo que podamos arrepentirnos después.

—No. Mamá se ha ido. No llegará a tener en brazos a sus nietos, ni volverá a ir de compras conmigo, ni me dará otra receta, ni... ni... —las lágrimas empezaron a bajarle por las mejillas.

Troy se sintió incapaz de aliviar su dolor. Nunca se le había dado bien lidiar con las emociones, y en ese momento no tenía ni idea de cómo reaccionar. Megan era hija única y siempre había estado muy unida a su madre. A Sandy y a él les habría gustado tener más hijos y lo habían intentado durante años, pero después del tercer aborto, él había decidido ponerle fin al asunto. Le había dicho a Sandy que, en vez de anhelar tener una familia más grande, deberían dar gracias por la maravillosa hija que tenían.

—Sólo han pasado dos meses, Megan —le dijo con voz suave.

—No, ha pasado mucho más tiempo.

Él lo entendía mucho mejor de lo que su hija creía. Al final, Sandy apenas se parecía a la mujer con la que se había casado. Aunque su muerte era una tragedia, para ella también había sido una liberación de la pesadilla física en que se había convertido su vida. Había pasado casi treinta años luchando con su enfermedad. Le habían hecho las pruebas después de que el tercer embarazo se malograra, y había sido entonces cuando los médicos le habían puesto nombre a la causa de los síntomas aparentemente aleatorios que había estado sufriendo durante años: esclerosis múltiple.

—Será mejor que no donemos nada de momento...

—Mamá se ha ido, tenemos que aceptarlo —le dijo su hija, con voz llena de emoción.

Él no tenía más remedio que aceptar el hecho de que su esposa estaba muerta, y tuvo ganas de decirle a Megan que era más que consciente de que Sandy se había ido. Era él el que llegaba a una casa vacía cada noche, el que dormía solo en una cama de matrimonio.

Antes, solía pasar el noventa por ciento de su tiempo libre en la clínica, con su mujer, así que desde su muerte se sentía perdido y sin saber qué hacer. Era consciente de que jamás volvería a ser el mismo. Como sabía que su hija también estaba sufriendo y necesitaba una vía de escape para su dolor, no le contestó y se limitó a decir:

—Te ayudaré a guardarlo todo, y llevaré las cajas al garaje. Cuando estés lista... cuando estemos listos, las subiré otra vez y nos plantearemos donarlo todo. Si decidimos hacerlo, le pediré al reverendo Flemming que nos sugiera alguna asociación benéfica. A lo mejor su iglesia tiene algún programa de ayuda —de no ser así, iría a San Vicente de Paúl o al Ejército de Salvación, eran asociaciones que Sandy había apoyado. Al ver que Megan no parecía demasiado convencida, insistió—: ¿Estamos de acuerdo?

Después de asentir a regañadientes, su hija le echó una ojeada a su reloj de pulsera y se mordió el labio. Era obvio que estaba luchando por no desmoronarse.

—Craig estará a punto de llegar a casa, será mejor que me vaya.

—Vale.

—Pero... el dormitorio está hecho un desastre.
—No te preocupes, yo me encargo de recogerlo todo.
—No sería justo, papá. No... no quiero que tengas que ocuparte de esto tú solo.
—Lo único que voy a hacer es doblar la ropa, meterla en las cajas y bajarlo todo al sótano.
—¿Estás seguro? —le preguntó, vacilante.
Él asintió. Lo cierto era que prefería estar solo en ese momento.
—No me gusta dejarte así... —le dijo ella, mientras salían hacia la sala de estar y se dirigían a la puerta principal.
—No te preocupes —era más que capaz de meter ropa en unas cajas.
—¿Has pensado ya en lo que vas a cenar? —le preguntó su hija, mientras agarraba el bolso.
—Abriré una lata de chile —la verdad era que no había pensado en ello hasta ese momento.
—¿Me lo prometes?
—Pues claro.
No le pasaría nada por saltarse la cena de vez en cuando, la verdad era que no le iría mal perder unos nueve kilos. Había ganado casi todo el peso extra después de que Sandy ingresara en la clínica, porque las comidas se habían vuelto bastante caóticas. Había caído presa de los establecimientos de comida rápida, era un cliente habitual de los pocos que habían abierto en Cedar Cove. Como su trabajo le exigía mucho tiempo, a veces se saltaba el desayuno e incluso la comida del mediodía, así que por la noche llegaba a casa hambriento y se comía cualquier cosa que fuera rápida y fácil de preparar, que casi siempre era algo con un montón de calorías. Ni siquiera recordaba la última vez que había preparado una ensalada o que había comido fruta fresca.

Sin Sandy, había perdido el equilibrio emocional. Sentía un vacío enorme en el espacio que antes ocupaba su amor por ella. Seguía amándola, por supuesto, pero las obligaciones y las responsabilidades que iban unidas a ese amor, y que habían supuesto gran parte de su vida durante los últimos años, habían desaparecido.

No era justo que Sandy hubiera muerto a los cincuenta y siete años. El primero en morir tendría que haber sido él, que era el que tenía un trabajo peligroso. Casi cada día algún agente moría en acto de servicio, así que según las estadísticas, él tendría que haber muerto antes que su mujer, y ella habría podido seguir viviendo cómodamente durante diez o veinte años más gracias a la pensión de viudedad que le habría quedado. Pero en vez de eso, ella había muerto y él se había quedado a la deriva.

—Después te llamo —le dijo su hija, mientras iba hacia la puerta.

—Vale —salió al porche para ver cómo se iba. Apenas tenía fuerzas, y tuvo que hacer acopio de toda su energía para volver a entrar y cerrar la puerta.

La casa le pareció más silenciosa que nunca. Mientras permanecía parado en el recibidor, se sorprendió por aquella ausencia total de sonido. El silencio resonaba a su alrededor. Por regla general, solía encender la radio para sentirse acompañado, o la tele si estaba realmente desesperado, pero para hacerlo en ese momento habría necesitado más energía de la que tenía.

Cuando regresó al dormitorio y vio todas las cosas de Sandy, pensó en Grace Sherman... bueno, Grace Harding, desde que se había casado con Cliff.

Era curioso que pensara en uno de sus amigos del instituto en ese momento, aunque a lo mejor tenía sentido. Recordó un incidente que había ocurrido poco después de que Dan desapareciera, y le costó creer que ya hubieran pasado seis años desde entonces. Dan había sido localizado al año de su desaparición.

No sabía qué había provocado que aquel hombre se sumiera en un infierno propio, y aunque ni siquiera estaba seguro de querer saberlo, sospechaba que tenía algo que ver con el tiempo que Dan había pasado en Vietnam. La guerra le había marcado de forma imperecedera en mente, en espíritu. Se había convertido en un hombre solitario y huraño que ni siquiera había querido compartir sus recuerdos y sus miedos con otros veteranos de Vietnam, como por ejemplo Bob Beldon.

Él se había encargado del informe de la desaparición de Dan, y meses después le había llamado una vecina de Grace, que estaba muy preocupada porque la había visto tirar toda la ropa de Dan al jardín delantero de su casa de Rosewood Lane.

En ese momento, mientras permanecía en medio de su dormitorio rodeado de las cosas de Sandy, recordó la imagen de la ropa de Dan esparcida por la hierba, y entendió las poderosas emociones que habían impulsado a Grace a comportarse de una forma tan impropia en ella. En parte, se sentía incapaz de lidiar con los restos de la vida de Sandy, ya tenía bastante con el dolor de tener que sobrellevar un día detrás de otro.

Cuando su mirada se posó en el jersey rosa que Megan le había enseñado, lo agarró y hundió la nariz en el suave tejido de lana. Al notar que aún olía un poco al perfume preferido de su mujer, inhaló profundamente, con ansia. Sandy se había puesto aquella prenda el año anterior, por Pascua. Él había empujado su silla de ruedas cuando habían asistido a la misa al aire libre que se celebraba con vistas a la ensenada. Ella siempre solía despertarse temprano y de buen humor, incluso en sus últimos días, y él solía bromear diciéndole que había nacido con un gen de la felicidad.

Su sonrisa siempre había sido una de las cosas que más le gustaban de ella. Por mucho que él refunfuñara y rezongara por las mañanas, ella siempre contestaba de buen humor y a menudo acababa haciéndole reír.

Cerró los ojos al sentir un dolor desgarrador. Jamás volvería a ver la sonrisa de su mujer, no volvería a oír su voz alegre.

Dobló con cuidado el jersey rosa, y lo metió en una caja. No estaba preparado para ver a otra persona vistiendo la ropa de su mujer, y como Cedar Cove era una ciudad pequeña, era algo que acabaría pasando tarde o temprano, probablemente cuando menos lo esperara. No sabía cómo reaccionaría si al doblar una esquina veía a otra mujer con el vestido preferido de Sandy, la mera idea bastaba para retorcerle las entrañas.

Cuando el teléfono empezó a sonar en la sala de estar, por un instante estuvo tentado de dejar que quien fuera dejara si quería un mensaje en el contestador, pero después de tantos años trabajando en la policía, era incapaz de hacer caso omiso de una llamada.

Se sorprendió cuando descolgó y vio que era su hija.

—Tienes razón, papá. Guarda por ahora las cosas de mamá, guárdalo todo —era obvio que había estado llorando.

—De acuerdo, Meggie. No te preocupes.

—Si quieres, mañana puedo ir a ayudarte a empacar.

—No, ya me encargo yo.

Por muy duro que le resultara, sabía que podía lidiar con aquella última tarea mejor que su hija. La compostura de Megan se había hecho añicos, pero él aguantaba día tras día en un estado de entumecimiento que enmascaraba el dolor.

CAPÍTULO 3

Pollo a la barbacoa, ensalada y pan de ajo... la cena perfecta para un día de verano ideal. Y además, fresas y helado de postre. Justine Gunderson estaba pasándoselo genial preparándolo todo sin prisas.

Después de sacar de la nevera el recipiente con las pechugas de pollo, las rebozó en la salsa de soja y miel que había preparado y volvió a meterlas en la nevera. Al igual que muchas de sus recetas preferidas, aquélla la había aprendido de su abuela, Charlotte Jefferson Rhodes.

Leif, su hijo de casi cinco años, estaba jugando en el jardín trasero con su perra. Penny, que era una mezcla de cocker spaniel y de caniche, estaba corriendo detrás del niño mientras ladraba entusiasmada. Era un momento de pura felicidad, y Justine sonrió al salir al jardín. Seth estaba a punto de llegar a casa, y se encargaría de asar el pollo mientras ella acababa de preparar la ensalada. Leif iba a ocuparse de empezar a poner la mesa, porque le encantaba colocar las servilletas y los coloridos mantelitos individuales.

Sintió una profunda tranquilidad mientras imaginaba aquella pequeña escena doméstica. A pesar de los meses que habían pasado desde que un incendio había destruido su restaurante, aún no estaba acostumbrada a que los tres pudieran disfrutar de una velada en familia sin interrupciones.

El Lighthouse había acaparado gran parte de su vida... de la vida de su familia. El restaurante había monopolizado tanto su tiempo como su energía, y su marido y ella apenas habían tenido tiempo para estar juntos hasta que había sucedido lo del incendio. Siempre iban con prisa, ya que habían tenido que compaginar la gestión del restaurante con el cuidado de la casa y del niño; por suerte, habían llegado a un acuerdo en lo referente al nuevo restaurante que iban a abrir.

—¡Mira, mamá! —le dijo Leif, antes de lanzar un palo para que Penny lo atrapara.

La perra echó a correr, agarró el palo, y se agachó mientras movía la cola a un ritmo frenético, como desafiando al niño a que intentara quitárselo.

—¡Penny, devuélveselo a Leif!

—Es tan testaruda como las demás mujeres de esta casa... bueno, como la única mujer —comentó Seth, que acababa de llegar. La abrazó por la espalda, y la besó en el cuello.

Justine se apoyó en él, le cubrió las manos con las suyas, y cerró los ojos mientras saboreaba aquel momento.

—No te he oído llegar —comentó al fin.

—¡Hola, papá! —Leif echó a correr hacia ellos.

Seth lo tomó en brazos, y lo alzó por encima de la cabeza antes de decir:

—Estás enseñando a Penny a jugar, ¿no?

—No quiere devolverme el palo.

—Ya aprenderá. Ven, vamos a enseñarle cómo se hace.

Mientras ellos jugaban con la perra, Justine entró en la casa para servirle un vaso de té frío a su marido. Al oír que llamaban a la puerta, dejó a un lado el vaso y se apresuró a ir a abrir.

Era su abuela, que estaba pertrechada con el enorme bolso al que Leif llamaba su «bolso de abuelita». Entre otras cosas, contenía la labor que estaba haciendo, un paquete de caramelos, un peine y una libreta, y brillaban por su ausencia un móvil o tarjetas de crédito.

Se alegró mucho de verla, y le dio un fuerte abrazo. Mientras entraban en la casa, su abuela comentó:

—Espero que no te importe que haya venido sin avisar, pero estaba en el vecindario... bueno, más o menos. Tu madre me dijo que querías hablar conmigo.

—¡Ya sabes que puedes venir siempre que quieras, abuela!

—Normalmente, no vendría sin avisar antes, pero esta tarde estaba charlando con tu madre y me comentó que querías hablar conmigo sobre unas recetas.

—Sí —la agarró de la mano, y fueron a la cocina—. Estaba preparándole un vaso de té frío a Seth, ¿quieres otro?

—Sí, por favor —Charlotte dejó el enorme bolso sobre una silla, y se sentó.

Era bastante inusual verla sin Ben, el hombre con el que llevaba tres años casada.

—Ben está con Ralph, un viejo amigo suyo que ha venido de visita —comentó, como si le hubiera leído el pensamiento—. Me he ido a los pocos minutos de que me lo presentara, no dejaban de hablar sobre la vida en la Armada —sacó del bolso el jersey que estaba tejiendo, era una mujer a la que no le gustaba estar de brazos cruzados. Cuando Justine colocó dos vasos de té sobre la mesa y se sentó, le preguntó—: ¿En qué puedo ayudarte?, ¿necesitas recetas para el salón de té?

—Sí —Justine apoyó los codos sobre la mesa, y comentó—: He estado dándole muchas vueltas al asunto.

A pesar de que la construcción del nuevo restaurante aún no había empezado, tenía muy claro lo que quería. El menú tenía que ser perfecto, y su abuela era la persona ideal para aconsejarla.

—Es bueno planear las cosas con tiempo —Charlotte dejó

de tejer, y alzó la mirada hacia ella–. Olivia me dijo que pensabas servir desayunos, comidas y meriendas, pero no cenas.

–Seth y yo preferimos tener las noches libres. Desde que los dos pasamos más tiempo en casa, Leif está más contento que nunca.

El incendio intencionado que había destruido el restaurante había acabado siendo un regalo inesperado. Por suerte, nadie había salido herido, y el delito había cambiado a mejor sus vidas.

–Hacéis bien en dar prioridad a vuestra familia –le dijo su abuela.

Justine estaba convencida de que su matrimonio no habría sobrevivido ni un año más si hubieran seguido tal y como estaban. Miró hacia el jardín, donde Seth seguía jugando con Leif y con Penny, y dijo:

–Has dicho que has estado charlando con mamá, ¿has ido al juzgado?

A su abuela le gustaba ver trabajar a su madre, se sentaba henchida de orgullo en la sala del juzgado y se ponía a tejer. Aunque la verdad era que sus visitas eran menos frecuentes desde que se había casado con Ben.

–Me la he encontrado esta mañana, me ha comentado que tenía hora en el médico.

Justine se tensó de inmediato. No recordaba que su madre le hubiera dicho que iba a ir al médico, a pesar de que hablaban casi a diario.

–Ah.

–No es nada serio, Justine. Me ha dicho que era una visita rutinaria, por la mamografía que se hizo –se apresuró a decirle su abuela.

–Vale –se relajó en la silla, cruzó las piernas, y tomó su vaso de té frío–. Abuela, quería pedirte que me dieras algunas de tus recetas.

–¿Alguna en concreto? –le preguntó, mientras sus manos manejaban las agujas y la lana con una rapidez y una destreza nacidas de la práctica.

—Me gustaría que me dieras la de los bollos —su abuela los preparaba en casi todas las reuniones familiares.

—Los que más me gustan son los de queso y especias.

—A mí también.

Su abuela permaneció en silencio durante unos segundos, y al final comentó:

—Mi madre solía prepararlos, la receta es suya. Tengo unas cuantas más para preparar distintas clases de bollos, te las escribiré también. El preferido de Clyde es el de nueces y mantequilla, pero Ben prefiere el de queso y especias.

—Gracias, pero puedo copiarlas yo misma si... —enmudeció al darse cuenta de que, si su abuela se sabía todas aquellas recetas de memoria, era posible que no las tuviera escritas en ningún lado.

—Mañana por la mañana te las traigo. Puedes contar con todas mis recetas, querida. Sólo tienes que decirme las que quieres.

—Abuela... las tienes anotadas en algún lado, ¿verdad? —le dijo con cautela.

Charlotte se echó a reír, y le dijo:

—Claro que no.

—¿*No*?

—Llevo más de setenta años cocinando. Mi madre me enseñó sus recetas, y como estaba claro que no se me iban a olvidar, no pensé que hiciera falta anotarlas.

—¿Y qué me dices de la vinagreta de frambuesa?

—La saqué del artículo de un periódico en 1959, y he ido haciéndole algunos cambios a lo largo de los años.

—¿De verdad que estás dispuesta a escribírmelas todas?

—Pues claro —le dijo, sin dejar de tejer—. La verdad es que es muy buena idea, Justine. Seguro que Ben también está de acuerdo, lleva tiempo animándome a publicar un libro de recetas. Le encantan mis galletas de manteca de cacahuete.

—Y las de canela.

—Sí, me parece que se casó conmigo por la comida —comentó su abuela, en tono de broma.

Era un comentario tan absurdo, que Justine se echó a reír. Era obvio que Ben Rhodes estaba loco por su abuela.

—Bueno, cuéntame más cosas sobre el salón de té.

—Ha habido un cambio de planes, abuela —le dijo, sonriente.

—¿Ah, sí? —Charlotte dejó de tejer por un momento.

Justine descruzó las piernas, y se inclinó hacia delante.

—Seth y yo no podíamos contárselo a nadie, teníamos que esperar a que todo estuviera concretado. Al Finch, el constructor, nos llamó hace un par de semanas para preguntarnos si estaríamos dispuestos a vender el terreno, porque había alguien interesado en comprárnoslo.

—Creía que no queríais vender.

—No, no queríamos, sobre todo si el comprador era alguna cadena de restaurantes de comida rápida. Pero eso es lo mejor de todo, abuela. El hombre que estaba interesado en comprar el terreno, Brian Johnson, es un amigo de Al. Había tenido varios restaurantes a lo largo de los años hasta que se jubiló, pero se aburría estando inactivo. Seth y yo nos reunimos con él, y la verdad es que nos impresionó. Brian nos comentó que quería reconstruir el Lighthouse tal y como era, incluso con el mismo nombre.

—Pero... era vuestro restaurante.

—Sí, pero está dispuesto a pagar por todo, incluso por el derecho a conservar el nombre del local.

Su abuela dejó de tejer de nuevo, como si necesitara tiempo para asimilar aquella noticia, y al final le preguntó:

—¿Vais a hacerlo? ¿Qué pasará con el salón de té?, ¿dónde vais a construirlo?

Justine le explicó que Al Finch ya les había enseñado un

terreno en Heron que quería vender. La ubicación era perfecta para un salón de té victoriano.

—Firmamos los documentos a principios de semana —al ver que su abuela no decía nada, añadió—: No estás decepcionada con nosotros, ¿verdad?

—Claro que no, me parece una noticia fantástica.

Justine estaba muy satisfecha por cómo habían salido las cosas. Todo el duro trabajo que su marido y ella habían invertido en el Lighthouse no iba a desperdiciarse. Seth le había hecho algunas sugerencias al nuevo dueño sobre cómo reconstruir el restaurante, y como estaba completamente desvinculada del proyecto, estaba deseando verlo emerger de las cenizas.

—Ha sido todo muy rápido, ¿no? —comentó su abuela.

—Sí, pero me parece la opción perfecta. La nueva ubicación es mucho mejor para el salón de té, y hay más aparcamiento. Aún me cuesta creer que esta oportunidad apareciera como por arte de magia.

—Me alegro mucho por vosotros.

—Sí, yo también —Justine miró hacia el jardín, y sintió una profunda sensación de paz y satisfacción al ver a Seth y a Leif. Aquello era lo que siempre había querido, lo que había ansiado tener en su matrimonio.

—Bueno, tengo que irme ya. Ben estará preguntándose por qué tardo tanto —después de apurar el vaso de té, su abuela metió la labor en el bolso y se puso de pie.

—Me ha alegrado mucho verte, abuela.

—Lo mismo digo, cariño —la besó en la mejilla, y añadió—: Empezaré a escribir las recetas cuanto antes. Intentaré acordarme de todas, pero si se me olvida alguna, sólo tienes que decírmelo —frunció ligeramente el ceño, y comentó—: Tendré que repasar también las que he ido sacando de revistas, y las que me han dado en velatorios.

—La de tu fantástico pastel de coco te la dieron en un velatorio, ¿verdad?

—Sí, en el de Mabel Austin, el año ochenta y cuatro.

Justine esbozó una sonrisa; al fin y al cabo, no estaba mal que a uno lo recordaran por una receta fantástica.

—Voy a saludar a Seth y a Leif —añadió su abuela, mientras dejaba su vaso en el fregadero—. Ese jovencito está creciendo mucho, la última vez que le vi no era tan alto.

—¿Quién?, ¿Seth o Leif? —Justine se echó a reír. Era cierto que Leif era alto para su edad; seguro que lo había heredado de Seth, que era un hombre muy corpulento.

—Leif, por supuesto —era obvio que su abuela no había captado la broma.

—Por cierto, hoy tenemos pollo a la barbacoa para cenar, y he usado una receta que aprendí de ti —comentó, mientras abría la puerta que daba al jardín.

—¿La de la salsa de soja y miel?, también me la dieron en un velatorio.

Justine fue incapaz de contener una sonrisa, y le preguntó:

—¿Te acuerdas de quién había muerto?

—Claro que sí. Norman Schultz, en el noventa y dos... no, espera, me parece que fue en el noventa y tres... —dijo, mientras salía al jardín.

En cuanto la vieron, su bisnieto y la perra echaron a correr hacia ella. Como sabía que no podía ser brusco con su bisabuela, el niño se detuvo de golpe y se quedó quieto para que ella pudiera abrazarlo. La perra no contuvo su entusiasmo, pero se sentó de inmediato cuando Seth se lo ordenó. Después de charlar con Leif, Charlotte acarició al animal y se despidió de todos antes de marcharse.

Seth la acompañó a su coche, y cuando entró de nuevo, fue a la cocina y vio el vaso de té que había sobre la encimera.

—¿Es para mí?

—Ah, sí, perdona. Estaba preparándotelo cuando ha llegado mi abuela —Justine sacó unos cubitos de la nevera, y añadió—: Ten, con el hielo estará mejor.

—Gracias —su marido tomó un largo trago, y le preguntó—: ¿Le has dicho que hemos vendido el terreno?
—Sí.
—¿Qué opina?
—Que somos geniales.
Seth tomó otro trago de té, y los cubitos tintinearon cuando dejó el vaso sobre la mesa.
—Tu madre y Jack también lo saben, ¿verdad?
—He hablado con ella esta mañana, y se lo he contado. Por cierto...
—¿Qué?
—No me ha dicho que tenía que ir al médico.
—¿Y qué?, ¿crees que tendría que haberlo hecho?
—Supongo que no, pero... —estaba preocupada, porque tenía la sospecha de que su madre se lo había ocultado por alguna razón en concreto. Según su abuela, había sido una visita rutinaria, pero ella no podía evitar preguntarse si su madre esperaba recibir malas noticias.

Seth pareció notar su inquietud, porque le pasó un brazo por la cintura. Se sentía más que agradecida al haber recuperado a su marido. El incendio le había convertido durante un breve periodo de tiempo en un hombre huraño y resentido, pero después del arresto de Warren Saget (un constructor de la zona que en el pasado había salido con ella), su marido se había quitado un enorme peso de encima y había vuelto a ser el hombre al que ella conocía y amaba.

La abrazó durante un largo momento, como si él también fuera consciente de que habían estado a punto de destruir todo lo que les importaba.

—¿Quieres que encienda ya la parrilla? —le preguntó, después de soltarla.
—Sí.
—¿Puedo ayudar yo también, mamá? —dijo Leif, que acababa de entrar en la cocina con Penny pisándole los talones.

—Claro que sí. Puedes ayudarme a poner la mesa, pero antes tienes que lavarte las manos.

—Vale.

Salieron todos al jardín, y mientras Seth se ocupaba de la parrilla, Leif y ella limpiaron la mesa y abrieron la sombrilla. El niño disfrutó de lo lindo colocando los mantelitos verdes que había elegido, y las servilletas con un colorido estampado de mariposas.

Cuando acabaron de cenar, Leif y Seth quitaron la mesa y ella se encargó de las sobras y de limpiar la cocina. Recientemente, se había dado cuenta de lo mucho que había echado de menos preparar las comidas. Siempre había dado por hecho que cocinar no era su fuerte, que eran su madre y su abuela las que disfrutaban estando en la cocina, pero durante los primeros meses de casada, les había pedido recetas e ideas mientras Seth y ella renovaban el viejo Galeón del Capitán y planeaban el nuevo restaurante. Por primera vez en su vida adulta, había creado con su madre una conexión especial que antes le habría parecido imposible; en cuanto a su abuela, siempre había tenido una buena relación con ella, pero el vínculo se había estrechado aún más.

—He estado hablando de recetas con mi abuela —le dijo a su marido.

—¿Recetas para el salón de té? —le preguntó él, mientras se lavaba las manos en el fregadero.

—Sí, la verdad es que he redescubierto lo mucho que me gusta cocinar.

—Espera un momento... ¿te gusta cocinar?

—Sí —Justine hizo una mueca al ver su fingida sorpresa.

—A ver, ¿quién es el que acaba de pasarse un buen rato aguantando el calor de la barbacoa? —le preguntó él, en tono de broma.

—Oye, darle vueltas en la barbacoa a un par de pechugas de pollo no es cocinar.

—Sí, sí que lo es.
—No digas tonterías, Seth.
—¡Oye, que lo digo en serio! —se echó a reír, y la agarró por la cintura.

Justine se echó a reír también. En adelante, todo iba a ir mucho mejor; de hecho, las cosas ya iban de maravilla.

CAPÍTULO 4

Rachel Pendergast metió un montón de toallas en la lavadora del Get Nailed, añadió el jabón, cerró la puerta, la puso en marcha, y esperó hasta que oyó el sonido del agua. Había que lavar a diario las toallas sucias, así que había decidido aprovechar para hacerlo durante un paréntesis entre clientes. Al salir de la pequeña sala para el personal, vio a Teri, su mejor amiga, sentada en la silla de su cubículo de trabajo.

—¡Hola, Teri! —no pudo ocultar su entusiasmo.

A pesar de que sólo hacía un mes desde la última vez que se habían visto, tenía la impresión de que había pasado una eternidad. No sólo la echaba de menos a ella; Nate, su novio, trabajaba en la Armada, y recientemente le habían trasladado a San Diego.

Teri se puso de pie, y abrió los brazos de par en par. Se abrazaron entre risas como un par de quinceañeras. El salón de belleza no era lo mismo sin las ocurrencias de Teri, sin su visión de la vida mordaz a la par que divertida. Rachel había echado de menos hablar con ella sobre Nate... y sobre Bruce.

—¡Menos mal que vas a volver al trabajo! —la miró a los ojos, y añadió—: Porque vas a volver, ¿verdad?

—Ya veremos, antes tengo que hablar con Jane.

Rachel estaba convencida de que Teri no tendría ningún problema para reincorporarse a su puesto de trabajo.

—Está en el banco, enseguida vuelve —no entendía por qué Bobby había insistido en que Teri dejara su trabajo. Sabía que su amiga había recibido algún tipo de amenaza, aunque lo más seguro era que tuviera algo que ver con Bobby.

Después de que dos hombres le dieran un buen susto a Teri en el aparcamiento, su marido le había pedido que no volviera al salón de belleza hasta que la situación se solucionara. Jane había contratado a otra esteticista perfectamente capacitada para ocupar su puesto, pero Teri era única.

—Por fin he podido convencer a Bobby de que iba a volverme loca si no volvía al trabajo —Teri miró sonriente a Jeannie, que estaba cortándole el pelo a una mujer en un cubículo cercano.

—Hablando de Bobby, ¿dónde está?

—En casa. Le amo con toda mi alma, pero no soporto que sea tan exageradamente protector —lanzó una breve mirada por encima del hombro antes de añadir—: Al final, ha accedido a que vuelva porque me he comprometido a dejar que James me traiga al trabajo y me lleve de vuelta a casa, se supone que va a ser mi guardaespaldas.

—¿James? —a Rachel le costó trabajo imaginar al chófer de Bobby haciendo de guardaespaldas, porque era un tipo delgado y sin musculatura. Si Teri corría peligro, lo más probable era que fuera ella la que acabara salvándolo a él—. ¿Puedes quedarte esta tarde?

—Tengo que volver a casa en cuanto hable con Jane, o Bobby acabará enviando un grupo de rescate —Teri se echó a reír ante su propia ocurrencia, y añadió—: No le hace ninguna gracia que vuelva al trabajo, pero entiende que me gusta lo que hago y que quiero estar aquí.

—Me alegro de que haya decidido ser razonable.

—Sí, yo también —le dijo Teri, con un suspiro de alivio.

Rachel la observó con atención, y se sorprendió al ver lo fantástica que estaba. Su amiga siempre había sido una persona impulsiva, sociable y atrevida, además de un poco cínica, sobre todo en lo referente a los hombres y las relaciones. Y entonces había conocido a Bobby Polgar. Seguía siendo igual de extravertida y especial, pero durante los últimos meses había cambiado y se había vuelto más... tierna. Era más optimista, menos cínica, y todo gracias a Bobby.

El amor era la única explicación posible para la forma en que dos personas tan distintas habían acabado juntas. Un amor profundo y real, de los que cambiaban a mejor a la gente, un amor que ofrecía aceptación y confianza. Bobby cobraba vida cuando estaba con Teri. Cualquiera que le hubiera visto delante de un tablero de ajedrez o que le hubiera conocido se daría cuenta de que era un genio, y también un poco excéntrico, pero con Teri se volvía humano, agradable, y a veces incluso divertido de forma involuntaria. Era tan ingenuo en algunos aspectos, que resultaba adorable.

No estaba segura de si el amor que la unía a Nate era equiparable al que se tenían Teri y Bobby. La verdad era que estaba convencida de que Nate y ella necesitaban más tiempo, y aquella separación no estaba facilitando en nada la situación.

—Anda, ponme al día. ¿Echas de menos a Nate? —le preguntó Teri, mientras se sentaba de nuevo y se cruzaba de piernas.

—Sí, un montón. Me llama casi a diario —se sentía sola, hablar por teléfono con él no le bastaba.

—¿Igual que solía hacer Bobby?

Rachel se echó a reír, y le dijo:

—La verdad es que no. Nate me llama cuando puede, normalmente por la noche.

Meses atrás, cuando estaba intentando conquistar a Teri,

Bobby la llamaba sin falta cada día a la misma hora, estuviera donde estuviese.

—¿Y qué me dices de Bruce? —le preguntó Teri.

—¿Qué quieres que te diga? —no pudo evitar que su voz sonara un poco cortante.

—¿Estás saliendo con él?

—¡No!

Bruce era viudo, y tenía una hija que se llamaba Jolene. Con él había llegado a entablar una buena amistad, y la niña se había convertido en alguien muy especial para ella; en cierto modo, le recordaba a sí misma de pequeña. Ella también había perdido a su madre a una edad muy temprana, y se había criado con una tía que había muerto varios años atrás. Jolene necesitaba una influencia femenina en su vida, y aquél era el papel que ella desempeñaba.

—¿Por qué dices que no como si fuera la idea más repugnante del mundo? —le preguntó Teri—. Da la impresión de que nunca te plantearías salir con él, y las dos sabemos que no es cierto. Sois perfectos el uno para el otro.

—¿Por qué lo dices? —le preguntó, desconcertada.

Teri sacudió la cabeza como si la respuesta fuera obvia, y le dijo:

—Parecéis una pareja, cualquiera que os vea y que no os conozca pensaría que estáis casados. El uno sabe lo que el otro va a decir casi sin necesidad de palabras.

Rachel le restó importancia a aquella observación. Como a Teri le caía bien Bruce, le gustaría que saliera con él.

—Somos amigos, nada más.

—Te ha besado, Rachel.

—¿Es que tienes una cámara oculta?, ¿estás espiándome?

—No, me lo contaste tú misma.

—¿Ah, sí?

—Es verdad, ¿no?

—Sí, pero no fue más que...

—Que un beso de amigos.

—Más o menos.

Pensándolo bien, era posible que Bruce hubiera querido que fuera algo más. Su beso la había tomado por sorpresa, pero había sido muy agradable... no, «agradable» no era la descripción correcta. Sonaba insulso, como unas palomitas sin sal. No era eso lo que había sentido cuando él la había besado, aunque quizás era lo único que había querido sentir.

—Me gusta, pero no en ese sentido.

—¿Lo dices en serio?

—¿No te acuerdas de cuando conocí a Jolene?, Bruce me dejó muy claro que no estaba interesado en liarse con nadie.

Jamás olvidaría la cara que se le había quedado al pobre cuando la niña había anunciado que la había elegido para ser su nueva mamá, se había quedado horrorizado y le había dejado muy claro que no estaba interesado en iniciar una relación sentimental. Ella había aceptado sin problemas su decisión, porque lo cierto era que no pensaba en él en esos términos; además, tenía novio.

—Prefiero hablar de Nate —le dijo a Teri, para intentar cambiar de tema.

—Y yo prefiero hablar de Bruce.

—¿Por qué?

—Porque me parece más interesante que Nate.

—¿En qué sentido? —lo dijo con voz fría, pero sabía que tendría que haber mantenido la boca cerrada.

—Bruce es un tipo sensato, no es un creído, y... y es un buen padre.

—Eso es verdad —Jeannie se sumó a la conversación sin ser invitada. Señaló a Rachel con las tenacillas con las que estaba peinando a su clienta, y añadió—: La llamó por teléfono el otro día.

—Para ver si Jolene podía quedarse en mi casa el viernes por la noche —Rachel se preguntó cómo era posible que su vida sentimental se hubiera convertido en la comidilla del salón.

—Estuvieron hablando durante muuucho tiempo —le dijo Jeannie a Teri.

—Me llamó al móvil —apostilló Rachel, para dejar claro que no había acaparado el teléfono del salón con una llamada privada.

—Me dio la impresión de que estabas pasándotelo bien, te oí reír.

Bruce era un hombre ocurrente; mejor dicho, podía serlo. Rachel dejó pasar el comentario de su compañera, porque no quería dar pie a que la conversación siguiera por aquellos derroteros.

—Siempre que habla por teléfono con Nate, parece que está a punto de echarse a llorar —añadió Jeannie.

—Le echo de menos. Nos queremos, no nos gusta tener que estar separados.

—Sigo creyendo que tendrías que elegir a Bruce —le dijo su compañera con testarudez.

—Podríais hacer una encuesta —les dijo Teri. Se puso de pie y giró en un círculo completo, para indicar que todo el mundo debería participar en las votaciones.

—Esto es una locura —Rachel no quería seguir escuchando, así que se fue a la cocina. Teri podía organizar una encuesta si le daba la gana, pero ella no estaba dispuesta a participar. Le daba igual lo que pensaran los demás.

Se había enamorado de Nate prácticamente en la primera cita, que por cierto había ganado al pujar por él en la subasta benéfica de solteros y perros que se había celebrado tres veranos atrás. Sí, era cierto que tenía cinco años menos que ella, pero eso era algo que no les importaba a ninguno de los dos. Lo único que la hacía dudar era el hecho de que el padre de Nate era un congresista de Pensilvania que tenía aspiraciones políticas muy elevadas.

Por si eso fuera poco, las cosas no habían salido demasiado bien cuando él le había presentado a su madre, ya que aquella mujer no había dejado de lanzarle indirectas maliciosas. Nate no se había dado ni cuenta, y cuando ella se lo había comentado, le había dicho que debían de ser imaginaciones suyas; sin embargo, ella tenía muy claro que, a pesar de que no lo había admitido abiertamente, Patrice Olsen la consideraba inadecuada para su hijo.

Metió la comida en el microondas mientras le daba vueltas a la situación. El ruido del agua de la lavadora parecía subrayar sus pensamientos airados. Al ver entrar a Teri, supuso que había renunciado a su plan de organizar una encuesta para elegir entre Nate y Bruce, y le espetó con exasperación:

—¿No te acuerdas de lo que sentiste cuando conociste a Bobby?

—No quería enamorarme de él.

—Pero lo hiciste.

—Él hizo que no pudiera evitarlo. Jamás olvidaré la noche en que me trajo un montón de flores y de tarjetas románticas, y más de veinte kilos de bombones.

Bobby había buscado información para saber cómo conquistarla, pero como no podía ser de otra forma en él, lo había hecho todo a lo grande.

—Cuando me preguntó si podía besarme, fui incapaz de decirle que no —añadió Teri.

—No me extraña.

—Me robó el corazón.

—Lo que sientes por él es lo que yo siento por Nate —le dijo, con la esperanza de que no siguiera insistiendo en el tema. Aquella conversación sobre Bruce la había alterado. Quería considerarlo un amigo, nada más.

—Eso no es verdad. No te olvides de que te conozco mejor que nadie, Rachel. Hace mucho que somos amigas.

La incomodidad de Rachel se acrecentó. Después de abrir el microondas, puso la humeante comida en un plato con cuidado, y lo llevó a la mesa.

—Ya sé que Nate quiere casarse contigo.

—¿Y qué? —en ese momento, se arrepintió de habérselo contado.

—Que no habrías dudado si le amaras de verdad. Habrías aceptado su proposición, habrías hecho las maletas, y te habrías ido a vivir con él a San Diego, pero no lo hiciste.

—Venga ya, Teri... si estás juzgando lo que siento en base a eso, estás muy equivocada.

—¿Ah, sí?

—Sí —se sentó y se colocó la servilleta sobre el regazo antes de añadir—: ¿Podemos hablar de otra cosa?

—Bueno.

—Genial —agarró el tenedor, y tomó un bocado.

Jeannie entró en ese momento en la cocina, y empezó a decir:

—Oye, Rachel, en cuanto a Bruce Peyton...

Rachel dejó el tenedor sobre la mesa con un sonoro golpe que acalló a su amiga. No quería volver a oír aquel nombre, estaba cansada de que todo el mundo insistiera en aquel tema.

—¿Qué pasa con él? —dijo, con una paciencia exagerada.

—Varias clientas mías están interesadas en él —le dijo Jeannie, mientras sacaba una botella de agua de la nevera.

—¿Qué?

—Es bastante guapo, y les gustaría salir con él —Jeannie abrió la botella, y tomó un buen trago.

—Me alegro por ellas, espero que alguna lo consiga.

—No está saliendo con nadie, ¿verdad?

—No tengo ni idea —aquello no era del todo cierto. Jolene la mantenía informada, así que sabía que Bruce salía de vez en cuando, pero que sus citas no habían prosperado.

Jeannie salió de la cocina, pero Teri se quedó y al cabo de unos segundos posó una mano en su hombro y le dijo con voz suave:

—Te darás cuenta, Rachel. Cuando sea el hombre adecuado, lo verás todo claro y te preguntarás por qué tardaste tanto en ver lo que tenías delante de las narices.

—¿Eso fue lo que te pasó con Bobby?

Su amiga esbozó una sonrisa que irradiaba felicidad, y le dijo:

—Me prometí a mí misma que no me casaría con él. Hizo que James me entregara este diamante enorme, pero estaba decidida a no casarme con Bobby Polgar. Por Dios, él insistía en que nos casáramos y ni siquiera nos habíamos acostado juntos.

Rachel sonrió al recordar la noche en que Teri había ido a verla llena de angustia... llena de angustia, enamorada, y aterrada ante la posibilidad de arruinarle la vida a Bobby si se casaba con él.

Pero incluso en aquel entonces era obvio que estaban hechos el uno para el otro. Bobby lo había tenido muy claro desde el principio y se había negado a dejarla escapar, y Teri no había tardado en darse cuenta.

Rachel se sintió esperanzada al ver lo bien que le habían salido las cosas a su amiga.

Jane llegó en ese momento, y a juzgar por la alegría que iluminó su rostro cuando vio a Teri, estaba claro que su amiga iba a poder regresar sin problemas a su puesto en el Get Nailed.

CAPÍTULO 5

Linnette McAfee tenía el corazón roto. Se había enamorado por primera vez en su vida, pero todo había acabado sin más. Cal se había marchado para rescatar caballos salvajes, y mientras estaba fuera se había enamorado de Vicki Newman, la veterinaria de la ciudad.

Aún le costaba entender cómo había pasado, pero por otro lado, la explicación estaba muy clara: ella no estaba a la altura. El problema no estaba ni en Cal ni en Vicki, sino en ella.

Los ojos se le volvieron a inundar de lágrimas mientras se hundía en aquel nuevo brote de autocompasión, y se sobresaltó al oír el timbre de la puerta. En ese momento no quería tener compañía. Sólo podía tratarse de su madre o de su hermana Gloria, y no estaba de humor para lidiar con ninguna de las dos.

Todo el mundo estaba enfadado con ella porque había decidido marcharse de Cedar Cove. Sus compañeros de trabajo, en especial Chad Timmons, habían comentado que el que tendría que irse era Cal, pero éste no tenía intención alguna de hacerlo, y ella no se sentía con fuerzas de verle con Vicki por la ciudad y de fingir que no tenía el corazón roto. Sí, sabía que su reacción era un poco exagerada y que estaba siendo muy dramática, pero le daba igual.

Al oír que volvían a llamar a la puerta y de forma más insistente, se dio cuenta de que no tenía más remedio que ir a abrir. Se secó las lágrimas y se obligó a sonreír, pero la sonrisa se desvaneció cuando vio a su madre.

–Hola, mamá.

Corrie McAfee abrió la puerta mosquitera y entró en el piso, que estaba en la segunda planta del edificio. La abrazó mientras susurraba palabras de apoyo, y le dijo:

–No sabes cuánto lo siento, cariño.

–Sí, ya lo sé –a pesar del esfuerzo que estaba haciendo por ser fuerte, hundió la cara en el hombro de su madre. Había veces en que una hija necesitaba el apoyo materno, y no le daba vergüenza admitirlo.

–Ven, prepararé un poco de té.

Su madre la condujo hacia la cocina, y mientras ponía a calentar la tetera, ella se sentó en la pequeña mesa y fue sacando un pañuelo de papel tras otro.

–Esperaba poder marcharme pronto, pero me necesitan en la clínica hasta que contraten a alguien que me sustituya –le dijo, entre sollozos. Quería dejarle claro que estaba decidida a marcharse, y que nada de lo que le dijera haría que cambiara de opinión.

–Vas a quedarte un poco más, ¿verdad?

No le quedaba más remedio. No podía dejar la clínica corta de personal, había trabajado allí desde que la habían inaugurado y era un lugar que significaba mucho para ella; además, el trabajo no era su único problema. Según el contrato de alquiler que había firmado, tenía que pagar las mensualidades o realquilarle el piso a alguien. Aquel mismo día, había publicado un anuncio en Internet y en el periódico local, y también había hablado con una inmobiliaria. A menos que encontrara a alguien que se hiciera cargo del alquiler, iba a tener que quedarse mucho más tiempo del que quería.

–No soporto verte sufrir así –le dijo su madre, mientras

sacaba dos tazas de un armario–. Esto es tan duro para mí como para ti, no entiendo cómo es posible que Cal haya hecho algo así.

–Él puede enamorarse de quien quiera, mamá.

A pesar de que había roto con ella, no podía evitar seguir defendiéndole. Ésa era otra de las razones por las que tenía que marcharse. Como seguía amándole, quería que fuera feliz, y si lo que él quería era estar con otra mujer... ella se marcharía sin más.

Cuando la tetera empezó a silbar y el vapor se alzó en el aire, su madre echó las hojas de té y llevó la tetera a la mesa. Años atrás, cuando ella aún era una niña, su madre solía prepararle té cuando estaba enferma; sin embargo, en ese momento lo que la aquejaba no era una gripe ni un dolor de estómago. Era poco probable que una taza de té consiguiera aliviar el dolor que le atenazaba el corazón.

–Voy a llevar mis cosas a un guardamuebles.

Había estado dándole vueltas al tema durante un tiempo, aunque la verdad era que no tenía demasiados muebles; al principio, había pensado en dejarlos en el sótano de sus padres, pero se había dado cuenta de que sus pertenencias eran responsabilidad suya.

–Tu padre y yo podemos guardar tus cosas en casa.

Sabía de antemano que su madre le haría aquel ofrecimiento, así que le dijo con voz firme:

–No, mamá. Voy a dejarlas en un guardamuebles.

Sería muy fácil dejar que su madre la hiciera cambiar de opinión. El proceso empezaría con alguna nimiedad, con algún favor como el que acababa de sugerir, y poco a poco iría haciendo mella en su resolución hasta llegar a convencerla de que se quedara en Cedar Cove.

–Si estás segura... –su madre parecía sorprendida al ver su persistencia.

–Sí, lo estoy.

—Es malgastar el dinero —comentó, mientras servía el té en las dos tazas.
—Puede.
—¿Adónde piensas ir?
—Aún no lo sé.
—¿Estás diciendo que piensas marcharte sin saber adónde?
—Exacto.
—Eso es muy impropio de ti, Linnette.
—Lo siento, mamá, pero... —no supo cómo acabar la frase, porque no se le ocurrió ningún comentario tranquilizador.

Su madre tenía razón, aquella impulsividad era algo muy impropio en ella. Era una persona que necesitaba un orden, una estructura. Cuando había decidido ser asistente médico, había hecho una lista con todas las asignaturas que tenía que cursar y había calculado el tiempo que iba a tardar en conseguir el título, y entonces se había puesto manos a la obra con toda su fuerza de voluntad. Nunca antes, ni en un viaje ni en la vida, se había puesto en marcha sin un mapa de carreteras... hasta ese momento.

—En otras palabras: vas a huir —su madre estaba cada vez más ansiosa.
—Más o menos —tomó un trago de té que le quemó la boca, y volvió a dejar la taza sobre la mesa.
—¿Crees que es sensato, Linnette?
—Puede que no. Admito que no es una decisión racional, sino una reacción al dolor. Ya sé que ni tú ni nadie entendéis todo esto, pero tengo muy claro que marcharme es la decisión correcta.
—Tendría que ser Cal el que se fuera —le dijo su madre con terquedad.
—¡Mamá!
—Él no tiene familia aquí, tú sí.
—Nadie tiene que marcharse a ningún sitio, soy yo la que quiere irse de Cedar Cove.

—Pues hazlo, pero no así. Pide una excedencia en el trabajo y tómate el tiempo que necesites, pero no te vayas así. No empaques tus cosas ni dejes tu piso, es tan...

—¿Drástico?

—Exacto. No entiendo por qué quieres marcharte así, con... con el rabo entre las piernas. No has hecho nada malo.

—Y Cal y Vicki tampoco, voy a marcharme porque soy la que está sufriendo.

—Justamente por eso no tendrías que tomar una decisión así.

—¿Es que no lo ves...? —Linnette se detuvo, soltó un suspiro, y añadió—: Ya es hora de que corra algún riesgo. Mi vida es tan reglamentada, tan... tan... no sé, tan perfecta.

—¿Estás diciendo que lo que quieres es fastidiar tu vida?

Linnette sonrió, y le dijo:

—No. Lo que quiero es escapar, salir en busca de aventuras.

—Pero... siempre has sido muy responsable.

—Exacto, a eso me refiero. Estoy harta de tener que cumplir con todas las expectativas.

—Tu padre y yo... nunca fue nuestra intención...

—Mamá —se inclinó hacia ella, y posó una mano en su brazo—. No me refiero a vuestras expectativas, sino a las mías. Yo misma me las impuse. Ahora voy a analizar mi vida a conciencia, para descubrir lo que quiero de verdad. Lo único que sé es que no está en Cedar Cove.

—¿Y para eso tienes que alejarte de tu familia? —su madre parecía a punto de echarse a llorar.

—Sí —era la simple y llana verdad.

—Ah —su madre agarró su taza de té, y los labios le temblaron cuando se inclinó para tomar un sorbo.

—Piensa en el lado positivo, mamá —era consciente de que aquello era muy difícil para su madre, así que se esforzó por hablar con un tono de voz alegre y optimista.

—¿Qué tiene de positivo el hecho de que mi hija esté a punto de marcharse?

—Será una gran oportunidad para que Gloria y tú podáis llegar a conoceros, sin que yo esté siempre en medio dirigiendo la conversación.

La situación seguía siendo un poco incómoda con Gloria, a pesar de que todo el mundo se esforzaba por hacer que se sintiera parte de la familia. Había sido dada en adopción al poco de nacer, y con el tiempo había localizado a su familia biológica.

La verdad había salido a la luz dos años atrás; hasta entonces, Linnette no tenía ni idea de la existencia de aquella hermana. Poco antes de que todo se supiera, ella se había mudado a Cedar Cove y se había ido a vivir al mismo bloque de pisos que Gloria. Estaban prácticamente puerta con puerta, y habían entablado una buena amistad. Desde que había roto con Cal, su hermana había sido un gran apoyo.

—Siempre os he querido a las dos por igual —le dijo su madre, con voz queda.

—Pues claro, pero no la conoces bien. Cuando yo me vaya, tendréis la oportunidad de estrechar vuestra relación —era consciente de que solía ser el centro de atención cuando se juntaban las tres, así que a Gloria y a su madre les iría bien pasar algún tiempo a solas.

Después de apurar su taza, la llevó al fregadero. Se sentía un poco más fuerte, a lo mejor el té había funcionado de verdad.

Su madre se levantó también, y le dijo:

—Será mejor que me vaya, hace media hora que tendría que estar de vuelta en la oficina. Tu padre estará esperándome.

—Qué raro que no te haya llamado al móvil.

—Supongo que sabe dónde estoy —su madre esbozó una sonrisa.

Linnette admiraba el matrimonio de sus padres y cómo se entendían el uno al otro, cómo trabajaban juntos. Estaba decidida a conseguir que su propio matrimonio fuera así.

Las dos lograron sonreír cuando se despidieron con un abrazo, aunque la desilusión de su madre era patente. Linnette era consciente de que todo lo que le había dicho su madre era cierto, pero eso no cambiaba en nada las cosas. Sabía de forma instintiva que había tomado la decisión correcta, necesitaba marcharse de Cedar Cove.

Cuando su madre se marchó, enjuagó las tazas y las metió en el lavavajillas. Justo cuando acababa de ponerse de nuevo a empacar, oyó que llamaban a la puerta. Supuso que se trataba de su hermano, Mack, o de Gloria... casi seguro que era ésta última.

Fue a abrir, y se llevó una enorme sorpresa al ver al otro lado de la puerta mosquitera a Vicki Newman, la mujer de la que Cal se había enamorado. Las dos se miraron en silencio durante un largo momento.

—Espero que no te moleste que haya venido —le dijo Vicki con timidez, mientras sus ojos marrones la miraban con expresión implorante.

—¿Sabe Cal que estás aquí?

No pudo evitar mirar por encima del hombro de Vicki por un instante antes de volver a centrarse en ella. Tenía un rostro anodino y el pelo trenzado con descuido, pero había empezado a entender por qué Cal la amaba tanto. Para empezar, Vicki y él tenían una visión del mundo muy parecida, y compartían una gran pasión por los animales; al fin y al cabo, ella era veterinaria, y él trabajaba de adiestrador de caballos en el rancho del marido de Grace Harding. Aún le costaba creer la forma en que había pasado todo, pero respetaba a Cal porque había tenido el valor de seguir los dictados de su corazón a pesar de las críticas que había recibido por haberla dejado por Vicki.

—No, y no le haría ninguna gracia enterarse de que he venido —le dijo la veterinaria, en respuesta a su pregunta.

Conociendo a Cal tan bien como le conocía, Linnette

no pudo por menos que darle la razón. Abrió la puerta, y se apartó para dejarla entrar.

—Así que es verdad, vas a mudarte —le dijo Vicki, cuando entró y vio las cajas que había por todas partes.

—¿Quieres sentarte? —le preguntó, sin contestar a su comentario.

La veterinaria negó con la cabeza, y fijó la mirada en la alfombra antes de decir:

—Oí que ibas a marcharte, y sólo quería decirte que... que lo siento mucho.

—¿Sientes que me vaya?

—No... haberte hecho daño.

—No te preocupes.

—He... —alzó la mirada, y dio la impresión de que tomaba una decisión—. Amo a Cal desde hace mucho, desde mucho antes de que te conociera. Él no tenía ni idea, y... y como no sabía cómo decírselo, me quedé callada. Jamás pensé que fuera posible que llegara a enamorarse de mí.

—Te ofreciste voluntaria para ayudar en el rescate de los mustangs por él, ¿verdad?

—En parte. Es una causa que también es muy importante para mí, todo lo que tenga que ver con caballos...

—Te entiendo —después de un breve silencio, añadió—: ¿Sabías que Cal estaba conmigo?

—Sí. Intenté dejar de amarle.

Linnette se preguntó por qué Vicki había decidido ir a verla. Quizá se sentía culpable, a lo mejor esperaba que ella le gritara y la insultara por arrebatarle al hombre al que amaba. Era justo lo que habría pasado una semana atrás, pero las cosas habían cambiado.

—Soy yo la que está intentando dejar de amarle, Vicki —le dijo, con voz suave.

—Seguro que tendrás un montón de oportunidades más. Encontrarás a otro hombre a quien amar, alguien que te ame. Pero yo... —carraspeó un poco antes de poder continuar–. Siempre me he comunicado mejor con los animales que con las personas. En cuanto conocí a Cal, sentí que deberíamos estar juntos, porque le importan los animales tanto como a mí.

Linnette recordó de repente el día en que había ido a visitar a Cal al rancho y le había encontrado hablándole con voz tranquilizadora a un caballo herido. No la había visto llegar, y ella había tenido la impresión de que estaba irrumpiendo en un momento íntimo, en un mundo privado.

–Me ha pedido que me case con él –le dijo Vicki, con voz queda–. Quiero aceptar...

–Pues hazlo.

–Los dos nos sentimos muy culpables.

–Por favor, no –alargó la mano, y la posó en su brazo. El odio que había sentido al principio por aquella mujer se había desvanecido–. Quiero que seáis felices.

–¿Lo dices en serio?

–De corazón –Linnette respiró hondo, y añadió–: Si has venido a por mi absolución, la tienes.

–¿Puedo decirle a Cal que hemos hablado?

–Sí. Y tienes razón, encontraré a otro hombre –por primera vez, creyó que a lo mejor lograría volver a enamorarse.

CAPÍTULO 6

Había llegado el sábado de la temida cena familiar, y Teri estaba hecha un manojo de nervios. Le echó un vistazo al asado y a la enorme bandeja de patatas gratinadas que tenía en el horno. Las habichuelas que iba a servir de acompañamiento estaban hirviendo en una cazuela. Aunque era verano, siempre solía servir asado en las ocasiones especiales, y no quería romper aquella tradición.

La mesa ya estaba preparada con la vajilla formal... aunque el hecho de tener una vajilla formal y una de diario era un concepto totalmente nuevo para ella... y también había puesto unas relucientes copas de cristal. Sólo lo mejor para su madre, Christie, y los demás, se dijo, con cierta ironía. Muy a pesar suyo, iba a presentarle a su familia a su marido.

—¡Bobby! —se quitó el delantal mientras salía de la cocina. Había optado por ponerse una camisa verde claro para reforzar su confianza en sí misma, porque Bobby decía que aquel color le sentaba muy bien. Al verlo acercarse, respiró hondo y le preguntó—: ¿Te acuerdas de lo que te dije? —como él se quedó mirándola con expresión interrogante, añadió—: Sobre Christie.

A juzgar por su mirada de incomprensión, era obvio que no se acordaba de nada. Ella le había puesto sobre aviso para que estuviera preparado. Su hermana era una mujer delgada y atractiva, y seguro que haría todo lo posible para atraerlo y robárselo si podía.

Estaba convencida de que Christie había hecho que Johnny concertara aquella reunión para poder demostrar de nuevo que todos los hombres la preferían a ella. Su hermana era más delgada, más guapa y más sexy, y no dudaba en alardear de ello. Sus encantos eran innegables.

Johnny era muy ingenuo, no le culpaba por haber insistido en que se celebrara aquella cena familiar que sin duda iba a acabar siendo todo un fiasco. Su hermano quería que todos vivieran en paz y armonía, y creía que todos se caían bien.

—Mi familia está a punto de llegar, Bobby.

Tras mirarla en silencio durante unos segundos, él esbozó una sonrisa y le dijo:

—Recuerda que te amo.

—No soy yo la que tiene que recordarlo.

Christie podía ser muy sutil a la hora de intentar conquistar a un hombre. Se centraría por completo en Bobby, estaría pendiente de todas sus palabras, y seguro que él caía en la trampa. Tenía la impresión de que su hermana había conseguido arrebatarle a todos los hombres con los que había salido. Ellos perdían todo interés en ella en cuanto conocían a Christie. Incluso cuando su hermana tenía novio, sentía la necesidad de quitarle al suyo.

Nunca había sentido por nadie lo que sentía por Bobby. Si Christie creía que podía ir a su casa y empezar con sus jueguecitos, iba a llevarse una desagradable sorpresa.

—Dime otra vez cómo se llaman —le dijo Bobby.

—Mi madre se llama Ruth, y su marido, mi padrastro, Donald —se detuvo por un instante, y tuvo que rectificar—. No, espera... Johnny me dijo por teléfono que mamá había dejado a Donald, y que ahora piensa casarse con un tal Mike. Aún no le conozco —su madre no había estado con ningún hombre que valiera la pena, así que era poco probable que Mike fuera la excepción.

—Ruth y Mike, y tu hermana se llama Christie.

—Christie Levitt —intentó disimular el desagrado que sentía—. Le dije a mamá que no serviríamos alcohol.

—Vale —le dijo él, mientras la observaba con expresión seria.

A pesar de que Bobby podía ser del todo ajeno a lo que le rodeaba... a la hora del día, al tiempo que hacía, incluso al mes en el que estaban... en lo referente a ella, parecía tener una percepción especial.

—¿Tu hermana es como tú?

Aquélla sí que era una pregunta interesante. No, Christie no era como ella, pero en cierto sentido, sí que lo era. Tenía dos años menos que ella, y durante los primeros doce años de su vida se había dedicado a seguirla sin descanso. Si ella tenía algo, Christie lo quería también, y por regla general solía conseguirlo; al fin y al cabo, era la hermana menor y siempre había sido la favorita de su madre.

A pesar de todo, era consciente de que Christie podía ser amable de vez en cuando. Sabía lo bastante sobre la naturaleza humana para entender que las dos compartían una inseguridad que probablemente procedía del egoísmo y la desatención de su madre. Aunque Ruth prefería a su hija pequeña y la malcriaba, las dos hermanas lo habían pasado mal y cada una expresaba su inseguridad con una actitud determinada.

—La verdad es que nos parecemos en ciertos aspectos.

—Entonces, ¿por qué tienes miedo?

—Estoy preocupada —tenía que aprender a confiar en su marido. Aquella misma noche iban a enfrentarse a la prueba más importante, y sabría de una vez por todas si él la amaba de verdad.

—¿Sabes si Donald juega al ajedrez?

—Es Mike —en aquella ocasión, su madre ni siquiera se había molestado en presentarle a su pareja; por su parte, ella no le había presentado a Bobby, aunque por razones completamente diferentes.

—¿Sabes si Mike juega al ajedrez?

—No tengo ni idea —le amó aún más por preguntar aquello. Su marido no se sentía cómodo con las relaciones sociales, no sabía desenvolverse bien en público. Las reuniones y las fiestas le abrumaban, así que solía evitarlas. Al oír que llamaban a la puerta, se tensó y dijo—: Va a ser una velada perfecta —a lo mejor decirlo en voz alta haría que se cumpliera, aunque se dio cuenta de que su voz sonó más sarcástica que esperanzada.

La última reunión familiar había sido dos años atrás, por Navidad, y había acabado siendo un completo desastre. Para cuando ella había llegado a la casa, su madre y Donald ya estaban borrachos y en medio de una discusión sin sentido. Johnny había llegado tarde, Christie se había enfadado por una banalidad y se había marchado hecha una furia, y a ella no le había quedado más remedio que quedarse y hacer de mediadora entre su madre y el impresentable de Donald.

Había intentado mostrarse festiva y alegre, y a cambio sólo había conseguido furia y resentimiento; al parecer, nadie más estaba interesado en celebraciones. Había esperado a que Johnny llegara, había pasado una hora charlando con él, y había regresado a casa de inmediato. Aquel año, se había pasado el resto del día de Navidad en la cama, con un buen libro y una enorme tableta de chocolate. Se había sentido culpable por dejar a Johnny solo con aquella familia de lunáticos, pero había sentido un alivio enorme por haber logrado huir. Y sin embargo, en ese momento estaba a punto de intentarlo de nuevo.

Al abrir la puerta, se dio cuenta de que tendría que haber sabido que Christie llegaría justo a tiempo. Su hermana parecía impresionada y envidiosa al ver aquella casa tan imponente.

—Este sitio no está nada mal, Teri. Mamá y Mike están

aparcando el coche, se fumarán un cigarro antes de entrar —miró por encima del hombro de Teri, y sus ojos se centraron de inmediato en Bobby—. Hola, soy Christie —dijo con coquetería, mientras alargaba una mano. Cuando él se acercó para estrechársela, aprovechó para abrazarlo—. No nos andemos con formalismos, somos familia —añadió, sonriente, mientras lo miraba con abierta admiración.

Bobby se apartó de ella, se colocó junto a Teri, y posó la mano sobre el hombro de su esposa antes de decir:

—Hola, soy Bobby Polgar.

—Lo sé todo sobre ti, leí tu historia en Internet. Eres el jugador de damas más famoso del mundo.

—De ajedrez —Teri tomó la mano de su marido, le dio un ligero apretón, y le dijo a su hermana—: Bobby juega al ajedrez.

—Ah —Christie vaciló por un instante—. Bueno, me acordaba de que era uno de esos juegos de mesa.

A diferencia de Teri, su hermana era alta y curvilínea, y sabía sacarle partido a su físico. La blusa que llevaba tenía un escote casi indecente, pero el bueno de Bobby ni siquiera parecía darse cuenta.

—¿Nos sentamos? —les dijo Teri. La cena ya estaba lista, así que no le quedaba nada por hacer en la cocina; además, no estaba dispuesta a dejar a su hermana a solas con su marido.

Fueron a la sala de estar con paso pausado, se sentaron, y se quedaron mirándose en silencio. Teri tuvo la sensación de que eran como alienígenas de diferentes planetas reunidos para negociar un tratado de paz, como en *Star Trek*, pero en su caso no tenían a un capitán Picard que los guiara. Miró a Bobby para rogarle en silencio que dijera algo, pero como él se limitó a mirarla con impotencia, siguió aferrada a su mano como si fuera la cuerda que la conectaba a la nave nodriza mientras ella flotaba en el espacio exterior.

—Me extraña que mi hermana haya atrapado a un hombre tan atractivo —comentó Christie con naturalidad.

—¿Por qué te extraña? —masculló, indignada.
—¿Atractivo? —dijo Bobby.
Teri lo fulminó con la mirada, y se le cayó el alma a los pies al pensar que su marido también iba a sucumbir a los encantos de su hermana.
—Atractivo, rico, y famoso —apostilló Christie.
—Mi marido, el gran jugador de ajedrez —lo miró con una expresión de admiración exagerada, y pestañeó con teatralidad.
Bobby parecía incómodo y confundido, y Christie soltó una carcajada antes de decir:
—No me digas que tienes miedo de que intente quitártelo. ¿Cómo puedes ser tan insegura?
—Eh...
No quería admitir que era insegura, que las dos lo eran. Siempre reaccionaba mal ante la competitividad de su hermana, ante su necesidad de ganar siempre, sobre todo cuando había un hombre de por medio. Christie era consciente de cuáles eran sus peores miedos, sabía manipularla, y ella se lo permitía. Era una pauta obvia, pero que no podía explicar. Quizá sólo era un hábito, una costumbre: durante años habían representado ciertos papeles, habían sentido unas emociones concretas.
Su hermana sólo llevaba unos minutos en su casa, y ella ya la odiaba... ya se odiaba a sí misma.
Carraspeó un poco, y en ese momento decidió que no iba a interpretar el papel que Christie le asignaba siempre. No iba a ser la perdedora, la que carecía de atractivo, la mujer que acababa siendo rechazada.
—Inténtalo hasta hartarte, pero mi marido me ama y confío en él. Haz lo que te dé la gana, hermanita, pero no vas a conseguirlo —le dijo con indiferencia.
Christie no pudo ocultar su sorpresa ante aquel planteamiento tan directo, y le dijo:
—Puede que lo haga, a ver qué pasa.

Teri se disculpó y fue a echarle un vistazo a la cena. Había dejado muy clara su postura, así que tenía que mantenerse firme y confiar tanto en su corazón como en su marido. De modo que se entretuvo como pudo en la cocina, y le dio a su hermana diez minutos antes de regresar a la sala de estar.

—¿Tienes cerveza? —le preguntó Christie. Era obvio que estaba enfurruñada y desconcertada por algo.

—No, pensé que sería mejor no tener alcohol cerca si mamá iba a venir.

—Pues me vendría bien tomarme una.

Teri miró a su marido, y él le guiñó un ojo. Se quedó atónita, y esbozó una enorme sonrisa que él le devolvió. En ese momento, se dio cuenta de que Bobby era consciente de la situación... y de que había puesto a Christie en su sitio. No tenía ni idea de lo que había pasado mientras ella estaba en la cocina, pero en ese momento tuvo unas ganas locas de abrazar a su marido y hacer el amor con él sin importarle quién hubiera en la habitación.

Él reconoció de inmediato el brillo de sus ojos, y la miró con pasión contenida. Los dos sonrieron, y sellaron una promesa silenciosa: él iba a recibir su recompensa más tarde, cuando se fueran los invitados.

Los siguientes en llegar fueron Mike y la madre de Teri, que parecía entusiasmada con la casa. En cuanto acabaron con las presentaciones de rigor, se volvió hacia Teri y le dijo:

—Es una casa preciosa. Enséñamela, quiero ver todas las habitaciones —se llevó una mano al cuello mientras iban de la sala de estar a la cocina, y de allí al comedor. Fue haciendo comentarios sobre cada detalle que le llamaba la atención, y mientras tanto Mike la siguió en silencio como un cachorrillo obediente.

—Teri puede presumir de toda la pasta que tiene ahora.

Su hermana parecía desalentada, así que Teri decidió hacer caso omiso de su desagradable comentario.

Johnny fue el último en llegar, y su rostro se iluminó con una sonrisa sincera en cuanto la vio. La abrazó con fuerza, y le susurró al oído:
—No es tan horrible como esperabas, ¿verdad?
—No.
—Genial.
Su madre salió a buscar algo al coche, y regresó con una caja de cervezas.
—Mike y yo la hemos traído para contribuir en algo —comentó, mientras la dejaba sobre la encimera.
Antes de que Teri pudiera protestar, Christie sacó una botella y tomó un trago mientras su madre y Mike hacían lo propio.
Johnny la miró a los ojos, y se encogió de hombros. Ninguno de los dos podían impedirles que bebieran.
La velada empezó a echarse a perder a partir de ese momento. Su madre, Christie y Mike se sentaron en la sala de estar y se dedicaron a beber cerveza sin prestar apenas atención a los aperitivos que sirvió, mientras que Bobby y Johnny comían canapés con un entusiasmo forzado.
—He hecho asado —dijo, al cabo de un rato. Bobby se levantó y se colocó detrás de ella, como si quisiera protegerla de cualquier cosa que pudiera herirla.
—Espero que tengáis hambre, seguro que Teri se ha pasado todo el día cocinando —Johnny se levantó también, y se colocó junto a los dos.
Teri se sentía orgullosa de la cena que había preparado, pero aquello era lo de menos. Miró a su hermano con una sonrisa de agradecimiento.
—Pues parece que también se ha pasado todo el día comiendo —su madre debió de pensar que su propio comentario era muy gracioso, porque se echó a reír.
Teri se llevó la mano a la cadera, y le dijo con firmeza:
—No vas a beberte ni una cerveza más, mamá. ¿Está claro?

Su madre alzó la cabeza de golpe, como si la hubieran golpeado, y la miró atónita antes de preguntarle:
—¿Qué has dicho?
—Ésta es mi casa, mamá. Si quieres beber, tendrás que hacerlo en otro sitio.
—Vale, me largo —se puso de pie, y su novio hizo lo propio sin decir palabra. A pesar de que acababa de amenazar con marcharse, no parecía tener prisa por hacerlo—. Te crees muy lista porque te has casado con este jugador de ajedrez famoso, pero el hecho de que ahora tengas dinero no te da derecho a intentar controlar la vida de los demás.

Todo el mundo pareció enmudecer, pero al cabo de unos segundos, Bobby se adelantó y agarró el bolso de su suegra sin decir ni una palabra.

—¿Qué estás haciendo con mi bolso? —al ver que él iba hacia el vestíbulo y que dejaba el bolso junto a la puerta principal, dijo indignada—: ¿Me estáis echando? ¡Es increíble!, ¡mi propia hija está echándome de su casa! —miró a los demás en busca de apoyo, pero como no lo encontró, fue hacia Mike y lo agarró del brazo.

—Has dicho que ibas a largarte, ¿no? —le dijo Christie.
—Es verdad, mamá —apostilló Johnny con naturalidad, mientras abría la puerta principal—. Si bebes, te largas. Teri lo ha dejado muy claro.

Ruth vaciló en el vestíbulo, y dijo:
—No creas que voy a olvidarme de esto, Teri. Algún día me necesitarás, pero que te quede claro que no querré saber nada de ti —con la barbilla tan alta que debía de costarle ver por dónde iba, se fue mientras Mike la seguía obedientemente.

Su marcha dejó tras de sí un tenso silencio. Teri tenía ganas de llorar. Sabía desde el principio que iba a pasar algo así, aunque había creído que sería Christie la que montaría alguna escenita.

—¿Tú también vas a irte? —le preguntó a su hermana.

—No —Christie no pudo contener un pequeño hipido, era obvio que había bebido demasiado. La miró con admiración, y le dijo—: Es la primera vez que te veo enfrentarte así a mamá, ojalá yo también tuviera narices de hacerlo.

Teri apenas podía creer lo que acababa de oír; de hecho, no era la primera vez que se enfrentaba a su madre, pero al parecer, Christie no había presenciado ninguna de sus confrontaciones anteriores... lo más probable era que estuviera muy ocupada saliendo con alguno de los novios que le había arrebatado.

—Vamos a cenar, sería una pena desperdiciar la comida —comentó Johnny.

—Sí, es verdad —apostilló Bobby.

La velada transcurrió sin problemas. Christie no protestó por tener que beber agua en vez de cerveza, y las dos hermanas conversaron con una naturalidad inusual; por su parte, Johnny y Bobby se sentían cómodos el uno con el otro, así que charlaron animadamente sobre ajedrez, coches, y *Star Trek*. Bobby trató a Christie con educación, pero dejó muy claro en todo momento que no iba a dejarse cautivar por sus encantos.

—¿Quién quiere postre? —Teri estaba eufórica.

Había sabido desde el principio que se había casado con un hombre maravilloso, pero Bobby era incluso mejor de lo que pensaba. Se emocionaba cada vez que recordaba la forma en que había puesto el bolso de su madre junto a la puerta, como si fuera lo más normal del mundo. A pesar de que no había pronunciado ni una sola palabra, el mensaje estaba muy claro: no estaba dispuesto a permitir que nadie insultara a su mujer.

Estaba ansiosa por demostrarle cuánto lo amaba y lo agradecida que se sentía, y a juzgar por la forma en que estaba mirándola, era obvio que él sabía cómo pensaba hacerlo.

Christie pareció darse cuenta de la mirada que intercambiaron, porque la siguió hasta la cocina y le dijo en voz baja:

—Tu marido te ama.

—Sí, ningún hombre me había mirado así —comentó, mientras empezaba a meter los platos en el lavavajillas.

—¿Dónde le conociste?

—No fue en un bar, Christie.

—Lo suponía —su hermana empezó a enjuagar los platos antes de dárselos.

Teri no recordaba haber trabajado codo con codo con ella, al menos desde que eran adultas.

—Es un buen tipo, supongo que nunca conoceré a alguien como él —comentó Christie.

—Nunca se sabe, piensa en positivo —era consciente de lo afortunada que era por tener a Bobby.

—No creo que eso me sirva de mucho.

Teri preparó una cafetera mientras su hermana cortaba el pastel de coco casero que había de postre, y después lo llevaron todo al comedor.

Al cabo de media hora, Johnny decidió regresar a Seattle. Abrazó a sus hermanas, y al marcharse miró a Teri y alzó el pulgar en un gesto de aprobación.

—Te llevaremos a casa —dijo Bobby, cuando Christie comentó que tenía que marcharse también.

—No te preocupes, puedo ir andando.

—James está esperando fuera.

—¿Quién es James? —le preguntó Christie a su hermana.

—James Wilbur, el chófer de Bobby.

—Ah —Christie intentó ocultar una sonrisa, pero no lo consiguió—. Bueno, supongo que no hay problema.

Teri y Bobby la acompañaron hasta el vehículo. James estaba esperando junto a la puerta del pasajero, con el mismo aspecto distinguido de siempre.

—Qué pasada —era obvio que Christie estaba impresionada. Inclinó la cabeza, y añadió—: Gracias, James —soltó una risita mientras indicaba con gesto regio—: A casa, James.

James permaneció serio mientras sujetaba la puerta. Después de entrar en el vehículo, Christie bajó la ventanilla tintada y dijo con entusiasmo:

—Qué pasada, esto es genial.

Parecía una niñita de diez años, y Teri se emocionó al vislumbrar a una Christie más inocente.

—Ven a visitarnos otro día —le dijo Bobby.

—Lo haré —con una floritura exagerada, apretó el botón para cerrar la ventanilla.

Mientras el coche se alejaba, Teri se apoyó en su marido y comentó:

—Has sido muy amable.

—Sí.

No le extrañó que su marido reconociera su propia generosidad sin tapujos; al fin y al cabo, ¿qué tenía de malo que lo hiciera?

—¿Qué te ha parecido mi familia?

—Johnny me cae bien.

—Ya lo sé.

—Y Christie también.

—¿Mi hermana te... cae bien? —no pudo evitar ponerse a la defensiva.

—Sí, pero te amo a ti.

—Ésa es una respuesta excelente, señor Polgar.

Él se echó a reír, y le dijo:

—Estoy cansado, vamos a la cama.

—Aún es muy pronto —le dijo, a pesar de que sabía que él no estaba pensando en dormir.

—Ni hablar; de hecho, hace dos o tres horas que estoy deseando que llegue el momento de acostarnos.

No había duda, Teri Polgar amaba a su marido... tanto como él la amaba a ella.

CAPÍTULO 7

Grace Sherman Harding miró arrobada al bebé que tenía en sus brazos. Su corazón apenas podía abarcar el amor inmenso que sentía por aquel pequeño ser. Aquél era su nuevo nieto, Drake Joseph Bowman... el hecho de que un niño tan pequeño tuviera un nombre tan grande la hizo sonreír.

Había sentido la misma felicidad cuando habían nacido Tyler y Katie.

—¿Aún está dormido? —le preguntó Maryellen, al volver a la sala de estar con dos vasos de limonada.

—Es tan precioso...

Su hija había sufrido un embarazo muy difícil, y había tenido que guardar reposo absoluto durante los últimos cinco meses. Tanto Cliff como ella habían intentado ayudarla en todo lo posible, pero sus esfuerzos no habían bastado; por suerte, los padres de Jon habían llegado desde Oregón y habían ido a echar una mano a diario. De no ser por ellos, a Maryellen y a Jon les habría costado mucho salir adelante, ya que tenían una hija de tres años y a él no le quedaba más remedio que trabajar a destajo para poder mantener a su familia.

—Drake compensa con creces todas las incomodidades que he pasado —le dijo Maryellen.

—¿Qué tal lo lleva Katie?

Su hija se sentó delante de ella, en el sofá que había enfrente de su silla, y le dijo:

—Está entusiasmada con su papel de hermana mayor. Jon y yo teníamos miedo de que se pusiera celosa, pero de momento no ha habido ningún problema.

—Perfecto.

Drake abrió los ojos, y se quedó mirándola. Estaba convencida de que su nieto acababa de sonreírle, aunque sabía que cualquiera podría pensar que eran imaginaciones suyas. Lo miró sonriente, y le dijo:

—Hola, preciosidad.

—Seguro que tiene hambre, y el pañal sucio —comentó Maryellen, antes de tomarlo en brazos. Después de cambiarle el pañal al niño, se volvió hacia ella y le preguntó—: ¿Cómo está Kelly? —Kelly, su hermana menor, estaba embarazada y salía de cuentas en menos de dos semanas.

—Te tiene envidia, está deseando que nazca el niño.

—Las dos últimas semanas de mi embarazo me parecieron eternas —dijo Maryellen, mientras acercaba al niño a su pecho para amamantarlo.

Para Grace era una alegría ver tan feliz a su hija, y de repente sintió una tristeza profunda e inesperada al pensar en todo lo que estaba perdiéndose Dan, su primer marido, que había muerto seis años atrás. Ella había conocido a Cliff Harding después de que Dan desapareciera; después de que encontraran el cadáver de su marido junto a una nota de suicidio, se había permitido a sí misma la oportunidad de alcanzar la felicidad junto a Cliff.

Cuando Dan había desaparecido, estaba convencida de que no volvería a ser feliz. Había sido una época en la que apenas dormía ni comía, y le había costado mucho salir adelante; sin embargo, últimamente había empezado a entender lo que había atormentado a Dan, lo que le había impulsado a optar por una solución tan drástica.

Kelly siempre había estado muy unida a su padre, así que su desaparición había sido un golpe muy duro para ella. En aquella época estaba embarazada de Tyler, y estaba convencida de que Dan regresaría a tiempo de estar presente en el nacimiento de su primer nieto. Había seguido creyendo hasta el final que la desaparición de su padre tendría alguna explicación racional.

—¿Te pasa algo, mamá?

Grace sonrió a Maryellen a pesar de la tristeza que la embargaba, y le dijo:

—Estaba pensando en tu padre, en lo orgulloso que estaría de sus nietos.

Su hija apartó la mirada, y sus ojos se llenaron de lágrimas.

—Me acuerdo mucho de él. No me lo esperaba... me enfadé tanto por lo que hizo... pero ahora ya sólo siento tristeza, tristeza por él y por lo que está perdiéndose.

—Yo también le echo de menos. Nunca entenderemos del todo por qué eligió suicidarse, y no tiene sentido intentar encontrar una explicación lógica. No era el mismo de siempre —de hecho, Dan llevaba años sin ser el hombre con el que se había casado.

—Ya lo sé.

En ese momento, se oyó un ligero ruido procedente del piso de arriba; al parecer, Katie se había despertado de la siesta.

—Ya voy yo a por ella —Grace se puso de pie, y se secó las lágrimas mientras subía la escalera.

La niña aún estaba cansada y un poco gruñona, pero en cuanto la vio se abrazó a ella y posó la mejilla sobre su hombro. Después de bajar cuidadosamente la escalera con la pequeña en brazos, fue a la sala de estar y se sentó en el sofá sin soltarla.

—Me he enterado de que las cosas no van demasiado bien en la galería de arte —le dijo Maryellen—. Lois me llamó el otro día, y me comentó que las ventas han bajado mucho.

Lois Habbersmith había ocupado su puesto de gerente en la galería de arte cuando Maryellen había tenido que dejar su empleo. Grace sabía que su hija nunca había llegado a estar convencida de la capacidad de Lois para lidiar con las responsabilidades de aquel trabajo, y al parecer, sus dudas estaban bien fundadas. Lois estaba abrumada, y la galería estaba resintiéndose.

Era una pena que todo el trabajo y el esfuerzo que Maryellen había invertido en aquel lugar estuvieran echándose a perder. Su hija había conocido allí a Jon Bowman, y aquel hombre había sido un regalo del cielo tanto para Maryellen como para el resto de la familia.

—Se rumorea que es posible que la galería tenga que cerrar —la voz de su hija reflejaba una mezcla de frustración y tristeza.

—Eso sería una verdadera lástima.

—Sí, pero no puedo volver al trabajo —Maryellen soltó un profundo suspiro, y añadió—: Me gustaría hacerlo, pero es imposible; además, ahora estoy gestionando la carrera de Jon. Entre encargarme de enviarles sus fotos a distintas agencias y ocuparme de dos niños de menos de cuatro años, tengo trabajo de sobra.

—Sí, ya lo sé. La galería ya no es responsabilidad tuya.

—Pero invertí tanto trabajo y energía en ese sitio, que me da mucha pena que se venga abajo. Estoy segura de que podría volver a ser rentable.

Aquello era cierto. Ninguno de los artistas con los que había trabajado su hija dependían únicamente de la galería de arte de Harbor Street, pero para muchos de ellos, incluido Jon, lo que ganaban allí era un ingreso complementario.

Cuando Katie intentó bajar de su regazo, la llevó a la cocina y dejó que eligiera lo que quería de merienda. Después de que la niña optara por una galleta y un vaso de zumo, volvieron a la sala de estar.

—Olivia vino ayer, trajo un regalo para Drake —comentó Maryellen, que ya había acabado de amamantar al pequeño.

Olivia y Grace habían sido mejores amigas desde la infancia. Antes de que pudiera hacer algún comentario, su hija añadió:

—Me dijo algo bastante interesante.

A juzgar por la intensidad de su mirada, estaba claro que era un asunto delicado, y Grace sospechó de inmediato de qué se trataba.

—¿Algo sobre Will Jefferson?

Cuando su hija asintió, Grace suspiró y se sentó. Cuando iba al instituto se había enamoriscado de Will, el hermano mayor de Olivia, que no le había prestado ninguna atención. Él se había ido a la universidad, se había casado y se había ido a vivir a Atlanta, mientras que ella se había casado con Dan y se había quedado en Cedar Cove.

Décadas después, tras la muerte de Dan, Will había contactado con ella para darle el pésame, y a partir de ahí habían seguido mandándose correos electrónicos. Lo que había empezado siendo una relación del todo inocente se había convertido en una aventura en todos los sentidos... menos en el físico, y sin duda habrían acabado manteniendo relaciones sexuales si la relación hubiera durado unas semanas más.

Admitía que tenía parte de culpa en lo que había ocurrido, ya que había sabido desde el principio que Will estaba casado, pero él la había engañado al decirle que estaba divorciándose de su esposa, Georgia. Como deseaba creerle, había accedido a encontrarse con él en Nueva Orleans, donde iban a compartir una habitación de hotel. Se había sentido mortificada cuando se había enterado por casualidad de que él no tenía intención alguna de separarse de su mujer... ni por ella, ni por nada; por suerte, se había enterado antes de ir a Louisiana.

Aquella traición había estado a punto de destruir su relación con Cliff Harding. Con el tiempo, él la había perdonado por el daño que le había causado, y en ese momento se consideraba la mujer más afortunada del mundo por ser su esposa.

—Olivia me dijo que Will se ha divorciado, y que piensa mudarse a Cedar Cove —dijo Maryellen.

—Sí, a mí también me lo habían comentado.

—¿Por qué precisamente ahora?

Grace no supo qué decir; al parecer, verse con otras mujeres no era nada nuevo para el hermano de Olivia, ya que ella no había sido ni su primer desliz ni el último. Georgia se había cansado de aguantar, y había decidido pedir el divorcio después de casi cuarenta años de matrimonio.

—No vas a verle, ¿verdad? —le preguntó Maryellen.

Grace negó con firmeza, y le dijo:

—No, a menos que no me quede más remedio —de hecho, pensaba hacer todo lo posible por evitar encontrarse con Will Jefferson.

El problema radicaba en que él no se había tomado demasiado bien su rechazo. Había ido a Cedar Cove en una ocasión anterior para intentar engatusarla, pero había tenido un fuerte encontronazo con Cliff. Se sentía mortificada cada vez que recordaba lo que había pasado. Hasta que Will había vuelto a su vida, no se había dado cuenta de que era una mujer capaz de dejar a un lado sus principios morales, ni de lo estúpida que era en lo relativo al amor... o más bien, al encaprichamiento pasajero.

—¿Lo sabe Cliff?

Grace volvió a negar con la cabeza. Sabía que debería decírselo a su marido, pero no estaba preparada para hacerlo. Era consciente de que iba a tener que hacerlo tarde o temprano, pero se decía una y otra vez que aún no había llegado el momento.

Había engañado a Cliff al ocultarle la relación cibernética que mantenía con Will, y eso había supuesto un bache enorme en su relación que les había costado mucho superar. La primera esposa de Cliff le había engañado, así que él no había tardado en reconocer todos los indicios. No era la primera vez que oía las mismas excusas, y estaba decidido a no pasar por lo mismo de nuevo. Había tardado meses en perdonarla, y no estaba dispuesta a poner en peligro su matrimonio por un hombre que no significaba absolutamente nada para ella. Las mentiras de Will habían destruido cualquier cosa que hubiera podido sentir por él.

El sonido de un coche que se acercaba interrumpió sus pensamientos.

—Papá ya está en casa —le dijo Maryellen a Katie.

La niña bajó de la silla a toda prisa, y echó a correr hacia la puerta.

—¡Papá!, ¡papá! —exclamó, entusiasmada.

Jon entró en la casa y tomó en brazos a su hija de tres años. La pequeña le rodeó el cuello con los brazos, y empezó a salpicarle la mejilla de besos.

—¿Cómo están mis chicas?

—No creo que a tu hijo le haga gracia que le llames chica —le dijo Maryellen, sonriente.

—Vaya —Jon se inclinó para besar a su hijo en la cabeza, y comentó en tono de broma—: Siempre me olvido de ti.

—Ya le recordaremos que estás aquí a eso de las dos de la madrugada, ¿verdad? —le dijo Maryellen al pequeño.

—Hola, Grace. Me alegro de verte.

—Hola, lo mismo digo.

—¿Han venido mis padres? —Jon fue a la cocina a por el correo, que estaba en la encimera.

—Sí, esta mañana. Han decidido quedarse en la ciudad hasta finales de mes —le dijo Maryellen.

Él se limitó a asentir.

—¡Mira, papá! —Katie lo tomó de la mano, y lo condujo hacia el rompecabezas que había acabado antes de dormir la siesta.

Grace decidió marcharse al ver que la joven familia estaba muy atareada. Después de poner un guiso en el horno, se despidió de su hija y de su yerno y besó a sus nietos.

Para cuando llegó a su casa, aún no había decidido lo que iba a hacer respecto a Will Jefferson. Su marido acabaría enterándose tarde o temprano de que iba a mudarse a Cedar Cove, pero si ella se lo mencionaba, se arriesgaba a que él le diera más importancia de la debida al asunto. Le daba igual dónde estuviera viviendo Will Jefferson, aquel hombre podía irse a vivir a Marte si le daba la gana; por otro lado, si no le decía nada a Cliff, se arriesgaba a que él creyera que estaba ocultándole algo.

Su marido salió sonriente del establo al oírla llegar. Buttercup, su golden retreiver, bajó los escalones del porche moviendo la cola con entusiasmo.

—Bienvenida a casa —le dijo él, después de abrirle la puerta del coche.

En cuanto bajó del vehículo, Grace lo abrazó por la cintura y lo besó con pasión. Cuando se separaron al cabo de un largo momento, él la miró sorprendido y le preguntó:

—¡Madre mía! ¿Qué he hecho para merecerme un saludo así?

—Nada fuera de lo normal.

—Te has retrasado un poco —comentó él con naturalidad, mientras iban hacia la casa agarrados del brazo.

—He ido a ver a Maryellen al salir del trabajo.

—Ah.

—Me has echado de menos, ¿verdad? —le preguntó con coquetería.

De repente, se dio cuenta de que si le contaba que Will iba a mudarse a Cedar Cove, su marido sospecharía que había estado con él cada vez que se retrasara un poco. No podía decírselo, pero era inevitable que acabara enterándose... y entonces, ¿qué?

CAPÍTULO 8

Troy Davis entró en su casa, y dejó con desgana el correo sobre la encimera de la cocina. Ni siquiera se había molestado en echarle un vistazo, porque sabía de antemano que no habría nada más que propaganda y alguna factura, como siempre. Estaba aburrido y deprimido, se sentía solo; de hecho, estaba *malgruñonado*. Era una palabra que se había inventado Sandy... malhumorado más gruñón... para describirle cuando estaba en horas bajas. Cuando la oía llamarle así, no podía evitar sonreír.

Sandy. La echaba de menos, la echaba tanto de menos...

A pesar de que su mujer había pasado los dos últimos años en la residencia, había ido a visitarla casi cada día al salir del trabajo, además de los fines de semana. Aquel lugar se había convertido en una extensión de su propia casa, y visitar a Sandy formaba parte de su rutina diaria, de su vida. Desde que la había perdido, disponía de un tiempo libre que no sabía cómo llenar.

Encendió la televisión, se sentó en su silla preferida, y estuvo viendo las noticias durante diez minutos. La vida tenía que ser algo más que aquel... aquel vacío. Como Sandy había acaparado gran parte de su tiempo, nunca había tenido ninguna afición, y no se le ocurría nada que le interesara lo bastante como para dedicarle su esfuerzo y sus recursos. Las cosas no pintaban demasiado bien de cara a su jubilación.

Cuando fue incapaz de seguir sentado, se puso de pie y fue a la cocina. Hacía años que se encargaba de la comida, y por regla general solía comprar en el supermercado algo fácil de preparar, o algo para llevar en algún restaurante de comida rápida. Tenía nociones básicas de cocina, y sabía usar el microondas. Podía hacer un filete a la parrilla, hervir una patata, y echarle vinagreta a la ensalada como todo un experto, pero no sabía preparar nada elaborado.

El estómago empezó a hacerle ruido para recordarle que debería comer algo, pero ni siquiera la idea de una buena chuleta de carne hizo que le entrara el apetito. Como no tenía ni inspiración ni energías, sacó la mantequilla de cacahuete y la gelatina de un cajón. Tenía pan relativamente fresco, y la mantequilla le proporcionaría proteínas... Sandy solía sermonearle sobre eso.

Decidió hacerse un bocadillo. Sandy se habría horrorizado al verlo comer de pie junto al fregadero, pero así no tendría que molestarse en limpiar la encimera si la gelatina empezaba a gotear.

Su mujer siempre había insistido en que había que sentarse a la mesa a la hora de comer, así que se sintió culpable mientras se comía el bocadillo con la mirada fija en la ventana que daba al jardín trasero. Cuando acabó y se sirvió un vaso de leche, se dio cuenta de que tenía un olor un poco agrio y pensó en comprobar la fecha de caducidad, pero al final se limitó a echarla al fregadero.

Se acercó a la encimera, y después de abrir la tapa del cubo de la basura... o como Sandy solía llamarlo, «el archivador redondo»... empezó a repasar el correo. Tal y como esperaba, las tres primeras cartas eran propaganda, así que las tiró sin prestar atención a las supuestas oportunidades únicas que le ofrecían. La cuarta carta era la factura del agua, y la quinta una que parecía contener una tarjeta... seguro que se trataba de una nota de pésame, aún seguía recibiendo algunas.

En el remitente ponía que procedía de Seattle, pero no reconoció el nombre, F. Beckwith. Se preguntó si se trataba de alguna amiga de Sandy, y al final la dejó a un lado y revisó el resto de la correspondencia; cuando terminó, abrió el sobre y sacó la tarjeta.

Lo primero que hizo fue mirar la firma... Faith Beckwith. No conocía a nadie que se apellidara así. Había conocido a una Faith, pero muchos años atrás. Alzó la mirada hacia el principio de la nota, y leyó lo que ponía.

Querido Troy,

Lo sentí mucho cuando me enteré de lo de tu mujer. Seguro que era una persona muy especial, ya casi la he perdonado por el hecho de que te arrebatara de mi lado.

Mi marido murió hace tres años, así que entiendo a la perfección cuánto te estará costando acostumbrarte a la nueva situación.

Faith Beckwith era el nombre de casada de Faith Carroll, su novia del instituto. ¿Faith le había mandado una nota de pésame? Esbozó una sonrisa, y antes de que pudiera racionalizar lo que estaba haciendo, llamó a Información para que le dieran su número de teléfono y lo marcó sin vacilar.

Cuando oyó el tono de la llamada, se dio cuenta de que ni siquiera se había planteado lo que iba a decir. Aunque nunca había sido un hombre impulsivo, en ese momento no necesitaba reflexionar sobre lo que estaba haciendo, porque sabía de forma instintiva que era lo correcto.

—¿Diga? —dijo una voz de mujer.
—¿Faith? Hola, soy Troy Davis.

Ella tardó unos segundos en contestar, era obvio que se había quedado atónita.

—Dios... Troy, ¿de verdad eres tú?

Su voz sonaba igual que cuando estaban en el último año del instituto. En aquella época estaban enamorados, y solían pasarse horas hablando por teléfono cada noche. Él se había alistado el verano posterior a la graduación, y ella le había despedido entre besos y lágrimas y le había prometido que le escribiría a diario. Al principio lo había cumplido, pero sus cartas habían dejado de llegar de golpe sin que él supiera por qué. Poco después, un amigo le había dicho que ella estaba saliendo con otro, y a pesar de que en su momento se había sentido muy dolido por la forma en que había roto con él, todo aquello había quedado atrás. Por aquel entonces, los dos eran muy jóvenes; además, no se habría casado con Sandy si Faith no hubiera cortado con él, y no podía imaginarse su vida sin Sandy...

—He recibido tu nota de pésame, ¿cómo te enteraste?

—Mi hijo y mis nietos viven en Cedar Cove. Fui a visitarlos, y vi el *Chronicle*. Suelo leer las necrológicas, y...

—¿Leíste lo de Sandy?

—Sí. Lo siento mucho, Troy. No sabía si querrías saber de mí, por eso tardé un poco en enviarte la carta.

Troy no supo qué decir, hasta que bajó la mirada hasta la nota y releyó el escueto mensaje.

—¿Qué quieres decir con lo de que Sandy me arrebató de tu lado? —al fin y al cabo, había sido ella la que le había dejado tirado.

Faith se echó a reír, y le dijo:

—Venga, Troy, ya sabes que me rompiste el corazón.

—¿*Qué*? —apenas podía creer lo que estaba oyendo, era imposible que a Faith se le hubiera olvidado lo mal que lo había tratado—. Que yo recuerde, fuiste tú la que rompiste conmigo.

Ella tardó unos segundos en contestar.

—¿Qué dices?, si fuiste tú el que dejaste de escribirme.

—Ni hablar —siempre se había preguntado lo que había

pasado, y aunque su orgullo no le impedía admitir que ella le había hecho mucho daño, hacía muchos años que todo aquello había quedado atrás.

—Me parece que uno de los dos tiene una memoria bastante selectiva.

—Y que lo digas —se sorprendió al darse cuenta de que estaba disfrutando de la conversación. Sabía con total certeza que era Faith la que tenía la memoria selectiva, pero estaba dispuesto a perdonarla.

—Sí, y no soy yo.

—Vale, vamos a repasar lo que pasó aquel verano.

—Buena idea. Al poco de que nos graduáramos, te fuiste para empezar con el entrenamiento básico.

—Exacto, y recuerdo con claridad que me prometiste tu eterno amor cuando nos despedimos.

—Sí, y lo dije con sinceridad. Te escribí una carta a diario.

—Claro, al principio —había vivido pendiente de aquellas cartas, y se había quedado desconcertado cuando habían dejado de llegar.

—Te mandé una carta cada día sin falta, pero tú dejaste de hacerlo.

—¿Quién?, ¿yo?

—Sí, tú.

—No dejé de escribirte, Faith.

—Lo mismo digo.

—Te llamé por teléfono, y tu madre me dijo que habías salido. Después, un amigo me comentó que estabas viéndote con otro chico, así que capté el mensaje.

—No salí con nadie más que tú hasta después de irme a la universidad en septiembre —el silencio que siguió a sus palabras estaba cargado de tensión; al cabo de unos segundos, añadió con voz vacilante—: Mi madre... mi madre era la que se encargaba de llevar y recoger el correo.

—¿Yo no le caía bien? —que él recordara, la señora Carroll nunca le había tratado con hostilidad.

—No es eso, es que pensaba que éramos demasiado jóvenes para ir en serio. Cometí el error de decirle que esperaba que por Navidad me regalaras un anillo de compromiso.

Lo más irónico era que Troy había planeado hacerlo.

—¿Creíste que había dejado de escribirte sin más, sin ninguna explicación? ¿Me creíste capaz de hacerte algo así?

—Pues sí, igual que tú creíste que yo había dejado de escribirte.

Ella vaciló por un momento, y al final no tuvo más remedio que darle la razón.

—¿Intentaste contactar conmigo cuando acabaste con el entrenamiento básico? Viniste a casa de permiso, ¿verdad?

—Claro que lo intenté. Fui a tu casa a finales de agosto, pero para entonces ya te habías ido a la universidad. Quería hablar contigo, pero cuando le pedí tu nueva dirección, tu madre me dijo que era mejor que no intentara ponerme en contacto contigo.

—Jamás pensé que mi madre fuera capaz de hacer algo así.

—Ni yo.

Ninguno de los dos supo qué decir; al cabo de un largo momento, ella admitió en voz baja:

—Me rompiste el corazón.

—Lo mismo digo.

—Me parece que mi madre tendría que darme muchas explicaciones.

—¿Aún vive?

—No, murió hace diez años.

—A pesar de todo, los dos hemos tenido suerte en la vida. Puede que las cosas no salieran como esperábamos, pero...

—Sí, es verdad. Conocí a Cal en Washington, y nos casamos en 1970.

Qué coincidencia.

—Sandy y yo nos casamos el mismo año, en junio.

—¿Qué día?
—El veintitrés, ¿y tú?
—El veintitrés.

Aquello era cada vez más raro. Se habían casado el mismo día y el mismo año... pero con otras personas.

—¿Cuántos hijos tienes, Faith?
—Dos... un chico, Scott, y una chica, Jay Lynn. Scottie vive en Cedar Cove, es profesor en el instituto. Jay Lynn está casada y tiene dos hijos, es ama de casa. ¿Y tú?, ¿tienes hijos?
—Una hija, Megan. Trabaja en la tienda de enmarcado que hay cerca del puerto.
—¡Dios mío! Hace poco, Scottie llevó a enmarcar allí una foto de sus bisabuelos que se tomó en los años treinta, en la granja que la familia tenía en Kansas.

Era obvio que sus vidas se habían entrecruzado en más de una ocasión; además, ella había ido a Cedar Cove varias veces durante los últimos años para visitar a su familia, así que podría habérsela encontrado en cualquier momento, pero no había sido así.

—Tengo entendido que eres el sheriff.
—Sí. Cedar Cove siempre ha sido mi hogar, nunca quise vivir en otro sitio. Muy pocos de los de nuestra promoción del instituto siguen aquí.
—Me enteré de que Dan Sherman murió. Scottie me llamó cuando encontraron su cuerpo, pobre Grace.
—Sí, fue una situación muy complicada —aunque conocía a Dan, nunca habían tenido una amistad demasiado estrecha—. Grace se ha casado con un ranchero... seguro que Cliff te caería bien, es un tipo muy centrado que no se anda con tonterías.
—¿Qué tal está Olivia? Me habría gustado mantener el contacto con ella, pero acabamos perdiéndolo.

Troy recordó que las dos habían sido bastante amigas en el instituto, y comentó:

—Se casó con un tal Stan Lockhart cuando se licenció, pero se divorciaron el año en que murió su hijo.

—Me había enterado de que era juez, pero no sabía que había perdido un hijo ni que estaba divorciada.

—Todo eso pasó hace más de veinte años. No has venido a ninguna de las reuniones de antiguos alumnos, ¿verdad? —lo sabía con certeza, porque él había ido a todas.

—No, ¿y tú?

—Sí, por desgracia.

Habría preferido no ir, pero como vivía en la ciudad, le habría resultado muy difícil librarse; además, como había sido uno de los delegados de curso, la gente daba por sentado que iba a encargarse de organizar el evento, y al final había tenido que hacerlo en casi todas las reuniones, gracias en gran parte a Sandy y a su capacidad de organización. Su hija le había ayudado en la última que se había celebrado, aunque él habría preferido quedarse en casa.

—Querías ser enfermera, ¿verdad?

—Sí, y lo conseguí. Aunque ahora ya no ejerzo, lo dejé hace unos diez años —vaciló por un instante antes de añadir—: Escribo un poco, pero nada demasiado importante... artículos sobre salud, ese tipo de cosas.

—¿Ah, sí? Qué impresionante —a él nunca se le había dado bien plasmar sus pensamientos en un papel. Tenía que escribir los informes policiales, claro, pero era cuestión de expresar los hechos con claridad.

—No es nada del otro mundo, supongo que es una forma de utilizar parte de mis conocimientos médicos.

Charlaron durante unos minutos más, y cuando daba la impresión de que no quedaba nada por decir, Troy se esforzó por encontrar algún tema con el que mantenerla al otro lado de la línea. No quería cortar la conexión, tenía miedo de que pasara media vida más antes de que volvieran a hablar... y eso, suponiendo que volvieran a hacerlo.

—¿Vienes mucho por Cedar Cove?

—La verdad es que no, pero Scottie quiere que me vaya a vivir allí y estoy planteándomelo —tras un instante de silencio, añadió—: ¿Por qué lo preguntas?

—Estaba pensando que... podríamos vernos la próxima vez que vengas.

—Vale —le contestó ella, sin dudarlo.

—Podríamos ir a tomar café y pastel al Pancake Palace —de jóvenes solían ir allí, aunque en aquel entonces pedían patatas fritas y un refresco.

—¿No preferirías unas patatas fritas y una Coca-Cola?

—¿Tú también te acuerdas?

—Pues claro. Siempre las compartíamos, y a mí me gustaban las patatas con más sal que a ti.

—¿Sabes cuándo vendrás?

—Podría ir el próximo sábado, si te va bien.

Sí, le iba bien; de hecho, le iba perfecto.

CAPÍTULO 9

Anson Butler había disfrutado de dos semanas de permiso, pero aquél era el último día. A la mañana siguiente tenía que tomar un vuelo hacia la costa este para seguir con sus estudios avanzados en tecnología informática, en la sección de Inteligencia del ejército. Allison Cox estaba orgullosa de él, de su éxito y de su determinación, pero sabía que iba a pasarlo fatal al no poder verlo durante ocho semanas más.

Sus padres se habían portado genial con él, y habían organizado una barbacoa en familia a modo de fiesta de despedida. Incluso Eddie, el pesado de su hermano menor, había ayudado a decorar el jardín con serpentinas y globos. Todos los compañeros del instituto iban a estar allí, incluso los que habían creído que Anson era el responsable del incendio que había acabado con el restaurante Lighthouse. Él los había perdonado, así que ella no podía ser menos.

En ese momento, estaba dándole los últimos toques al pastel que había preparado ella misma aquella tarde. Cuando acabara de untar el chocolate y de colocar las florecillas de caramelo, tenía que ir a buscar a Anson.

—Has invitado a la señora Anson, ¿verdad? —le preguntó su madre.

Allison asintió, aunque antes de invitar a Cherry Butler ya sabía que iba a recibir una negativa por respuesta. La verdad era que aquella mujer jamás había sido una buena madre.

—Me dijo que se lo pensaría —prefería que Cherry no fuera a la fiesta. Sabía que su presencia incomodaría a los demás, y que acabaría avergonzando a Anson si bebía más de la cuenta.

En ese momento, la puerta de la cocina se abrió y su padre entró desde el garaje.

—Vaya, parece que hay toda una fiesta en marcha.

—¿Cómo te ha ido con Allan Harris? —le preguntó su madre, mientras iba hacia él para darle un beso.

Allan era un abogado con el que su padre acababa de reunirse, a pesar de que era sábado por la tarde.

—Martha Evans murió anoche —dijo él, mientras empezaba a aflojarse la corbata.

—Lo siento mucho.

—Tenía más de noventa años, Rosie. Estaba preparada para irse.

—¿Eres el albacea de su testamento?

—Sí. Allan me ha pedido que me ponga en contacto con los familiares de Martha para ponerles al corriente de la situación, ninguno de ellos vive en la ciudad. Ellos van a ocuparse de organizar el funeral —soltó un suspiro, y añadió—: Llevaba años viviendo sola, fue el reverendo Flemming el que encontró el cadáver. La visitaba una o dos veces a la semana para asegurarse de que todo le iba bien.

—Es un buen hombre.

Todo el mundo apreciaba al reverendo Flemming.

—Charlotte Rhodes se ha ofrecido a organizar el velatorio.

—¿Cuándo llegará la familia de...?

Su madre no pudo acabar la frase, porque en ese momento Eddie se asomó por la puerta corredera que daba al jardín y les preguntó:

—¿Enciendo ya la barbacoa?
—Aún no, antes quiero cambiarme de ropa —le dijo su padre.
—¡Eddie, aún tengo que ir a por Anson! —le espetó Allison.
—Vale, vale, sólo quería ayudar.
—Gracias, hijo —le dijo su madre, mientras empezaba a echar los pepinillos y los tomates troceados en la ensalada. Se volvió hacia Allison, y comentó—: Me parece que tendrías que ir ya a buscarle.
—Dentro de un momento —le dijo, mientras ponía perlitas de anís por el borde del pastel.
—Recuérdale a su madre que puede venir también si le apetece.
—Vale —después de echarle una última ojeada al pastel para comprobar que estaba perfecto, agarró su bolso y las llaves del coche y se marchó.

La madre de Anson vivía en una zona para caravanas que había cerca de Lighthouse Road. El día en que la había conocido, Cherry no se había mostrado abiertamente hostil, pero tampoco había sido demasiado cordial. Como tantos otros, también había creído que Anson era el responsable del incendio, a pesar de que era su propio hijo.

Allison lo había pasado muy mal cuando Anson había desaparecido. En aquel entonces no sabía dónde estaba, si estaba bien, o lo que estaba haciendo. Se había llevado una enorme sorpresa al enterarse de que él se había alistado en el ejército.

Cuando llegó a la zona de caravanas, condujo por el camino hasta la que estaba al fondo de todo. Esperó durante un largo momento, pero al ver que Anson no salía, apagó el motor y bajó del coche.

Justo cuando estaba a punto de subir los tres escalones de la entrada, Cherry Butler abrió la puerta. Llevaba una minifalda y un jersey ajustado, se había teñido el pelo de negro, y tenía un cigarrillo en la mano. Se apoyó en el marco de la puerta, la miró ceñuda durante unos segundos, y le dio una calada al cigarrillo.

—Anson no está —le dijo, después de echar el humo.

—Ah —la ausencia de Anson la desconcertó un poco.

A Cherry pareció hacerle gracia su reacción, y le dijo con sorna:

—No te preocupes, está con Shaw. Seguro que está a punto de volver.

Shaw era uno de los mejores amigos de Anson, y también mantenía una buena amistad con ella. Era normal que los dos hubieran querido pasar un rato juntos antes de que Anson se marchara.

—No sé si sabes que lo hizo por ti —Cherry le dio otra calada al cigarro antes de añadir—: Anson sabía que yo no quería que se alistara, pero se creyó las sandeces que le dijo algún reclutador, y mira lo que ha pasado.

—Anson me dijo que le gusta el ejército.

—Claro, a ti también te gustaría si pudieras esconderte allí mientras la policía te busca por todas partes.

Allison se quedó mirándola sin saber qué decir, y se produjo un silencio de lo más incómodo hasta que hizo acopio de valor y decidió decir lo que pensaba.

—Usted es su madre —dio un paso hacia ella, y añadió con voz firme—: Debería estar orgullosa de él. Señora Butler...

—¿No te dije la primera vez que viniste que no soy una señora?

—Lo digo en serio, señora Butler. Anson fue el único de su clase de entrenamiento básico al que eligieron para este curso especializado. Es inteligente, y... y le amo. A lo mejor cree que con dieciocho años soy demasiado joven para saber lo que es el amor, pero tengo muy claros mis sentimientos.

—Oye, Abby...

—¡Me llamo Allison!

—Lo que sea. Puedes entregarle tu corazoncito a mi hijo si te da la gana, pero va a largarse y apuesto a que no tarda en encontrar a otra chica. Los hombres son así, de modo que hazte un favor a ti misma y olvídate de él.

—¿Que me olvide de Anson?, ¡eso es imposible! —apenas podía creer lo que estaba oyendo.

Cherry se echó a reír, y le dijo:

—Haz lo que te dé la gana, pero seguro que Anson acaba rompiéndote el corazón. Es como todos los demás. Mírame, fui una idiota y creí que su padre se casaría conmigo en cuanto le dijera que estaba embarazada —le dio otra larga calada al cigarro antes de añadir—: Pero no pudo hacerlo, porque ya estaba casado.

—Anson no es así.

—Puedes creer lo que quieras. Hay una cosa innegable: Anson tiene la inteligencia de su padre, porque está claro que no la heredó de mí.

Allison quería que aquella velada fuera especial para Anson, así que respiró hondo y dijo:

—Anson se alegraría mucho si usted viniera a la fiesta —le amaba, así que estaba dispuesta a dejar a un lado sus propias preferencias. Sabía que, a pesar de todo, él quería que su madre estuviera en la fiesta, así que estaba dispuesta a intentar convencerla de que fuera.

—¿Ah, sí? —Cherry enarcó las cejas, y tiró el cigarro a la calle.

—Sí, es una fiesta de despedida.

—No voy a ir.

—A Anson le gustaría que usted estuviera allí. Por favor, señora... por favor, Cherry.

—No, tengo otras cosas que hacer.

—Anson se va para empezar un nuevo curso, ¿qué puede ser más importante que estar a su lado para despedirle? —no alcanzaba a entender cómo era posible que aquella mujer no se preocupara por su hijo, que no se enorgulleciera de él.

Alzó la mirada al oír que un coche se acercaba, y vio que se trataba del Ford Malibu de Shaw, que la saludó con la mano y se marchó cuando Anson bajó del vehículo. Seguro que iba a prepararse para la fiesta.

—Siento llegar tarde —Anson miró sonriente a la una y a la otra.

—Estaba invitando a tu madre a la fiesta —le dijo.

—Y yo estaba diciéndole a tu novia que tengo mejores cosas que hacer que ir a la casa de un ricachón para hacer el paripé.

—Me da igual que no vengas —a pesar de sus palabras, Anson fue incapaz de mirar a su madre a los ojos.

—Lo suponía.

Él se tensó de forma visible, y dio media vuelta antes de decir con firmeza:

—Vámonos de aquí, Allison.

—Adiós —dijo su madre con indiferencia; sin más, entró en la caravana y cerró la puerta.

Anson miró a Allison con expresión de disculpa, y le preguntó:

—¿Has tenido que esperarme durante mucho rato?

—No, un par de minutos.

—¿Te ha dado la lata?

—¿Sobre qué?

—Sobre el hecho de que me alistara en el ejército.

—No mucho.

—Cree que tú tienes la culpa.

A Allison le daba igual lo que Cherry pudiera pensar de ella.

—El ejército es mi vía de escape, Allison —le dijo, como si necesitara explicarle sus motivos—. Me da la oportunidad de recibir una educación, pero Cherry es incapaz de entenderlo.

—Ya lo sé —estaba deseando marcharse de allí, así que lo tomó de la mano y le dijo—: Venga, vámonos.

Entraron en el coche, y Allison condujo con cuidado por miedo a atropellar a alguno de los niños que estaban jugando cerca de la carretera.

—¿Tu familia espera que lleguemos pronto? —le preguntó él de repente.

—Eh... supongo que sí, ¿por qué?

La miró con una enigmática sonrisa, y le preguntó:

—¿Podemos ir a la playa?, sólo será un momento.

—Vale. ¿Quieres ir a algún sitio en concreto?

—Algún lugar que sea privado —su sonrisa se ensanchó.

Allison puso rumbo a una playa que conocía cerca de Lighthouse Road. Como la marea estaba baja, aparcó en una zona pedregosa cercana a la playa y miró a su alrededor; tal y como esperaba, no se veía a nadie.

Cuando salieron del coche, Anson la tomó de la mano y fueron juntos hacia la orilla. Pasaron por encima de un tronco caído, y empezaron a pasear por la playa. Había un par de garzas de patas largas caminando por el agua poco profunda, y gaviotas sobrevolándolos.

—Siento que hayas tenido que esperarme, ya sé cómo es mi madre.

—No pasa nada —Allison no quería perder aquellas últimas horas hablando de Cherry.

—Iba a volver más temprano, pero le pedí a Shaw que me llevara a un sitio.

Se sacó una cajita de joyería del bolsillo, y la abrió. Dentro había un anillo de plata con una piedra preciosa azul que debía de ser un zafiro.

—Quería darte esto antes de irme.

Allison sintió que se le formaba un nudo en la garganta, y luchó por controlar las lágrimas mientras alcanzaba a decir:

—Oh, Anson...

—Quiero que lleves puesto algo que venga de mí, para que no me olvides.

—¡Jamás te olvidaría! —había sido muy sincera cuando había hablado con Cherry, le amaba de todo corazón.
—Vas a ir a la universidad, estarás rodeada de un montón de tipos inteligentes y guapos.
Se habría echado a reír si las lágrimas no se lo hubieran impedido.
—¿Aún no te has dado cuenta de que eres el único chico que me interesa? —consiguió esbozar una sonrisa, y añadió—: Por cierto, eres más inteligente y guapo que cualquiera de ellos.
Él la miró con ojos llenos de amor, y le dijo:
—Te adoro, Allison. Eres mi mundo entero, no sé lo que habría hecho sin ti durante estos últimos meses. Me diste fuerzas para superar el entrenamiento básico —alargó hacia ella la cajita de terciopelo, y le preguntó—: ¿Puedo ponértelo? —cuando ella le ofreció su mano, le puso el anillo y dijo con alivio—: Te queda bien. Este anillo es mi promesa de que no miraré siquiera a otra chica mientras esté fuera.
—Y yo te prometo que tampoco saldré con nadie más —alargó la mano, y contempló el anillo en silencio antes de comentar—: Es precioso, Anson. El azul es mi color preferido. Es perfecto.
—Tuve que adivinar el tamaño.
Allison le abrazó, y le dijo con voz suave:
—Te amo.
Se abrazaron con fuerza durante un largo momento, y cuando la besó, sintió que salía disparada hacia una galaxia nueva que sólo conocían ellos. Le costó mucho apartarse, recordar que estaban en un lugar público y que cualquiera podría verlos.
—Gracias, Anson —contempló de nuevo el anillo, y comentó—: Es un detalle tan bonito, tan propio de ti...
—Ojalá fuera el diamante Hope.
—Para mí, es como si lo fuera.
Iba a atesorar aquel anillo durante toda la vida. No quería

que Anson se fuera, y mucho menos tan lejos de Cedar Cove, pero, por otro lado, sabía que aquélla era una oportunidad única para él y no se la arrebataría por nada del mundo.

Él la abrazó con fuerza, y apoyó la frente en la suya antes de decir:

—Espérame, Allison.

—No voy a ir a ninguna parte. Siempre estaré esperándote, Anson. Siempre.

Volvieron a besarse, pero al final se apartaron a regañadientes y echaron a andar hacia el coche agarrados de la mano.

CAPÍTULO 10

Cuando Teri salió del salón de belleza el martes por la tarde, James ya estaba esperándola junto a la limusina, listo para abrirle la puerta. Bobby había decidido que el chófer tenía que llevarla al trabajo y pasar a buscarla después; al parecer, pensaba que así estaba más segura.

—Buenas tardes, señorita Teri.

—Hola, James —en cuanto entró en el vehículo, se quitó los zapatos y se frotó los pies. Había tenido un montón de trabajo, y apenas le había quedado tiempo para descansar.

—¿Ha tenido un buen día?

—Sí, gracias —por regla general, James no solía ser tan hablador, pero en los últimos días parecía más sociable.

—Me pareció todo un detalle por su parte que invitara a cenar a su familia el fin de semana pasado.

Había sido toda una experiencia, de eso no había duda.

—Gracias.

Después de cerrar la puerta, James rodeó el coche y se puso al volante. Cuando iban de camino a casa, Teri se dio cuenta de que la miraba por el retrovisor cada dos por tres, y al final le preguntó:

—¿Te pasa algo, James?

—¿Por qué lo pregunta?

—Porque no dejas de mirarme.
—Discúlpeme, señorita. Es que... su hermana y usted no se parecen en nada.
—Sólo somos hermanas por parte de madre. Ella consiguió la belleza, y yo el cerebro —no estaba demasiado convencida de que fuera una afirmación realista, pero sonaba bien.
—Sí, la verdad es que su hermana es toda una belleza —comentó él, con voz queda.
Teri se quedó atónita, y lo contempló en silencio durante un largo momento. Ni siquiera se le había pasado por la cabeza que James pudiera estar interesado en su hermana, pero pensándolo bien... ¿por qué no? Y aún más, era posible que Christie estuviera interesada en él. Era un hombre soltero, tenía un empleo, y resultaba atractivo a su manera; desde luego, era mucho mejor que los hombres con los que solía salir su hermana.
—James, no vamos a ir directamente a casa.
—¿Adónde quiere que la lleve, señorita Teri?
—A casa de mi hermana.
—Vive en un apartamento.
—Vale, al apartamento de mi hermana —había pasado bastante tiempo sin hablar con Christie, así que no tenía ni idea de dónde vivía.
—¿Quiere que avise a Bobby?
—No hace falta, sólo tardaremos unos minutos.
—Lo que usted diga, señorita.
—Tutéame, James.
—Sí, señorita.
El trayecto duró unos minutos, y Teri aprovechó para preguntarle por Bobby. Su marido apenas salía de casa desde lo de la amenaza, pero cada día sin falta se sentaba delante del tablero de ajedrez. Ella no alcanzaba a entender cómo podía concentrarse jugando solo, pero lo cierto era que no era ninguna experta del ajedrez.
—¿Cómo está Bobby?, ¿qué tal le ha ido el día?

Estaba preocupada por su marido, pero intentaba ocultarlo. Bobby estaba bastante retraído últimamente, y el hecho de que enviara a James para que la escoltara al trabajo indicaba que estaba paranoico con la obsesión de mantenerla a salvo; de hecho, apenas soportaba perderla de vista. Era obvio que la amenaza era más seria de lo que ella pensaba y que él no quería correr ningún riesgo, pero le amaba y no estaba dispuesta a permitir que un matón la usara para chantajearle. Tenía que averiguar lo que estaba pasando, y actuar en consecuencia.

James tardó unos segundos en responder, y el silencio en sí fue de lo más revelador.

—Ha pasado todo el día en casa, señorita Teri.

—¿Sabes por qué no ha participado en ningún torneo últimamente?

—No —entró en el aparcamiento de un complejo de apartamentos de Beach Road, y le dijo—: Su hermana vive en el 102, está en la primera planta.

—Gracias, James.

Él salió del coche y le abrió la puerta antes de que tuviera tiempo de desabrocharse el cinturón de seguridad, y se quedó esperando junto a la limusina mientras ella iba hacia la casa de su hermana. El vehículo había captado la atención de la gente, y media docena de niños se acercaron y empezaron a bombardearle a preguntas.

Christie abrió la puerta con una botella de refresco en la mano, y se quedó atónita al verla.

—¿Qué haces aquí?

—He venido a ver cómo te va —era la verdad... al menos en parte. Quería tener una buena relación con su hermana, y a la vez pensaba que contribuir a que James y ella salieran juntos les beneficiaría a todos.

—¿De verdad te importa?

—Si no me importara, no habría venido. Quiero invitarte a cenar.

Christie la miró con suspicacia, y le preguntó:

—¿Otra vez?, ¿no te da miedo que intente ligarme a tu querido Bobby?

Sí, le daba miedo, pero por otro lado, estaba tranquila. Confiaba plenamente en su marido, él la había elegido entre todas las mujeres del mundo. Bobby Polgar no era un hombre voluble, y gracias a lo mucho que la amaba, los celos y los miedos que ella hubiera podido sentir en un principio se habían desvanecido.

—Inténtalo si quieres, pero no vas a conseguirlo —le dijo, sonriente. Al ver que Christie se erguía de forma visible en cuanto vio a James junto al coche, rodeado de niños, le dijo—: James vendrá a recogerte mañana, ¿te va bien a las seis?

—Sí, no hay problema —Christie se comportaba como si estuviera haciéndole un favor al aceptar la invitación.

James le abrió la puerta de la limusina al verla regresar. Antes de entrar, lo miró y le dijo:

—Mi hermana vendrá a cenar a casa mañana, espero que no te importe venir a buscarla.

—Por supuesto que no, señorita Teri. Será un placer.

Ella tuvo la impresión de que lo decía muy en serio.

Ninguno de los dos habló durante el resto del trayecto. Cuando llegaron a casa y James la ayudó a bajar del coche, la puerta principal se abrió de golpe y Bobby salió como una exhalación.

—¿Estás bien? —la agarró de los brazos, y la miró de arriba abajo como buscando alguna posible herida.

—Claro que estoy bien, ¿a qué viene tanta preocupación?

—Llegas tarde.

Teri se sintió culpable. Tendría que haberle llamado, o haberle pedido a James que lo hiciera.

—Le he pedido a James que me llevara a casa de Christie.

Su marido la miró con alivio, y la abrazó con fuerza. Ella le rodeó el cuello con los brazos, y lo miró a los ojos. En ellos vio un amor tan intenso, que estuvo a punto de echarse a llorar por la emoción... pero también vio miedo. Bobby tenía miedo por ella, temía que alguien se la arrebatara.

—Será mejor que vayamos a sentarnos. Tenemos que hablar, Bobby —le dijo, mientras lo conducía hacia la casa. Cuando se sentaron en el elegante sofá de cuero de la sala de estar, se acurrucó contra él y apoyó la cabeza en su pecho antes de decirle—: Tengo que preguntarte una cosa.

—¿El qué?

—Tengo que saber por qué me tienes vigilada día y noche.

—Para asegurarme de que estás a salvo —le dijo, como si fuera una respuesta obvia.

—Estoy a salvo, Bobby. Te lo prometo. Pero si has recibido alguna amenaza, es un problema al que tenemos que enfrentarnos juntos. Podríamos ir a la policía, o...

—¡No! —sacudió la cabeza, y apartó la mano de la suya.

A juzgar por su lenguaje corporal, era obvio que había pasado algo. Se volvió a mirarlo, y le dijo con voz suave:

—Será mejor que me lo cuentes, Bobby —al ver que él se mantenía firme y se limitaba a negar con la cabeza, sintió que se le formaba un nudo en el estómago. Se arrodilló en el sofá, y enmarcó su rostro entre las manos—. Bobby, escúchame bien: soy tu mujer, y las parejas casadas tienen que comunicarse. Tengo que saber lo que pasa, tendrías que decírmelo. Es lo que hacen los matrimonios —al ver que él se movía con nerviosismo, supo que estaba convenciéndolo—. Has estado muy raro desde que aquellos dos tipos fueron al Get Nailed. Está claro que pasó algo, y que estás acarreando tú solo el peso de este problema. Tengo que saber qué es lo que te preocupa —al ver que no contestaba, añadió—: Me amenazaron, ¿verdad? —como él permaneció en silencio, le dijo con exasperación—: ¡Bobby! Ya sé que estás intentando protegerme y te lo agradezco de corazón, pero estás sufriendo y no lo soporto —al ver que él seguía evitando mirarla, no se dio por vencida y siguió insistiendo—. Hace semanas que no participas en un torneo. Naciste para jugar al ajedrez, es tu vida.

—No, mi vida eres tú. Para mí no hay nada más importante que tú, Teri.

—No puedo ser feliz si tú no lo eres.

Él cerró los ojos, y le dijo con voz queda:

—Poco después de que esos hombres fueran a verte, me llamó Aleksandr Vladimir.

—¿Quién?

—Vladimir, es un jugador de ajedrez ruso. Me preguntó cómo estabas, y me dijo que esperaba que estuvieras... a salvo.

—A lo mejor es la forma rusa de felicitarte por tu matrimonio, puede que estuviera saludándote sin más.

—No, estaba dejándome claro que era él el que estaba detrás de lo que pasó en junio... que había sido él quien había mandado a aquellos matones que hablaron con James y contigo.

—Si de verdad crees que estaba amenazándote, tenemos que avisar a las autoridades.

—¡No! —exclamó, mientras empezaba a abrir y a cerrar los puños con nerviosismo—. No puedo demostrar que me amenazó, si avisamos a la policía estaremos poniéndote en peligro. No me pidas que lo haga, porque no puedo.

Le había visto reaccionar con tanta vehemencia en muy pocas ocasiones, y su emoción descarnada revelaba con más claridad que sus palabras lo atormentado que estaba. Antes de que pudiera intentar tranquilizarlo, la besó en el cuello en una caricia que la estremeció de placer, y le dijo en voz baja:

—Me importas más que el ajedrez, Teri —deslizó los dedos por debajo de su blusa, y añadió—: ¿Estoy comunicándome bien?

—Sí, muy bien —alcanzó a susurrar, mientras él empezaba a acariciarle un pecho.

—¿Quieres hablar de algo más? —le preguntó, tras un largo momento.

—¿Qué vas a hacer respecto a lo del ruso? —tuvo que apartarle las manos para poder concentrarse. Al ver que permanecía callado, como valorando las posibles opciones, le preguntó—: ¿Pertenece a la mafia rusa?

Él se encogió de hombros, y le dijo:

—Es un buen jugador, uno de los mejores, pero yo soy incluso mejor.

Bobby era un hombre modesto en muchos aspectos, pero tenía una confianza plena en sí mismo en lo relativo al ajedrez. Aquella confianza inquebrantable era una de las cosas que la habían atraído de él.

—Vladimir quiere que pierdas contra él, ¿verdad? —cuando él asintió, añadió—: Le dijiste que ni hablar, ¿no?

Él tardó un largo momento en contestar, pero al final admitió a regañadientes:

—Dejó implícito que te pasaría algo si no perdía contra él.

Teri se enfureció, y soltó unos cuantos exabruptos que parecieron sobresaltar a su marido.

—No voy a permitir que pierdas contra él, Bobby —le dijo con furia.

Él la miró con angustia, y admitió:

—La cuestión es que no puedo perder, Teri. No sé cómo hacerlo. Sólo sé ganar.

—Por eso has dejado de ir a los torneos, ¿verdad?

Sus miradas se encontraron, y él hizo un pequeño gesto de asentimiento.

—De esta forma, Vladimir consigue lo que quiere. Cuanto más tiempo me pase sin jugar, más iré bajando en la clasificación. No tardará en ir por delante de mí.

Teri entendió su razonamiento, pero se dio cuenta de

que aquella estrategia era inviable, porque la prensa clamaba por una partida entre los dos. Aunque no lo hubiera admitido en voz alta, su marido sabía que, si se negaba a enfrentarse a Vladimir ante un tablero de ajedrez, parecería un cobarde y un perdedor.

CAPÍTULO 11

—¡Es una niña, Olivia! —exclamó Grace Harding por teléfono.

—¿Kelly ha dado a luz? —a juzgar por su voz, parecía adormilada, pero se despejó de inmediato y reaccionó con entusiasmo.

Aquélla era una de las ventajas de tener una amiga como Olivia, podías llamarla a cualquier hora del día o de la noche. Podías compartir con ella tanto las buenas noticias como las malas, y ella siempre sabía cómo contestar.

—Perdona, te he despertado —Grace le echó un vistazo a su reloj, y se dio cuenta de que eran las once de la noche. Mientras las lágrimas le bajaban por las mejillas, añadió—: Kelly me llamó a las nueve para avisarme de que estaba de parto, he llegado justo a tiempo de ver llegar al mundo a la pequeña Emma Grace.

—Emma Grace... qué nombre tan bonito.

—Es preciosa, Olivia. Tiene unos ojazos azules, y...

Su amiga se echó a reír, y le dijo:

—¿Te apetece ir al Pancake Palace?, esto hay que celebrarlo.

Goldie, la camarera, no iba a servirles champán, sino café descafeinado. Y seguro que también les serviría una buena ración de espuma de coco.

Las dos llevaban años yendo a una clase de aeróbic todos los miércoles, y después iban a tomar café y espuma de coco al Pancake Palace. Era toda una tradición. El café y el dulce eran la recompensa por pasarse una hora haciendo estiramientos, sudando y dando saltos, pero lo principal de aquellos miércoles por la tarde era que se veían y se contaban sus cosas.

A pesar de que se habían visto el día anterior, sentía la necesidad de compartir aquel momento tan especial con Olivia, ya que su amiga había sido una constante en su vida desde la infancia.

—Llegaré en media hora —estaba demasiado entusiasmada como para ir a casa e intentar dormir, la llegada de una nueva nieta era todo un acontecimiento.

Llamó a Cliff, pero al ver que no contestaba, recordó que estaba en el establo, así que se limitó a dejarle un mensaje en el contestador. Después de llamar a Maryellen... que ya estaba enterada de la noticia, por supuesto... salió del centro de maternidad de Silverdale y regresó a Cedar Cove en su coche.

Apenas podía contener su felicidad mientras recorría la carretera serpenteante que bordeaba la ensenada. Las luces de la ciudad parecían darle la bienvenida, y sonrió cuando dejó atrás la biblioteca y enfiló por Harbor Street. Olivia y ella iban al Pancake Palace desde la época del instituto, y por extraño que pareciera, aquellas tardes del pasado no se le antojaban tan lejanas. A pesar de que las dos eran abuelas, por dentro seguían siendo las mismas adolescentes de entonces, las dos chicas que se confiaban sus secretos y chismorreaban sobre sus amigos.

El Pancake Palace apenas había cambiado a lo largo de los años. El menú seguía siendo el mismo, aunque los precios habían subido. Habían tapizado los bancos en varias ocasiones, pero siempre con el mismo vinilo rojo.

El coche de Olivia estaba en el aparcamiento, y alcanzó

a verla a través de la ventana. Estaba en la mesa de siempre, en la misma donde ella le había confesado su temido secreto cuando estaban en el último curso del instituto. Olivia era la única persona a la que le había contado que estaba embarazada antes de graduarse, al principio ni siquiera se había atrevido a decírselo a sus padres. Cuando Dan le había dicho que se casaría con ella, le habían dado la noticia a su familia.

—Pareces demasiado joven para ser una abuela —le dijo Olivia, cuando se sentó delante de ella.

—Pues ya voy por el quinto nieto —tenía cuatro propios más April, la nieta de Cliff.

Era increíble que, tiempo atrás, hubiera llegado a pensar que no iba a tener nietos. En aquella época, Maryellen estaba divorciada y no parecía dispuesta a volver a casarse, y Kelly quería tener hijos pero no lo conseguía; y sin embargo, sus dos hijas ya eran madres. Tenían un niño y una niña cada una, y a ella la embargaba una felicidad incontenible cada vez que pensaba en sus nietos.

—Venga, cuéntamelo todo sobre Emma Grace —le dijo Olivia.

—Es una niña preciosa. Es rubia, tiene unos ojazos azules, y una carita roja y enfurruñada —sonrió al recordar el momento en que la había tomado en brazos, y añadió—: Y también unos buenos pulmones.

Goldie, su camarera preferida, se les acercó con una cafetera en una mano y dos platos con espuma de coco en la otra.

—¿No vinisteis ayer? Y es más tarde que de costumbre, normalmente venís a eso de las nueve y cuarto —comentó, mientras dejaba los platos sobre la mesa.

—He vuelto a ser abuela —le dijo Grace con orgullo.

—¡Felicidades! Invita la casa, chicas —después de servirles el café, se fue a servir a uno de los pocos clientes que quedaban a aquellas horas.

—¿Cómo está Kelly? —le preguntó Olivia, mientras agarraba la cuchara.

—Entusiasmada, feliz.

—Así estabas tú cuando las tuviste a Maryellen y a ella.

—Igual que tú con Justine y Jordan, y después con James.

Olivia no pudo evitar que sus ojos reflejaran el dolor que sintió al pensar en Jordan, su hijo fallecido, pero recuperó la compostura de inmediato y comentó:

—Bueno, ahora que Drake y Emma ya han nacido, ha llegado la hora.

—¿La hora de qué?

—De organizar tu banquete de boda.

Grace se sentía culpable por haber ido aplazándolo, pero había estado tan ocupada con sus hijas y con el nacimiento de sus nietos, que había ido dejándolo para más tarde.

—Hace meses que me casé, no creo que...

—No digas tonterías. Tu familia necesita una buena celebración, Grace. Todos tus nietos están sanos y felices, y estás casada con un hombre maravilloso que te adora —miró a su alrededor como si acabara de darse cuenta de que Cliff no estaba, y empezó a decir—: Por cierto, hablando de él...

—Está en casa. Concretamente, en el establo, Sunshine ha decidido que ya es hora de parir. Cal y Vicki están con él, porque es el primer parto de la yegua y quiere asegurarse de que todo vaya bien.

—Es una noche de nacimientos —comentó Olivia, sonriente.

Grace asintió, y sintió una oleada de emoción. Tomó un trago de café, y decidió cambiar de tema.

—¿Qué me cuentas de tu marido?, ¿cómo está?

—En este momento, roncando tan tranquilo. Ni siquiera se ha despertado cuando ha sonado el teléfono.

—Es tu Bello Durmiente —le dijo Grace, en tono de broma.

—Me parece que el personaje de Jack era de otro cuento,

pero está claro que las dos hemos conseguido nuestro propio final feliz... dure lo que dure.

Al ver que su amiga se ponía seria, Grace supo que estaba recordando el ataque al corazón que Jack había sufrido dos años atrás. El marido de Olivia había renunciado a la comida basura y alta en colesterol, sólo cabía esperar que no volviera a caer en la tentación. Jack Griffin era un hombre admirable en muchos aspectos, pero lo que más le gustaba de él era lo enamorado que estaba de Olivia. A pesar de que eran dos personas muy diferentes, la relación funcionaba a la perfección.

—Decide la fecha para el banquete, te ayudaré en todo lo que pueda —insistió su amiga.

Grace asintió. Olivia tenía razón, ya era hora de que festejara su matrimonio. No iban a encontrar una fecha que le conviniera a todo el mundo, por eso Cliff y ella habían decidido casarse durante una conferencia sobre biblioteconomía en San Francisco a la que había asistido. Tanto sus respectivos hijos como ellos eran personas muy ocupadas, pero en vez de intentar ajustar sus agendas en función de la conveniencia de los demás, habían optado por casarse por sorpresa.

Había sido una decisión improvisada, pero no se arrepentía de haberla tomado... el único problema radicaba en que no se había dado cuenta de lo mal que iba a sentarle a todo el mundo. Incluso Olivia se había sentido herida. Cliff y ella no habían tenido intención de excluir a nadie, lo único que querían era estar juntos como marido y mujer. Organizar una fiesta a posteriori era la opción perfecta para que familiares y amigos celebraran la boda a sus anchas.

—¿Qué te parece de aquí a dos meses? Lo confirmaré con Cliff, y ya te diré algo —saboreó la primera cucharada de espuma de coco. Era su postre preferido, aunque probablemente no era una buena elección desde el punto de vista de la salud... aunque en ese sentido, cualquier dulce sería una mala elección.

Olivia dejó a un lado su cuchara, rodeó su taza con las manos, y se quedó mirando el café antes de decir:
—Will está en la ciudad. He pensado que querrías saberlo, mi madre me ha llamado esta mañana para decírmelo.
—Ah —Grace sintió que el corazón le daba un vuelco.
—Esta mañana se pasó por casa de mamá.
—Vale —no era una respuesta demasiado inteligente, pero no se le ocurrió nada más. Al final, alcanzó a preguntar—: ¿Dónde va a vivir?
—De momento, con mamá y Ben —Olivia fijó la mirada en la mesa, y añadió—: Tengo entendido que va a buscar un apartamento.
—No habrás mencionado que quiero alquilar mi casa, ¿verdad?
—¡Claro que no! ¿Aún está desocupada?
La casa se había convertido en una pesada carga. Ian y Cecilia Randall, una joven pareja, la habían alquilado con un contrato mensual, pero él trabajaba en la Armada y al poco de mudarse se habían enterado de que lo habían trasladado a San Diego. La casa ya llevaba dos meses y medio vacía, y la agente de la inmobiliaria le había comentado que habían quedado muchas propiedades libres desde que el portaaviones *George Washington* había sido reasignado a otro puerto.
—Por suerte, Will no quiere alquilar una casa —añadió Olivia.
—Si se entera de que la mía está disponible... —dejó la frase inconclusa, y apartó a un lado el plato de espuma de coco. Se le había quitado el apetito.
—Yo no pienso decírselo, y seguro que mamá tampoco.
Grace apoyó los codos sobre la mesa, y admitió:
—Lo que más miedo me da es que Will intente crearme problemas con Cliff.
—Yo también he estado pensando en eso, pero mamá no cree que lo intente.

—¿Ha hablado del tema con él?

Charlotte no era de las que se achantaban ante un tema desagradable. Su saber estar era de agradecer, al igual que el hecho de que hubiera hablado sin tapujos con su hijo al enterarse de que éste pensaba regresar a Cedar Cove.

—Según mamá, Will dice que no piensa molestarte.

Grace esperaba que aquello fuera cierto. Después de que rompiera con él, Will había intentado contactar con ella para intentar justificar sus mentiras anteriores y contarle algunas nuevas. Había estado a punto de perder a Cliff en una ocasión por culpa de aquel hombre, no podía arriesgarse a que sucediera una segunda vez.

—¿Lo sabe Cliff? —le preguntó Olivia, como si acabara de leerle el pensamiento.

—Voy a decírselo, pero aún no he encontrado el momento oportuno.

—¡Grace!

—Es que estamos muy felices, y no quiero que nada lo estropee.

—Conociendo a Cliff, seguro que se molesta más si se entera de que Will está viviendo en Cedar Cove y tú no se lo has dicho.

—Se lo diré, te lo prometo —de hecho, iba a hacerlo en cuanto llegara a casa. Era un tema demasiado importante como para dejarlo al azar, no iba a arriesgar su matrimonio por alguien tan mentiroso y falso como Will Jefferson.

Cuando acabaron de tomar el café, se levantaron y le dejaron a Goldie más propina de lo habitual. Cuando echaron a andar hacia la puerta, Olivia la abrazó y le dijo:

—Felicidades, abuelita.

—Gracias, amiga mía.

—Será mejor que nos vayamos a dormir, mañana por la mañana tengo que ir a trabajar.

—Yo también.

Grace se preguntó si iba a poder conciliar el sueño. Entre lo del nacimiento de Emma Grace y las novedades sobre Will Jefferson, iba a resultarle bastante difícil. Cuando Olivia la había alertado semanas atrás, había creído que Will no sería capaz de hacerlo, que no se atrevería, pero estaba claro que se había equivocado.

Cuando llegó al rancho y aparcó en el lugar de siempre, vio que la luz del establo estaba apagada, así que supuso que Cliff estaba en la casa.

—¿Eres tú, Grace? —salió a recibirla al vestíbulo, acompañado de la perra.

—Sí —después de agacharse para acariciar a Buttercup, se acercó a su marido y le dio un abrazo. Al cabo de un largo momento, le preguntó—: ¿Cómo está Sunshine?

—Fantástica. Ha tenido un potrillo precioso, y está genial. ¿Y Kelly?

—Ha tenido una niña preciosa, y está genial también.

Él soltó una carcajada, y volvió a abrazarla antes de decir:

—La pequeña Emma Grace... la verdad es que el nombre no podría ser mejor.

—Olivia y yo lo hemos celebrado en el Pancake Palace con una taza de café y un dulce.

—Sí, he oído el mensaje que me has dejado en el contestador.

—Olivia ha insistido en que elija una fecha para el banquete de boda, y he pensado que estaría bien celebrarlo a mediados de octubre. ¿Qué te parece?

—Genial, si estás segura de que es lo que quieres.

—Quiero que el mundo entero sepa que tengo el mejor marido del universo.

—El afortunado soy yo —le dijo, antes de besarla en la coronilla.

—Eso crees, ¿no? —fue incapaz de contener un bostezo.

Cliff le pasó un brazo por la cintura, y la condujo por el pasillo hacia el dormitorio principal.

—Debes de estar exhausta.
—Pensaba que no podría pegar ojo por culpa de los nervios, pero...
—Lo mismo digo. Venga, cariño, vamos a la cama.

Grace sabía que debería decírselo, pero como tenían tantas cosas que celebrar, decidió dejarlo para más adelante. Quizá podría decírselo por la mañana, pero en ese momento estaban demasiado cansados, además de felices. No le parecía bien echar a perder aquel día sacando a colación a Will Jefferson.

Sólo quedaba rezar para que su marido no se enterara por otra persona.

CAPÍTULO 12

—¿Puedo ir de compras con Rachel? —dijo Jolene por sexta vez.

—Ya te he dicho que sí —le contestó su padre, mientras hojeaba el *Cedar Cove Chronicle*.

Trabajaba duro en su empresa de apoyo informático, y necesitaba aquella media hora de tranquilidad por las tardes para relajarse. Desde la muerte de Stephanie, Jolene y él habían establecido una rutina: al salir del trabajo, veía las noticias y leía el periódico mientras la niña se entretenía con un libro o un rompecabezas, y después preparaban la cena juntos. No siempre preparaban cosas como patatas fritas y carne, a veces optaban por beicon, huevos y gofres. Alguna vez habían comido galletas con leche y palomitas de postre, pero sólo en contadas ocasiones.

—No la has llamado, papá.

—¿Por qué no lo haces tú?

Su hija había llamado un montón de veces a Rachel Pendergast, que se había convertido en una especie de madre sustituta tras la muerte de Stephanie y pasaba con ellos muchas veladas y sábados. Cuando tenía cinco años, Jolene había decidido que necesitaba una madre, y había elegido a Rachel.

Bruce no pudo evitar sonreír al recordar el día en que la había conocido en el salón de belleza, y lo abochornado que se había sentido cuando su hija había dicho sin más que la quería como madre; a pesar de todo, había aceptado encantado la presencia de Rachel en sus vidas, siempre y cuando ella no le exigiera nada.

Se dijo de nuevo que no estaba interesado en tener una relación sentimental. Era un hombre de una sola mujer, y esa mujer era Stephanie, pero la había perdido y no tenía intención de volver a casarse. A diferencia de muchas mujeres, Rachel lo entendía. Como era lo que la gente consideraba un «soltero de oro», varios amigos suyos habían intentado encontrarle novia. Había tenido que aguantar unas cuantas situaciones de lo más incómodas con mujeres que tenían un claro objetivo en mente, pero tarde o temprano se habían dado cuenta de que no estaba interesado en ellas.

—Quiero que la llames tú —le dijo Jolene.

Él bajó el periódico, y le preguntó:

—¿Por qué?

—Porque así sabrá que estás de acuerdo.

Era obvio que su hija no iba a dejar que siguiera disfrutando de su momento de relajación. Jolene hablaba con Rachel muy a menudo, las dos solían quedar una vez a la semana por lo menos, incluso más a menudo desde que Don Casanova se había marchado a San Diego. Nate Olsen nunca le había caído demasiado bien, pero nunca se lo había comentado a Rachel; al fin y al cabo, ella tenía derecho a salir con quien le diera la gana.

—Ten —le dijo Jolene con firmeza, mientras le alargaba el teléfono inalámbrico.

—Vale, de acuerdo —la verdad era que no le importaba llamarla; al fin y al cabo, la consideraba una buena amiga... tan buena, que la tenía en marcación rápida. Cuando ella contestó, le dijo—: Hola, ¿tienes planes para este sábado?

—No, ¿tienes alguna propuesta?

—Jolene tiene que comprar material para el cole, y quiere que la acompañes.

—Cuenta conmigo.

Bruce sonrió al oír su tono de entusiasmo. No entendía la afición que tenían las mujeres por las tiendas, no conocía ni a una sola dispuesta a dejar pasar la oportunidad de ir de compras. Sábanas rebajadas, algo de oferta, una demostración de maquillaje... bastaba cualquier excusa.

—¿Qué es lo que te hace tanta gracia?

—Las mujeres y vuestras ganas de comprar.

—No sigas por ahí, Bruce. Los hombres tenéis vuestras preferencias, seguro que estás sentado delante de la tele con el mando en el brazo del sofá; de hecho, apuesto a que estás leyendo el periódico y escuchando las noticias al mismo tiempo.

¿Cómo era posible que supiera tanto sobre su rutina? Quizá no era de extrañar, porque durante los últimos años, Rachel había estado en su casa en incontables ocasiones y él había estado en la suya. Era la única mujer que había conseguido superar sus defensas... de repente, se preguntó si ella tenía razón al decir que otros hombres tenían las mismas rutinas que él, y en ese caso, cómo lo había averiguado.

—¿Alguna novedad sobre Don Casanova?

—Deja de llamarle así, Bruce —le dijo ella con seriedad.

—Vale, sobre Don Marinerito.

El novio de Rachel nunca le había caído bien. En primer lugar, ni siquiera podía imaginárselos como pareja, y en segundo lugar, a Nate parecía fastidiarle que ella pasara tiempo con Jolene; de hecho, en más de una ocasión había intentado interponerse entre ellas, aunque de momento no le había servido de nada, porque Rachel se había mantenido firme.

—Hablamos casi a diario, me echa de menos.

—¿Y tú qué?, ¿también le echas de menos? —se lo preguntó a pesar de que sabía de antemano lo que le iba a responder.

—Un montón. Dentro de poco iré a verle a California, o él vendrá a pasar un fin de semana. Lo pasamos fatal el uno sin el otro.

Bruce tuvo que contener las ganas de hacer algún comentario sarcástico. Ni siquiera sabía por qué se había molestado en preguntar. Siempre se ponía de mal humor al pensar en la relación que Rachel mantenía con Nate Olsen, aunque prefería no intentar buscarle una explicación a su reacción.

—¿Qué hay de nuevo en la ciudad? —le preguntó Rachel de repente—. Estás leyendo el periódico, ¿verdad? Venga, ponme al día.

—Vale —miró la primera página, y comentó—: La junta escolar se reunirá en septiembre para someter a votación varios temas importantes. Participarás, ¿verdad?

—Por supuesto. ¿Algo más?

—Hay un artículo de Jack Griffin sobre la galería de arte de Harbor Street, dice que los dueños van a cerrarla. En principio será sólo durante los meses de invierno, pero puede que acabe siendo un cierre definitivo.

—Qué lástima, seguro que a Maryellen Bowman le ha sentado fatal la noticia. Fue ella la que sacó adelante ese sitio, muchos de los artistas de la zona dependen de esos ingresos extras.

—Hay una breve mención a una fiesta de despedida que se ha organizado en honor de Linnette McAfee, la semana que viene deja la clínica.

—Siento que se vaya de aquí, es Cal el que tendría que hacerlo —comentó, indignada.

—¿Quién es Cal?

Rachel le explicó todo lo relativo a la relación que habían mantenido Linnette y Cal Washburn, y terminó diciendo:

—Cal le rompió el corazón, ¿por qué tiene que ser ella la que se mude?

—No sé.

Bruce tampoco lo entendía, pero no era la persona más adecuada para descifrar los pormenores de una relación. Aunque Rachel le explicó las razones que podría haber tenido Linnette para mudarse, siguió perplejo. Linnette y Cal habían roto, no era nada del otro mundo. Ya habían superado la época del instituto, todos deberían ser capaces de coexistir como adultos.

—Esta semana se ha celebrado el funeral de Martha Evans, ¿pone algo en el periódico? —le dijo ella.

—¿Quién es Martha Evans?

—Una anciana de unos noventa años, la peiné para el funeral.

Bruce prefería ni pensar en eso, pero al final no pudo contener las ganas de preguntarle:

—¿Peinas cadáveres?

—Pues claro. Era una mujer muy buena, la echaré de menos.

—Pero, ¿por qué...?

—Los de la funeraria me contratan de vez en cuando; además, le tenía mucho aprecio a Martha, así que quería hacerlo.

Pasaron un rato charlando, explicándose cómo iban las cosas en sus respectivos trabajos, y al colgar Bruce miró su reloj y se quedó atónito al darse cuenta de que habían estado hablando durante más de una hora.

—¿Qué te ha dicho Rachel? —le preguntó Jolene, que había esperado con paciencia mientras completaba un rompecabezas de unos caballos pastando en un prado.

—Que pasará a buscarte el sábado por la mañana, a eso de las nueve y media —le dijo, con actitud ausente.

Aún no podía creer que hubiera pasado más de una hora hablando por teléfono con Rachel. Había algo que no cuadraba. Nunca le había gustado hablar por teléfono, su tope eran unos cinco minutos. Decir lo necesario y colgar, ésa era su filosofía. No recordaba haber mantenido una conversación telefónica en su vida adulta que hubiera durado más de un cuarto de hora.

—¿Papá?
—¿Qué?
—Te has quedado ahí de pie, sin moverte.
—¿Ah, sí? —ni siquiera se había dado cuenta.
—¿Estás bien?

Bruce se sentó, y admitió:
—No... no lo sé.

Estaba un poco mareado, y eso era algo muy inusual en él; de hecho, la cabeza le daba vueltas. A lo mejor había pillado la gripe... «sí, claro, una gripe llamada Rachel». Se preguntó con perplejidad de dónde había salido ese pensamiento. Miró a su hija, y se dio cuenta de que estaba observándolo con extrañeza.

—¿Llamo a Urgencias, papá?
—No —soltó una carcajada forzada, y añadió—: Estoy bien, pero quiero hacerte una pregunta.
—Vale —Jolene se arrodilló ante él, posó la mano en su rodilla, y le preguntó—: ¿Quieres que te traiga un vaso de agua?
—No, no es nada —intentó ignorar la forma en que el corazón le martilleaba en el pecho, y le dijo—: Rachel te cae bien, ¿verdad?

Era una pregunta innecesaria, porque era obvio que Rachel había ocupado el puesto de Stephanie en la vida de su hija. Los abuelos paternos de la niña vivían en Connecticut, así que sólo los había visto dos o tres veces, y en cuanto a los abuelos maternos, que se habían divorciado muchos años atrás... Stephanie nunca se había llevado bien con su padre, y su madre no había podido superar la pérdida de su única hija y había muerto dos años después que ella.

De modo que Jolene y él siempre habían estado solos, con la excepción de Rachel...

—¡Claro que sí! A ti también, ¿verdad? —le dijo la niña.
—¿Qué quieres decir? —le preguntó con suspicacia.
—¿Te has enfadado con ella?
—No, todo va bien.

El alivio de Jolene fue efímero, ya que de repente lo miró horrorizada y le preguntó:

—No va a casarse con Nate y a mudarse a San Diego, ¿verdad?

«No si yo puedo evitarlo», pensó él para sus adentros. Como la niña estaba observándolo con atención, se limitó a negar con la cabeza y fingió que no pasaba nada.

Se pusieron a preparar la cena: Jolene se encargó de la ensalada, y él de los bocadillos de atún. La cena siempre había sido un momento importante del día para Stephanie, y como sabía que era lo que ella habría querido, había mantenido la costumbre de cenar siempre con Jolene. Intentó prestar atención mientras la niña le contaba cómo le había ido el día. Iba a un campamento de verano diurno organizado por la iglesia, y se lo pasaba genial. Mientras ella empezaba con una larga y complicada explicación sobre la obra de teatro en la que iba a participar, se obligó a asentir y a hacer algún comentario en los momentos oportunos.

Después de que la niña se acostara sin rechistar a las nueve y media, él se puso a limpiar la cocina. Se planteó acostarse también, pero no estaba cansado. Después de poner una lavadora y de meter la ropa en la secadora, limpió el cuarto de baño. Se dijo que aquel arranque de energía nerviosa no era nada malo... raro y sorprendente, quizá, pero no había por qué alarmarse.

Cuando se acostó por fin, estuvo dando vueltas en la cama hasta que se dio cuenta de que no iba a pegar ojo hasta que hablara de nuevo con Rachel.

Ella contestó al cuarto tono, con voz somnolienta.
—¿Diga?
—Hola, soy yo —se sintió un poco incómodo cuando

miró hacia el despertador que tenía en la mesita de noche y se dio cuenta de que ya era más de medianoche.

—¿Bruce? Oye, ¿sabes qué hora es? —parecía despierta del todo... y molesta.

—Perdona.

—¿Qué pasa?

—Cuando hemos hablado antes... —no supo cómo seguir.

—¿Qué?

—Hemos pasado más de una hora al teléfono —al ver que permanecía callada, añadió—: Está pasando algo entre nosotros, Rachel.

Ella soltó un suspiro... o quizá fue un bostezo, y le dijo:

—No digas tonterías.

—Es la primera vez en mi vida que hablo tanto con una mujer —vaciló por un segundo antes de añadir—: Sin contar a Stephanie, claro.

—¿Me has despertado para decirme eso? —parecía incrédula.

—Sí.

—Somos amigos desde hace años, Bruce. Los amigos charlan.

—Yo no charlo por teléfono, nunca lo he hecho.

—Estás exagerando las cosas, tampoco hay para tanto.

—Jolene está preocupada.

—¿Por ti?

—No, por ti.

—¿Por qué?

—Tiene miedo de que te cases con Nate y te vayas de aquí.

Él también estaba preocupado, pero no podía admitirlo ante Rachel. Ya había revelado demasiado sobre lo confuso que estaba. Lo que sentía por ella estaba cambiando, o quizás había sido incapaz de reconocer sus sentimientos hasta ese momento.

—Jolene y yo hemos hablado del tema, Bruce. Si vuelve a comentarte algo, dile que lo hable conmigo.

—¿Qué le dijiste? —tenía derecho a saber todo lo concerniente a su hija.

—Le prometí que siempre formaría parte de mi vida.

—Así que has decidido casarte con Don Casanova, ¿no?

—¿Quieres dejar de llamarle así?

—Estoy preocupado por Jolene —sintió una profunda tristeza ante la posibilidad de perder a su mejor amiga. Si Rachel se casaba con Nate, se marcharía de Cedar Cove y los abandonaría a Jolene y a él.

—¿Puedo seguir durmiendo?

—Tengo ganas de charlar —le dijo, mientras se reclinaba de nuevo contra la almohada.

—¡Bruce, falta poco para la una de la madrugada!

—Sí, pero ahora ya estás despierta, ¿no?

—¡Claro, gracias a ti! ¿De qué quieres hablar...? Que no sea de mi relación con Nate.

—¿Quieres que salgamos a cenar el sábado?

—¡Bruce!

—¿Qué?

—Lo que quiero es que te duermas, tengo sueño.

—Ah.

—Tómate dos aspirinas, y llámame por la mañana.

A pesar de todo, no pudo contener una sonrisa, y le dijo:

—Buenas noches, Rachel.

—Buenas noches, Bruce.

Cuando colgó estaba sonriendo, a pesar de que no tenía nada de qué alegrarse. Era muy posible que Rachel se casara con Nate Olsen, y entonces el vacío que ella había llenado en su vida sería más profundo que nunca.

CAPÍTULO 13

Charlotte estaba sentada con un grupo de amigas en el Centro para Mayores Henry M. Jackson, tejiendo a toda velocidad. Mientras las demás charlaban, ella estaba sumida en sus pensamientos.

—Estás muy distraída, Charlotte.

El comentario de Helen Shelton la arrancó de su ensimismamiento, y alzó la mirada sobresaltada. Se sintió fatal al ver que las demás se habían dado cuenta de que no estaba prestando atención a la conversación. Miró con una sonrisa de disculpa a Helen, que era una de sus mejores amigas y otra experta con las agujas de tejer. Era viuda, y vivía en un dúplex precioso situado en Poppy Lane. Las dos tenían muchas cosas en común y pasaban muchas tardes tejiendo y charlando, pero en ese momento no podía dejar de pensar en su hijo Will, que acababa de mudarse a Cedar Cove; por una parte, su decisión de volver a Washington después de jubilarse parecía lógica, pero ella estaba al corriente de todo lo que había pasado y tenía razones de sobra para ser suspicaz.

—Bess te ha pedido que le eches un vistazo a su labor, yo no alcanzo a ver dónde se ha equivocado —le dijo Helen.

—Por supuesto.

Charlotte dejó a un lado su propia costura, y examinó el calcetín a medio terminar de su amiga. Llevaba sesenta años trabajando con agujas y lana, así que había descubierto muchos trucos a la hora de solucionar problemas. Cuando alguien le pedía ayuda, el primer consejo que daba siempre era que había que releer el patrón. Si las instrucciones no quedaban claras a la primera, había que volver a leerlas.

Sus compañeras de costura habían ido pasándose el calcetín, así que estaba un poco manoseado. Encontró en un santiamén el error que había cometido Bess, y utilizó un ganchillo para corregir un punto que se había soltado.

A pesar de que las mujeres que estaban sentadas con ella alrededor de aquella mesa eran muy amigas suyas, no podía contarles sus problemas. La mayoría de las mujeres de su generación consideraban que los problemas familiares no debían airearse ni comentarse con gente ajena al círculo familiar, ni siquiera con las amistades más allegadas.

Envidiaba la amistad que había entre Olivia y Grace, ya que hablaban de todo sin problema alguno. Ella sólo podía contarle a Ben lo decepcionada que estaba con su hijo mayor, porque a pesar de que su marido no era el padre de Will, formaba parte de su familia.

¿Cómo podía decirles a sus amigas que su hijo era un mentiroso, que había quebrantado sus votos matrimoniales? Y no una sola vez, sino en repetidas ocasiones. Su ex esposa, Georgia, lo había mantenido en secreto hasta que no había podido aguantarlo más. Si Clyde aún estuviera vivo, se sentiría avergonzado por el comportamiento de su hijo, quizás era una suerte que estuviera ya en el cielo y que no se hubiera llevado tamaña desilusión.

Cuando regresó a casa, Ben ya estaba esperándola. Abrió la puerta principal mientras ella subía poco a poco los escalones del porche, y comentó:

—Parece que acarreas el peso del mundo sobre los hombros, Charlotte —agarró su bolso, y la tomó de la mano.

Ella fue directa a la cocina, y le preguntó:
—¿Te apetece una taza de té?
—Sí, si vamos a hablar.
Charlotte no estaba segura de poder hablar, porque sentía que un nudo enorme se le iba formando en la garganta. Tragó con fuerza mientras asentía. Necesitaba hablar, tenía que compartir los sentimientos que la abrumaban.

Ben sacó las tazas y los platos mientras ella hervía el agua y preparaba las hojas de té. En cuestión de minutos estaban sentados el uno frente al otro en la mesa de la cocina, pero antes de que pudiera servir el té, su marido le agarró la mano y le preguntó con voz suave:
—¿Se trata de Will?
—¿Dónde está?
—Salió hace un par de horas, me dijo que había quedado con un agente de la inmobiliaria para ir a ver unos cuantos apartamentos.
—¿Te ha dicho en qué zona quiere vivir?
—Le gustaría encontrar algo cerca de aquí, en el centro.
—Me lo temía.
—¿Por qué? —la miró desconcertado, y comentó—: Me parece muy considerado de su parte que quiera estar cerca de casa, me ha dicho que es por si alguno de los dos le necesita.
—¡Vaya sandez! —al ver que su marido se quedaba pasmado ante su arrebato, le dijo—: Conozco a mi hijo, el hecho de que quiera vivir en el centro no tiene nada que ver con una supuesta preocupación por nuestro bienestar —las manos le temblaron mientras empezaba a llenar las tazas—. Nosotros no seríamos los únicos que estaríamos cerca —masculló en voz baja, antes de apretar los labios con consternación. Al ver que Ben la miraba ceñudo y que no parecía entenderla, dejó la tetera encima de la mesa y le dijo—: Quiere vivir en el centro por Grace.
—¿De verdad crees que aún está interesado en ella? —era

obvio que le parecía poco probable que Will estuviera dispuesto a llegar a tales extremos–. Sabe que está casada con Cliff, ¿no?

–Por supuesto, pero mi hijo nunca ha permitido que algo tan insignificante como un anillo de boda le impida conseguir lo que quiere –sintió que se le formaba un nudo en el estómago, pero añadió–: Le conozco, es muy competitivo. Ésa es una de las razones por las que tuvo tanto éxito en el mundo de los negocios.

–En otras palabras: no le gusta perder.

–No lo soporta –podría haberle contado multitud de ejemplos de cuando Will era más joven, pero se limitó a decir–: Conseguirá un apartamento en el centro, y al cabo de una o dos semanas irá a hacerse el carné de la biblioteca.

–Por Grace.

–Exacto. Ha vivido sin problemas durante los últimos treinta y cinco años sin un carné de biblioteca, pero ya verás como de repente le parece imprescindible tener uno –Charlotte empezó a tamborilear con los dedos en la mesa.

–Pues va a perder el tiempo, porque Grace está felizmente casada.

–Sí, ya lo sé.

Se sentía en la obligación de asegurarse de que nada echara a perder la felicidad de Grace, ya que era como una segunda hija para ella. No iba a quedarse de brazos cruzados mientras su hijo destrozaba la vida de Grace. Era obvio que Will no iba a conseguir seducirla, pero era más que capaz de interferir en su matrimonio a base de generar dudas y desconfianza.

–Entonces, ¿por qué estás tan preocupada?

La puerta principal se abrió antes de que Charlotte pudiera contestar, y Will entró en la casa. Parecía relajado y satisfecho de sí mismo.

–Hola, a mí también me iría bien una taza de té –dijo, al entrar sonriente en la cocina.

—¿Cómo te ha ido?

Charlotte se levantó para servirle una taza, y al mirarlo se dio cuenta de repente de que su hijo era incluso más atractivo a los sesenta que de joven. Era alto, estaba en forma, y siempre había tenido muy buen gusto a la hora de vestir. Cuidaba con esmero su ropa desde que era adolescente, siempre se había preocupado por las tendencias de moda. Las canas que le habían empezado a salir en las sienes le daban un aire de distinción, y teniendo en cuenta su aspecto y su carisma, no era de extrañar que las mujeres cayeran rendidas a sus pies... incluso las que eran sensatas, como Grace.

—He encontrado un piso de dos habitaciones cerca de Harbor Street —les dijo él, con tono triunfal.

—¿En qué zona? —le preguntó, mientras le daba la taza de té.

—Cerca de la playa.

Charlotte intentó ocultar la irritación que sentía. Sólo conocía un bloque de pisos en aquella zona, y estaba muy cerca de la biblioteca.

—No he visto ningún cartel de alquiler —comentó.

—Van a realquilármelo. Habría preferido algo un poco mejor, pero me basta por ahora.

Charlotte miró a los ojos a Ben, que asintió y se excusó antes de salir de la cocina. Ella esperó a que se fuera, y entonces se volvió hacia su hijo.

—No será por casualidad el piso de Linnette McAfee, ¿verdad?

—Sí, ¿cómo lo sabes?

—Estuve hablando con su madre. Corrie está muy triste, no quiere que su hija se marche de Cedar Cove —Linnette estaba decidida a irse aunque no consiguiera realquilar el piso.

—Lo siento por ella, pero para mí ha sido una suerte. Me mudo la semana que viene.

—Felicidades —le dijo, a regañadientes.
—Estaré cerca de aquí, mamá. Nos veremos a menudo.

Charlotte no contestó y fue a vaciar su taza en el fregadero. Ni siquiera había probado el té. Se mantuvo de espaldas a su hijo mientras intentaba controlarse, y cuando se volvió de nuevo hacia él lo observó para intentar adivinar sus intenciones. Le dolía pensar mal de su propio hijo.

—¿Estás seguro de que estás haciendo lo correcto, Will? —le preguntó al fin, vacilante.

—Pues claro. Ben y tú estáis bien de salud, pero quiero estar cerca por si me necesitáis.

—Olivia y Jack viven a poco más de tres kilómetros de aquí.

Will pareció darse cuenta en ese momento de que Ben se había ido de la cocina. Si lo que quería era contar con el apoyo de su padrastro, no iba a conseguirlo.

—¿No quieres que viva en Cedar Cove, mamá?

—No es eso —a pesar de todo, Will era su hijo, y se alegraba de tenerlo cerca... siempre y cuando no tuviera malas intenciones.

—Entonces, ¿cuál es el problema?

—Grace Harding.

—¿Qué tiene que ver ella en todo esto? —le preguntó, con aparente desconcierto.

Si no lo conociera tan bien, Charlotte habría dudado de sí misma, pero le dijo con firmeza:

—Sé lo que hiciste, Will —no estaba dispuesta a ocultar que estaba al tanto de todo. Ya era hora de que su hijo supiera que no había logrado engañar a todo el mundo—. Eso es todo lo que voy a decir sobre el tema.

—Supongo que Olivia te vino con el cuento enseguida —dijo, ceñudo.

—Por supuesto que no, adiviné yo solita lo que había pasado.

—No tienes de qué preocuparte, mamá. Me alegro por

Grace y... su marido, les deseo lo mejor. Ella tomó una decisión, y aunque la verdad es que me habría gustado que hubiera decidido casarse conmigo...

—¿*Qué?* ¡En aquella época aún estabas casado con Georgia!

—Ya estábamos pensando en divorciarnos —le dijo él, con mucha calma.

Charlotte sabía que aquello era mentira, y sintió una profunda tristeza.

—Por Dios, Will... ¿crees de verdad que puedes engañarme con tanta facilidad? Soy tu madre, te conozco a la perfección.

A su hijo nunca le había gustado que le plantaran cara, y mucho menos ella. Se mordió el labio como cuando era niño, y le dijo:

—Grace no me interesa, mamá. Te lo digo en serio. Espero que Cliff y ella sean muy felices. Sé que la he perdido, he aceptado mi derrota.

—¿Lo dices en serio?

Él sonrió con aparente sinceridad; a primera vista, no parecía un hombre capaz de mentirle a su propia madre.

—Te lo prometo —abrió los brazos, y cuando ella se acercó, la abrazó con cuidado.

Cuando él se marchó de la casa al cabo de unos minutos sin decir adónde iba, Charlotte fue a la sala de estar.

—¿Estás mejor? —le preguntó Ben, al verla entrar. Estaba leyendo en su butaca con Harry, el gato guardián de la casa, tumbado en su regazo.

—Sí, eso creo. No podía aguantar ni un día más sin dejarle claro lo que pienso. Tenía que decirle que su comportamiento me parece deplorable.

Ben dejó a un lado su libro, las memorias de Ulysses S. Grant, y comentó:

—No eres la única que se ha llevado decepciones con un hijo, querida. Sé cómo te sientes.

Hablaba por experiencia propia, porque su hijo David siempre tenía problemas económicos y solía pedirle dinero; al final, Ben había decidido no hacerle ni un préstamo más hasta que le devolviera lo que ya le debía.

—En cierta forma, preferiría que el problema de Will fuera el dinero. Me ha dicho que ya no está interesado en Grace, y cuando me ha pedido que confíe en él, no he tenido más remedio que acceder.

—Habrá que esperar a ver lo que pasa —Ben acarició a Harry, que ronroneó de placer.

—Sí, pero... ¿qué hago si no cumple con su palabra? —le habría gustado poder creer que su hijo haría lo correcto, pero en el fondo sabía que era poco probable.

—Charlotte, amor mío, no te preocupes antes de tiempo. Dale el beneficio de la duda hasta que te dé motivos para desconfiar de él. Si incumple su promesa, habla con él.

—En otras palabras: crees que no debo adelantarme a los acontecimientos.

—Exacto —le dijo, sonriente, mientras alargaba una mano hacia ella.

Charlotte se acercó a él, y le pasó el brazo por los hombros.

—No sabes cuánto me alegro de haberme casado contigo, Ben. Eres un hombre muy inteligente.

Él le besó los dedos con ternura antes de decir:

—Lo bastante como para casarme con la mujer más maravillosa del universo. Por cierto, esta mañana mencionaste algo sobre un pastel de manzana, ¿no?

—Sí, es verdad —le dijo ella, sonriente.

—El de manzana es mi pastel preferido en agosto.

—¿No era en octubre?

—Eh... pues sí, me parece que tienes razón, pero estas cosas no hay que llevarlas a rajatabla, ¿verdad?

Charlotte se echó a reír. Amaba a aquel hombre de todo corazón. Veinte años después de perder al marido al que había adorado, había vuelto a encontrar el amor. Tenía la esperanza de que su hijo llegara a encontrar a una mujer lo bastante fuerte como para amarlo a pesar de sus defectos, lo bastante fuerte como para enseñarle a pesar de sus fallos... aunque la verdad era que no sabía si existía una mujer así.

CAPÍTULO 14

Troy Davis se dio cuenta de que estaba comportándose como un adolescente, incluso se había puesto a silbar mientras se preparaba para su cita con Faith. Si alguien le hubiera visto o le hubiera escuchado, habría pensado que era imposible que aquél fuera el sobrio y sensato sheriff de Cedar Cove, pero a él le daba igual lo que pudieran pensar los demás.

Era el primer sábado por la noche en años... sí, años... en que iba a pasárselo bien sin pensar en obligaciones. Se sentía un poco culpable por pensar así, ya que había amado a Sandy de corazón, pero tenía derecho a disfrutar un poco y a sentirse animado al pensar en la velada que tenía por delante. Faith le había invitado a cenar en su casa de Seattle.

A última hora de la tarde, se afeitó y se puso un poco de loción. Al darse cuenta de que llevaba décadas usando la misma, decidió que quizás iba siendo hora de cambiar. Después de peinarse, buscó una camisa adecuada en el armario. No quería una de las del cuello almidonado, sino algo más informal... algo que fuera apropiado para ir a misa el domingo, o a una cita un sábado por la noche.

Había hablado con Faith a diario desde aquella primera llamada. Jamás había sido de los que pasaban mucho tiempo al teléfono, pero con ella mantenía conversaciones que duraban incluso más de una hora. Después de colgar, solían ocurrírsele cuatro o cinco cosas más que le gustaría haberle dicho, y tenía que contener las ganas de volver a llamarla.

Se habían visto una semana antes en Cedar Cove y habían ido a comer patatas fritas y un refresco al Pancake Palace, que según Faith era la guarida de cuando eran jóvenes. Después habían ido a dar una vuelta al paseo marítimo, y habían disfrutado mucho charlando de los viejos tiempos. Para cuando Faith había regresado a Seattle, ya había empezado a anochecer, y él había esperado un rato y la había llamado para asegurarse de que había llegado a casa sana y salva. Habían pasado juntos cuatro horas, y una más al teléfono.

No se habían besado, aún no, y no la había tocado más allá de algún contacto impersonal... el roce de los dedos al darle un vaso, o una mano en el codo mientras cruzaban la calle. La verdad era que tenía miedo, pero estaba decidido a dejar atrás sus temores. Si se presentaba la oportunidad, si surgía algún momento oportuno, iba a besarla. El problema era saber si ella también quería dar ese paso. Hacía mucho tiempo que no tenía que preocuparse por intentar leer ese tipo de señales, así que esperaba no equivocarse.

Antes de salir, fue al cuarto de baño para ponerse un poco de colonia, y su frustración fue en aumento cuando fue incapaz de encontrarla. Su hija le había regalado en Navidad un frasco de una marca cara, de las buenas, pero de eso ya hacía un año... o quizá dos. Estaba convencido de que lo había guardado en el cuarto de baño, ni siquiera lo había abierto.

De repente, recordó que por aquel entonces Sally aún estaba viviendo en la casa, así que debía de haber sido más de dos años atrás; en cualquier caso, seguro que ya se había echado a perder. Quizás era lo mejor, no quería ser demasiado obvio. Y tenía entendido que no era aconsejable ponerse distintos olores... él no notaría un detalle así, pero las mujeres solían tener mejor sentido del olfato. Estaba claro que con la loción de después del afeitado tenía bastante.

Se entretuvo ordenando varias revistas que había en la sala de estar mientras calculaba cuándo debería irse. Llegar demasiado pronto parecería un poco patético, pero llegar tarde sería de mala educación. Como dependía del tráfico y de los horarios del transbordador, era difícil determinar con exactitud cuánto tardaría en llegar.

Justo cuando estaba a punto de marcharse, oyó que la puerta principal se abría.

—¡Papá! ¿Estás en casa?

—¿Megan?

Sintió que el alma se le caía a los pies, porque no le había dicho nada a su hija sobre Faith. No era porque se sintiera culpable, pero la verdad era que no sabía qué decirle. Parecía demasiado prematuro decir que la relación era seria, y prefería mantener el asunto en secreto hasta que estuviera seguro de que Faith y él tenían futuro juntos.

Entró en la sala de estar mientras se metía las llaves en el bolsillo, y en ese momento su hija dobló la esquina de la cocina.

—Ah, hola —Megan enarcó las cejas, y comentó—: Qué elegante estás.

Troy murmuró una respuesta ininteligible, ya que no supo cómo contestar. Sabía de forma instintiva que su hija no estaba preparada para enterarse de que estaba saliendo con una mujer.

—¿Por qué te has arreglado tanto? —Megan se cruzó de brazos, y lo observó con atención.

—He quedado con un viejo amigo —fue incapaz de admitir que no era un amigo, sino una amiga.

—Si no supiera que es imposible, diría que tienes una cita —al verle fruncir el ceño, añadió—: Lo suponía.

—¿El qué?

—No te imagino teniendo una cita —daba la impresión de que le parecía tan improbable, que consideraba que ni siquiera valía la pena hablar del tema.

—¿Por qué no? —aunque estaba cada vez más cerca de la jubilación, no estaba muerto.

—Por favor, papá, ¿cómo vas a tener una cita?

—A lo mejor quiero empezar a relacionarme de nuevo, con el tiempo... —la actitud de su hija no estaba ayudándole en nada, y se sentía un poco molesto.

—¡Ni hablar!, ¡mamá murió hace muy poco! —Megan parecía escandalizada.

—Tengo muy claro cuándo murió tu madre, Megan.

No hacía falta que le recordara que Sandy había estado enferma durante años antes de morir. Durante todo aquel tiempo ni siquiera había mirado a otra mujer, había sido fiel hasta el final.

—No estaría bien, papá. Serías incapaz de hacer algo así, ¿verdad? —le dijo su hija con terquedad.

—¿Por qué sería tan horrible? —le preguntó, mientras intentaba ocultar sus sentimientos.

—Ya te lo he dicho, no estaría bien. La gente empezaría a cuchichear.

—No vivo en función de lo que opinen los demás —le espetó, con una mezcla de frustración y de enfado.

—Estarías deshonrando la memoria de mamá —Megan estaba cada vez más alterada—. ¡Por el amor de Dios, sólo han pasado un par de meses! No estarás planteándote seriamente tener... tener una cita, ¿verdad? —lo miró horrorizada con aquellos ojos idénticos a los de su madre.

—No, claro que no —le dijo, con tono conciliador.

Ella empezó a relajarse de inmediato, y sonrió aliviada.

—Gracias a Dios, me has dado un buen susto.

Troy se dio cuenta de que era una pérdida de tiempo preguntarle su opinión sobre su incipiente relación con

Faith. Su hija acababa de dejarle muy claro que quería que todo siguiera igual.

—He venido a invitarte a cenar a casa —le dijo ella.

—¿Cuándo?

—Iba a sugerir hoy mismo, pero no sabía que ya habías quedado con... con tu amigo. Tendría que habértelo dicho antes, pero no pensé que pudieras tener planes —se mordió el labio, e intentó restarle importancia al asunto—. Eso me pasa por dar las cosas por hecho.

Le dolió pensar que la había decepcionado, así que se obligó a preguntarle:

—¿Qué tienes de cena?

—Almejas y cangrejo que he comprado esta misma tarde en el mercado. Craig está preparándolo todo al vapor, de acompañamiento hay patatas y maíz.

—¿Qué celebráis?

Megan esbozó una sonrisa, y le dijo:

—Espera y verás. ¿Puedes arreglártelas para venir?

Troy deseó haber salido de casa diez minutos antes; si lo hubiera hecho, su hija no le habría encontrado allí y no se habría enterado de que había quedado con alguien.

—Por favor, papá —insistió, mientras lo miraba esperanzada.

—Voy a tener que hacer una llamada —le costó pronunciar las palabras, pero no se le ocurrió ninguna alternativa.

Sabía que Megan estaba muy mimada. Era hija única, y tenía unos padres que la adoraban; además, había superado momentos muy duros junto a él durante la enfermedad de Sandy, y su relación se había estrechado mucho. Estaban muy pendientes el uno del otro, pero era obvio que la comprensión de Megan tenía límites.

—Papá... quería esperar a darte la sorpresa, pero no puedo aguantar más —le dijo ella, con los ojos llenos de lágrimas.

—¿Qué sorpresa?

—Tengo una noticia.

Troy no supo qué pensar. Era obvio que su hija estaba luchando por controlar sus emociones.

—¡Estoy embarazada! Craig y yo vamos a convertirte en abuelo —no pudo seguir conteniéndose, y dio rienda suelta a las lágrimas.

Troy tardó unos segundos en asimilar lo que acababa de oír, y al final alcanzó a decir:

—¿Vas a tener un hijo?

Ella asintió, y se echó a reír sin dejar de llorar.

—Estoy de dos meses, es increíble. Debió de pasar poco después de que mamá muriera, cuando estaba tan mal y... y la echaba tanto de menos. ¿No lo ves, papá? Este bebé es un último regalo de parte de mamá.

—Tu madre...

—Me envió este bebé, porque sabía que iba a sentirme muy sola. Mamá sabía que un hijo me ayudaría a enfrentarme a un futuro sin ella.

—Ah —se emocionó al oírla hablar como una niñita, pero también se sintió un poco preocupado.

—Te alegras por nosotros, ¿verdad? —posó una mano en su brazo en un gesto implorante.

—Claro que sí, cariño —la abrazó con fuerza, y añadió—: Me alegro por vosotros... por todos nosotros. ¿Te encuentras bien?

—Sí, estoy genial. Craig y yo estamos entusiasmados. Al principio, no me lo podía creer. Tomaba la píldora desde que me casé, pero dejé de hacerlo hace un par de meses, y...

Troy prefería no enterarse siquiera de aquél tipo de información, eran las cosas que Megan debería hablar con su madre. Pero llevaba tanto tiempo haciendo de padre y de madre a la vez, que a su hija debía de parecerle lo más normal del mundo contarle los detalles íntimos de su matrimonio.

—Dejé de tomármelas cuando mamá se puso... cuando quedó claro que no iba a estar mucho tiempo más con nosotros. Se me olvidó...
—Entiendo.
—¿Te das cuenta de por qué estoy segura de que el bebé es un último regalo suyo?

Troy le dio unas palmaditas en la espalda. Aquel embarazo era una gran noticia, y Sandy se habría puesto loca de felicidad ante la idea de ser abuela.

—¿A qué hora quieres que llegue a la cena?
—A eso de las siete —Megan se apartó, y le dijo—: Prefiero no aplazarlo hasta mañana, no quiero que las almejas y los cangrejos se echen a perder.
—Vale, llamaré a mi amigo.
—Gracias, papá. Nos vemos dentro de una hora —le dijo ella, mientras iba hacia la puerta principal.
—Allí estaré —recordó sus buenos modales, y le preguntó—: ¿Necesitas que lleve algo?
—No... ah, y no digas nada de lo del embarazo. Los padres de Craig también van a venir, y no quiero fastidiar la sorpresa.
—No te preocupes.

Le pareció curioso que su hija no hubiera comentado antes que sus suegros también estaban invitados a la cena, aunque no habría supuesto ninguna diferencia. Su hija no sabía que él ya tenía otros planes, porque casi nunca hacía nada al margen del trabajo; hasta ese momento, en su vida sólo tenían cabida Sandy y Megan.

Salió a despedirse de ella, y esperó a verla alejarse con el coche antes de volver a entrar en la casa. Marcó el número de Faith de memoria, y ella contestó con voz alegre a la primera llamada.

—Hola, Troy.
—Hola.
—Por favor, no me digas que ya estás llegando... bueno,

no pasa nada, ya estoy lista. La verdad es que me he pasado un poco con la cena —soltó una carcajada, y añadió—: Hasta he preparado unos panecillos yo misma. Tenía una receta de mi abuela, no me acuerdo de la última vez que la usé... creo que fue en Acción de Gracias.

—Oye, Faith...

—¿Te acuerdas del pastel de chocolate que te preparé antes de que te alistaras?

—¿También has preparado un pastel?

—Sí. Últimamente apenas preparaba cosas tan elaboradas, me parecía una pérdida de tiempo cocinar sólo para mí. Casi se me había olvidado lo bien que me lo paso.

—No puedo ir, Faith —se sentía fatal, y no pudo ocultarlo. Al ver que ella no contestaba, se apresuró a añadir—: Lo siento, lo siento mucho.

—¿Te ha surgido alguna urgencia?

—Sí, es algo... importante.

Ella tardó unos segundos en contestar, pero pareció recuperar la compostura y comentó:

—No te preocupes, Troy. Lo dejaremos para otro día.

—Es por Megan, mi hija. Se ha enterado de que está embarazada, y me ha invitado a cenar para celebrarlo.

—¡Es una gran noticia!

—Sí, lo es. Acaba de invitarme en el último momento.

—No te preocupes, lo entiendo. Está claro que tienes que ir a cenar con ella.

—¿Dejamos la cena para otro día?

—Claro.

—Gracias por ser tan comprensiva —lo dijo con sinceridad; al parecer, Faith se había pasado todo el día cocinando.

—Cena con tu hija esta noche, Troy. Lo entiendo perfectamente, no te preocupes.

—Gracias —sintió una alegría enorme. Faith era tan buena persona como recordaba, estaba deseando volver a verla... y ver lo que les deparaba el futuro.

—Estoy bien, de verdad.
—Y en cuanto a los panecillos...
—Dime.
—¿Puedes congelarlos?

Ella soltó una risa suave, y el sonido fue como un bálsamo sobre la herida.

—Claro que sí, voy a hacerlo ahora mismo.
—¿Y el pastel?
—Se lo llevaré a una amiga mía que está enferma, ni a ti ni a mí nos va bien pasarnos con los dulces.

Troy habría dado lo que fuera con tal de pasar aquella velada junto a ella, pero iba a tener que sonreír y charlar de naderías con sus consuegros. No era lo que tenía pensado, pero Megan era su hija y tenía que darle prioridad; además, contaba con poder disfrutar de otras veladas junto a Faith.

CAPÍTULO 15

Bobby Polgar sólo sabía una cosa con certeza: no iba a arriesgarse a perder a su mujer por culpa de una partida de ajedrez. Aleksandr Vladimir había intentado presionarle, pero él no estaba dispuesto a seguirle el juego. Estaba claro que el jugador ruso sabía que Teri era su debilidad. No iba a poner en peligro a la mujer que amaba por nada en el mundo, ni por sus títulos de campeón ni por dinero.

—Es de madrugada, Bobby. ¿Qué haces levantado? —le preguntó Teri con voz adormilada desde el dormitorio.

Alzó la mirada del tablero de ajedrez al oírla moverse por el dormitorio. Como estaba cansado, le costaba pensar con claridad. Al verla entrar en la sala de estar, no pudo evitar pensar en los placeres del lecho conyugal. Su mujer llevaba puesto un camisón negro y corto de seda, su pelo, que aquella semana llevaba teñido de castaño oscuro, estaba despeinado, y estaba tapándose la boca con la mano para cubrir un enorme bostezo.

—Me he despertado, y no estabas en la cama —al verlo delante del tablero de ajedrez, le preguntó con perplejidad—: ¿Cómo puedes jugar sin las piezas?

—Juego de cabeza.

—¿Y quién está ganando? —le preguntó, sonriente. Al ver

que él no parecía entender el chiste, alargó una mano hacia él y le dijo–: Da igual. Anda, vuelve a la cama.

Bobby asintió, y regresó al dormitorio con ella a pesar de que estaba convencido de que no iba a poder dormir. Los movimientos de las piezas de ajedrez seguían sucediéndose en su mente.

Cuando estuvieron bajo las mantas, Teri se acurrucó contra él y le dijo en voz baja:

—Quiero comentarte una cosa.

—Dime.

—La cena con mi hermana fue bien, ¿verdad?

Sí, había ido bien, pero los dos sabían que Christie no había vuelto a visitarlos por la comida, sino para ver a James Wilbur. James llevaba casi diez años con él, y a pesar de que era su empleado, también era uno de los pocos amigos de verdad que tenía. Siempre habían mantenido el debido decoro profesional, pero se entendían mutuamente; aun así, James había mantenido un mutismo de lo más sospechoso en cuanto a Christie Levitt.

—¿Te diste cuenta de cuánto tardó en volver cuando la llevó de vuelta a su casa anoche?

Bobby no lo había notado, a pesar de que James vivía en sus propias dependencias privadas encima del garaje.

—Eso es bueno, ¿no?

—Creo que sí —Teri soltó una risita, y añadió—: James y mi hermana —soltó un sonoro suspiro, y apoyó la cabeza en el pecho de su marido—. Es muy diferente a los tipos con los que suele salir.

—Y eso también es bueno.

Teri asintió, y al cabo de un momento le dijo:

—James me comentó que este fin de semana se celebra un torneo de ajedrez bastante importante.

El torneo en cuestión iba a celebrarse en Los Ángeles. Bobby estaba al tanto de todos los detalles, y ya había tomado una decisión.

—He declinado.
—¡Bobby!

Los organizadores estaban presionándole para que participara, pero a pesar de lo mucho que le habría gustado acceder, a pesar de cuánto necesitaba enfrentarse a aquel reto, no podía hacerlo.

—Tiene que haber alguna solución, Bobby. No voy a dejar que Vladimir te quite el título amenazándome a mí.

Bobby se negaba a acceder a las exigencias de Vladimir. Los dos sabían que él era el mejor jugador, por eso el ruso había llegado a tales extremos para asegurarse la victoria.

Aleksandr Vladimir le había dado unas instrucciones muy concretas: tenía que perder en la siguiente partida en la que se enfrentaran. No podía parecer deliberado, tenía que dejarse atrapar en lo que se conocía como el Agujero Negro. La partida terminaba en cuanto se jugaban los once movimientos necesarios, y aunque de momento nadie había podido escapar de aquella trampa, él creía que podía conseguirse. Pasaba noche y día repasando aquellos once movimientos buscando alguna escapatoria, intentando encontrar la forma de ganar a pesar de la amenaza de Vladimir. La solución estaba allí y le faltaba poco para encontrarla, por eso no podía dormir y pasaba hora tras hora contemplando un tablero de ajedrez vacío.

—James me dijo que perderías el número uno de la clasificación internacional si no participabas en ese torneo —le dijo Teri.

En el pasado, su puesto en la clasificación había tenido una gran importancia para él, pero las cosas habían cambiado.

—Quiero que vayas a ese torneo, Bobby. Es algo muy importante —Teri se acurrucó aún más contra él, y empezó a acariciarle el pecho.

Él negó con la cabeza. No estaba dispuesto a dejar que le convenciera, tenía que mantener a salvo a su reina. Seguro que durante la competición le tocaría jugar contra Vladimir tarde o temprano, y en ese caso no tendría más remedio que dejarse ganar. No estaba preparado, no había perfeccionado su escapatoria del Agujero Negro.

—Bobby...

Al oír que su mujer pronunciaba su nombre con aquel tono de voz susurrante y gutural que reconoció de inmediato, respondió apartando la cara, pero se estremeció de placer y cerró los ojos cuando ella posó la palma de la mano sobre su pecho y empezó a mordisquearle el lóbulo de la oreja.

—Jugaré contra Vladimir cuando esté listo, Teri. Aún no es el momento, pero falta poco —a juzgar por cómo se tensó contra él, era obvio que su respuesta no la había apaciguado. La besó en la mejilla mientras la apretaba contra sí, y le dijo—: Será pronto, muy pronto —cuando encontrara la forma de vencer a Vladimir siguiéndole el juego y de protegerla a ella al mismo tiempo.

Sabía que el ruso iba a enfurecerse si él no participaba en aquel torneo, pero la idea de desbaratar sus planes le daba cierta sensación de control, por muy efímera o ilusoria que fuera.

Teri arqueó la espalda al estirarse, y en cuestión de minutos estuvo profundamente dormida mientras él le acariciaba el pelo. Era su reina, su amor, lo más importante de su vida.

Él también consiguió dormirse poco después, y cuando despertó ya era de día y su mujer estaba cantando en la ducha. Le encantaba escucharla, a pesar de que no afinaba demasiado.

Teri salió del cuarto de baño sin dejar de cantar, y se acercó al vestidor. Sólo llevaba puesta una toalla alrededor del cuerpo. Se detuvo al ver que estaba despierto, y comentó:

—¿Te he despertado mientras cantaba?

Bobby era incapaz de dejar de mirarla. Le encantaba el hecho de que los estados de ánimo de su esposa apenas fluctuaran. Casi siempre estaba contenta y optimista, y a él le bastaba estar con ella para ser feliz.

—¿Quieres un beso de buenos días? —le preguntó ella, mientras se acercaba a la cama.

—Sí, por favor.

Si tenía suerte, el beso daría pie a algo más. No era experimentado como amante, pero estaba aprendiendo. Teri le había enseñado cómo satisfacerla, a pesar de que ella había sabido de forma instintiva cómo satisfacerle a él. Darle placer a su esposa le proporcionaba un goce sorprendente, y acrecentaba su propia satisfacción sexual.

Teri se sentó en el borde de la cama, le rodeó el cuello con los brazos, y le cubrió los labios con los suyos. A pesar de los meses que llevaban juntos, sus besos seguían aturdiéndolo. Era incapaz de pensar cuando la tenía entre sus brazos. Él nunca había sido una persona emocional, siempre lo enfocaba todo desde un punto de vista cerebral, pero Teri era la única con la que se permitía el lujo de sentir.

Al cabo de un largo momento, ella se apartó un poco y soltó un profundo suspiro antes de decir:

—No sabía que la vida de casada sería tan fantástica. No lo digo por el sexo... a pesar de que es increíble... sino porque estamos juntos, y confiamos el uno en el otro. ¿Entiendes lo que quiero decir?

—Sí.

—En fin, será mejor que me arregle, Rachel... —se interrumpió de golpe.

—¿Qué le pasa?

—Nada, ¿por qué lo preguntas?

—Estás preocupada por ella.

—Sí, supongo que sí.

—¿Por qué? —deseó que se le ocurriera decir algo más útil, pero la verdad era que le costaba entender a la mayoría de la gente. Con la excepción de Teri y de James, las únicas personas con las que se relacionaba eran jugadores de ajedrez.

—Va a ver a Nate dentro de poco.

Cuando recordó que el tal Nate era el tipo de la Armada con el que estaba saliendo Rachel, le preguntó:

—¿Y eso es bueno?

—Ella cree que sí, pero yo no estoy tan segura —al ver su expresión de desconcierto, añadió—: Estoy convencida de que Bruce Peyton está enamorado de ella, pero el problema es que no se lo ha dicho.

—¿Por qué no? —en su opinión, era una tontería callarse algo así.

—No lo sé, es viudo y Rachel y él son amigos desde hace años. Pero como no se dé prisa acabará perdiéndola, y sería una lástima.

Bobby sabía lo que era tener miedo de perder a alguien. Amaba a Teri, y la necesitaba. Se quedaría destrozado si lo abandonaba... o si le pasaba algo malo.

Al ver que se colocaba mejor la toalla antes de ir de nuevo hacia el vestidor, deseó que la prenda se le cayera. Le encantaba verla desnuda, su cuerpo suave y generoso reflejaba cómo era ella por dentro.

—Habla con James, Bobby.

—Vale.

—Quiero saber lo que está pasando entre mi hermana y él.

—Si es que está pasando algo.

—Están pasando muchas cosas, eso ni lo dudes. Pero tienes que sacarle la información con discreción, con sutileza.

—Lo intentaré —le dijo, a pesar de que sabía que la discreción y la sutileza no eran sus puntos fuertes.

Cuando su mujer salió del vestidor, llevaba puestos unos pantalones blancos y un jersey azul sin mangas. Al verla agarrar su bolso, se dio cuenta de que estaba a punto de marcharse.

—¿Te vas a trabajar tan pronto?

Ella se acercó de nuevo a la cama, y le dijo:

—Hoy se celebra en Seattle la muestra de peluquería de la que te hablé, ¿te acuerdas? Rachel y yo volveremos a eso del mediodía.

No le hacía ninguna gracia perder a su mujer de vista durante tanto tiempo, pero sabía que era inútil discutir. Tenía que confiar en que iba a estar a salvo, y por lo menos iba a estar acompañada de Rachel.

Cuando ella se inclinó y le dio un beso largo y profundo, se sintió incluso más reacio a dejarla marchar.

—Acuérdate de hablar con James, Bobby.

—¿No va a llevaros él en la limusina?

—No, Rachel va a pasar a buscarme. Desayunaremos por el camino.

—Pero...

—¡Bobby!

A juzgar por la expresión de su rostro, era obvio que la discusión estaba zanjada. Su mujer no entendía el peligro que corría. Vladimir era un hombre peligroso, aunque por suerte en ese momento debía de estar en Los Ángeles para asistir al torneo de ajedrez.

Rachel llegó poco después, y Teri se fue con ella. Él se pasó la mañana en Internet, siguiendo el torneo de ajedrez de California. Tuvo que cerrar los ojos en más de una ocasión, porque el ansia de jugar era tan poderosa como una droga. Echaba de menos la competición.

A la hora de la comida, recordó lo que le había prometido a Teri y le pidió a James que sacara el coche. Cuando salió de la casa, James ya tenía el vehículo delante de la puerta y estaba esperándole.

—¿Adónde vamos? —le preguntó el chófer, cuando los dos estuvieron dentro.

—Me gustaría preguntarte un par de cosas, James —se recordó a sí mismo que Teri le había pedido que fuera sutil.

—Sí, señor —James posó las manos en el volante, y se volvió hacia él.
—Se trata de la hermana de Teri.
—Ah —el cogote de James se puso rojo como un tomate.
—Teri está pensando en volver a invitarla a cenar —aquello era muy sutil, ¿no? Se sintió orgulloso de su propia astucia.
—De acuerdo, ¿quiere que vaya a buscarla?
—Sí, si no te importa —se dio cuenta de que las manos de James se tensaban al volante.
—Por supuesto que no, señor. ¿Cuándo debo ir a buscar a la señorita Christie?
—Ya te lo diré.
—Gracias, señor.
Bobby vaciló por un instante antes de comentar:
—Se parece mucho a Teri, ¿verdad?
James lo miró a los ojos por el retrovisor, y le preguntó:
—¿En qué sentido, señor?
—Es muy guapa.
James carraspeó ligeramente, y dijo:
—No me había dado cuenta.
Era obvio que estaba mintiendo, y Bobby decidió que era mejor optar por un enfoque directo.
—¿Te llevas bien con ella, James?
—Por desgracia, no.
—¿No? —estaba convencido de que le había oído mal.
—Al parecer... me temo que no le caigo demasiado bien a la señorita Christie.
Bobby no tenía esa impresión, así que le preguntó:
—¿Por alguna razón en concreto?
James se movió con nerviosismo, y alzó las dos manos antes de comentar:
—Me parece que no le gustan los hombres que se portan con formalidad y que trabajan de conductores.
—Lo... lo siento mucho, James —Bobby estaba atónito. Si

Christie era una esnob superficial, no se parecía en nada a Teri.

—Yo también, señor.

Los dos permanecieron en el coche durante unos minutos sin decir nada, hasta que Bobby se dio cuenta de que James pensaba que tenía que llevarlo a algún sitio.

—Eso es todo, James.

—De acuerdo, señor —bajó del vehículo, y fue a abrirle la puerta.

Bobby regresó a la casa, y estaba comiéndose un bocadillo de queso delante del ordenador cuando oyó que alguien aporreaba la puerta con fuerza. Se apresuró a ir a abrir y vio que se trataba de James, que estaba pálido y claramente alterado.

—Uno de los hombres de Vladimir acaba de traer esto, me ha dicho que tenía que entregárselo a usted —le dijo, antes de darle un sobre.

Bobby sintió que le recorría un escalofrío mientras abría el sobre, y su intranquilidad fue en aumento al ver que dentro había una medalla de oro con la imagen de un ángel, que se parecía mucho a una que tenía Teri... sintió que el corazón le daba un vuelco cuando se dio cuenta de que no se parecía, sino que era la de Teri.

Por un instante, sus cuerdas vocales se negaron a funcionar. Cuando consiguió recuperar el habla, miró a James y le dijo:

—Tenemos que llamar a Teri. Ahora mismo —tuvo que hacer un esfuerzo monumental para poder pronunciar aquellas palabras.

James sacó a toda prisa el móvil, y pareció tardar una eternidad en darle al número correspondiente de marcación rápida. Bobby esperó con el aliento contenido a que su mujer contestara, y al oír su voz recuperó la capacidad de respirar, de hablar y de moverse.

—¡Hola, Bobby! ¿Has hablado de mi hermana con James? —le preguntó ella, con total normalidad.

—¿Dónde está tu colgante del ángel?

—Por el amor de Dios, Bobby... lo llevo puesto —masculló algo ininteligible, y de repente soltó una exclamación ahogada—. ¡Lo he perdido! Es increíble, recuerdo perfectamente que me lo he puesto...

—¿Esta mañana?

—Sí, después de ducharme. Me lo pongo bastante a menudo. ¿Lo has encontrado?, ¿por eso me has llamado?

El escalofrío se convirtió en una sensación gélida que le heló la sangre en las venas. El mensaje estaba claro: Vladimir había dado por supuesto que se enfrentaría a él en Los Ángeles, y no le había hecho ninguna gracia enterarse de que no iba a asistir al torneo. Era su forma de decirle que podía llegar hasta Teri cuando le diera la gana.

—Bobby, ¿por qué no me contestas?

Como era incapaz de hablar, le pasó el móvil a James. Iba a tener que esperar a recibir más instrucciones. Cuando llegara el momento, haría lo que Vladimir le pidiera, incluso perder ante él.

CAPÍTULO 16

Linnette McAfee tuvo que contener las lágrimas mientras se alejaba en su coche de la casa que sus padres tenían en Harbor Street. Aquella misma tarde se había despedido de su hermana Gloria, y había sido igual de duro. Todos se habían esforzado por retrasar al máximo su partida. Su madre era la que se había tomado peor el hecho de que se fuera de Cedar Cove, pero al final no había tenido más remedio que aceptarlo. Aunque pudiera parecer una decisión poco razonable, estaba en su derecho de hacer lo que le diera la gana con su vida.

Había escuchado los argumentos de sus familiares, y entendía lo que le habían explicado una y otra vez. Sí, era cierto que estaba huyendo, y sí, sabía que marcharse de la ciudad no iba a solucionar sus problemas, pero le daba igual.

No conocía de nada a Will Jefferson, el hombre al que le había realquilado el piso. Sólo sabía que era el hijo de Charlotte Jefferson y el hermano de Olivia Griffin, pero le estaba enormemente agradecida. Se habría marchado aunque no hubiera encontrado a nadie que se encargara del alquiler, pero gracias a la oportuna aparición del tal Will no iba a tener que gastarse parte de sus ahorros pagando el alquiler de un sitio en el que no iba a vivir.

Lo que más preocupaba a sus padres era el hecho de que no tuviera ningún destino concreto en mente. Pensaba conducir hasta que se cansara de hacerlo, hasta que estuviera harta de estar en la carretera. Tal y como su madre había dicho en repetidas ocasiones, era lo más irresponsable que había hecho en toda su vida.

Lo que nadie parecía entender era lo liberada que se sentía, lo fantástico que era no tener que responder ante nadie. Había sido Doña Responsable durante toda su vida, había pasado directamente del instituto a la universidad y después a la especialización de asistente médico. Desde los cinco años, no había hecho más que estudiar y trabajar. No había tenido vacaciones largas, ni tiempo libre por sacar buenas notas o por buen comportamiento... nada.

Al margen de todo lo demás, la dolorosa ruptura con Cal le había enseñado que iba a seguir así durante el resto de su vida si no tomaba una determinación drástica, y eso era lo que había hecho.

Su móvil empezó a sonar cuando acababa de incorporarse a la carretera dieciséis, pasado Olalla. Normalmente, no habría contestado, porque sabía lo peligroso que era conducir y hablar por teléfono a la vez. En cualquier otra ocasión, habría dejado que saltara el contestador automático, pero en ese momento decidió contestar.

—¿Diga? —intentó parecer alegre y despreocupada. No estaba ni una cosa ni la otra, pero decidió que fingir tenía su mérito.

—Hola, Linnette. Lo has hecho ya, ¿verdad?

—¿Mack? —creía que su hermano la entendería. No había podido estar en la cena de despedida que le habían organizado sus padres, porque estaba muy ocupado con el entrenamiento para entrar en el cuerpo de bomberos, así que se alegró mucho de poder hablar con él.

—Acabo de hablar por teléfono con mamá.

—¿Aún sigue quejándose de mi decisión?

—Sí —Mack soltó una carcajada, y comentó—: Dijiste que pensabas largarte, pero no creí que fueras capaz.

Ése era otro problema, nadie la tomaba en serio. Ni siquiera sus familiares y sus amigos habían creído que sería capaz de marcharse, pero era comprensible; al fin y al cabo, Linnette McAfee siempre había sido una persona seria y formal, tan modélica y... predecible.

—Pues sí, ya me he ido —se esforzó por intentar aparentar entusiasmo.

Su hermano permaneció en silencio durante un momento, y al final le dijo:

—Mamá dice que no sabes adónde vas.

—No tengo ni idea, supongo que lo sabré cuando llegue.

—Todo esto es muy raro en ti, Linnette.

—Exacto, de eso se trata.

—Parece algo más propio de mí.

—Sí, es verdad.

Siempre había envidiado la individualidad y la valentía de su hermano, que había sido un inconformista desde la adolescencia. Su padre y él habían tenido problemas durante años, pero en los últimos tiempos habían llegado a un entendimiento. Para ella era un alivio que hubieran resuelto sus desavenencias.

—Ven a verme, me gustaría hablar contigo antes de que te vayas.

—¿No estabas en la Academia de Entrenamiento de Bomberos de North Bend?

—Hoy era el último día. Vamos a celebrarlo, te invito a cenar.

¿Mack iba a invitarla? Aquello sí que era toda una noticia, porque su hermano siempre iba corto de dinero; además, apenas se había alejado dieciséis kilómetros de Cedar Cove, y su familia ya estaba insistiendo en detenerla.

—Pues... será mejor que no, Mack.

—¿Por qué?, no tienes ningún horario fijo.

—Ya, pero...
—¿Qué problema hay?
—Vale, cenaré contigo, pero con una condición.
—Invito yo, lo digo en serio. Así me deberás una.
—Mack, te juro que me marcharé del restaurante si dices una sola palabra sobre el hecho de que me voy de Cedar Cove, o si mencionas a Cal y a Vicki. Bueno, dime dónde quieres que quedemos —como él se había ofrecido a pagar, seguro que optaba por algún restaurante de comida rápida.
—Te prometo que no diré ni una sola palabra sobre lo impulsiva que ha sido tu decisión.
—Perfecto.

Al cabo de unos minutos, acordaron encontrarse en un restaurante chino del centro de Issaquah. Ninguno de los dos había estado allí, pero Mack había oído que la comida era buena y barata... y en aquel caso, lo de «barata» fue determinante.

Cuando llegó, su hermano ya estaba tomando té en una mesa y la saludó al verla entrar. Tenía ganas de pasar unas cuantas horas con él, pero antes le había dicho muy en serio que se largaría si él mencionaba su decisión de marcharse o a Cal.

Lo cierto era que Mack tenía buen aspecto, hacía años que no estaba tan bien. Parecía feliz, seguramente se debía a que había encontrado un trabajo que le gustaba de verdad. Cuando los dos le echaron un vistazo al menú y pidieron la cena, él empezó a hablarle de su entrenamiento.

—Entonces, ¿ya eres un bombero cualificado?
—Eso parece.

Su hermano había trabajado en varias cosas a lo largo de los años. Había sido cartero, transportista, administrador de fincas, portero de discoteca, y pintor.

—¿Has encontrado alguna oferta de empleo?
—Papá me comentó que en Cedar Cove había una vacante.

—¿Estás seguro de que quieres estar tan cerca de mamá y papá? —a pesar de que su padre y él parecían llevarse bien, no estaba convencida de que fuera buena idea que vivieran tan cerca.

—La verdad es que no lo sé. Voy a entregar mi solicitud allí, en Lake Stevens, y también en Spokane.

Spokane estaba al otro extremo del estado, así que ni su hermano ni ella vivirían cerca de sus padres.

—Supongo que sería bueno para Gloria, ¿verdad?

Su familia se encontraba en una situación inusual. Como Gloria se había criado con sus padres adoptivos, no tenía ni las mismas experiencias de la infancia ni los mismos recuerdos que Mack y ella; de hecho, al principio había sido una completa desconocida. El hecho de que las dos hubieran entablado amistad cuando se habían conocido había añadido una sensación de irrealidad a la situación. Durante los últimos dos años habían pasado muchas cosas, y lo de Cal había sido la gota que había colmado el vaso.

—Va a echarte de menos, Linnette.

—Y yo a ella, y a mamá y papá, y a ti...

—Ya verás como te va bien, hermanita.

—Sí, ya lo sé —no pudo evitar un cierto tono desafiante—. Me irá mejor que bien, me irá genial.

—Seguro que sí.

—Me parezco a mi hermano, ¿verdad? —comentó, en tono de broma.

—Querer es poder.

—¡El pueblo al poder!

Su hermano estuvo a punto de atragantarse con el té cuando se echaron a reír. Aquella charla distendida era justo lo que Linnette necesitaba después de la emotiva despedida en casa de sus padres.

Mack dejó a un lado los palillos, y apartó su plato de pollo al estilo Szechuan.

—Aparte de para desearte buena suerte, quería verte antes de que te fueras por algo más.

—Te dije muy en serio lo de antes, Mack. Si vas a decirme algo que tenga que ver con Cal, ahórratelo.

—No es eso —inhaló hondo, y permaneció en silencio durante unos segundos como si estuviera pensando en cómo expresarse—. Sólo quiero que sepas que puedes llamarme si necesitas cualquier cosa.

—Es todo un detalle, pero...

—Lo digo en serio, Linnette. No te lo tomes a la ligera, ¿vale? Puede que alguna vez te quedes corta de dinero, y no quieras contactar con mamá y papá.

Linnette estuvo a punto de echarse a reír, porque Mack había salido adelante a duras penas durante gran parte de su vida adulta; de hecho, era sorprendente que él se hubiera ofrecido a pagar la cena, sobre todo teniendo en cuenta que en ese momento no tenía trabajo.

—Te lo agradezco de verdad, Mack, pero no quiero que tengas que pedir un préstamo con tal de ayudarme.

—No me haría falta pedir un préstamo.

—¿Tienes dinero? —no pudo ocultar su sorpresa; al fin y al cabo, todo el mundo sabía que su hermano vivía a un paso del umbral de la pobreza.

—El suficiente. Si necesitas lo que sea, llámame.

—¿Y si necesito más de cincuenta dólares?

—¿Quieres parar ya?

—¿Tienes más de cincuenta dólares de sobra? —cuando él asintió, añadió—: ¿Más de cien? —apenas pudo creerlo al verle asentir de nuevo, aquello sí que era toda una novedad—. ¿Más de doscientos?

—Más de mil.

Linnette apoyó las manos sobre la mesa, y se inclinó hacia delante.

—Estás tomándome el pelo, ¿verdad?

—No, sólo estoy diciéndote que puedo ayudarte si lo necesitas.

—¿Cuánto dinero tienes? —aún le costaba creer que su hermano hubiera conseguido ahorrar más de mil dólares.

—¿Por qué quieres saberlo?

—Por curiosidad.

—Tengo bastante para echarte una mano si hace falta. La transmisión de tu coche podría estropearse en algún pueblucho de mala muerte, y no quiero que te estreses pensando en cómo vas a poder pagarlo. Llámame, y yo me encargaré de todo.

—Eso costaría más de mil pavos.

No tenía ni idea de cuánto dinero tenía su hermano, pero no podía ser demasiado. Se habría enterado si le hubiera tocado la lotería, y seguro que no seguiría con su vieja camioneta si tuviera otra opción.

—No vas a parar hasta que consigas sacármelo, ¿verdad? —le dijo él.

—No.

Él soltó un sonoro suspiro, y admitió:

—Tengo una cantidad que está cerca de las seis cifras.

—¡Anda ya!

—Lo digo en serio, Linnette.

A lo mejor le había tocado la lotería, y lo había mantenido en secreto.

—¿Cómo...? ¿Cuándo...? —lo miró con suspicacia, y le preguntó—: No serás corredor de bolsa, ¿verdad?

—Claro que no.

—Entonces, ¿cómo has conseguido ahorrar tanto dinero? ¿Has recibido una herencia y yo no estaba en el testamento?, siempre fuiste el preferido de la abuela McAfee.

Su hermano se echó a reír, y le preguntó:

—¿No crees que haya podido ganarlo?

—La verdad es que no.

—Tienes muy poca fe en mí. Pues que sepas que te equivocas. Compré una casa que estaba hecha polvo, me gasté hasta el último penique que tenía en remodelarla, y al final la vendí y saqué un buen beneficio.

—¿Cuándo?

—Hará unos dos años.

Linnette se acordaba de aquella casa. Era una verdadera cochambre, y había dado por sentado que su hermano la había alquilado.

—¿Estás satisfecha ya?

—Eres de lo que no hay, Mack —le dijo, sonriente.

Él le devolvió la sonrisa, y le dijo:

—Me lo tomaré como un cumplido.

—Lo es —se reclinó en la silla, y miró a su hermano con nuevos ojos. No sólo no había malgastado el dinero, sino que además lo había mantenido en secreto hasta ese momento—. Estoy orgullosa de ti.

—¿Por lo del dinero?

—Sólo en parte. De niños siempre estábamos discutiendo, pero me quieres a pesar de todo, ¿verdad?

—¡Pues claro, eres mi hermana pequeña!

—Sí, la hermana que está a punto de empezar una nueva vida.

—Confía en ti misma, Linnette. Y no te olvides de que conmigo tienes una red de seguridad.

Todos sus familiares estaban en contra de la decisión que había tomado... todos menos Mack, que entendía sus razones y le había ofrecido una comprensión y una ayuda inesperadas.

Era el hermano mayor ideal.

CAPÍTULO 17

La mañana no había empezado bien para Grace Harding. Se había despertado tarde después de pasar una mala noche, así que había tenido que apresurarse a preparar el café y se había arreglado a toda prisa para ir a trabajar. En vez de ayudarla, Cliff había intentado convencerla de que se quedara en la cama. Había escogido el peor día para dormirse, porque le tocaba abrir la biblioteca y tenía que estar allí a las nueve.

Mientras ella se vestía a toda prisa, Cliff había insistido en que no le hacía falta trabajar, e incluso le había dicho que le gustaría que se planteara la posibilidad de jubilarse. Justo antes de marcharse, ella le había contestado que claro que tenía que trabajar, y le había recordado que era la bibliotecaria jefe y que además le encantaba su trabajo. Para cuando se había dado cuenta de que se había marchado de casa sin besar a su marido, ya estaba llegando a la biblioteca.

Llevaba media mañana de trabajo, y seguía sintiendo la misma ansiedad. Estaba desorientada, desorganizada. Tenía que reunirse en Bremerton con la selectora, la bibliotecaria que pedía nuevos libros, pero al llegar se dio cuenta de que se había dejado en casa todas sus anotaciones, así que la reunión acabó siendo una pérdida de tiempo por su culpa.

Mientras iba de regreso a Cedar Cove, empezó a plantearse seriamente lo de jubilarse. Había trabajado durante toda su vida adulta. Después de tener a sus hijas, había asistido a clases nocturnas en el Instituto Comunitario Olympic, y posteriormente había estudiado biblioteconomía en la Universidad de Washington. Después de licenciarse, había tenido la suerte de que la contrataran en la biblioteca de Cedar Cove.

Durante aquellos primeros años, las cosas le habían ido bien con Dan, que la había ayudado con las niñas y la había apoyado cuando había decidido retomar los estudios. A pesar de que iban justos de dinero y de los problemas que atormentaban a su marido, ella sabía que él la amaba tanto como le era posible; sin embargo, él había empezado a empeorar cuando Maryellen y Kelly habían empezado a ir al colegio. Con el paso de los años su actitud malhumorada y taciturna se había vuelto intolerable, era como un nubarrón que ensombrecía su matrimonio y la vida familiar. Dan había ido empeorando de forma progresiva hasta el final, hasta que había desaparecido.

Cuando recordaba su matrimonio con Dan, no podía evitar sentir un dolor y una sensación de pérdida enormes, y le extrañó estar pensando tanto en él en un día tan ajetreado.

—Hay un hombre en la entrada que pregunta por ti, Grace —le dijo Loretta, otra bibliotecaria, al entrar en su despacho.

—¿Te ha dicho quién es?

—No, sólo que es un viejo amigo tuyo. Ha venido a hacerse el carné.

Grace supo de inmediato que debía de tratarse de Will Jefferson. Loretta pareció notar su vacilación, porque añadió:

—Parece agradable.

Grace supuso que era inevitable que volviera a encontrarse con él, acabaría pasando tarde o temprano. Hizo acopio de valor, y salió del despacho con Loretta.

Will Jefferson estaba apoyado con indolencia contra el mostrador, como si tuviera todo el tiempo del mundo, y al verla llegar sonrió y se incorporó. Siempre había sido muy guapo, y el paso de los años no le había perjudicado en nada. Seguía teniendo la misma seguridad en sí mismo, el mismo aire desenfadado de siempre. Había estado enamoriscada de él en la adolescencia, pero él no le había hecho ni caso. Quizá por eso se había sentido tan halagada cuando se había interesado en ella después de la muerte de Dan.

—Hola, Grace. Estás tan fantástica como siempre —le dijo, con una de sus sonrisas más cálidas. Siempre había sido todo un conquistador.

—Hola, Will. Has venido a hacerte el carné, ¿verdad? —no estaba dispuesta a intercambiar cumplidos con él, ni a mostrarse cordial. Si quería el carné de la biblioteca, podía conseguirlo sin que ella le ayudara.

—No sabía si estabas al tanto de que me había venido a vivir a Cedar Cove —era obvio que aquel recibimiento tan frío no le había acobardado.

—Sí, ya me lo habían comentado.

—Supongo que fue Olivia.

—¿Puedo ayudarte en algo?

—Sí, la verdad es que sí —le dijo él, con todo el encanto del que disponía—. ¿Te apetece que salgamos a comer? Tendríamos que hablar de un par de cosas, estaría bien que aclaráramos la situación.

Aquello era justo lo que Grace no estaba dispuesta a permitir.

—No, gracias. Por si lo has olvidado, estoy casada.

—No estoy invitándote a comer para tener una cita contigo, ni para fastidiar a tu marido. Me parece que, si vamos a vivir en la misma ciudad, sería mejor que habláramos sobre lo que pasó. Sé que tienes algunos remordimientos, y yo también.

Parecía tan sincero, que Grace vaciló por un instante.

—Cliff no es un hombre celoso, ¿verdad?

—Claro que no, pero no tengo nada que decirte —no iba a permitir que él insinuara siquiera que su marido era posesivo o poco razonable—. Tu hermana es mi mejor amiga; al margen de eso, no tenemos nada en común.

—De acuerdo, como quieras —era obvio que estaba decepcionado—. Por cierto, he alquilado un piso que está cerca del parque.

Para Grace no fue una sorpresa enterarse de que él iba a vivir a cinco minutos de la biblioteca.

—Siempre me ha encantado leer, Grace.

En otras palabras: estaba diciéndole que iba a ir con frecuencia a la biblioteca. Genial, lo que le faltaba.

—Avísame si necesitas algo, y le diré a alguno de mis compañeros que te eche una mano —quería dejarle muy claro que no iba a estar a su disposición cada vez que él decidiera llevarse un libro.

Le proporcionó cierta satisfacción dejarle claro que ya no sentía nada por él, que hacía mucho que había superado lo que había sucedido. Aunque no había sido de forma intencionada, aquel hombre le había enseñado algunas lecciones muy valiosas sobre sí misma, lecciones dolorosas. No estaba dispuesta a poner en peligro su matrimonio por él, y era mejor dejárselo muy claro cuanto antes.

—Me alegra haberte visto de nuevo, Will. Espero que hagas un buen uso de la biblioteca.

—Es lo que pienso hacer —le dijo él, con voz suave.

Al ver que permanecía quieto, como si quisiera añadir algo más, Grace dio media vuelta y se apresuró a regresar a su despacho. Se dio cuenta de que le temblaban las manos. Por si fuera poco, Cliff aún no sabía que Will se había mudado a Cedar Cove. No se lo había ocultado a propósito, pero Will era un tema muy espinoso entre ellos.

Aquella tarde se encontró con Olivia en la clase de aeróbic de todas las semanas. Su amiga la conocía a la perfección, y cuando acabaron y fueron al vestuario le preguntó de inmediato qué le pasaba.

—¿Por qué crees que me pasa algo? —le preguntó sin mirarla, antes de agacharse para desabrocharse las zapatillas de deporte. Estaban la una junto a la otra, cambiándose de ropa.

—En primer lugar, no te has quejado ni una sola vez durante la clase.

—Nunca me quejo, Olivia.

—Estás de broma, ¿no? Cuando llegamos empiezas a decir que tiene que haber una forma más fácil de mantenerse en forma, y al empezar la clase resoplas y jadeas como si estuvieras a punto de desmayarte.

Grace se incorporó, y se llevó las manos a las caderas antes de decir con firmeza:

—¡Eso no es verdad!

—Sí que lo es.

—Parecemos unas adolescentes discutiendo —comentó, sonriente.

Las dos se echaron a reír, y fueron al aparcamiento.

—Cliff quiere que me jubile.

—Aún eres muy joven para eso, Grace.

—No es por la edad —se detuvieron al llegar junto a su coche. Como su amiga la miró con expresión interrogante, añadió—: A Cliff le gustaría viajar, y quiere que lo hagamos juntos.

—¿No es un poco repentino?

—No tanto.

Olivia permaneció en silencio durante unos segundos, y al final le preguntó:

—Todo esto no tendrá nada que ver con Will, ¿verdad?

—Qué casualidad que le menciones, esta mañana se ha pasado por la biblioteca.

—¿Para qué?

—Para sacarse el carné... al menos, eso es lo que ha dicho

—Grace se apoyó en su coche, y comentó—: Parece ser que necesitaba mi ayuda, porque preguntó por mí en concreto.

—Qué casualidad.

—Me ha invitado a comer; según él, para hablar de lo que había pasado entre nosotros. Me he negado, claro. Le he dicho que estoy casada.

—Ya lo sabe.

—Le he dejado muy claro que no tengo ningún interés en retomar nuestra relación —fue todo un placer contarle aquel detalle a su amiga.

—Bien hecho.

Grace agradeció su apoyo, pero aún estaba preocupada por lo que pudiera hacer Will.

—Me parece que le da igual que esté casada.

—No me extraña, da la impresión de que su propio matrimonio apenas le importaba; según Georgia, mi hermano tuvo aventuras de forma reiterada. No entiendo cómo pudo aguantarlo durante tanto tiempo.

Grace se sentía avergonzada y angustiada por el mero hecho de saber que ella había estado a punto de ser una de esas aventuras. Había sido una necia, con qué facilidad había justificado su propio comportamiento a pesar de saber que estaba obrando mal. Estaba tan ansiosa por creer a Will, que había dejado a un lado todos los principios que le habían inculcado desde pequeña.

—Me ha dicho que piensa ir a menudo a la biblioteca.

—¡Es increíble! —Olivia estaba indignada.

—Yo le he dicho que me avisara si necesitaba algo —tuvo que contener una sonrisa al ver la cara de confusión que puso su amiga.

—¿Qué?

—Y después he añadido que me encargaría de que alguno de mis compañeros le echara una mano.

Olivia esbozó una sonrisa, y comentó:

—Bueno, estoy lista para tomarme un dulce y una taza de café.

—Yo también.

Al cabo de cinco minutos, llegaron al Pancake Palace en sus respectivos coches. Goldie las vio llegar al aparcamiento, y ya les había servido el café para cuando entraron en el local.

—¿Espuma de coco? —les preguntó, cuando se sentaron en la mesa de siempre. Al verlas asentir, añadió—: Me gustaría poder convenceros de que probarais otro postre diferente —regresó a la cocina sin esperar respuesta.

—Antes no me has contestado —comentó Olivia, mientras metía las llaves del coche en el bolsillo lateral de su bolso—. ¿Lo de jubilarte tiene algo que ver con mi hermano? —al ver que permanecía en silencio, añadió—: Has mencionado lo de la jubilación justo antes de decirme que Will ha estado en la biblioteca.

Grace se preguntó si su amiga tenía razón, si entre aquellos dos asuntos existía un vínculo que ella había pasado por alto. Se preguntó si estaba planteándose la jubilación sólo para poder evitar a Will, y la mera idea la indignó.

No, no era ni tan débil ni tan cobarde. No iba a permitir que aquel hombre interfiriera en su vida, no iba a concederle aquel poder.

—Will es un impresentable —dijo Olivia, ceñuda.

—Esto no tiene nada que ver con él —le contestó, con total sinceridad.

Por suerte, en ese momento les sirvieron la espuma de coco, y la llegada del dulce marcó un cambio de tema.

—Mmm... —Olivia saboreó con los ojos cerrados el primer bocado—. ¿Cómo se ha tomado Maryellen la noticia?

—¿Qué noticia?

—¿No has leído el periódico de hoy?, la galería de arte de Harbor Street cierra a principios de octubre.

—Oh, no... —aquella mañana había ido con tanta prisa, que ni siquiera le había dado tiempo de echarle un vistazo al periódico—. Había oído rumores, pero esperaba que las cosas se solucionaran. La llamaré mañana mismo, ya te contaré lo que me diga –tanto su hija como su yerno iban a llevarse una gran desilusión. Maryellen había desempeñado un papel clave en el éxito de la galería, y Jon aún vendía allí algunas de sus obras.

Lo ideal sería que Maryellen tuviera el tiempo, la energía y el dinero suficientes para comprar la galería, pero en ese momento era una posibilidad que estaba fuera de su alcance.

CAPÍTULO 18

Troy no estaba dispuesto a correr ningún riesgo en esa ocasión. Se había llevado una muda de ropa al trabajo, y pensaba salir a las cinco en punto. Como era viernes, seguro que habría mucho tráfico, pero no iba a permitir que nada le impidiera ir a ver a Faith.

Tal y como había planeado, a las cinco se puso la camisa y los pantalones limpios y perfectamente planchados, y metió el uniforme en una bolsa. Al ver cómo lo miraban sus compañeros cuando salió de su despacho y se dirigió hacia la puerta principal, se sintió casi desnudo. Cualquiera diría que jamás le habían visto vestido con ropa de calle.

Megan parecía necesitarle más que nunca desde que sabía que estaba embarazada; a pesar de lo contenta que estaba, se sentía vulnerable e insegura. Desde que se había enterado de que iba a ser abuelo, apenas había tenido ocasión de hablar largo y tendido por teléfono con Faith. Su hija le llamaba varias veces todas las tardes para hablar de su madre, de nombres de niños, y para preguntarle toda clase de cosas sobre embarazos.

Había llegado a preguntarse si Megan se había enterado de lo de Faith y estaba intentando boicotear su relación con ella, pero era prácticamente imposible que su hija estuviera al tanto de la situación.

Fue en coche hasta Southwork, pero la cola del transbordador era kilométrica. Estaba demasiado impaciente para esperar, así que decidió dar un rodeo y cruzar el puente de Tacoma Narrows. Sabía que iba a haber mucho tráfico, pero le daba igual. Lo principal era que iba a ver a Faith. Ella hablaba cada vez más a menudo de la posibilidad de mudarse a Cedar Cove, y él apoyaba aquella idea al cien por cien.

Por alguna razón que no alcanzaba a explicar, estaba nervioso. Cuando Faith le había invitado a cenar a principios de semana, había decidido que iba a besarla... bueno, siempre y cuando notara que ella no iba a poner ninguna objeción, claro.

Perdió la noción del tiempo mientras circulaba en una corriente de tráfico continua pero fluida, y se sorprendió al ver la señal de la salida que Faith le había indicado que tenía que tomar. Al cabo de un cuarto de hora, aparcó delante de su casa. Era un edificio de dos plantas de estilo colonial pintado de blanco, con los postigos verdes. En el porche había dos voluminosas columnas, un par de sillas de mimbre, y una mecedora. El césped estaba muy bien cuidado, y bordeado por arbustos en flor. A Sandy siempre le habían gustado mucho las flores, y cuando aún podía, solía pasar mucho tiempo arreglando el jardín.

Se quedó parado como un pasmarote delante de la casa, pero al cabo de unos segundos la puerta principal se abrió y Faith salió a recibirlo.

—¡Hola, Troy! Me alegro mucho de que hayas venido.

Siguió inmóvil a pesar de aquella cálida bienvenida. La noche anterior habían hablado durante unos diez minutos escasos, pero en ese momento parecía haberse quedado sin nada que decir.

—Hola, Faith —se metió la mano en el bolsillo, y se sintió tan torpe como un quinceañero. Con la otra mano sujetó con fuerza la botella de souvignon blanc que había comprado siguiendo el consejo de un amigo.

–Entra, por favor.

Troy asintió en silencio. Se le había secado la boca, y tenía la sensación de que la lengua se le había pegado a los dientes. Subió los escalones del porche mientras miraba hacia el interior de la casa, y le dio la botella de vino. Lo primero que le llamó la atención fue la escalera enmoquetada, y las fotografías enmarcadas que ascendían junto a ella a lo largo de la pared... había imágenes de la graduación de los dos hijos de Faith, varias fotos formales de familia, y un retrato de su esposo, Carl, que había muerto de cáncer de pulmón. No las miró con demasiado detenimiento, y al girarse hacia su derecha vio la sala de estar, donde había un sofá y varias sillas a juego cerca de una chimenea de ladrillo, varias mesas bajas, y un montón de plantas.

Faith lo condujo hacia allí, y le preguntó:

–¿Te apetece beber algo? Tengo café, té y refrescos –esbozó una sonrisa, y añadió–: Y vino, por supuesto.

–Gracias, aún no –le dijo, mientras se sentaba en una de las sillas.

Se produjo un silencio bastante incómodo que se alargó hasta que ella le preguntó:

–¿Qué tal estaba la carretera?

–Bien –se sintió muy acalorado de repente, y tuvo que contener las ganas de desabrocharse el botón superior de la camisa.

–Pensaba que habría caravana durante todo el día, pero no has tardado demasiado en llegar.

Como no estaba interesado en charlar sobre naderías, decidió ser claro y directo.

–Faith, quiero dejar las cosas claras desde un principio –se puso de pie, y empezó a pasear de un lado a otro delante de la chimenea–. Mi mujer estuvo enferma durante muchos años.

–Sí, ya lo sé.

–Nunca hubo nadie más para mí.

—Me habría sorprendido si lo hubiera habido, Troy.

Se dio cuenta de que no estaba explicándose bien, así que intentó ser más claro.

—Ya no tengo dieciocho años, Faith. No sé nada sobre... este tipo de cosas.

Ella lo miró con una expresión de inocencia tan dulce, que tuvo que contener las ganas de besarla en ese mismo momento.

—Por favor, Faith, dímelo sin más.

—¿Qué quieres que te diga?

—Si puedo besarte.

—Ah.

—Si prefieres que no lo haga, lo entenderé, pero no quiero pasarme toda la noche preguntándome... preocupándome por el tema. Así que dímelo ahora, y acataré tu decisión.

—De acuerdo —tenía las manos cerradas en dos puños sobre el regazo—. Creo que me gustaría mucho que nos besáramos.

—¿En serio? —de repente, se sintió tan ligero como una pluma.

—¿Quieres hacerlo ahora mismo? —le preguntó, con una ligera sonrisa.

—¿*Ahora?*

—No quiero que estés preocupado por el tema durante toda la cena.

Troy se dio cuenta de que estaba bromeando con él, pero no se sintió ofendido.

—Si no te importa, preferiría esperar.

—La verdad es que yo también lo prefiero —le dijo ella, sonriente.

Mientras tomaban un vaso de vino, la conversación fluyó con la misma naturalidad de siempre. Charlaron de multitud de cosas, desde anécdotas de la época del instituto hasta los libros que estaban leyendo.

Como la cena que Faith había preparado el día en que él

había tenido que cancelar la cita se había echado a perder, Troy había insistido en que en esa ocasión quería invitarla a cenar fuera. Había buscado información en Internet, y había reservado mesa en un restaurante cercano a la playa que tenía muy buenas críticas. Era un lugar elegante y pequeño, la iluminación no era muy fuerte para dar una sensación de intimidad, y los camareros eran muy atentos.

Faith quedó encantada con el marisco que pidió, y lo cierto era que el salmón por el que él se había decantado estaba delicioso. Después fueron a la playa, y se quitaron los zapatos antes de empezar a pasear tomados de la mano.

Mientras caminaba con los zapatos en la mano, Troy era consciente del más mínimo detalle sensorial... la arena fresca y firme, los brillantes colores de la puesta de sol, el seductor aroma floral de Faith...

—Parecías tan serio cuando has llegado a casa, que me has descolocado. He llegado a pensar que habías venido en medio de todo ese tráfico para decirme que no querías volver a verme.

—Ni hablar —murmuró, mientras saboreaba la sensación de tenerla tan cerca.

Aunque pedirle permiso para besarla no había sido demasiado sutil, se alegraba de haberlo hecho, porque así podía concentrarse en ella y disfrutar de la espera hasta que llegara el momento del beso.

—Te recuerdo que ya me rompiste el corazón una vez, Troy —le dijo ella, en tono de broma.

—Conseguiste recuperarte.

—Y tú —vaciló por un momento antes de añadir—: Los dos amábamos a las personas con las que nos casamos, pero ya no están aquí. Me siento muy agradecida por tener esta segunda oportunidad contigo, agradecida y feliz.

—Lo mismo digo. Estoy agradecido, feliz... y nervioso. La verdad es que me sorprende que no me entraran ganas de vomitar.

—Venga ya, si siempre has estado muy seguro de ti mismo.

—Sí, claro.

Ella se echó a reír, y el sonido bastó para hacerle sonreír.

—Estoy tejiendo una mantita para tu futuro nieto, espero que a tu hija no le moleste.

—Claro que no, seguro que le encanta el detalle.

Mientras pronunciaba aquellas palabras, se dio cuenta de que su hija iba a enfadarse en cuanto se enterara de que la manta en cuestión la había hecho la mujer con la que él estaba saliendo. Megan necesitaba un poco más de tiempo antes de poder aceptar el hecho de que él mantenía una relación sentimental, con Faith o con quien fuera. Quizá cuando naciera el niño... se planteó comentarle a Faith lo que pasaba, pero decidió no hacerlo; de repente, se preguntó qué opinaban de él los hijos de Faith.

Se obligó a dejar a un lado todas aquellas preocupaciones mientras contemplaba junto a ella los momentos finales de la puesta de sol. Decidió que había llegado el momento perfecto para besarla, así que soltó los zapatos, la abrazó con ternura, y le cubrió los labios con los suyos mientras ella le rodeaba el cuello con los brazos.

Era la primera vez en más de treinta años que besaba a otra mujer que no fuera su esposa. Los labios de Faith eran húmedos y cálidos, pero lo que más le cautivó fue el ardor sincero que reflejaban.

Cuando alzó la cabeza, ella lo miró sonriente y le dijo:

—No ha estado mal, ¿verdad?

—¿Eso es todo lo que tienes que decir?, ¿que no ha estado mal?

—Vale, ha sido precioso.

—Bueno, eso está mejor —decidió intentarlo otra vez, así que volvió a bajar la cabeza sin vacilar y volvió a recorrerlo la misma emoción de antes.

Para él, decir que aquello «no estaba mal» o que era

«precioso» era quedarse muy corto. Intentó encontrar una palabra adecuada para describirlo... se le ocurrió «increíble», pero no podía arriesgarse a admitirlo hasta que Faith también sintiera lo mismo.

Cuando alzó la cabeza y vio que ella se quedaba con los ojos cerrados, comentó con naturalidad:

—Ha estado bastante bien.

Ella abrió los ojos de golpe, y le preguntó en voz cada vez más alta:

—¿Bastante bien? *¿Bastante bien?*

—Vale, ha sido agradable.

—*¿Agradable?* —parecía indignada.

—¿Qué te parece increíble?

Ella se relajó de inmediato, y admitió:

—Es justo lo que estaba pensando.

—Yo también.

Se agacharon a recoger los zapatos, y cuando se incorporaron, la tomó de la mano y regresaron al aparcamiento. Las farolas estaban encendidas, y la zona empezaba a llenarse con los típicos fiesteros de un viernes por la noche.

Después de llevarla a su casa en coche, la acompañó hasta la puerta, tal y como solía hacer cuando estaban en el instituto.

—Ha sido una velada perfecta, Troy. Lo he pasado muy bien.

—Yo también. ¿Qué te parece si la próxima vez vamos al cine?

—¿Cuándo?

—¿Te va bien el lunes? —tenía el día libre, y quería volver a verla lo antes posible.

—Sí, me va perfecto.

—Cuando íbamos al cine, Sandy y yo solíamos turnarnos a la hora de elegir la película.

—Me parece justo. ¿Quién elige esta vez, tú o yo?

—Tú.

—Eres muy caballeroso, pero como ha sido idea tuya, deberías ser el primero.

—¿Qué te parece si le echo un vistazo a la cartelera y te propongo algunas opciones?

—Vale.

Troy se dio cuenta de que no habían concretado si iban a verse en Seattle o en Cedar Cove, pero así tenía una excusa para llamarla después. Aunque lo cierto era que podía llamarla sin necesidad de pretextos.

Se despidieron con total naturalidad con un pequeño beso, y Troy fue incapaz de dejar de sonreír mientras emprendía el camino de regreso. Como el lunes era festivo, el tráfico seguía siendo bastante denso, y tardó casi hora y media en llegar a Cedar Cove. La casa estaba oscura y silenciosa, y en cuanto entró se dio cuenta de que el indicador rojo del teléfono estaba parpadeando. Comprobó la lista de llamadas perdidas, y no se sorprendió al ver que tenía cuatro de su hija.

Eran casi las once de la noche, así que decidió llamarla por la mañana. Para entonces tendría la cabeza más despejada, y estaría preparado para contestar a sus preguntas. Le contaría lo justo para satisfacer su curiosidad por el momento, pero no pensaba engañarla.

Justo cuando se disponía a ir al dormitorio, el teléfono empezó a sonar de nuevo; al parecer, Megan no se había dado por vencida.

—Hola, Megan —había reconocido su número de teléfono; además, ¿quién más podría llamarle a aquellas horas? Aparte de alguien del trabajo, claro.

—Soy Craig —le dijo su yerno, con voz inexpresiva—. Acabo de volver del hospital —vaciló por un instante, y respiró hondo antes de añadir—: Megan ha sufrido un aborto.

Troy sintió como si acabaran de propinarle un puñetazo en el estómago.

—No —fue lo primero que escapó de sus labios.

—Lo siento, Troy. Hemos intentado contactar contigo, pero debías de tener el móvil apagado.

Ni siquiera se había molestado en comprobarlo.

—Estaba... fuera —alcanzó a decir.

—Megan está muy afectada.

—¿Qué ha pasado? —apenas era capaz de asimilar la noticia; de repente, sintió la necesidad de sentarse.

Sandy había sufrido dos abortos después de tener a Megan, y ambas ocasiones habían sido devastadoras. No podía soportar que su hija también hubiera pasado por algo así.

—El médico no lo sabe con certeza, nos ha dicho que a veces las causas no están claras.

—¿Aún está hospitalizada?

—No, está en casa.

—¿Puedo hablar con ella?

—Por supuesto.

Oyó los sollozos de su hija incluso antes de que se pusiera al teléfono.

—¿Dónde estabas, papá? Te hemos llamado un montón de veces, pero no hemos podido localizarte. Te necesitaba, papá. Te necesitaba a mi lado, y no estabas.

—Lo siento mucho, cariño.

—Tenía tantas ganas de tener este bebé... era un regalo de mamá, pero lo he perdido.

Troy no supo cómo consolarla, se sentía tan impotente como cuando Sandy había sufrido los abortos. Mientras él estaba tomando vino caro en un elegante restaurante con Faith, paseando por la playa, besándola, su hija estaba en el hospital, sufriendo la pérdida del bebé que esperaba. Había perdido a su nieto.

CAPÍTULO 19

—Bobby quiere que trabaje menos horas —comentó Teri con voz quejicosa, mientras caminaba junto a Rachel por el paseo marítimo.

Habían aprovechado la hora de la comida para salir del salón de belleza, tomar un poco de aire fresco, y disfrutar del sol de septiembre. Las lluvias de octubre no tardarían en llegar, y los días cálidos y soleados como aquél serían escasos.

—¿Estás de acuerdo con él? —Rachel estaba echándoles a las gaviotas lo que le había sobrado del bocadillo, pero al ver que no contestaba, la miró y le preguntó—: Teri, ¿quieres trabajar a tiempo parcial?

—Ya ni siquiera sé lo que quiero. Aunque me encanta mi trabajo, amo a Bobby, y él me necesita más de lo que la señora Johnson necesita una permanente o Janice Hutt un baño de color.

—Pues ahí tienes tu respuesta —le dijo su amiga, como si la decisión fuera de lo más fácil.

—Me parece que no es tan sencillo —Teri se sentó en un banco, y contempló la ensenada. De las farolas que bordeaban la calle colgaban cestos que contenían plantas de temporada, y los vistosos tonos rosados y rojos aportaban un toque de color–. Bobby es muy intenso, y... en fin... –no le gustaba admitirlo, pero lo cierto era que necesitaba pasar un rato alejada de su marido de vez en cuando. A los dos les iba bien pasar unas cuantas horas separados, y el hecho de que ella trabajara en el salón de belleza era la solución perfecta.

Rachel se sentó a su lado, y al ver que se les acercaban un montón de gaviotas, les tiró lo que le quedaba del bocadillo y movió las manos para espantarlas.

–Me encuentro mal por culpa de este tema –de hecho, Teri tenía incluso náuseas.

–Estás bastante pálida.

–Maldita sea... –cerró los ojos mientras intentaba controlar las náuseas, y comentó–: Bobby está peor que nunca desde lo de la muestra de peluquería.

–¿Peor en qué sentido?

–No soporta perderme de vista.

Sabía sin necesidad de comprobarlo que James estaba cerca, porque Bobby le había encargado que la vigilara siempre que saliera de casa. A pesar de que el chófer procuraba ser lo más discreto posible, ella era plenamente consciente de su presencia, sobre todo cuando él deambulaba por el centro comercial y se asomaba al salón de belleza cada diez o quince minutos. Sus compañeras ya se habían acostumbrado, y procuraban no prestarle atención.

–El Get Nailed es más que un trabajo para mí, es gran parte de mi vida social. Tú también estás allí, y echaría de menos poder verte a diario.

–Sí, pero... la verdad es que he empezado a plantearme en serio la posibilidad de que Nate y yo...

–¿En serio crees que podrías llegar a casarte con él?

Nate le caía bastante bien, y era obvio que Rachel estaba embobada con él, pero tal y como le había dicho a Bobby, no estaba convencida de que fuera el hombre adecuado para su amiga. Y no era la única que lo creía, porque estaba claro que Rachel también tenía dudas; de no ser así, ya se habría ido a vivir a San Diego con él.

—Aún estoy intentando decidirme. El tema sale casi siempre que Nate y yo hablamos por teléfono, va a venir a verme y seguro que querrá una respuesta.

—Así que estás más presionada que nunca, ¿no?

—Exacto.

—Si de verdad estás enamorada de él... ¿por qué dudas?

Rachel se reclinó en el banco, y se cruzó de piernas antes de contestar.

—Pensarás que soy una tonta.

—Eres mi mejor amiga, Rachel. No pienso juzgarte.

—Es por Jolene, sé lo que se siente al perder a una madre. Fue un golpe muy duro para ella, y por si fuera poco, después perdió también a su abuela. La familia de Bruce vive en el este y apenas tienen contacto, tengo miedo de que Jolene se sienta abandonada si me marcho.

—¿Cuántos años tiene?

—Doce. Es una edad muy delicada. Bruce también está preocupado por ella, y la verdad es que me siento incapaz de hacerle algo así a la pobre.

—No puedes basar tu vida en ella, Rachel.

Su amiga se inclinó hacia delante, y descruzó las piernas.

—Nate dice lo mismo, Jolene es un tema espinoso entre nosotros. No me atrevo ni a mencionarla, porque él se enfada.

—¿Y qué pasa con Bruce? —Teri no estaba convencida de que la niña fuera la única complicación.

—¿Qué pasa con él?

—Ya lo sabes, Rachel.

—Últimamente está un poco raro, ¿te acuerdas que te comenté que me había llamado en medio de la noche?

—Sí —se encontraba cada vez peor; de hecho, tenía el estómago cada vez más revuelto, pero intentó no pensar en ello.

—Pues volvió a hacerlo.
—¿Cuándo?
—La semana pasada. Llamó más temprano que la otra vez, pero aun así, era bastante tarde.
—¿Qué quería?
—Ésa es la cuestión, no quería nada concreto. Charlamos durante un rato, me contó que Jolene había decidido presentarse candidata para ser delegada de clase... cosa que yo ya sabía, porque me lo había contado ella misma... y después colgó como si nada —Rachel alzó las manos en un gesto de impotencia, y añadió—: No sé qué pensar.
—A lo mejor tiene miedo de que te cases con Nate y te mudes a San Diego.
—No me dijo nada sobre ese tema.
—No me extraña.
Teri sabía por experiencia propia que los hombres casi nunca decían con claridad lo que querían. A las mujeres les pasaba lo mismo, pero a ellas se les daba mejor darse cuenta de lo que deseaban y lo que sentían, y el problema radicaba en que lo expresaban de forma indirecta; por el contrario, la mayoría de los hombres ni siquiera eran conscientes de lo que les pasaba... era probable que ése fuera el caso de Bruce Peyton.
—Me preguntó si Jolene y él podían pasarse por casa este fin de semana.
—¿No me habías dicho que Nate iba a venir?
—Sí.
—Vaya por Dios.
—¿Ves ahora a lo que me refiero?
Teri asintió. Abrió la boca para preguntarle qué le había contestado a Bruce, pero de repente empezó a sentirse muy mareada y se dio cuenta de que no iba a poder contener las náuseas. Se levantó de golpe, echó a correr hacia los servicios públicos, y consiguió llegar al lavabo justo antes de vomitar la comida.

—¿Estás bien? —le preguntó Rachel con preocupación.

—No —salió a trompicones, y se apoyó en la pared.

—¿Señorita Teri? —le dijo James desde la puerta—. ¿Va todo bien?, ¿necesita algo?

—¡Lárgate, James! —echó la cabeza hacia delante mientras el mundo empezaba a girar a su alrededor—. He pillado la gripe —comentó, cuando Rachel le dio un paquete de pañuelos de papel.

—¿La gripe? —le preguntó su amiga, antes de soltar una risita.

—¿Te hace gracia? Prueba a devolver lo que has comido, ya verás lo divertido que es.

—No creo que tengas gripe.

Teri se enjuagó la boca con la botella de agua que tenía en el bolso, y se limpió la cara con un par de pañuelos de papel humedecidos.

—¿Y tú qué sabes? Me parece que has estado viendo demasiados episodios de *Anatomía de Grey*.

—Venga, Teri, piénsalo bien. ¿Cuánto hace que te casaste con Bobby?

De repente, Teri vio con claridad lo que tendría que haber sido obvio desde el principio. Rachel tenía razón, aquellas náuseas no se debían a una gripe... no había duda de que estaba embarazada. Siempre había tenido una menstruación irregular, pero ya llevaba dos meses de retraso. Tendría que haberse dado cuenta antes; al fin y al cabo, tanto Bobby como ella querían tener hijos, y no usaban ningún método anticonceptivo.

—Parece que estás a punto de desmayarte, Teri —Rachel posó una mano en su hombro.

—¿Señorita Teri?

—Estoy bien, James. Espérame fuera, por favor.

—¿Está segura?, ¿quiere que la lleve al médico?

—¡James, por favor!

Al verle salir a regañadientes, Teri volvió a apoyarse en

la pared. Era una suerte que no hubiera nadie más en los lavabos.

—Cuando Bobby se entere, se pondrá incluso más protector.

—Tienes que decírselo, Teri.

—Lo haré... pero dentro de un tiempo. Ya es bastante obsesivo.

—¿Por lo de aquellos hombres?, pero si no ha vuelto a pasar nada...

Teri no había hablado del tema con nadie, ni siquiera con Rachel. Bajó la voz al admitir:

—Creo que sí que ha pasado algo, y que Bobby está ocultándomelo.

—¿A qué te refieres?

—El día de la muestra de peluquería de Seattle...

—¿Qué pasó?

—¿Te acuerdas de que me llamó? Estaba frenético, y me preguntó por mi colgante —se sacó la medalla de oro de debajo de la blusa. Había cambiado de inmediato la cadena rota.

—La encontró en vuestra casa, ¿no? Dijiste que seguramente se te había olvidado ponértela.

—La llevaba puesta, Rachel. Recuerdo que me la puse después de ducharme, como cada día.

—¿Cómo pudieron quitártela sin que te dieras cuenta?

—No lo sé —era una pregunta que se había hecho una y otra vez.

La muestra de peluquería estaba a rebosar, y recordaba que le habían dado algún que otro empujón entre el gentío. La persona que le había quitado el collar lo había hecho con rapidez y pericia, ya que había roto la frágil cadena sin que ella se diera cuenta.

—¿Por qué te la quitaron? —le preguntó Rachel en voz baja.

—El responsable es otro jugador de ajedrez. Quiere que

Bobby pierda, y para presionarle le amenaza con hacerme algo a mí.

—Tenéis que avisar a la policía.

—He intentado convencer a Bobby de que sería lo mejor, pero él no quiere. Quiere ocuparse de este asunto él mismo y a su manera, pero me prometió que avisaría a la policía en cuanto consiguiera las pruebas que necesita. La cuestión es que no sabe cómo perder una partida, porque se ha pasado toda la vida entrenando para ganar. Ha perdido en contadas ocasiones, y siempre se lo ha tomado como un verdadero mazazo.

—Está claro que no va a correr el riesgo de que alguien pueda hacerte daño.

—Ya lo sé, por eso ha dejado de participar en campeonatos.

—Y por eso está tan protector... ¡qué situación tan horrible!

—Prefiero alejarme de su vida antes que permitir que renuncie al ajedrez por mi culpa —murmuró, mientras se secaba las lágrimas con los pañuelos húmedos que aún tenía en la mano.

—Es increíble hasta qué punto te ama tu marido.

Teri asintió entre sollozos. Amaba tanto a Bobby... durante las últimas semanas lloraba con mucha facilidad, y aunque había dado por hecho que era por la situación, en ese momento se dio cuenta de que estaba tan sensible por culpa del embarazo.

Sabía que su marido iba a sentir pánico en cuanto se enterara de que iban a tener un hijo, así que no se atrevía a decírselo aún.

—Tengo la tarde libre —comentó, más para sí que para Rachel.

—¿Vas a irte a casa?

—Sí, será lo mejor. Aún no me siento demasiado bien.

—¿Quieres que te acompañe?

—No, gracias. Dormiré una siesta —en ese momento, era lo que más le apetecía.

James las llevó de vuelta. Cuando se detuvieron delante del centro comercial donde estaba el salón de belleza, Teri se despidió de su amiga con un abrazo, y le dijo:

—Llámame para contarme cómo te ha ido con Nate.

—Vale —Rachel salió del coche cuando James le abrió la puerta.

Mientras la seguía con la mirada, Teri se dio cuenta de que aquel fin de semana podía cambiar la vida de su amiga. Todo dependía de si accedía a casarse con Nate, pero era casi seguro que Bruce no iba a mantenerse de brazos cruzados.

Estuvo a punto de quedarse dormida durante el trayecto de regreso a casa, y James la ayudó a bajar cuando llegaron. Parecía más solícito que nunca.

—Gracias, James. Oye, sobre lo que ha pasado antes...

—Dígame.

—Por favor, no se lo cuentes a Bobby.

—De acuerdo, señorita Teri.

—Lo digo en serio, James.

No quería que su marido se enterara a través del chófer. James debía de haberse dado cuenta de que estaba embarazada, y era preferible que Bobby no se enterara de momento; al fin y al cabo, saber que estaban esperando un hijo sólo contribuiría a incrementar las preocupaciones de su marido... y las suyas propias.

James asintió sin mirarla a los ojos, y la tomó de la mano para ayudarla a ir hasta la casa.

Ella fue a la sala de estar de inmediato; tal y como esperaba, su marido estaba allí, delante del tablero de ajedrez.

—Hola, Bobby.

Al ver que no respondía, supuso que estaba concentrado pensando en algún movimiento de ajedrez que sólo él podía ver. Después de besarle en la mejilla, fue al dormitorio y se desnudó antes de meterse en la cama. Saboreó el frescor de las sábanas contra la piel mientras posaba la cabeza en la almohada y cerraba los ojos. Sólo tardó unos segundos en quedarse dormida.

Cuando despertó, su marido estaba sentado en la cama, y la tenía abrazada por la cintura con un brazo. Sonrió adormilada, y posó la mano sobre la suya.

—Han llamado por teléfono —le dijo él, con voz suave.
—¿Quién era?
—Tu hermana. Me ha dicho que recibió tu mensaje, y que puede venir a cenar la semana que viene.
—¿Se lo has dicho a James? —le preguntó, mientras se tumbaba de espaldas. Cuando él asintió, añadió—: ¿Se ha alegrado?
—No, me ha parecido que se entristecía.

Teri soltó un profundo suspiro. Era obvio que James y su hermana iban a necesitar algo de ayuda para poder poner en marcha aquella relación sentimental.

CAPÍTULO 20

Rachel estaba tan entusiasmada, que apenas podía quedarse quieta. Hacía casi tres meses que no veía a Nate, y por fin iban a pasar juntos un fin de semana entero. Estaba paseando de un lado a otro con impaciencia delante de la zona de seguridad del aeropuerto de Seattle-Tacoma, contando los minutos que faltaban para su llegada.

Según los paneles informativos, su vuelo procedente de San Diego ya había aterrizado, pero estaba saliendo tanta gente a la vez, que tenía miedo de pasarlo por alto.

Al verlo aparecer a escasos metros de ella, soltó un grito de entusiasmo y se lanzó a sus brazos. Nate la abrazó con fuerza, la alzó y giró una y otra vez mientras la gente se apartaba y sonreía al verlos, y empezó a besarla con pasión.

—No sabes cuánto te he echado de menos, Nate.

Él siguió abrazándola mientras respiraba hondo varias veces, como si necesitara oler su aroma.

—Ha sido el vuelo más largo de mi vida, no dejaba de pensar en que cada minuto que pasaba estaba más cerca de ti —la soltó poco a poco, hasta que ella volvió a poner los pies en el suelo.

—He planeado un fin de semana fantástico —le dijo con entusiasmo.

Él le pasó el brazo por la cintura, agarró su maleta, y fueron hacia el aparcamiento.

—¿Qué tienes pensado? —la besó en la mejilla, como si no pudiera dejar de tocarla.

—Iremos a la feria de Puyallup, seguro que te encanta.

Era la clásica feria de campo en la que había atracciones, entretenimiento, animales, y todo tipo de exhibiciones. De niña había pasado muchas horas de diversión allí, pero hacía años que no iba, y pensaba que ir con Nate era una gran idea.

—Suena divertido. ¿Se te ha ocurrido algo más?

—Sí —se suponía que iba a ser una sorpresa, pero tenía demasiadas ganas de decírselo—. Tengo dos asientos de primera fila para ver a los Seahawks.

Una de sus clientas del salón de belleza tenía abonos de temporada, y como no iba a poder ir al partido de los Seahawks contra los Raiders porque iba a estar fuera de la ciudad, le había dado a ella las entradas. Había recibido aquel regalo tan generoso justo en el momento perfecto, porque a pesar de que no era demasiado aficionada al deporte, sabía que a Nate le encantaba el fútbol americano.

—¿Lo dices en serio?

—Sí —para demostrarlo, sacó las entradas del bolso—. Puede que tengamos que irnos del partido antes de que acabe, para que no pierdas tu vuelo. No te importa, ¿no?

—Claro que no —volvió a abrazarla, y le dijo—: Ya sabía yo que me había enamorado de ti por algo.

—Bueno, si te basta con un simple partido... —le dijo ella, con una carcajada.

Nate propuso ir a cenar a un restaurante mexicano que le había recomendado un amigo. Las enchiladas estaban buenísimas, y charlaron durante casi dos horas mientras tomaban unas margaritas; de hecho, Rachel no se dio cuenta de lo tarde que era hasta que vio que el personal estaba preparándose para cerrar.

Mientras cruzaban el puente de Tacoma Narrows de regreso a Cedar Cove, decidió sacar a colación el tema de Jolene. La relación que tenía con la niña era muy importante para ella, así que Nate no iba a poder ignorar a la pequeña por mucho que quisiera.

—¿Te he comentado que Jolene quiere ser delegada de clase? —le preguntó, aunque sabía que no se lo había dicho.

—No.

—Bruce y yo estamos ayudándola con su campaña —estaba insistiendo en el tema a propósito, con la esperanza de que él mostrara un poco de interés.

Nate suspiró, y cerró los ojos mientras apoyaba la cabeza en el respaldo del asiento.

—¿Hace falta que hablemos de Bruce y de Jolene?, ¿no podemos centrarnos en nosotros dos por esta noche al menos?

—Por supuesto —lo dijo con calma, pero le dolió que mostrara aquella indiferencia hacia Jolene. Cuando no pudo seguir soportando el tenso silencio que se había creado, añadió—: Quiero contarte una noticia, pero antes tienes que prometerme que la mantendrás en secreto.

—Vale —Nate abrió los ojos y se incorporó.

—¿No se lo contarás a nadie?

—Te lo juro.

—¿De verdad?

—Sí, te lo juro de verdad. Venga, cuéntamelo de una vez.

—Teri está embarazada, y lo más increíble es que yo me di cuenta antes que ella.

—¿Cómo ha reaccionado Bobby?

—Aún no lo sabe, por eso es un secreto.

—¿No se lo ha dicho a su propio marido?

Rachel no quería entrar en detalles, así que se limitó a decir:

—Es una larga historia. Teri está entusiasmada, no sé cómo

está arreglándoselas para mantener el secreto. La pobre tiene náuseas todas las tardes.

—Pensaba que las embarazadas tenían náuseas por la mañana.

—Pues a ella le pasa por la tarde, lleva una semana vomitando la comida.

—Bueno, así perderá algo de peso.

—¡Nate! ¡Teri no está gorda!

—Tampoco está muy delgada que digamos.

—¿Y qué tiene eso de malo? No me esperaba que fueras tan desconsiderado —le espetó, ceñuda.

Él pareció darse cuenta de que estaba indignada, y le dijo:

—Estaba bromeando, Rachel. No lo he dicho en serio.

Ella asintió. No quería desperdiciar las pocas horas que tenían para estar juntos discutiendo sobre Teri, los dos días que tenían por delante ya iban a ser bastante cortos.

—Antes de que se me olvide... tengo que pedirte un favor —le dijo él.

—Lo que quieras.

Salieron de la autopista, y enfilaron por la carretera dieciséis en dirección a Tacoma Narrows. Nate iba a hospedarse en Bremerton, en casa de un amigo suyo que también estaba en la Armada, y les quedaban unos veinte minutos de camino.

—Mi padre me llamó para pedirme que asista a un mitin político que se celebra en octubre, quiero que tú también vengas.

Como su padre era un congresista de Pensilvania, Nate se había acostumbrado desde pequeño a vivir de cara al público. Los mítines, las cenas con políticos y las reuniones con diplomáticos y dignatarios formaban parte de su vida cotidiana.

Rachel sintió que el alma se le caía a los pies, y no pudo evitar que su voz reflejara la renuencia que sentía.

—Sí, claro que iré... si eso es lo que quieres.

—Sí, para mí es muy importante. Quiero presentarte a toda mi familia, y a mis amigos.

Ella había conocido a los padres de Nate varios meses atrás, cuando habían ido de visita a la zona de Seattle, pero el encuentro no había ido demasiado bien. Era obvio que la madre de Nate no aprobaba su relación, aunque él ni siquiera se había dado cuenta. A pesar de que Patrice Olsen se había comportado con una amabilidad y un encanto aparentes, el mensaje estaba claro: no consideraba que fuera la pareja apropiada para su hijo, porque no tenía ni buenas conexiones, ni familiares influyentes, ni vínculos sociales que pudieran resultar ventajosos. Procedía de una clase social muy diferente a la del clan de los Olsen, y estaba claro que jamás encajaría en la familia.

Rachel estaba convencida de que Patrice ya tenía a alguien en mente para su único hijo, y que la persona en cuestión no era una peluquera huérfana de Cedar Cove.

—El mitin será una gran experiencia, ya lo verás —le dijo Nate.

—¿En serio? —por mucho que lo intentó, no pudo evitar que su voz reflejara sus dudas.

—Quiero que entiendas las responsabilidades que conlleva formar parte de mi familia.

—Ah. ¿Piensas meterte en política?

Cuando le había conocido, Nate ni siquiera le había dicho que su padre era congresista, y que se había alistado en la Armada para desafiar a su familia. Por aquel entonces necesitaba demostrar que podía valerse por sí mismo, pero era obvio que había cambiado de idea.

—He estado planteándomelo. Aún no estoy seguro, pero la verdad es que lo llevo en la sangre. Me gustaba ir a los mítines con mi padre, y hasta que me llamó no me di cuenta de cuánto había echado de menos ese subidón. En las campañas hay una energía contagiosa, lo entenderás cuando estés allí.

—Nate, me parece que no soy la mujer adecuada para ti —le dijo de repente, mientras intentaba contener las lágrimas—. No me gusta ser el centro de atención, sería un lastre para ti.

—No digas eso. Te amo y eres todo lo que quiero en una mujer, en una esposa.

—¡No, no lo soy! Sólo con pensar en una vida dedicada a la política, siento pavor.

—Ven al mitin en octubre, y verás por ti misma cómo es todo. No renuncies tan pronto a nuestra relación.

La posibilidad de que Nate no formara parte de su futuro fue el factor determinante, así que le dijo con firmeza:

—De acuerdo, iré al mitin.

—Gracias, nena —la tomó de la mano, y le besó los dedos.

El fin de semana pasó en un torbellino de actividad. Llegaron a la feria de Puyallup el sábado por la mañana, a eso de las once, y se marcharon a las diez de la noche. Aprovecharon al máximo la experiencia... comieron algodón de azúcar y mazorcas de maíz, se montaron en atracciones de infarto, asistieron a exhibiciones de entrenamiento de perros y de caballos, y presenciaron cómo un pollito salía del cascarón.

—Prométeme que no le dirás a ninguno de mis amigos que he pagado para ver a un concursante de *American Idol* —refunfuñó Nate, cuando ella insistió en que comprara entradas para el concierto de uno de los ganadores del concurso en cuestión.

Ella le dio una palmadita en el brazo, y le dijo:

—No te atrevas a hablar mal de uno de mis programas favoritos.

A pesar de su falta de entusiasmo inicial, Nate pareció disfrutar del concierto tanto como ella.

El domingo por la mañana, después de desayunar en casa de Rachel, tomaron el transbordador para ir a ver el partido de los Seahawks. Se jugaba en el estadio Quest Field, que estaba situado en la zona del centro de Seattle, y fue muy entretenido. Pensaban marcharse antes de que terminara, pero como el partido estaba muy emocionante, se quedaron hasta el final y vieron cómo los Seahawks ganaban en los últimos segundos.

Llegaron al aeropuerto con el tiempo justo, así que tuvo que dejar a Nate en la puerta. Él se despidió con un beso largo y apasionado, y no la soltó hasta que uno de los guardias de seguridad se acercó al coche.

–Circulen, por favor.

Nate volvió a besarla, y le dijo:

–Volveremos a vernos el mes que viene.

Rachel había procurado no pensar en el mitin durante el fin de semana, pero en ese momento cerró los ojos mientras intentaba mantener a raya la preocupación. Nate tenía razón, no debía renunciar a su relación con él sin intentar al menos hacer un esfuerzo. Podía aprender a ser la clase de mujer que él necesitaría si decidía dedicarse a la política, sólo era cuestión de aprender las normas sociales, el protocolo, y la forma correcta de manejarse en una conversación con gente de altos vuelos.

Cuando él entró en el aeropuerto, puso rumbo a casa con los ojos llenos de lágrimas, y tuvo que parpadear cada dos por tres mientras conducía de vuelta a Cedar Cove.

Cuando llegó, su pequeña casa de alquiler le pareció incluso más chiquitita. Dejó el bolso y las llaves en un estante del recibidor y no hizo ni caso al contestador automático, a pesar de que la luz roja y parpadeante indicaba que tenía mensajes.

Soltó un gemido al oír que llamaban a la puerta, porque no estaba de humor para recibir visitas. Estuvo a punto de no contestar, pero quienquiera que fuese era persistente y siguió llamando al timbre. No se sorprendió demasiado al ver que se trataba de Bruce Peyton. Parecía un poco perdido, como si necesitara que alguien le diera indicaciones. Jolene no estaba con él.

—¿Puedo entrar? —le preguntó, al ver que ella permanecía en silencio.

—Eh... sí, claro. Perdona —se sentía culpable, porque le había dicho que no cuando él la había llamado a principios de semana para invitarla a salir—. He llegado a casa hace unos minutos.

—Ya lo sé —la siguió hasta la cocina, y se sentó en una silla sin pedir permiso.

Rachel se preguntó a qué se debía aquella visita inesperada, y de repente se dio cuenta de que seguramente tenía algo que ver con Jolene.

—¿Dónde está Jolene? No le ha pasado nada, ¿verdad?

—No, ha ido a patinar con unas amigas —puso los codos sobre la mesa, y apoyó la cabeza en las manos. Parecía cansado.

—¿Qué te pasa? —le preguntó, mientras se ponía a preparar una cafetera. Era obvio que a Bruce le sentaría bien una taza de café, y ella necesitaba entretenerse con algo para dar salida a toda la tensión nerviosa que tenía acumulada.

Él la miró con sus expresivos ojos azules, y le dijo:

—Vas a casarte con ese tipo, ¿verdad?

—Bruce, por favor...

—Sí, ya sé que no es asunto mío.

Al ver que el café ya estaba listo, le sirvió una taza y admitió:

—Aún no sé lo que voy a hacer, es demasiado pronto.

—Pero estás enamorada de él, ¿no?

—Sí.

—Y él quiere casarse contigo.

Rachel asintió mientras llenaba una segunda taza, se sentó al otro lado de la mesa, y le dijo:

—Si decido casarme con Nate, encontraremos la forma de que Jolene no lo pase mal. Podrá venir a vernos, a California o a donde sea, siempre que quiera.

—Es una buena idea.

—La echaría de menos, no voy a olvidarme de ella en cuanto me vaya.

Él tomó un trago de café, sujetó la taza con las dos manos, y fijó la mirada en el líquido antes de decir:

—Te tengo aprecio, Rachel.

—Gracias, lo mismo digo.

Él esbozó una sonrisa tan efímera, que a Rachel apenas le dio tiempo de verla.

—Gracias. Hace poco, me di cuenta de lo mucho que dependo de ti. Eres una buena amiga.

—Yo también te considero un buen amigo, Bruce.

—¿Has cenado ya?

Nate y ella habían comprado bocadillos y unos refrescos durante el partido, y también palomitas; de hecho, desde el desayuno no había comido nada consistente.

—No, ¿te apetece que vayamos a algún sitio?

—Vale. ¿Adónde quieres ir?

—¿Qué te parece Mr. Wok? —era su restaurante de comida china preferido.

—Perfecto.

Más tarde, cuando estaba preparándose para acostarse, Rachel recordó que Bruce había comentado que sabía que ella acababa de llegar... debía de haber estado esperándola en el coche, delante de su casa.

CAPÍTULO 21

Christie Levitt no sabía a qué se debía el súbito interés de Teri por restablecer su relación de hermanas. Cuando era pequeña, adoraba a su hermana mayor y la seguía a todas partes, pero Teri no tardaba en perder la paciencia y se deshacía de ella en cuanto podía.

A los doce años más o menos, se había dado cuenta de que tenía algo de lo que Teri carecía: belleza. Su hermana no era fea ni mucho menos, pero ella era mucho más agraciada... tenía una belleza clásica, un pelo rubio y reluciente, y un cuerpo curvilíneo. Había aprendido a sacarle ventaja a su físico, y entonces se había propuesto demostrar que podía conseguir todo lo que tenía su hermana. Cuando le robaba los novios a Teri se sentía poderosa, era una sensación excitante y adictiva. Su hermana la había excluido de pequeña, así que ella quería que sufriera lo mismo en la medida de lo posible. Dolía mucho sentirse rechazada, así que había intentado desquitarse. Nunca la habían interesado en serio los tipos con los que salía su hermana, pero había hecho caso omiso de los remordimientos que había sentido en el fondo por su crueldad.

Su encanto y su belleza no le habían fallado nunca... hasta que había conocido al marido de Teri. Bobby Polgar no le había hecho ni caso, sus cumplidos no habían tenido ningún efecto en él. La primera vez que la habían invitado a cenar, cuando Teri había ido a la cocina para echarle un vistazo a la comida, ella había pasado a la acción de inmediato: se había levantado de la silla, se había acercado a Bobby, y le había pedido que la ayudara con uno de los botones traseros de su blusa, pero él se había negado alegando que los botones no se le daban bien, y le había sugerido que se lo pidiera a Teri. Lo principal no había sido lo que él le había dicho, sino cómo lo había hecho. Estaba claro que no estaba interesado en ella.

Bobby Polgar estaba enamorado de su hermana, y parecía ser el único hombre inmune a sus encantos. Se lo había demostrado durante aquella primera cena, y había vuelto a hacerlo en varias ocasiones posteriores.

—¿La llevo a casa, señorita?

La voz de James la arrancó de sus pensamientos. Acababa de cenar en casa de Teri, y en ese momento estaba sentada en el asiento trasero de la limusina. Intentó convencerse a sí misma de que aquel vehículo tan enorme era una ridiculez. Bobby no era pretencioso, así que le extrañaba que tuviera un coche tan vistoso; además, el chófer era especialmente irritante.

—Llévame al Pink Poodle —le dijo, con voz cortante.

James era un estirado. Carecía de personalidad, y su extrema cortesía la ponía de los nervios. Seguro que, si le decía que fuera a tirarse de un puente, él le contestaría algo así como «Lo que usted diga, señorita».

Teri la había invitado a su casa dos veces desde la noche de la desastrosa cena con su madre, y en ambas ocasiones James había ido a buscarla y después la había llevado de vuelta a casa. Pasar la velada con su hermana y con Bobby le resultaba sorprendentemente agradable. A pesar de que no siempre estaban de acuerdo en todo, eran familia... aunque lo cierto era que hacía años que no pensaba en

Teri desde ese punto de vista. En los últimos años, la familia no había significado gran cosa para ella, aunque siempre había tenido una relación bastante estrecha con Johnny... al igual que Teri. Sí, eso era algo que las dos tenían en común.

Para ella, fastidiar al máximo a su hermana mayor se había convertido en una costumbre, así que no le extrañaba que Teri siempre hubiera procurado evitarla; sin embargo, las cosas habían empezado a cambiar en los últimos tiempos, y por primera vez desde la infancia, su relación de hermanas parecía tener potencial. Iban avanzando poco a poco hacia una especie de amistad, pero ambas tenían que hacer concesiones.

El matrimonio de Teri había sido el detonante. Jamás había visto a su hermana tan feliz, tan enamorada, y a pesar de que su cuñado era un poco... inusual, lo cierto era que le caía bien.

Teri parecía dispuesta a recuperar el tiempo perdido; de hecho, estaba intentando limar asperezas con algunos detalles inesperados, como por ejemplo dejándole una rosa roja de tallo largo en la limusina en las dos ocasiones en las que la había invitado a cenar. Era un detalle bonito, considerado, y bastante dulce.

—¿Ha dicho el Pink Poodle, señorita?

—Sí —a juzgar por su tono de voz, era obvio que James no aprobaba que fuera a aquel bar, pero a ella le daba igual su opinión.

Bobby era un tipo extraño, pero su actitud era justificable, porque era un jugador de ajedrez famoso; en cambio, James no tenía excusa alguna. Ni siquiera era británico, pero se comportaba como un personaje sacado de aquella serie... ¿cómo se llamaba...? Ah, sí, *Arriba y abajo*.

Además, ¿quién demonios tenía un chófer a aquellas alturas de la vida? Aunque lo más probable era que Bobby no tuviera carné de conducir, eso explicaría por qué había contratado a James. Lo que no tenía sentido era que su cuñado insistiera en que el chófer llevara a Teri a todas partes, era una ridiculez... bueno, si lo tenía contratado a jornada completa, quizás era normal que quisiera tenerlo ocupado, pero llevar a Teri al centro comercial, esperarla, y llevarla de vuelta debía de ser un verdadero aburrimiento.

James no hizo ningún comentario más mientras la llevaba al Pink Poodle. Ella trabajaba en una tienda que había a las afueras de Cedar Cove y solía ir a aquel bar varias veces por semana, al acabar la jornada; al fin y al cabo, no tenía a nadie esperándola en casa, y en el Pink Poodle había muy buen ambiente. Allí podía relajarse escuchando música y tomando un trago.

Cuando James salió de la limusina y fue a abrirle la puerta, se sintió incluso más irritada al ver que ni siquiera la miraba a la cara. Le había pedido que la llevara al bar para conseguir que reaccionara, pero tendría que haberse dado cuenta de que era inútil. Aparte del tono de desaprobación que había usado al principio, él no había dado ni la más mínima indicación de... de nada.

—Gracias, James —le dijo, con sorna. Sentía un deseo casi abrumador de quebrantar aquella actitud impasible.

Se preguntó cómo reaccionaría si le besaba de repente, y no pudo evitar sonreír. Seguro que el pobre se desmayaría del susto, o quizá pisaría el acelerador y acabaría estrellado contra un árbol.

Salió del coche, y fue hacia el bar sin mirar hacia atrás ni una sola vez. Muchos de los presentes la saludaron al verla llegar, ya que conocía a casi todo el mundo. Fue directa a la barra, y pidió una cerveza.

El barman, que era el propietario del local, agarró una jarra bien fría y la llenó sin necesidad de preguntarle qué marca prefería. Se llamaba Larry, y era un tipo de mediana edad.

Ella se sentó en un taburete, y charló con él hasta que Kyle Jamison entró en el local y preguntó en voz alta:

—¿Habéis visto la limusina que hay ahí fuera?

—¿*Qué?* —se quedó mirándolo boquiabierta al darse cuenta de que James aún estaba aparcado fuera.

Medio bar fue a mirar a través de las empañadas ventanas del local.

—¿A quién estará esperando? —dijo Larry, que tenía la nariz prácticamente pegada al vidrio.

—Buena pregunta —comentó Kyle, mientras se sentaba en un taburete junto a ella.

Había salido con él un par de veces. Era fontanero y un buen tipo, pero a pesar de que le caía bien, entre ellos no había química y la relación no había llegado a ninguna parte; en muchos casos, era mejor mantener una buena amistad sin llegar a nada más. Había cruzado la línea con varios de los tipos que conocía del bar, y siempre había acabado lamentándolo.

—Oye, ¿quieres venir a servirme una cerveza de una vez? —le preguntó Kyle con impaciencia a Larry, que seguía mirando por la ventana.

—Ya voy.

Después de esperar un tiempo prudencial, Christie bajó del taburete y fingió que iba hacia el lavabo de mujeres, pero en vez de enfilar por el pasillo, salió a hurtadillas por la puerta. Sus tacones resonaron en el asfalto mientras iba a toda prisa hacia la limusina, y cuando aún no había cruzado ni medio aparcamiento, James bajó del vehículo y le abrió la puerta.

—¿Qué haces aquí, James?

Él pareció sorprenderse al darse cuenta de que estaba enfadada, y le dijo como si fuera lo más lógico del mundo:

—Estaba esperándola.

—No hacía falta.

—La señorita Teri me ha pedido que la lleve a casa.

—Lárgate.

—Lo siento, pero no puedo.

—No quiero que estés aquí, James —estaba empezando a enfadarse de verdad.

—¿Quiere que me lleve el coche a la vuelta de la esquina y la espere allí?

—No, lo que quiero es que te vayas —le espetó con frustración. Al ver que él negaba con la cabeza, añadió—: Le pediré a un amigo que me lleve a casa —como él permaneció impasible, insistió—: Quiero que te largues.

—Sí, señorita.

Cada palabra que salía de la boca de aquel hombre la enfurecía aún más.

—¡Deja de llamarme así!, ¡me llamo Christie!

—De acuerdo, Christie.

Se quedaron mirándose en silencio durante un largo momento, y al final le preguntó resignada:

—Vas a esperarme aunque me pase toda la noche en el bar, ¿verdad?

—Sí.

A juzgar por su expresión decidida, era obvio que estaba hablando muy en serio. Estaba dispuesto a esperar sentado durante horas en el maldito coche hasta que ella saliera.

—Vale, tú ganas —volvió al bar, pagó la cerveza que se había tomado, y salió de nuevo.

James seguía junto a la puerta, y se la sujetó para que entrara. En cuanto estuvo sentada, Christie agarró la manilla y cerró de un portazo. Miró hacia el bar con mortificación. Esperaba que nadie la hubiera visto subir a la limusina, porque en caso contrario, los comentarios jocosos iban a ser insufribles.

James se sentó al volante, puso en marcha el coche, y se incorporó a la carretera.

—Mira lo que he hecho por tu culpa, he aplastado la rosa

que me ha dado mi hermana —se había sentado encima sin darse cuenta.

—No se la ha dado su hermana.

—¿Ha sido Bobby? —le parecía muy poco probable que su cuñado hubiera tenido aquel detalle con ella.

—No, señorita, he sido yo.

—¿Tú? —se quedó tan atónita, que hasta se le olvidó enfadarse al ver que seguía sin tutearla.

—Sí.

—¿Las dos veces?

—Sí.

—¿Por qué? —al ver que no contestaba, decidió preguntárselo de otra forma—. ¿Tienes alguna razón en concreto para regalarme flores? —alzó un poco la voz, para dejarle claro que quería una respuesta.

—Quería que las tuviera.

Christie bajó la mirada hacia la flor aplastada que tenía en la mano, y le dijo:

—No vuelvas a hacerlo, ¿está claro?

—Sí.

—Lo digo en serio, James.

Él no contestó, y Christie sintió de repente unas ganas enormes de echarse a llorar. Le pasaba de vez en cuando, sobre todo cuando había estado bebiendo, pero aquella noche ni siquiera se había acabado la jarra de cerveza. Los ojos se le inundaron de lágrimas, y tragó con fuerza cuando sintió que se le formaba un nudo en la garganta.

—Voy a decirle a Teri que no quiero que vuelvas a llevarme a ningún sitio.

—De acuerdo.

Ni ella misma sabía lo que la había impulsado a decir algo así. A pesar de que James no le había hecho nada, parecía empeñada en ofenderle.

Cuando pararon delante de su casa, se apresuró a bajar del coche para que a él no le diera tiempo de ir a abrirle la puerta. Echó a correr hacia el edificio, entró a toda prisa, y al cerrar tras de sí se apoyó en la puerta con la respiración acelerada y el corazón atronándole en los oídos. Cuando bajó la mirada y se dio cuenta de que aún tenía la rosa en la mano, una lágrima le bajó por la mejilla y fue a caer sobre los pétalos rojos.

CAPÍTULO 22

—Ha llegado una postal de Linnette —comentó Corrie McAfee, cuando su marido llegó al despacho después de su habitual caminata matutina.

Roy se dio cuenta de que su entusiasmo parecía forzado. Era obvio que su mujer no estaba tan alegre como quería aparentar.

—¿Dónde está?

Al final, se había puesto de parte de su hija, ya que consideraba que ella tenía derecho a tomar sus propias decisiones, pero lo que no le gustaba era que se hubiera marchado sin un plan, sin un destino en mente; en cualquier caso, entendía sus razones. A ningún padre le gustaba ver sufrir a un hijo.

—En Dakota del Norte... en un sitio llamado Buffalo Valley. Roy, está trabajando de camarera en un restaurante y dice que el propietario lo ganó hace diez años, jugando a las cartas. ¿Qué clase de sitio será?

—Pues uno en el que necesitaban una camarera —intentó mostrarse de lo más tranquilo.

—¿Cómo es posible que esté trabajando de camarera después de todos los años que se ha pasado estudiando medicina?

—Tranquilízate, Corrie —a él tampoco le hacía ninguna

gracia, pero estaba dispuesto a concederle a su hija el beneficio de la duda, y a esperar unos meses para darle tiempo a que volviera a centrarse.

—¡Mi hija está trabajando de camarera! —dijo su mujer con indignación.

—Lo que me llama la atención es que ha preferido enviarnos una postal en vez de llamarnos.

Los dos intercambiaron una sonrisa. Su hija Gloria también les había mandado postales al principio, pero en su caso, se trataba de mensajes anónimos y crípticos que ninguno de los dos había entendido en aquel entonces.

Cuando Corrie le dio la postal, la leyó y comentó sorprendido:

—Parece bastante feliz, dice que el propietario del restaurante también le ha dado alojamiento.

—Sí, y no me hace ninguna gracia. Ese tipo se llama Buffalo Bob, Roy. ¡Qué nombre tan ridículo!

—Corrie, criamos a Linnette lo mejor que pudimos. Es una mujer sensata, y nos ha dicho que está trabajando y dónde vive. Tenemos que confiar en su buen juicio.

—Estás de broma, ¿verdad? Desde que Cal rompió con ella, ha hecho una insensatez tras otra.

—Eso es lo que nos parece a nosotros.

—¿Estás diciendo que estabas de acuerdo conmigo, pero que te lo callaste? —le preguntó, indignada.

Roy supo de inmediato que había hablado más de la cuenta, así que asintió y no tuvo más remedio que admitir:

—No me gustó que Linnette decidiera huir, pero entendí que quisiera dar un giro radical a su vida. No vamos a estar siempre de acuerdo con sus decisiones, Corrie —le pasó un brazo por los hombros, y añadió—: Eso es inevitable. Tampoco aprobamos siempre las decisiones de Mack. Nuestros hijos tienen que aprender a salir adelante por sí mismos, no podemos rescatarlos siempre.

Era obvio que a su mujer le costaba aceptarlo. Ella siempre intentaba solucionar los problemas de sus hijos, mientras que él creía que cada cual debía asumir las consecuencias de sus propios actos... no sólo los jóvenes, sino todo el mundo en general. Eso no quería decir que no la echara de menos; de hecho, estaba convencido de que su hija acabaría volviendo, pero cuando estuviera preparada y se hubiera aclarado las ideas.

Aquella misma tarde, fue a la oficina del sheriff. Troy Davis estaba hablando por teléfono en su despacho y al verlo llegar le indicó que entrara con un gesto, pero él decidió darle tiempo a que acabara la conversación, así que se acercó a una cafetera que había al otro lado del pasillo y se sirvió una taza.

Cuando regresó al despacho, Davis ya había colgado, y agarró su propia taza antes de salir al pasillo para volver a llenarla. Parecía cansado, y estaba bastante ojeroso.

—¿Te pasa algo, Troy?

—¿Te acuerdas de Martha Evans, la mujer que murió hace un par de meses?

—¿La viuda? Fue el reverendo Flemming el que la encontró muerta, ¿verdad?

—Exacto. Según la familia, faltan algunas de sus joyas.

—No creerás que...

—No, claro que no. En fin, seguro que no has venido a que te cuente mis problemas, ¿qué te trae por aquí?

Roy decidió no entrometerse en el asunto de las joyas desaparecidas, y le dijo:

—Tengo que comprobar unos cuantos informes policiales para un caso que estoy investigando, y Corrie me ha pedido que me pase a verte para invitarte a cenar el viernes.

Troy apartó la mirada, y le dijo:

—Lo siento, pero ya tengo planes para el viernes. Dale las gracias a Corrie de mi parte.

—Últimamente, parece que tienes una vida social bastante ajetreada —lo cierto era que estaba sorprendido.

Sabía que aquello no era asunto suyo, pero Troy siempre solía aceptar encantado cuando le invitaban a cenar, sobre todo desde que Sandy había ingresado en la clínica; que él recordara, el sheriff no había rechazado ninguna de sus invitaciones, y mucho menos cuando había comida de por medio.

−Estoy... reconectando con una antigua amistad.

−¿Hombre o mujer? −a juzgar por lo nervioso que estaba, era casi seguro que se trataba de una mujer, pero no pudo resistir las ganas de preguntárselo.

−Mujer −lo masculló en voz baja, pero se llevó la taza a los labios para que su respuesta resultara incluso más ininteligible.

−¿Se te están enrojeciendo las orejas, o son imaginaciones mías?

−Son imaginaciones tuyas, Roy −le espetó, ceñudo.

Él contuvo a duras penas una sonrisa, y tomó un trago de café para ocultar su diversión.

−¿Y se puede saber cómo se llama tu amiga?

−No la conoces.

−Qué nombre tan raro.

−Qué gracioso.

−¿Ése es su apellido?

−No −Troy soltó un sonoro suspiro, y le dijo−: Ya basta de tonterías... se llama Faith.

−¿Y...?

−Y Megan aún no sabe nada de ella, así que te agradecería que no le comentaras nada sobre el tema.

Aquello le sorprendió incluso más que el hecho de que Troy estuviera viéndose con otra mujer al poco tiempo de la muerte de Sandy. Cuando su amigo le había pedido que fuera uno de los portadores del féretro, se había dado cuenta de que estaba muy afectado por la muerte de su mujer, a pesar de que ella había sufrido una larga enfermedad.

−He quedado con Faith el viernes, y el sábado cenaré con Megan y Craig.

—Me enteré de lo del aborto de tu hija, lo siento mucho.

—Gracias —Troy rodeó la taza con ambas manos, y comentó—: A Sandy se le malograron dos embarazos, y las dos veces cayó en una depresión.

—¿Cómo lo lleva Megan?

—La verdad es que no muy bien. Le dio mucha importancia al hecho de que había concebido justo antes o después de la muerte de Sandy.

Roy asintió pensativo. Sin querer, la joven estaba dificultándose aún más a sí misma una situación que ya era dura de por sí.

—Dos pérdidas así, una después de la otra... está siendo muy duro para ella —añadió Troy—. Por eso aún no le he contado lo de Faith.

Roy se reclinó en su silla, y comentó:

—No te preocupes, no va a enterarse por mí.

—Gracias.

Roy se levantó al ver que el teléfono empezaba a sonar, y mientras salía, oyó que la voz de Troy adquiría un tono suave y tranquilizador al decir:

—No te preocupes, cariño...

Salió del despacho sin esperar a oír nada más. Era obvio que el sheriff estaba hablando con su hija.

CAPÍTULO 23

El banquete de boda de Grace y Cliff iba a celebrarse el trece de octubre, así que les quedaban dos semanas para acabar de prepararlo todo; por suerte, aquella fecha le iba bien a casi todo el mundo, y tanto las familias de ambos como sus amistades iban a poder asistir. Grace estaba especialmente ilusionada porque iba a volver a ver a Lisa, la hija de Cliff, que iba a llegar en avión junto a su familia desde la costa este.

El sábado por la mañana, estaba sentada en la mesa de la cocina repasando la lista de tareas pendientes. La decoración, el cáterin, el traje, el peinado, el pastel... tenía que estar pendiente de un montón de detalles, pero tanto el trabajo como el tiempo que estaba invirtiendo en organizarlo todo iban a valer la pena. Aquella fiesta iba a ser la celebración del amor que la unía a su marido, del compromiso total que existía entre los dos.

Cliff había ido a hacer unos recados a Cedar Cove, y en la casa reinaba el silencio. Era un lugar ordenado y cómodo, y aunque ella había hecho algunos cambios últimamente, había procurado que no fuera nada drástico. Como Cliff había vivido allí solo durante doce años, reinaba un ambiente bastante masculino, así que ella había añadido varios toques femeninos... primero un par de cojines muy decorativos sobre la cama, y después una serie de fotos tanto de ella como de él encima del tocador. A su marido le habían gustado mucho las fotos, pero había tardado unas dos semanas en darse cuenta de la existencia de los cojines.

—Grace, ¿de dónde han salido estos cojines? —le había preguntado una noche, mientras se preparaban para acostarse.

—Los puse hace unos días. Quedan bien, ¿verdad?

Él había admitido que sí y había vuelto a decirle una vez más que podía cambiar todo lo que le diera la gana en la casa, pero como ella no quería abrumarlo con demasiadas alteraciones de golpe, había ido haciendo pequeños cambios. Cuando había colgado un par de cuadros al óleo de paisajes del oeste que había comprado varios años atrás en la galería de arte, su marido había asentido con aprobación.

Jon y Maryellen les habían dado como regalo de bodas una copia enmarcada de una de las fotos más famosas de Jon, en la que se veía el monte Rainier nevado con Puget Sound de fondo, y el cielo teñido con los tonos rosados y azulados de la puesta de sol. Mientras la ayudaba a colgarla encima de la chimenea, Cliff había dicho que le encantaba y había comentado que Jon era un fotógrafo con mucho talento.

Justo cuando había empezado a cotejar la lista de invitados con la de las personas que ya habían confirmado su asistencia a la fiesta, Cliff entró en la casa. Se levantó de la silla, y le dijo:

—Hola, cariño. ¿Te apetece comer algo?

—No tengo hambre —sin mirarla siquiera, sacó una taza de uno de los armarios y se sirvió un poco de café.

Era más de la una de la tarde, y ella aún no había probado bocado porque había dado por hecho que comerían juntos.

—¿Has comido en la ciudad?

—No —le dijo, de espaldas a ella.

Grace dejó el bolígrafo sobre la mesa mientras su buen humor empezaba a desvanecerse.

—¿Estás ignorándome, Cliff? —lo dijo medio en broma, pero la actitud de su marido la tenía desconcertada.

Sintió que el alma se le caía a los pies cuando él se giró a mirarla por fin, ya que en sus ojos no había ni rastro de la calidez a la que estaba acostumbrada. Supo de inmediato lo que había pasado.

—¿Cuánto hace que Will Jefferson está en la ciudad, Grace? —le preguntó con frialdad.

—No... no lo sé —era la verdad... más o menos. Estaba enterada de que Will había regresado a Cedar Cove, pero no sabía cuándo había llegado exactamente. Intentó aparentar naturalidad, y le preguntó—: ¿Le has visto?

—Sí, sí que le he visto. Y él a mí.

Grace cerró los ojos por un segundo, y sintió unos remordimientos terribles. Sabía que tendría que haberle dicho que Will iba a mudarse a Cedar Cove en cuanto se había enterado, y sintió pánico ante la posibilidad de que Will intentara crear problemas en su matrimonio.

—¿Sabías que él estaba en la ciudad?

Ella tragó con dificultad antes de admitir:

—Olivia me lo comentó...

—¿Ha venido a quedarse?

Ella asintió con renuencia. No se lo había ocultado a su marido de forma deliberada, pero cuanto más había tardado en decírselo, más difícil le resultaba. Teniendo en cuenta cómo estaba reaccionando él en ese momento, deseó con todas sus fuerzas haberle contado antes la verdad.

—¿Y no pensaste que era importante avisarme?

A pesar de su tono de voz calmado, era obvio que estaba conteniendo sus emociones y que se sentía dolido, enfadado, traicionado. Ella vaciló por un momento, porque sabía que cualquier cosa que dijera sólo serviría para alterarlo aún más.

—Sí, supongo que tendría que habértelo dicho...
—¿Lo supones?
—Vale, está claro que tendría que haberlo hecho en cuanto me enteré, pero es que no...

Se quedó atónita al ver que él salía de la cocina con la taza en ristre sin darle tiempo a acabar la frase. Se apresuró a seguirlo hasta la puerta, y le vio cruzar el patio y entrar en el establo. Su primer impulso fue ir tras él, pero al abrir la puerta mosquitera vaciló por un segundo. Estaba claro que su marido necesitaba estar a solas durante unos minutos... y ella también.

La raíz del problema era el primer matrimonio de Cliff. Susan, su ex mujer, le había sido infiel en repetidas ocasiones, así que le costaba bastante confiar en la gente. Era obvio que su marido quería creer que aquel segundo matrimonio iba a ser diferente, que ella iba a serle fiel, pero le resultaba difícil debido a lo que le había sucedido en el pasado.

Se dio cuenta de que tenía que aclarar la situación de inmediato. A pesar de que había llovido la noche anterior y llevaba zapatos, echó a andar hacia el establo justo cuando Cliff salía con Midnight. Había ensillado al semental, así que era obvio que pensaba salir a montar.

—¿Podemos hablar?
—Después —le dijo él con voz cortante, antes de montar.
—Por favor, Cliff, es importante.
—Me sentiré mejor después de aclararme las ideas, ya hablaremos luego.

Grace regresó cabizbaja a la casa. Se sentó de nuevo en la cocina y empezó a repasar la lista de invitados de la fiesta, pero como era incapaz de concentrarse, se levantó y deambuló por la casa mientras intentaba mantenerse atareada. Después de sacar la ropa de la lavadora y de meterla en la secadora, decidió preparar un pastel de manzana. Quizá, si le demostraba a su marido cuánto le amaba, él se daría cuenta de que no tenía nada que temer.

Él regresó al cabo de dos horas, y después de quitarse las botas enlodadas junto a la puerta, entró en la cocina y pareció más afectado que nunca al ver el pastel de manzana enfriándose encima de la encimera.

−¿Qué es eso? −le preguntó, ceñudo.

−¿A ti qué te parece?, te he preparado un pastel de manzana.

−¿Por qué? −insistió, sin acercarse.

Ella permaneció de espaldas a la encimera, y le dijo vacilante:

−Quería... demostrarte lo mucho que te amo.

−Ah.

−¡Esto es ridículo, Cliff! ¡Estás haciendo una montaña de un grano de arena!

−¿Te comenté alguna vez que Susan solía hacer eso?

−¿El qué?

−Cuando me enteraba de su última aventura de turno, ella me preparaba un pastel o hacía la cena. Era su forma de pedirme perdón, porque no solía cocinar. Me prometía que sería la última vez, y me juraba que me amaba a mí y sólo a mí.

La enfureció tanto que la comparara con su ex mujer, que agarró el pastel y lo tiró a la basura antes de espetarle:

−Estuve casada con Dan durante más de treinta años, y ni una sola vez me planteé siquiera serle infiel. Ni una. ¿Cómo te atreves a compararme con Susan?, ¿cómo te atreves? −lo fulminó con la mirada mientras se esforzaba por contener las lágrimas.

−No me dijiste lo de Will Jefferson −le dijo, con voz acusadora.

−¿Y eso te parece un pecado tan terrible? Ese hombre no significa nada para mí, y estás insultándome al insinuar que estaría dispuesta a tener algo con él.

Él la miró vacilante, y le preguntó:

−¿Has hablado con él?

—¡No! —de repente, recordó que había ido a verla a la biblioteca, y admitió—: Bueno... vino a la biblioteca.

—¿Para verte?

—Dijo que quería hacerse el carné.

—¿Y tú le creíste? —al oír que el teléfono empezaba a sonar, descolgó de inmediato. Después del saludo inicial, dijo—: Un momento, por favor —se acercó a ella, y le dijo en voz baja—: Es la agente de la inmobiliaria.

—¿Diga? —se sorprendió al oírse hablar con calma.

—Hola, Grace. Soy Judy Flint, de la inmobiliaria.

—Hola, Judy. Dime —estaba deseando colgar para seguir hablando con Cliff, no podían dejar para después aquel problema. Si no aclaraban la situación cuanto antes, sería como un nubarrón que ensombrecería su relación y que iría empeorando con el tiempo.

—Tengo a una pareja interesada en tu casa de Rosewood Lane, me ha dado un cheque con el alquiler del primer mes.

—¡Perfecto!

—El problema es que no acaban de convencerme.

—¿Por qué no?

No quería seguir pagando los gastos de una casa que estaba vacía. Había tenido que pedir una refinanciación para poder hacer frente a una deuda que su difunto marido había dejado pendiente. Dan le había pedido un préstamo a su primo poco antes de suicidarse, y ella se había sentido obligada a devolvérselo.

—Las referencias de los Smith son bastante cuestionables, y...

—La verdad es que me pillas en un mal momento, Judy. ¿Podemos hablar del tema otro día?

—Pues...

—Dices que te han dado un cheque, ¿no?

—Sí.

—Pues alquílales la casa.

—¿Estás completamente segura, Grace?
—Sí —le dijo, sin pensárselo dos veces; en ese momento, su atención estaba centrada en retomar la conversación con Cliff.
—De acuerdo, les diré que has accedido.
—Gracias. Adiós...
—Tendrás que pasarte por la inmobiliaria para firmar unos documentos.
—Sí, claro. Gracias, Judy, hasta pronto —colgó de inmediato para evitar que la conversación se alargara y se volvió hacia su marido, que estaba al otro lado de la cocina.
—Has dicho que no habías hablado con Will, y después que fue a la biblioteca. ¿Le viste?
—Sí, le vi, y estuvimos hablando.
—Así que estás cambiando tu historia otra vez, ¿no?
—Al principio se me había olvidado, pero después me he acordado de lo de la biblioteca. Quería que supieras toda la verdad.
—¿Y cuál es la verdad? —le dijo, mientras se cruzaba de brazos.
Su lenguaje corporal era más que obvio: estaba protegiéndose a sí mismo, escudándose contra cualquier posible dolor.
—¡Lo que te he dicho! Will me invitó a comer... según él, para aclarar las cosas... pero yo me negué. No quiero tener nada que ver con Will Jefferson y él lo sabe, pero aun así, está intentando generar dudas y confusión entre nosotros y tú se lo estás permitiendo. Pues yo me niego a dejar que lo haga. Me casé contigo, Cliff. Te amo, y quiero ser tu esposa hasta el día en que me muera.
Él titubeó ligeramente, y al cabo de unos segundos, bajó los brazos y soltó un suspiro.
—No he comido, y me parece que estoy un poco gruñón.
Grace sintió que la tensión que la atenazaba se desvane-

cía. Lo observó en silencio durante un largo momento, y al final le dijo:

—He decidido que no pienso volver a cocinar nunca más.

—¿En serio? —le preguntó, antes de mirar desconcertado hacia las pechugas de pollo que estaban descongelándose encima de la encimera.

—Si Susan cocinaba para ti cuando se sentía culpable, me niego a seguir sus pasos, así que es posible que acabe de cocinar mi último pastel.

—¡No!

—Como vuelvas a compararme con ella, ya verás lo que te pasa.

Él sonrió por primera vez en toda la tarde, y abrió los brazos de par en par antes de admitir:

—Soy un idiota celoso.

—Y que lo digas —se acercó a él, y se fundieron en un abrazo. La discusión la había asustado, pero lo peor de todo era el hecho de que Will tuviera tanta influencia sobre su matrimonio.

—Lo siento.

—Yo también —se aferró a él con fuerza. Aún estaba afectada por lo que podría haber pasado—. No soy Susan.

—Ya lo sé, he sido un idiota por insinuar lo contrario. Por favor, Grace, no vuelvas a ocultarme nada.

—No lo haré, te lo prometo —cerró los ojos mientras oía el latido del corazón de su marido, y por un momento se limitaron a abrazarse en silencio allí, en medio de la cocina.

—¿Grace?

—¿Qué?

—¿Crees que el pastel de manzana se habrá echado a perder?

—Eso me temo.

—Lo suponía —le dijo él, mientras miraba pesaroso hacia el cubo de basura.

—Pero he preparado dos, y uno lo he metido en el congelador. Lo calentaré después.

—Gracias —la besó sin dejar de abrazarla, y añadió—: Una cosa más...

—Dime —empezó a salpicarle el cuello de besos, y saboreó la intimidad que había entre ellos.

—Lo que has dicho de no volver a cocinar...

—Ah, sí.

—¿Lo has dicho en serio?

—Bueno, la verdad es que estoy dispuesta a replanteármelo... por el incentivo adecuado.

Él empezó a acariciarle la espalda poco a poco, con la presión justa, y le preguntó:

—¿Tienes alguna sugerencia sobre cómo puedo resarcirte?

Ella le miró sonriente, y le dijo:

—Más de una, te las daré encantada —se alzó de puntillas, y le ofreció los labios.

El largo beso que se dieron no sólo fue satisfactorio, sino que además prometía muchas cosas más. No había duda de que era el incentivo perfecto.

CAPÍTULO 24

Linnette McAfee llevaba casi dos semanas en Buffalo Valley, una pequeña población de Dakota del Norte. Sus ahorros se habían acabado mucho antes de lo que esperaba. Se había gastado la mayor parte en gasolina, comida y moteles, y no quería usar las tarjetas de crédito hasta que empezara a ganar dinero.

Había procurado no tomar las carreteras principales, y se había encontrado con aquel pueblo por casualidad. Al mediodía, había optado por ir al único restaurante de la zona que parecía tener un tamaño razonable, un lugar llamado 3 of a Kind, y justo antes de entrar había visto en la ventana un cartel en el que se anunciaba que necesitaban una camarera. Como sólo le quedaban unos doscientos dólares, había decidido intentar conseguir el empleo.

—¿Has trabajado antes de camarera? —le había preguntado un tipo corpulento. Llevaba coleta y una chaqueta de cuero, y tenía tatuajes en los dos brazos.

En otras circunstancias, lo más probable era que se hubiera sentido intimidada, pero a pesar de que Buffalo Bob parecía sacado de una panda de motoristas, sus ojos reflejaban sinceridad y amabilidad. Antes de que ella pudiera contestar, dos niños habían entrado en la cocina llamándole papi, y al ver cómo los alzaba en brazos, se había convencido de que no tenía nada que temer de él. Después había conocido a su esposa, Merrily, y había descubierto que había un tercer hijo, un bebé que mantenía a la joven madre muy ocupada y le imposibilitaba seguir trabajando en el restaurante.

Ella tenía cierta experiencia como camarera; años atrás, cuando estaba en el instituto, había trabajado en un restaurante cercano a su casa.

—¿Tienes referencias? —le había preguntado Buffalo Bob, cuando los niños habían vuelto al piso de arriba y habían podido retomar la conversación.

—No, y tampoco tengo dónde vivir —le dijo con total sinceridad.

—El puesto de trabajo incluye una habitación de hotel. No te hagas ilusiones, no es el Ritz, pero está limpia y tiene tele. Nosotros mismos también vivimos aquí —la miró con suspicacia, y le preguntó—: ¿Estás huyendo de la poli?

—¡Claro que no!

—No queremos problemas.

—No voy a causar ninguno.

Buffalo Bob le había dado el empleo, y ella había ido acostumbrándose a aquel lugar. Era una población pequeña que se parecía a Cedar Cove en muchos aspectos... con un par de excepciones: era más pequeña, y Cal no vivía en ella.

Después de trabajar durante diez días seguidos, era el primero que tenía libre, y había decidido explorar la zona. Ya conocía a algunas personas... Hassie Knight, que debía de tener unos ochenta años, era la farmacéutica, y parecía ser la persona a la que todo el mundo le pedía consejo; en cierto modo, le recordaba a Charlotte Rhodes. Maddy McKenna era la propietaria del supermercado, y vivía cerca del pueblo con su marido y sus dos hijos, una niña y un niño. Había conocido a los cuatro el domingo anterior, y

Maddy, que le había caído bien de inmediato, la había invitado a visitar el rancho. Los niños parecían entusiasmados ante la idea de enseñarle el lugar, sobre todo cuando les había dicho que nunca había visto un búfalo de carne y hueso; de hecho, se habían apresurado a corregirla, y le habían dicho al unísono que el animal al que se refería era el bisonte.

Jeb, el marido de Maddy, era un hombre sosegado y afable con su esposa y su familia, aunque era Maddy la que había llevado casi todo el peso de la conversación. Aunque estaba cojo, no parecía acomplejado, y había secundado la invitación de su esposa.

El cielo estaba un poco nublado cuando salió y fue a por su coche. Varios días atrás, había quedado a tomar café con Maddy, y ésta le había indicado cómo llegar al rancho. Estaba deseando contarle a Gloria aquellas instrucciones, ya que sabía que le harían mucha gracia. Como su hermana era policía, seguro que al tratar con la gente había oído un montón de indicaciones incomprensibles y enrevesadas.

Según las anotaciones de Maddy, tenía que conducir unos cuatro kilómetros hacia el sur, girar a la izquierda al llegar al roble moribundo, y seguir el camino hasta la cuesta donde había un cartel con letras negras, y desde allí... le dio la vuelta a la página para seguir leyendo.

El color del cielo le recordó al gris de los barcos de la Armada que se congregaban en la ensenada; en el estado de Washington, un cielo así presagiaba lluvia, así que supuso que en aquella zona pasaba lo mismo. Genial, justo en su primer día libre.

El cielo iba nublándose cada vez más. El calor le pareció opresivo en comparación con Cedar Cove, sobre todo teniendo en cuenta que ya era septiembre, pero lo que más le llamó la atención fue la quietud que reinaba en aquel lugar. No se oían pájaros a pesar de que tenía la ventanilla bajada, y la carretera estaba completamente desierta.

De repente, vio un nubarrón negruzco que se alzaba y giraba en la distancia, y se dio cuenta de que era un tornado. Se quedó atónita, se dijo que aquello no podía estar pasándole de verdad, pero de inmediato se preguntó qué debería hacer. Su bagaje médico la ayudó a mantener la calma mientras analizaba la situación, y se negó a caer presa del pánico mientras se repetía una y otra vez que debía permanecer tranquila.

Se aferró con manos sudorosas al volante, y se detuvo a un lado de la carretera. Le pareció que lo mejor era permanecer dentro del vehículo, ya que así estaría más protegida.

Mantuvo la mirada fija en el tornado a través del parabrisas, y se dio cuenta de que iba directo hacia ella. Estaba claro que iba a morir si no conseguía dejarlo atrás, y la imagen del sheriff Davis llegando a casa de sus padres para informarlos de su muerte le resultó insoportable. Su madre le había dicho una y otra vez que estaba tomando una decisión equivocada, así que aquello confirmaría de forma contundente que tenía razón.

Salió del coche sin darse apenas cuenta de lo que estaba haciendo. Se preguntó si estaba a punto de morir, y en algún lugar recóndito de su mente, se dio cuenta de que era lo más probable. No iba a poder sobrevivir. El viento ya era lo bastante fuerte como para alzarla y arrastrarla hasta algún campo cercano... o hasta otro país. Se mantenía en pie de momento porque estaba aferrada a la puerta del coche, pero tenía la cara dolorida por el azote del viento.

De repente, una furgoneta apareció de la nada en lo alto de la colina, y fue hacia ella a toda velocidad. Era obvio que estaba intentando dejar atrás el tornado. El vehículo se detuvo a su lado de golpe, y un hombre abrió la puerta del pasajero y le gritó:

—¡Sube!

Se metió de un salto, pero el hombre pisó el acelerador cuando aún tenía medio cuerpo fuera, así que tuvo que agarrarse al salpicadero. Justo cuando consiguió entrar del todo, él pisó el freno y la puerta del lado del pasajero se cerró de golpe.

—¡Sal! —le gritó el desconocido.

La fuerza del viento le impedía abrir la puerta, así que tuvo que empujar con todas sus fuerzas para conseguirlo. El hombre, que ya había salido, la agarró por la cintura, la arrastró hacia la boca de salida de un enorme conducto que había junto a la carretera, y la instó a que entrara.

—Vamos a morir —ella misma se sorprendió por la tranquilidad que reflejaba su voz, pero aquella calma aparente se desvaneció cuando el viento golpeó el conducto de lleno.

A pesar de que estaban agachados, la fuerza del impacto los tiró al suelo. El ruido era atronador, como el de un motor a reacción resonando a través de un túnel. Gritó aterrada, y el desconocido la abrazó por la cintura y la sostuvo contra su cuerpo para protegerla.

El rugido del viento era horrendo, doloroso... y terminó de repente.

Le dolían las orejas, y no estaba segura de si era por el terrible sonido o por el cambio de presión barométrica.

—Bueno, no estamos muertos —le dijo el desconocido.

—No —alzó la mirada, y se encontró con los ojos más azules que había visto en su vida... exceptuando los de Cal. Al pensar en él, los ojos se le llenaron de lágrimas.

—Tranquila, no ha pasado nada.

—Ya lo sé —saber que se había salvado no bastó para detener el llanto.

Él se apartó un poco y se sacó un pañuelo blanco y limpio del bolsillo trasero del pantalón. Era la primera persona a la que conocía que llevaba un pañuelo de tela encima, y su consideración sólo sirvió para que el flujo de lágrimas se incrementara.

No estaba llorando con delicadeza, con algún que otro suspiro femenino, sino con sollozos que le sacudían los hombros; y por si fuera poco, le entró hipo cuando se sentaron con las rodillas encogidas el uno al lado del otro.

—Soy Pete Mason, mi hermano y yo tenemos una granja a unos dieciséis kilómetros de aquí. Iba de camino al pueblo, a comprar varias cosas.

—Linnette McAfee —le dijo, entre sollozos.

—¿Te has hecho daño?

—No —respiró hondo, y le dijo con voz trémula—: Estaba enamorada, enamorada de verdad, pero Cal me dejó tirada. Se fue a... a rescatar mustangs, y se enamoró de la veterinaria. La verdad es que están hechos el uno para el otro.

—Entiendo.

No, estaba claro que no lo entendía.

—Y... mi hermano tiene un montón de dinero, y no me lo había dicho —por alguna razón, no podía dejar de hablar; a pesar de que estaba intentando detenerlas, las palabras seguían saliendo de su boca mientras él la miraba como si fuera una lunática—. Me fui de Cedar Cove... es mi ciudad natal. Hice las maletas, y me largué. Todos creían que lo que estaba haciendo era una idiotez, y puede que tuvieran razón. Incluso mi madre, mi propia madre, me dijo que estaba cometiendo un terrible error.

—Linnette...

—Creía que lo sabía todo sobre el amor, pero no es verdad... no tengo ni idea —cuando él le pasó un brazo por encima de los hombros en un claro intento de consolarla, se limpió la nariz con el pañuelo y respiró hondo antes de decir—: No sé por qué estoy contándote los detalles más íntimos de mi vida. Llevo casi dos semanas trabajando para Buffalo Bob y Merrily, y no les he dicho nada de todo esto.

A lo mejor era una especie de crisis nerviosa, quizás había perdido el juicio por culpa del tornado y del miedo extremo que había sentido. Era la única explicación posible, jamás había reaccionado así ante nadie. Estaba contándole sus intimidades a un completo desconocido.

—¿Te importa que te deje sola un par de minutos?, ¿estarás bien?

—Tranquilo, no hay problema —a pesar de sus palabras, fue tras él y caminaron medio agachados hacia el final del conducto.

Se quedó atónita cuando llegaron a la carretera, era como si alguien hubiera quemado el suelo para crear un camino y hubiera arrasado con todo lo que había encontrado a su paso. Al darse cuenta de que su coche no estaba por ninguna parte, exclamó:

—¡Mi coche! —si se hubiera quedado dentro, el tornado la habría arrastrado junto al vehículo—. Me has salvado la vida... ¡me has salvado! Si no hubieras llegado justo a tiempo, a estas horas estaría muerta.

—Un par de minutos más, y los dos habríamos acabado palmándola —al ver que su furgoneta estaba volcada de lado a unos sesenta metros de la carretera, comentó—: O vamos andando hasta el pueblo, o esperamos aquí hasta que pase alguien. Yo voto por esperar.

—Vale —no se le ocurría ninguna idea mejor, y él estaba familiarizado con aquella zona.

Se sentaron en una zona cubierta de hierba aplastada. Después del subidón de adrenalina, se sentía débil y exhausta. Se volvió hacia el hombre que acababa de salvarla, y se dio cuenta de que debía de medir bastante más de metro ochenta, porque tenía que echar un poco la cabeza hacia atrás para poder mirarlo. Estaba delgado, y el sombrero de vaquero que llevaba cuando le había visto aparecer con la furgoneta había volado hacía rato.

A pesar de que no tenía un atractivo típico, su aspecto físico resultaba atrayente. Tenía unos ojos azules preciosos, unos pómulos definidos, y daba la impresión de que se había roto más de una vez la nariz. El hoyuelo que tenía en la barbilla le llamó la atención también, y no tuvo más remedio que admitir que le parecía un hombre atractivo.

No pasó nadie por allí en más de una hora, y mientras esperaban estuvieron charlando sin demasiadas ganas. Ella se sentía cada vez más incómoda, y aunque Pete no le recordó la forma en que había revelado de sopetón todos aquellos detalles sobre su vida privada, como el hecho de que Cal la había dejado por Vicki, el tema permanecía latente.

El ranchero que los llevó de vuelta al pueblo la dejó en el restaurante, y para entonces, le costaba mirar a Pete a los ojos. Lo que la mortificaba aún más era el hecho de que, mientras que ella había parloteado sin cesar, él no le había contado ni un solo detalle de su vida; de hecho, sólo sabía que vivía en una granja, pero no tenía ni idea de si estaba casado o si tenía hijos. Aunque aquello debería darle igual, porque no estaba interesada en iniciar una relación sentimental. Estaba huyendo de una, y no pensaba involucrarse en otra.

—Gracias de nuevo —dijo, por encima del hombro. Se despidió con un gesto del ranchero y de Pete, que había bajado la ventanilla de la furgoneta.

—Dennis Urlacher puede ir a por tu coche, y lo reparará a un buen precio —le dijo él.

—Vale, gracias —sintió que se ruborizaba, y se apresuró a entrar en el restaurante; a aquellas alturas, el coche era lo de menos. Era posible que ni siquiera consiguieran encontrarlo, quizás estaba en otro estado o en el fondo de algún lago. Lo importante era que ella no había corrido la misma suerte.

—¿Estás bien? —le preguntó Buffalo Bob, desde la zona de la taberna del restaurante—. Merrily ha empezado a preocuparse cuando se ha acordado de que pensabas ir al rancho de los McKenna, nos hemos enterado de que se había formado un tornado. ¿Has visto algo?

Linnette prefirió no entretenerse con explicaciones detalladas, y se limitó a asentir. Procuró mantener la compostura mientras pasaba junto a los hombres que estaban en el bar, y subió a toda prisa la escalera que conducía a la segunda planta. Al llegar arriba, echó a correr por el pasillo hasta llegar a su habitación, que estaba al final del todo.

Se echó sobre la cama con la respiración acelerada, mientras se debatía entre el alivio por haber sobrevivido y la humillación por haber revelado tanto sobre sí misma.

Dentro de treinta años, seguro que su encuentro con el tornado sería una historia emocionante que podría contarle a sus nietos... si llegaba a tenerlos, claro. La embellecería un poco y añadiría algún que otro toque de humor, pero en ese momento lo que había pasado no le hacía ninguna gracia.

Al cabo de unos cuantos días, la traumática experiencia quedó relegada a un segundo plano. No quería seguir dándole vueltas al asunto, pero cada vez que recordaba lo que había pasado, se ponía roja como un tomate.

Tanto sus padres como Maddy la habían llamado por teléfono en cuanto se habían enterado de lo del tornado gracias a los informativos. Ella había hecho un breve resumen de lo que había pasado, pero sin mencionar a Pete, así que se había sentido un poco culpable cuando la habían alabado por mantener la calma y por su pronta capacidad de reacción; por suerte, no había vuelto a coincidir con él.

El domingo por la tarde, mientras estaba trabajando, él entró en el restaurante y la saludó con una inclinación de cabeza. Se acercó a una mesa que había en un rincón, apartó una de las sillas, y dejó su nuevo sombrero de vaquero en la que quedaba libre.

Como no tenía alternativa, le llevó la carta del menú y un vaso de agua.

—Hola, me alegro de volver a verte —le dijo él, sonriente.

Prefirió no arriesgarse a decir alguna insensatez, así que se mordió la lengua y asintió.

—¿Qué ha pasado al final con tu coche? —le preguntó él, mientras abría el menú.

—No tiene arreglo, pero el seguro se hará cargo.

El vehículo había sufrido graves daños estructurales. Un lado había quedado aplastado cuando había aterrizado contra un árbol a bastante distancia de donde lo había dejado, casi todas las ventanas estaban rotas, y el armazón estaba destrozado. Siempre se había quejado de lo caro que era el seguro, pero al final había valido la pena, porque el perito ya le había dado luz verde para que se comprara un coche nuevo.

—Me alegro —le dijo él, antes de pedirle un bistec con puré de patatas.

—¿Cómo quedó tu furgoneta? —le preguntó, por cortesía.

—Tiene un par de abolladuras, pero le dan personalidad.

A Linnette le gustó su actitud, hasta que él añadió:

—Igual que un corazón roto ayuda a cimentar la personalidad de una persona...

Lo fulminó con la mirada, le quitó el menú de las manos, y se fue hecha una furia a la cocina para pedir su comida. ¿Cómo se atrevía a decirle algo así? El hecho de que la hubiera salvado no le daba derecho a dejarla en evidencia.

Decidió que no iba a volver a hablar con aquel hombre en toda su vida.

CAPÍTULO 25

Cuando Olivia llegó a casa el jueves por la tarde después de una larga jornada de trabajo en el juzgado, su marido ya tenía tres chuletas listas para asar a la parrilla. En los últimos tiempos, apenas comían carne roja, pero Will iba a ir a cenar y le encantaban las chuletas; además, quería hacerle unas cuantas preguntas a su hermano, y seguro que estaría más predispuesto a contestar si estaba de buen humor.

Seguro que Jack estaba encantado con el menú, ya que ella solía controlarle bastante la dieta. Su marido había sufrido un ataque al corazón tiempo atrás, y a raíz de aquel susto, él le había prometido dejar de comer comida basura y trabajar menos horas. Las cosas habían cambiado mucho, ya que salía del periódico a las cinco como muy tarde y a menudo llegaba a casa antes que ella.

—¡Ya estoy en casa! —como cada noche, dejó el bolso en la mesita que había en el recibidor.

—¡Estoy aquí! —tenía puesto un CD de Reba, y el volumen estaba tan alto, que era un milagro que la hubiera oído llegar.

Entró en la cocina, y lo encontró preparando una ensalada. Sobre la encimera había una enorme ensaladera de cristal que contenía lechuga, espinacas, dos tomates maduros, y un pepino de su propio huerto.

—Eres todo un cocinero —comentó, mientras lo abrazaba por la espalda.

Había conocido a aquel hombre cuando llevaba unos veinte años divorciada de su primer marido, y no se había dado cuenta de hasta qué punto lo amaba hasta que había estado a punto de perderlo por culpa del ataque al corazón. A raíz de aquello, atesoraba cada día que tenía junto a él, cada minuto.

—He comprado una vinagreta nueva, para aprovechar un cupón de descuento que publicamos en el *Chronicle*. Me parece que está bastante buena.

Cuando él le dio el bote de la vinagreta italiana, Olivia hizo el comentario entusiasta de rigor mientras leía la etiqueta. Era increíble que Jack Griffin, editor del *Cedar Cove Chronicle* y entusiasta de la comida basura, hubiera llegado al punto de preocuparse por comprar vinagreta baja en calorías.

—Me consientes demasiado, Jack —le dijo, con una carcajada.

—La verdad es que he pensado que así lograría seducirte y llevarte a mi guarida de vicio y perdición.

—¿De vicio y perdición?, yo diría más bien que es de libros y montones de papeles —le encantaba bromear con él—. Después de tanto tiempo, deberías saber que no te hacen falta vinagretas ni regalos para poder tenerme en tus brazos.

Él se giró, la abrazó con fuerza, y le dio un beso en la punta de la nariz antes de decir:

—Mujer, me dices unas cosas... me dan ganas de hacerte el amor aquí mismo, en el suelo de la cocina.

—Mi hermano podría pillarnos in fraganti.

—Ah, sí, por poco se me olvida que Will viene a cenar.

—Ya sabes que tengo que hablar con él...

—Y quieres que me esfume en el momento adecuado.

—No te importa, ¿verdad? Es que la situación puede volverse un poco incómoda, y...

—No te preocupes, me iré a mi guarida —le dijo él, mientras movía las cejas como Groucho Marx.

Después de un último beso rápido, Olivia fue a cambiarse de ropa al dormitorio mientras él acababa de preparar la ensalada; cuando regresó a la cocina, Jack acababa de servir dos vasos de té frío.

Mientras esperaban a Will, fueron a sentarse al porche delantero, que daba a la ensenada, y disfrutaron de la quietud de la tarde mientras se tomaban el té sentados en el balancín. Las aguas de la ensenada tenían un color azul cristalino, y estaban muy calmadas a pesar de que ya era septiembre.

—¿Qué tal te ha ido el día? —le preguntó, mientras saboreaba aquel momento de relajación junto a él. En cuanto llegara Will, la tranquilidad daría paso a la tensión.

—He comido con Seth, me lo he encontrado en el restaurante. Yo he pedido sopa de verduras, y un bocadillo de pan integral con queso bajo en calorías.

—Pues yo he comido con Justine.

Esbozó una sonrisa al recordar lo entusiasmada que estaba su hija por lo del salón de té. Le había contado que Seth y ella habían vendido el terreno donde antes estaba el Lighthouse, y que habían comprado un terreno comercial cercano a Harbor Street. Todo había ido tan rodado, que Justine estaba convencida de que estaba predestinado. También le había dicho que su abuela se había mostrado encantada cuando le había comentado que le gustaría usar sus recetas en el salón de té, y que de hecho, ya había empezado a escribirlas. Era todo un logro, porque tanto la familia como los amigos llevaban años pidiéndole a Charlotte que pusiera por escrito todas sus recetas, y Justine parecía haberle dado el impulso que necesitaba para hacerlo.

—Seth me ha dicho que ya tienen todos los permisos, y

que la construcción del salón de té empezará en las próximas semanas.

—Sí, Justine también me lo ha comentado.

Se produjo un largo silencio mientras saboreaban el té. A Olivia le encantaba la serenidad que se respiraba a principios de otoño. El verano se había alargado bastante, pero las lluvias no iban a tardar en llegar. Los días irían acortándose, y la crudeza del invierno haría acto de aparición. A finales de mes, Jack metería la barbacoa en el garaje y guardaría el mobiliario del jardín, pero costaba creerlo en noches tan agradables como aquélla. Saber que quedaban muy pocas veladas así contribuía a que fuera incluso más especial.

—Seth me ha dicho que ha decidido seguir trabajando de vendedor de barcos —le dijo Jack.

Olivia ya lo sabía, y consideraba que era una decisión sensata. Cuando le dio aquella misma opinión a su marido, él le dijo:

—¿Ah, sí? ¿Por qué?

—Se le da muy bien, y... —vaciló por un instante, y al final comentó—: Supongo que no hay nada de malo en que te lo diga...

—¿El qué?

—Justine está embarazada.

—¡Qué bien! —la miró ceñudo, y le dijo—: Seth no me lo ha dicho.

—Es que aún no lo sabe, Justine va a decírselo esta noche —estaba entusiasmada por el nuevo embarazo de su hija.

Aunque años atrás había empezado a creer que nunca llegaría a tener nietos, en ese momento iba camino de tener cuatro, los mismos que Grace. Su hijo menor, James, que trabajaba en la Armada y vivía en San Diego, tenía dos hijos, y Justine estaba embarazada del segundo.

Al cabo de unos minutos, Jack la besó en la mejilla y le dijo:

—Te has quedado muy callada, ¿te pasa algo?

—Estaba pensando en Jordan.

Su hijo Jordan había fallecido a los trece años, y a pesar de que ya habían pasado más de veinte años desde su muerte, pensaba en él cada día. Acababa de enterarse de que iba a ser abuela de nuevo, y los recuerdos la afectaban aún más en momentos trascendentes como aquél. ¿Qué habría pasado si Jordan se hubiera quedado en casa en vez de ir al lago aquel día de verano...? Era una pregunta que siempre la había atormentado, quizás incluso más desde que sus hijos eran adultos. Se preguntaba qué clase de persona habría sido Jordan, si a aquellas alturas tendría una familia propia, hasta qué punto habría sido diferente su propia vida, la de su ex marido, la de Justine, e incluso la de James. La muerte de Jordan les había afectado a todos.

—No puedo ni imaginarme un golpe tan brutal —le dijo Jack, con voz queda.

—Una madre nunca olvida —el dolor era menos intenso que durante los primeros años tras la muerte de su hijo, pero en momentos especiales, como la comida con Justine de ese mismo día, era como si acabara de suceder.

Al ver que el coche de Will doblaba la esquina, Jack y ella se pusieron de pie y bajaron los escalones del porche para recibirlo.

—Gracias por invitarme.

Su hermano la besó en la mejilla y le estrechó la mano a Jack, que comentó:

—Soy yo el que tengo que darte las gracias, es la primera vez en un mes que voy a comerme una chuleta.

—No le hagas ni caso, Will.

Mientras su marido iba a por un vaso de té frío para el recién llegado, ella condujo a su hermano hasta el porche y se sentaron en las sillas de mimbre. Aunque tenía pensado dejar la conversación para después de la cena, decidió que era mejor sacar el tema cuanto antes. Jack pareció leerle el pensamiento cuando regresó con el té, porque después de darle el vaso a Will, la miró y de inmediato se excusó diciendo que tenía que encender la barbacoa.

—Se está muy bien aquí, es un lugar muy tranquilo —Will se reclinó en la silla y miró hacia la ensenada, donde varias garzas sobrevolaban el agua en busca de la cena.

—Sí, a Jack y a mí nos encanta —al verle asentir y tomar un trago de té con actitud relajada, decidió adentrarse sin preámbulos en las turbias aguas del comportamiento obsesivo de su hermano—. Grace me comentó que el otro día te pasaste por la biblioteca.

Él permaneció en silencio durante unos segundos, y al final masculló en voz baja:

—Sabía que te lo diría.

Olivia quería llegar al meollo de la cuestión; al fin y al cabo, seguro que su hermano sabía por qué quería hablar con él.

—Sabes que está casada, ¿verdad?

—Pues claro —Will suspiró, y le dijo—: No es lo que crees, Liv. Me comporté como un tonto la última vez que vine a la ciudad, y lo siento. La situación fue bastante lamentable.

Olivia contuvo las ganas de decirle que estaba quedándose muy corto. Will había intentado provocar una pelea a puñetazo limpio con Cliff Harding, y eso ya era una absurdidad de por sí. Cliff debía de pesar unos veinte kilos más que él, y estaba en muy buena forma física. La actitud pueril de su hermano la había enfurecido, y Grace se había sentido mortificada por el incidente.

—¿Por qué has decidido venir a vivir a Cedar Cove? Si tiene algo que ver con Grace, quiero que te quede muy claro que ni mamá ni yo vamos a quedarnos de brazos cruzados.

Dio la impresión de que su hermano estaba a punto de protestar, pero pareció cambiar de opinión y le dijo:

—Ya sé que pasarme por la biblioteca no fue una buena idea.

—No, no lo fue. Eres mi hermano y te quiero, pero Grace ha sido mi mejor amiga durante toda mi vida y no permitiré que interfieras en su matrimonio.

—Ya lo sé —Will se inclinó hacia delante, y soltó un suspiro—. Está claro que no tendría que haberla invitado a comer, pero sólo quería decirle que lamento todo lo que pasó. Le deseo que sea muy feliz.

—Tienes que admitir que el hecho de que te hayas mudado a Cedar Cove parece un poco sospechoso.

—Le di muchas vueltas al tema, Olivia, pero la verdad es que no tenía ningún otro sitio al que ir. Necesitaba un cambio. Está claro que Georgia se merecía un marido mejor que yo, y me pareció más fácil empezar de cero en un sitio conocido. Mamá y tú estáis aquí... vosotras y tus hijos sois la única familia que tengo.

—¿No piensas causarle problemas a Grace?

—No —lo dijo con tanta vehemencia, que resultaba muy difícil no creerle—. Me gustaría comprar un negocio o abrir uno nuevo, aún no me he decidido. Cedar Cove es mi hogar, y tengo tanto la preparación como el dinero necesarios para poner mi granito de arena en esta comunidad.

—Me alegro —quería creer en su hermano, en su sinceridad.

—¿Sabes de algún negocio que quieran traspasar?

Olivia pensó en ello durante unos segundos, y de repente se le ocurrió algo.

—¡Sí, es perfecto!

—¿El qué? —le preguntó él con interés.

—La galería de arte de Harbor Street... me enteré hace poco de que van a cerrarla, y a ti siempre te ha interesado el arte —su hermano solía hacer fotos muy buenas años atrás; además, siempre había comprado cuadros y había apoyado a artistas emergentes—. Las cosas iban bien en la galería hasta que Maryellen Bowman tuvo que dejar el trabajo, la mujer que la sustituyó no tenía su buen ojo para los negocios.

—¿Crees que podré volver a contratar a Maryellen?

—No, pero no te hará falta, porque tú mismo podrás encargarte de la gestión. La ciudad necesita esa galería de arte, y estoy convencida de que eres la persona adecuada para sacarla a flote —cuanto más pensaba en ello, más le gustaba la idea—. Habla con Maryellen, seguro que estará dispuesta a ayudarte en todo lo que pueda. Acaba de ser madre, así que está muy ocupada... por cierto, es la hija de Grace, pero eso no importa, ¿verdad?

Will parecía encantado con el proyecto, y dejó pasar el comentario sobre Grace.

—La llamaré mañana a primera hora, ¿tienes su número de teléfono?

—Sí. Por cierto, ella podrá decirte cómo contactar con los dueños de la galería.

—Genial.

Se miraron sonrientes, y Olivia sintió que se había quitado un peso de encima; en ese momento, Jack salió al porche y les dijo:

—La barbacoa está lista.

Cuando fueron a la cocina, Jack sacó las chuletas de la nevera y las frotó con aceite de oliva, era un pequeño truco que había aprendido de un chef al que había entrevistado. Entonces salió al jardín trasero, y Will y ella lo siguieron pertrechados con los platos y los cubiertos.

Al oír que el teléfono empezaba a sonar, Olivia estuvo tentada de dejar que saltara el contestador automático, pero al final entró en la casa a toda prisa y contestó.

—Hola, Olivia. Soy tu madre.

El comentario era innecesario; al fin y al cabo, era más que capaz de reconocer la voz de su madre.

—Hola, mamá.

—¿Te he pillado en mitad de la cena?

—No, aún no hemos empezado. ¿Qué quieres? —a juzgar por el tono de voz de su madre, era obvio que estaba preocupada, así que le preguntó—: ¿Pasa algo malo?

—No, creo que no, pero... en fin, me he sentido en la obligación de decir algo. No quiero causar problemas innecesarios, pero creo que es mejor estar prevenido.

—¿De qué estás hablando, mamá? ¿Ha pasado algo?

—Aún no, pero creo que sería mejor que hablaras con Grace y con Cliff.

—Es por algo relacionado con Will, ¿verdad? —su madre no sabía que él estaba en el jardín de su casa en ese momento, charlando con Jack.

—Will pasó por casa el otro día, y vio una carta que había encima de la encimera. Estaba dirigida a Ben y a mí, pero sacó la tarjeta que había dentro y la leyó. Supongo que vio el nombre del remitente —su madre estaba cada vez más alterada, y hablaba atropelladamente.

—¿Quién os había enviado la tarjeta? —le preguntó con calma.

—No era una tarjeta exactamente, sino una invitación al banquete de boda de Grace y Cliff.

De repente, todo lo que le había dicho su hermano quedó bajo sospecha. Ya no estaba tan convencida de que hubiera sido sincero al decir que había dejado atrás el pasado.

—Le dije que Grace y Cliff son muy felices, pero como él no dejaba de mirar la invitación, me temo que... para serte sincera, me temo que estaba memorizando lo que ponía.

—¿De verdad crees que sería capaz de presentarse a la fiesta sin estar invitado?

—No sé qué creer, Olivia. No puedo ni imaginarme a un hijo mío siendo tan desvergonzado y grosero, pero tengo la sensación de que ya no conozco a Will.

—No te preocupes, mamá. Yo me encargo de todo.

—Gracias, querida. Me quitas un peso de encima.

Aprovechando que tenía a su madre al teléfono, le contó la noticia que le había dado Justine, y así acabaron la conversación con buen sabor de boca. Antes de colgar, volvió a asegurarle que iba a encargarse del tema de Will.

Después de colgar se dio cuenta de que, un año atrás, su madre no le habría pedido ayuda para lidiar con un asunto como aquél. Era obvio que empezaba a notar el peso de los años. Era ley de vida, pero aun así...

Su madre siempre le había parecido invencible, siempre había estado llena de energía y vitalidad. Había liderado a un grupo de personas mayores en su lucha con el ayuntamiento para conseguir que se abriera un centro de salud en Cedar Cove, había mantenido unido al grupo de costura, había organizado un sinfín de iniciativas benéficas, y durante los últimos tres años había sido la presidenta del club de jardinería. Pero de repente la vio desde una perspectiva muy diferente... la vio envejecida, cada vez más frágil, y abrumada por preocupaciones que tiempo atrás no la habrían intimidado.

Justo cuando estaba a punto de regresar al jardín, se dio cuenta de que había un mensaje en el contestador, porque el piloto rojo estaba parpadeando.

Jack entró en ese momento, y le dijo:

—La cena está lista.

—Ahora voy —agarró el papel y el lápiz que había junto al teléfono, y pulsó el botón para que se escuchara el mensaje.

—Señora Lockhart, la llamo del Centro de Diagnóstico para Mujeres, en relación a su mamografía. Por favor, póngase en contacto con nosotros lo antes posible. Nuestro horario es de ocho a cinco, de lunes a viernes.

Se quedó mirando a su marido mientras se le formaba un nudo de miedo en el estómago, y él le dijo en un claro intento de tranquilizarla:

—Seguro que no pasa nada.

—Si no pasara nada me habrían enviado una carta, como siempre. Seguro que han detectado algo en mi mamografía —le dijo con voz queda.

Jack se acercó a ella de inmediato, y le dijo:

—Llamaremos mañana, Olivia. Juntos. Pase lo que pase, estoy contigo.

—Ya hablaremos después.

Tenían compañía y no quería que su madre se enterara de aquello de momento, porque la pobre ya tenía bastantes preocupaciones sin tener que añadir un posible cáncer. Iban a cenar con Will como si nada, y cuando se marchara hablarían de la llamada de teléfono.

CAPÍTULO 26

Teri se dio cuenta de que no iba a poder seguir ocultándole a Bobby lo del embarazo durante mucho tiempo más. Todas sus compañeras del salón de belleza lo sabían, pero aún no se lo había contado a su marido... aunque por una razón de peso. Bobby era tan protector con ella, que parecía casi obsesivo, pero sería incluso peor cuando se enterara de que estaba embarazada.

Ella no quería dejar su trabajo, era una persona alegre y sociable y en el salón disfrutaba tratando con la gente. Incluso Bobby había notado que estaba más contenta desde que había retomado su empleo.

Estaba muy preocupada por él. Era obvio que su marido no era feliz, que necesitaba jugar al ajedrez. Bobby echaba de menos el juego en sí, el desafío que suponía, e incluso los viajes. Cuando se habían conocido, solía asistir a torneos de distintas partes del mundo cada pocas semanas.

Cuando le preguntaba al respecto, él le decía que no había ninguna partida importante programada en un futuro inmediato, y que en todo caso, no estaba preparado... en otras palabras: no estaba preparado para enfrenarse al jugador ruso del que le había hablado.

Estaba tan poco familiarizada con el ajedrez y con el

mundo que rodeaba a aquel juego, que no sabía cómo hablar del tema con su marido. A pesar de que estaba casada con todo un campeón, no tenía ni idea de ajedrez, pero lo que tenía muy claro era que su marido tendría que estar jugando. Los dos necesitaban sus respectivos trabajos.

Al oír que sonaba el teléfono, se apresuró a contestar; por regla general, Bobby ni siquiera se daba cuenta de que estaban llamando, sobre todo si estaba pensando en jugadas de ajedrez.

—Hola, soy Christie. Llevo un tiempo sin saber nada de ti... todo va bien, ¿verdad?

—Sí, todo va genial —a pesar de que su relación con su hermana había mejorado, no estaba dispuesta a contarle sus preocupaciones.

—He pensado que Bobby y tú podríais venir a cenar a mi casa algún día.

Aquella invitación inesperada la sorprendió gratamente; al principio, había vuelto a invitar a Christie para intentar que surgiera el amor entre James y ella, pero últimamente había llegado a disfrutar de su compañía. Por primera vez desde que era adulta, sentía que tenía una hermana de verdad; en cuanto a la posible relación que esperaba que surgiera entre Christie y James, no había habido ningún avance.

—Nos encantaría, avísame cuando te vaya bien.

—¿Le has contado a Bobby lo del embarazo? —le preguntó su hermana, en voz baja.

—No, ni hablar —dijo, como si estuviera charlando sobre algo inconsecuente—. Claro que llevaremos algo, no puedes ocuparte tú sola de toda la cena.

—¿Bobby está escuchando?

Probablemente no, pero Teri no pensaba correr ningún riesgo. Justo cuando estaba a punto de despedirse, su hermana le dijo:

—Oye, Teri... —vaciló por un instante antes de añadir—:

No quiero que pienses lo que no es, pero me gustaría preguntarte algo.

—Dime.

—Es sobre James.

Teri se irguió de golpe, y cuando su mirada se cruzó con la de su marido, alzó el pulgar con actitud victoriosa; al ver que él no parecía entenderla, le indicó con un gesto que ya se lo explicaría después.

—¿Qué quieres saber, Christie?

—No sé, me gustaría que me contaras lo que puedas sobre él. Parece un tipo muy raro, ¿qué sabes sobre él?

A Teri nunca le había dado por preguntar. James era James, y sabía muy poca cosa sobre su vida. Parecía muy reservado, así que había preferido no importunarlo con preguntas personales.

—Es un buen amigo de Bobby, además de su chófer.

—¿Qué hace durante todo el día?, ¿en qué se entretiene cuando no tiene que llevaros en el coche a algún sitio?

—A veces me espera en el salón de belleza mientras trabajo, ya sabes que es una especie de guardaespaldas. ¿Por qué lo preguntas?

—Por simple curiosidad. No estoy interesada en él, ¿vale?

—Vale —era una suerte que Christie no pudiera verla sonreír.

—De hecho, la última vez que me trajo a mi casa, le dije que no quería que volviera a llevarme a ningún sitio.

—Ah —Bobby no le había dicho nada al respecto, así que seguramente no estaba enterado. Lo más probable era que James no se lo hubiera contado—. No dijo ni hizo nada que te molestase, ¿verdad?

—No hizo nada malo, pero... me dio una rosa roja de tallo largo. Dos veces.

—Qué dulzura —murmuró.

—¿Por qué crees que lo hizo?

Teri se dio cuenta de que había acertado desde el principio. Era obvio que James se sentía atraído por Christie, y o mucho se equivocaba, o su hermana sentía lo mismo por él. El problema radicaba en que Christie tenía la misma clase de miedo que ella misma había sentido cuando Bobby había empezado a cortejarla.

—¿Quieres que le comente lo de las rosas?
—¡No! Por favor, Teri, no lo hagas.
—Vale.
—No me cae bien.
—¿En serio?
—Es tan... refinado, que hace que me sienta incómoda. Me llama «señorita», ¡es un anticuado! Además, siempre insiste en acompañarme hasta mi puerta... bueno, menos la última vez, pero porque no le di tiempo a hacerlo.

—Su madre era británica, y su padre norteamericano —lo sabía porque Bobby se lo había comentado en una ocasión, pero como sabía que a su hermana le interesaba otra clase de información, añadió—: ¿Quieres que le diga a Bobby que prefieres que James no te lleve en el coche?

Christie vaciló por un momento antes de contestar:
—No, la verdad es que da igual.

Cuando acabaron la conversación poco después, Teri colgó y empezó a bailotear por la cocina sonriendo de oreja a oreja, mientras Bobby la contemplaba sonriente.

—¿Por qué estás tan contenta?
—¡Porque todo está funcionando de maravilla, Bobby Pin! Christie está interesada en James.
—Me alegro.
—Él le regaló una rosa.
—¿Sólo una? —dijo, mientras fruncía el ceño con desaprobación.
—Con una hubo bastante, te lo aseguro. Pero Christie tiene miedo.
—¿De qué?

Teri se acercó a él, se sentó en su regazo, y le rodeó el cuello con los brazos antes de decirle:

—¿No te acuerdas de que yo también tenía miedo?
—Sólo me acuerdo de que me aterraba la posibilidad de que no me amaras.
Aquellas palabras le derritieron el corazón.
—Siempre te he amado, Bobby.
—Me alegro.
Después de que se dieran un par de besos de lo más gratificante, ella fue a preparar la cena a la cocina, pero tuvo náuseas justo cuando había empezado a freír una hamburguesa. El olor de la carne frita le provocó unas ganas de vomitar tan fuertes, que tuvo que echar a correr hacia el cuarto de baño de la planta baja. Menos mal que tenían una casa con cuatro aseos, porque no le habría dado tiempo a subir a la planta superior.
Bobby debió de oírla, porque cuando acabó de vomitar y salió, estaba esperándola en el pasillo.
—¿Te encuentras mal? —le preguntó con ansiedad.
—No, estoy bien.
—¿Tienes la gripe?, ¿te ha sentado mal algo que has comido?, ¿llamo al médico?
—Estoy bien, Bobby.
—Voy a llamar a James.
—¡No! —como él se quedó mirándola ceñudo, le dijo—: Ya se me ha pasado, estoy bien. La cena estará lista enseguida, pero prefiero no comer —al ver que no le quitaba los ojos de encima, suspiró con resignación. Estaba preocupando a su marido sin necesidad, y todo por mantener en secreto lo del embarazo—. Tengo que hablar contigo.
Lo tomó de la mano, lo condujo hasta la sala de estar, y le instó a que se sentara en el sofá. Después de sentarse en su regazo, posó la cabeza en su hombro, y él la abrazó con fuerza.
Tras pensar durante un largo momento en la mejor manera de abordar el tema, decidió ser directa.
—Estoy embarazada.

Al ver que él no decía nada, se echó un poco hacia atrás para poder verle la cara. Vio en su rostro una sonrisa tan enorme y dulce, tan llena de felicidad, que sintió que los ojos se le llenaban de lágrimas.

—Salgo de cuentas en marzo.

—Serás una buena madre —le dijo, con su habitual compostura.

—Eso espero.

—Tienes las caderas anchas, así que no te costará dar a luz.

—Por lo que he oído sobre el tema, no será nada fácil, por muy anchas que tenga las caderas. Por cierto, ¿podríamos dejar de hablar de mi tamaño?

—Estaré contigo durante el parto —apoyó la frente contra la suya, y se echó a reír—. Un hijo... vamos a tener un hijo.

Teri no recordaba la última vez que le había visto tan feliz. El estrés de las últimas semanas le había pasado factura, y seguro que aquel embarazo contribuía a que estuviera incluso más preocupado.

Bobby dejó de reír de repente, y su felicidad pareció desvanecerse. El cambio fue tan súbito, tan radical, que Teri se dio cuenta de inmediato de que estaba preocupado por ella. Era obvio que estaba asustado por las amenazas del jugador ruso.

—¿Por eso estabas tan cansada últimamente? Y las náuseas... ¿todo eso es por el embarazo?

—Sí, pero las náuseas no tardarán en desaparecer. La mayoría de las mujeres las sufren durante los tres primeros meses del embarazo, y a mí me falta poco para cumplirlos. No quiero que te preocupes por mí, Bobby. Prométeme que no lo harás.

—Te prometo que lo intentaré.

—Quiero que seas feliz —sólo tenía que mirarlo a los ojos para darse cuenta de que estaba entusiasmado por lo del embarazo, pero también aterrado.

Al oír que llamaban a la puerta, fue a abrir. No esperaba ningún envío ni había invitado a nadie, pero la verdad era que le apetecía ver a Christie o a Rachel. Tenía ganas de celebrar lo del embarazo, decírselo a Bobby había sido como hacerlo oficial.

En cuanto abrió la puerta, se dio cuenta de que antes tendría que haber echado una ojeada por la mirilla. Había unos diez periodistas apelotonados y luchando por conseguir una posición ventajosa, y alzó las manos de forma instintiva cuando los flashes de las cámaras la cegaron.

—¿Es usted la esposa de Bobby Polgar? —le gritó alguien.

—¿Quiénes sois vosotros? —les gritó ella a su vez.

Alguien le puso un micrófono delante de la cara, y le preguntó:

—¿Puede decirnos por qué Bobby se ha retirado del mundo del ajedrez?

—¡No se ha retirado!

—¡Lleva unos cuatro meses sin participar en torneos en los que estaba confirmada su asistencia! —le gritó otro reportero.

—Nadie sabía dónde encontrarle —apostilló otro.

Los dos principales canales de noticias también estaban allí, Teri vio sus furgonetas en medio del camino de entrada de la casa.

—Bobby no está escondido.

—¿Dónde está?

Su marido apareció tras ella, y los flashes empezaron a relampaguear de nuevo.

—¡Bobby!

—Bobby...

Su nombre llegaba de todos lados. Después de instalarla a que se colocara tras él, su marido dio la cara ante los periodistas.

—¿Se ha retirado del ajedrez?

—¿Son ciertos los rumores?, ¿le ha cedido el número uno a Aleksandr Vladimir?

Como todos los reporteros estaban haciéndole preguntas a gritos, Bobby no podía contestar; al final, alzó una mano para indicar que iba a hablar, y todo el mundo se calló.

—No voy a hacer declaraciones —sin más, retrocedió y cerró la puerta con suavidad. Entonces se volvió hacia ella, le pasó un brazo por la cintura y la condujo hacia la sala de estar, donde llamó a comisaría para informar con toda la calma del mundo que había intrusos en su propiedad.

Cuando se volvió de nuevo hacia ella, Teri le dijo:

—No puedes seguir así, Bobby. Vas a tener que jugar antes o después.

—Lo haré, pero cuando esté preparado.

—No voy a permitir que le entregues el título de número uno a Vladimir. Está intentando usarme como cebo, no caigas en la trampa —era consciente de que sus temores se habían confirmado: el embarazo había hecho que su marido se preocupara aún más por ella.

Él le agarró las manos, y se las llevó a los labios antes de decirle:

—Te prometo una cosa: Vladimir nunca conseguirá mi título. Jamás.

—Alguien le ha dicho a la prensa dónde estabas.

—Sí, y me parece que sé quién ha sido.

—Yo también —era fácil de adivinar que había sido Vladimir, en un intento de obligar a Bobby a que regresara a los torneos.

CAPÍTULO 27

—Este sábado estaré en Cedar Cove, voy a visitar a mi hijo —le dijo Faith a Troy el jueves por la tarde.

Hacía varias semanas que no la veía, aunque hablaban por teléfono casi cada noche. Ella había puesto a la venta su casa de Seattle, y ya habían ido a verla varios posibles compradores. Aún no había recibido ninguna oferta en firme, pero seguro que no tardaría en llegar.

El hecho de que Faith se fuera a vivir a Cedar Cove le provocaba una mezcla de temor y de excitación. Aún no había hablado con Megan sobre aquella relación, porque la culpabilidad que lo había atenazado cuando su hija había sufrido el aborto había agriado la felicidad que sentía al estar con Faith. Desde un punto de vista lógico y racional, sabía que el hecho de estar con ella no había tenido nada que ver con la pérdida de su nieto, pero no podía olvidar que su hija no había podido localizarlo cuando más lo necesitaba.

—Esperaba poder verte cuando esté allí —le dijo ella.

Le dolía decepcionarla, pero después de lo que había pasado, no podía arriesgarse a que Megan se enterara de que mantenía una relación con ella.

—Estoy bastante ocupado, tengo que trabajar.

—¿El fin de semana también?

Sabía que tendría que ser honesto con ella, y se enfadó consigo mismo por ser tan débil.

—A tu hija no le gusta que salgas conmigo, ¿verdad? —le dijo ella, sin andarse por las ramas.

Troy sintió cierto alivio. La verdad había salido a la luz, aunque tendría que haber sido por iniciativa suya, no de Faith.

—No, y no sé si llegará a cambiar de idea algún día —admitió con voz queda.

—¿Por qué no me lo habías dicho?

—Lo siento, tendría que haberlo hecho, pero me daba miedo que, si te enterabas de la actitud negativa de Megan, decidieras que era mejor que dejáramos de hablar.

No sabía si podría soportarlo. Las conversaciones que mantenía con Faith eran el punto álgido de su jornada, cada día estaba deseando volver a casa para poder hablar con ella. Habían hablado de todos los temas habidos y por haber, pero él había evitado mencionar a su hija.

—Echaría de menos hablar contigo, Troy.

—¿En serio? —se sintió esperanzado, pero se obligó a decir—: No es justo que te tenga pendiente de la situación, pero ni siquiera puedo prometerte que Megan cambiará de opinión.

—No te preocupes, todo acabará saliendo bien. Es cuestión de tiempo.

Parecía tan segura de lo que decía...

—Nos vemos el sábado, Faith —le dijo, con súbita decisión. A pesar de lo mucho que quería a su hija y de que lamentaba de corazón lo del aborto, tenía su propia vida.

De hecho, lo más probable era que fuera incapaz de mantenerse apartado de la casa de Scott Beckwith, sabiendo que Faith estaba en Cedar Cove. En cuanto se dio a sí mismo permiso para verla, la culpabilidad que lo había carcomido se desvaneció y dio paso a una sensación de anticipación. ¡Iba a verla en un par de días!

—He tejido una cosa para ti, te la llevaré el sábado —le dijo ella.

—¿Qué es? —la idea de que hubiera hecho algo así lo emocionó, y la felicidad que lo embargó lo llenó de calidez.

—Unos calcetines.

—¿Me has hecho dos?

—Claro que sí, tonto —le dijo ella, con una risita.

—Tengo unos pies bastante grandes.

—Sí, ya me acuerdo. Los míos se quedaban hechos polvo por tus pisotones en los bailes del instituto.

Aquello les dio pie a recordar los bailes del viernes por la noche del instituto, y las canciones que más les gustaban.

—Voy a invitar a comer a mi hijo y a su familia, ¿quieres venir? Iremos al D.D.'s.

Troy se lo planteó, pero al final decidió no ir. Iba a ver a Faith en privado, pero no quería hacer alarde de su relación en público. Megan acabaría enterándose tarde o temprano, y prefería ser él quien se lo dijera. No quería que algún metomentodo le fuera con el chisme.

—Gracias, pero será mejor que no vaya. ¿Quieres que pase a buscarte por casa de tu hijo a eso de las ocho?, ¿tendrás bastante tiempo? —ya sabía dónde iba a llevarla a cenar, pero prefirió no decírselo y darle la sorpresa el sábado.

—Sí, me va perfecto. ¿Adónde iremos?

—Ya lo verás.

Al colgar el teléfono, estaba de un humor casi jovial; siguiendo un impulso, agarró las llaves del coche, salió de la casa y puso rumbo al cementerio. Sólo había estado allí una o dos veces desde el funeral de Sandy, pero pensaba en ella cada día. Después de todos los años que habían pasado juntos, formaba parte de él, y eso no cambiaría nunca. Le habría gustado saber cómo hacérselo entender a Megan, cómo explicarle que el hecho de que tuviera una relación con Faith o con cualquier otra mujer no iría jamás en detrimento del amor que sentía por Sandy, pero no estaba seguro de si ella aceptaría sus explicaciones.

Después de aparcar, avanzó por el terreno cubierto de hierba húmeda hasta llegar a la tumba de su mujer, y al ver un ramo de claveles rosas, supo que Megan había estado allí recientemente; de hecho, estaba convencido de que su hija iba al cementerio unas dos o tres veces por semana como mínimo.

Durante unos largos minutos, se limitó a contemplar la lápida en silencio. Estuvo a punto de hablar con Sandy, de contarle lo de Faith, pero sabía que allí no estaba su esposa, la Sandy de verdad, la persona que había sido, la mujer a la que había amado. Al igual que Megan, creía de corazón que había subido al cielo, y que por fin había quedado liberada de la enfermedad y el dolor. No podía imaginársela en ningún otro sitio.

Lo cierto era que no había nada que contar, más allá del hecho de que había besado a otra mujer. Lo que más le sorprendía era lo bien que se sentía en cuanto a su relación con Faith, y estaba convencido de que su esposa habría dado su aprobación. A Megan iba a costarle mucho aceptarlo, pero Sandy no habría puesto ninguna objeción; de hecho, seguro que le habría animado a que se aferrara a la posibilidad de ser feliz.

Se agachó y trazó con un dedo las letras que había grabadas en la lápida de mármol: *Sandra Marie Davis. 1949-2007*. Aquello decía muy poco de la clase de mujer que había sido. No se había quejado ni una sola vez durante todos los años que había pasado luchando contra su enfermedad, no había despotricado contra su sino ni se había cuestionado los designios de Dios. Él siempre había sabido que estaba casado con una mujer muy especial. No se le había olvidado nunca, ni en vida de Sandy, ni después de su muerte.

Se llevó los dedos a los labios, y después los posó sobre

la lápida. Volvió sin prisa al coche, pero como no le apetecía regresar a una casa vacía, decidió ir a visitar a su hija y a su yerno.

Megan lo abrazó en cuanto lo vio, y le dijo:

—¡Hola, papá! Me alegro mucho de verte.

Mientras le devolvía el abrazo, Troy pensó que su hija parecía haber mejorado bastante en las últimas semanas.

—Ya ni me acuerdo de la última vez que viniste —le dijo ella.

Él era consciente de que había evitado ir a casa de su hija porque se sentía culpable, pero en ese momento lamentó haberse portado así.

Megan había heredado las dotes de buena anfitriona de Sandy. Lo condujo hasta la sala de estar, le preparó un café justo como le gustaba, con leche y azúcar, y le sirvió un trozo de pastel de nuez sin darle tiempo a protestar siquiera. Entonces fue a la cocina a por un par de trozos de pastel más, y al regresar se sentó junto a su marido y le dio uno de los platos antes de comentar:

—Craig y yo vamos a ir a la playa este fin de semana.

—Pensé que nos iría bien pasar un fin de semana fuera, así que reservé una habitación en un hotel de Cannon Beach —comentó él.

—Es una gran idea —Troy se dio cuenta de que estaba mostrando más entusiasmo del necesario, pero no pudo evitarlo.

Creía con sinceridad que a su hija le iría bien pasar un fin de semana fuera, pero al margen de eso, el hecho de que Megan se fuera de la ciudad posibilitaba que él pudiera disfrutar libremente de la visita de Faith. Sí, debía admitir que estaba pensando en sus propios intereses, pero no quería que su hija se sintiera herida, y estaba deseando ver a Faith; en ese momento, sentía que le habían dado un respiro.

Antes de marcharse, les preguntó el nombre del hotel en el que iban a alojarse, y en cuanto llegó a casa, llamó para encargar que les llevaran una botella de champán a la habitación. Un fin de semana romántico era justo lo que necesitaba su hija... y él también.

El sábado por la tarde, acabó de vestirse antes de las cinco. Después de afeitarse y peinarse, estuvo pendiente del reloj durante unas tres horas. Estaba tan nervioso, que no podía dejar de pasearse de un lado a otro, y encendió la tele varias veces para intentar entretenerse.

A las ocho en punto, aparcó delante de la casa de Scott Beckwith, que estaba en una calle cercana a Rosewood Lane. Justo cuando salía del coche, Faith abrió la puerta y salió a recibirlo. Scott salió también, y madre e hijo estuvieron hablando durante unos segundos. Lo reconoció de haberlo visto por la ciudad, pero acababa de enterarse de que era el hijo de Faith.

Ella entró a por su bolso después de presentarlos, así que Scott y él se quedaron solos. Los dos estaban un poco tensos mientras intercambiaban comentarios intrascendentes, pero a pesar de que era consciente de que el hijo de Faith estaba observándolo con atención, no captó ni desaprobación ni antagonismo en él. No había duda de que su actitud era muy distinta a la de Megan.

Faith no tardó en regresar, y los dos fueron hacia el coche. Estaba tan guapa, que lo había dejado sin aliento. Se había puesto un sencillo vestido verde de manga larga, y llevaba un chal de punto y encaje.

—Estás... —intentó encontrar la palabra adecuada, y al final optó por decir—: Increíble —estaba convencido de que parecía un simplón cohibido. Cuando estaba con ella, tenía que recordarse a sí mismo que era un adulto responsable.

—Tú también. Ah, te he traído los calcetines que te hice.

—Me los pondré todos los días —pensaría en ella cada vez que los viera, aunque lo cierto era que se acordaba de Faith a todas horas.

Le sostuvo la puerta para que entrara en el coche, tal y

como solía hacer cuando estaban en el instituto... tal y como solía hacer con Sandy. Su padre le había inculcado buenos modales desde que era un niño, y los había conservado durante todos aquellos años.

—¿Vas a decirme por fin adónde vamos? —le preguntó ella, cuando estuvieron dentro del coche.

—Lo sabrás dentro de unos minutos.

—Vale.

Al verla sonreír, Troy se aferró al volante y puso en marcha el coche. Contuvo las ganas de besarla allí mismo, porque no le parecía bien hacerlo delante de la casa de su hijo; además, si alguien los veía, era posible que Megan acabara enterándose.

Cuando llevaban diez minutos circulando por calles secundarias, Faith pareció darse cuenta de hacia dónde se dirigían.

—Troy...

—¿Qué?

—No estás yendo adonde creo que vas, ¿verdad?

La miró de reojo cuando enfilaron por la carretera serpenteante que llevaba a Briar Patch Hill, y se dio cuenta de que ella lo había adivinado.

—¡Troy! ¡Es donde solíamos venir cuando estábamos en plan romántico!

—Ya veo que no se te ha olvidado —le dijo con voz suave. No pudo evitar sonreír al ver que se sonrojaba.

—Hay unas vistas fantásticas del faro, me extraña que nadie haya construido una casa aquí.

—El terreno pertenece al condado.

—Me gustaría saber a cuántas chicas más trajiste a este lugar —le dijo ella, con severidad fingida.

—A ninguna —era cierto, ni siquiera había estado allí con Sandy—. Tú eres la única.

—¿Te acuerdas de la primera vez que estuvimos aparcados aquí?

Por supuesto que sí. Troy recordaba que su padre le había dejado el coche, y Faith y él habían ido a un partido de baloncesto y después al baile del instituto. A mitad del baile más o menos, él había sugerido que podrían aprovechar que tenían el coche para ir a dar una vuelta, y ella había accedido; al final, habían acabado aparcando en la cima de aquella pequeña colina que daba a la ensenada, pero lo que recordaba no eran las vistas, sino cómo la había besado y abrazado. Habían regresado a aquel sitio muchas veces más, y lo consideraba un lugar especial que les pertenecía a los dos, a pesar de que había muchas más parejas que también solían ir.

—¿Qué es lo que tienes en mente, Troy? —le preguntó, en tono de broma.

Él aparcó el coche, y apagó el motor. Había oscurecido, y las luces de la ensenada relucían y se reflejaban en el agua.

—Es un paisaje muy bonito, ¿verdad?

—Sí, es precioso —le dijo ella. Cuando él le pasó el brazo por los hombros, comentó—: Que yo recuerde, la última vez que estuvimos aquí no teníamos asientos envolventes ni nos separaba una consola.

—Tendremos que apañárnoslas como podamos.

Se acercaron el uno al otro hasta que sus labios se encontraron. Le costó un poco, pero al final consiguió rodearla con los brazos y ella se inclinó más hacia él. El beso cumplió todas sus expectativas, fue tal y como él lo había soñado.

Cuando se apartaron, Faith apoyó la cabeza en su hombro. No estaba demasiado cómodo en aquella posición, pero le dio igual. Lo importante era que la tenía de nuevo entre sus brazos.

—Me parece que la experiencia ha mejorado aún más con el tiempo.

—Y que lo digas —le dijo ella, con una dulce sonrisa.

No pudo resistir la tentación de volver a besarla. Para

cuando se separaron de nuevo, los dos estaban respirando con dificultad.

—¿Te acuerdas de cuando te quité el sujetador mientras estábamos aquí?

—Por el amor de Dios, Troy... —pareció aturullarse al recordarlo.

Lo cierto era que había sido bastante cómico. Él quería parecer sofisticado y fingir que era un experto en ropa interior femenina, pero el sujetador no tenía el cierre atrás, sino delante, y al final Faith se había apiadado de él y le había ayudado. Pero a pesar de lo patoso que había sido, el resultado había valido la pena.

—Sí, está claro que te acuerdas —él recordaba hasta el último detalle.

—Será mejor que no intentes usar la misma técnica.

—¿Por qué? —no pensaba hacerlo, pero el recuerdo era más que agradable.

—Ahora llevo sujetadores reforzados, y son incluso más complicados que los que usaba de joven.

—Que Dios me ayude —no pudo evitar tocarla, sólo para ver si realmente sería tan complicado, y antes de que se diera cuenta de lo que pasaba, estaban besándose de nuevo.

Se sobresaltaron cuando la luz azul y roja de un coche patrulla los bañó desde atrás, y Faith se apartó de él de inmediato y empezó a abrocharse a toda prisa la parte frontal del vestido.

—Dios mío, Dios mío... —parecía una quinceañera a la que acababan de pillar in fraganti.

Él respiró hondo antes de salir del coche, y el joven agente que estaba acercándose empalideció de golpe al verlo.

—Sheriff Davis...

—Todo está en orden, Payne.

—Sí, señor. Pe... perdone, señor —estaba tan desesperado por huir de allí, que apenas podía articular palabra.

—No te preocupes, sólo estabas cumpliendo con tu deber.

—Gracias, señor —Payne regresó al coche patrulla a toda prisa, y en cuestión de segundos ya se había marchado.

Cuando Troy volvió a entrar en el coche, intercambió una mirada con Faith, y los dos se echaron a reír.

CAPÍTULO 28

Maryellen Bowman estaba entusiasmada. Aquella tarde había recibido dos llamadas muy importantes, y en ambos casos le habían dado buenas noticias. En ese momento estaba dándole el pecho a Drake mientras Katie, que estaba sentada a su lado con un libro, fingía que le leía a su hermano. Aprovechando el momento de calma, pensó en las grandes posibilidades que se abrían ante Jon, en el prometedor futuro que tenía como fotógrafo.

Varias semanas atrás, cuando se había enterado de que los propietarios de la galería de arte habían decidido cerrar sus puertas de forma definitiva, había sentido que los años que había trabajado como directora de la galería, ganándose una clientela y forjando relaciones laborales con los artistas de la zona, no habían servido para nada; al parecer, las ventas habían bajado tanto desde que ella ya no estaba para supervisarlo todo, que el negocio ya no era rentable. Lois Habbersmith, la joven que la había sustituido, se sentía culpable. No había llegado a sentirse cómoda en aquel puesto de gestión, y tratar con los artistas y los clientes nunca se le había dado tan bien como a ella.

Maryellen había tenido la esperanza de que las ventas subieran en verano, pero no había sido así. Al darse cuenta de que estaba bastante abatida por aquel asunto, Jon le había sugerido que retomara su empleo pero a jornada parcial, y de hecho, los dueños de la galería también le habían pedido que volviera.

Después de darle vueltas y más vueltas a aquella posibilidad, al final se había dado cuenta de que no podía hacerlo, ya que su familia tenía que ser su prioridad absoluta. Cuando se lo había dicho a Jon, había notado que se sentía aliviado, aunque él la habría apoyado en todo momento si hubiera decidido volver al trabajo; por suerte, los dos pensaban que la familia era lo primero, aunque hubiera que asumir algún que otro sacrificio.

Will Jefferson, el hermano de la mejor amiga de su madre, la había llamado a primera hora de la tarde. Le había dicho que estaba interesado en comprar la galería de arte, y le había preguntado si podía pasarse a verla para hablar del tema. Se sentía un poco incómoda al respecto, porque era el hombre que se había interpuesto entre su madre y Cliff, pero para Cedar Cove era beneficioso que la galería de arte siguiera abierta; al final, había accedido a verlo aquella misma tarde, pero le había dejado muy claro que no iba a poder trabajar para él.

Había recibido la segunda llamada menos de una hora después, y la conversación de diez minutos que había mantenido con Marc Albright, un agente artístico, había cambiado de forma radical el futuro financiero de su marido. Marc quería promocionar las obras de Jon, y le había dicho que las posibilidades eran ilimitadas.

Meses antes, ella había buscado en Internet información sobre agentes artísticos, había contactado con los que le habían parecido más dignos de confianza, y les había mandado copias de algunas de las fotografías de Jon. Era obvio que su esfuerzo estaba empezando a dar sus frutos.

En adelante, Jon iba a poder dedicar todo su tiempo a la fotografía. Mientras estaba embarazada de Drake, su marido no había tenido más remedio que aceptar un empleo de fotógrafo escolar. No se había quejado en ningún momento a pesar de que era obvio que detestaba aquel trabajo, había hecho lo necesario para pagar las facturas.

Ella temía que aquel trabajo acabara con el amor que Jon sentía por la fotografía. Su marido había trabajado de chef a tiempo parcial en el Lighthouse para ganar un dinero extra, y cuando un incendio había destruido el restaurante, aquella entrada mensual de dinero había desaparecido y la economía familiar se había resentido de inmediato.

A pesar de todo, el incendio había acabado teniendo un efecto positivo en sus vidas, ya que de no ser por él, era probable que Jon no hubiera llegado a hacer las paces con sus padres, y que hubiera seguido contentándose con trabajar de chef mientras la fotografía seguía siendo una ocupación secundaria.

Su marido cobraba vida cuando se ponía detrás de la cámara. Sus fotografías de bosques eran tan vívidas, que los que las veían sentían que podrían notar la humedad de las hojas de los árboles si alargaban la mano y tocaban la imagen.

Él no solía hacer retratos antes de conocerla, pero había tomado miles de fotos familiares a raíz del nacimiento de Katie y de Drake. Ella siempre se sentía un poco incómoda cuando la fotografiaba, pero si miraba las imágenes con objetividad, alcanzaba a ver lo que veían los demás: el amor de un hombre por una mujer, y el de una madre por sus hijos. La foto que más la enternecía era una en la que aparecía Joseph, el padre de su marido, contemplando al bebé que tenía en sus brazos. La contraposición entre el rostro curtido del abuelo y el suave y tierno del nieto resultaba conmovedora.

Pero lo cierto era que la especialidad de Jon eran los paisajes. Una de sus obras más famosas era la imagen de un águila en pleno vuelo, con las alas extendidas, sobrevolando las aguas de color azul verdoso de Puget Sound. En otra se veía un transbordador navegando con el monte Rainier de fondo. A pesar de que sus obras se vendían tanto en una galería de arte de Seattle como en la de Cedar Cove, lo que ganaba hasta el momento no bastaba para mantener a la familia, pero por suerte, la situación estaba a punto de cambiar.

Poco después de que Drake naciera, Jon había empezado a trabajar de chef en el restaurante Anthony's Home Port, situado en Gig Harbor; gracias a eso, había podido dejar el empleo de fotógrafo escolar, pero el horario era un problema. Como trabajaba en el turno de tarde, ella pasaba casi todas las veladas sola con los niños, aunque la parte positiva era que Jon podía pasar las mañanas con los pequeños. Era un hombre que adoraba a sus hijos.

Poco después de que Drake se durmiera, oyó que un vehículo se detenía cerca de la casa. Fue a abrir con el niño en brazos, y al ver a un desconocido bajando de un coche, supuso que se trataba de Will Jefferson. Regresó a toda prisa a la sala de estar para adecentarla un poco, y después de recoger todos los juguetes, los vasos, los libros y las revistas que encontró, los guardó en la cocina. Katie intentó ayudarla, pero sus esfuerzos sólo sirvieron para acrecentar el caos general.

Cuando oyó el timbre de la puerta, fue a abrir mientras intentaba recobrar el aliento.

—Hola, ¿eres Maryellen Bowman?

Ella asintió y estuvo a punto de tropezar con su hija, que acababa de aferrarse a su pierna.

—Ten cuidado, Katie —intentó apartarla, pero fue inútil. La niña le rodeó el muslo con un brazo, y se aferró a ella—. Eres Will Jefferson, ¿verdad?

—Sí —Will miró sonriente a Katie, y aprovechó para entrar en la casa cuando la niña se apartó por fin.

Cuando entraron en la sala de estar, Maryellen sintió la necesidad de disculparse.

—Perdona que esté todo tan desordenado, pero no hay quien pare con dos niños pequeños.
—No te preocupes, es normal.
Se sentaron en el sofá, y cuando le preguntó si le apetecía tomar algo, él le dijo que no. Se sintió aliviada, porque sólo tenía zumo de manzana y galletitas saladas.
Después de charlar de naderías durante unos minutos, él sacó bolígrafo y papel y le planteó una serie de preguntas concisas e inteligentes. Ella contestó lo mejor que pudo. A juzgar por lo que quería saber sobre la galería de arte, los artistas locales y las ventas durante la época en que había sido la directora del negocio, estaba claro que aquel hombre podría llegar a hacer un excelente trabajo... si decidía comprar la galería de arte, claro. Y su opinión sobre él mejoró aún más cuando le oyó elogiar las obras de Jon.
—Espero que no dejes pasar esta oportunidad. La galería ha formado parte de esta comunidad durante mucho tiempo, todo el mundo lamenta que vayan a cerrarla.
—Primero tengo que hablar con varias personas, entre ellas mi gestor, pero después me pondré en contacto con los dueños para ver si podemos llegar a un acuerdo. Me parece que este negocio es justo lo que estaba buscando.
—Sería genial que la galería de arte volviera a tener el éxito de los viejos tiempos.
Justo cuando él estaba a punto de marcharse, Maryellen oyó que se acercaba otro coche. Hacía varios días que no tenía visitas, así que recibir dos en una misma tarde era bastante inesperado.
—En fin, me voy ya —Will se puso de pie y miró sonriente a Katie, que soltó un gritito y hundió la cara en el sofá.
Maryellen lo acompañó hasta la puerta y vio a Cliff Harding, su padrastro, bajando de su furgoneta. Al ver que los dos hombres se miraban en silencio, recordó de nuevo lo que había oído decir sobre lo que había pasado entre Will y su madre.

No supo cómo reaccionar al darse cuenta de que su padrastro y Will iban a verse las caras allí mismo, en la entrada de su casa, así que cerró la puerta y fue a verlo todo desde una ventana. Al principio, los dos hombres se mantuvieron a cierta distancia. Cliff estaba visiblemente tenso, pero fue relajándose poco a poco hasta que al final se acercaron el uno al otro y se estrecharon la mano. Se quedó atónita al darse cuenta de que los dos estaban sonriendo.

Cuando Will se marchó, Cliff entró en la casa cargado con una caja de ropa que Kelly le había pedido que le llevara para Drake, y le dijo que tenía prisa y que no podía demorarse demasiado. Ella no le preguntó acerca de su encuentro con Will, porque no quería entrometerse en asuntos ajenos.

Aquella tarde recibió varias llamadas más, incluyendo una de su madre, pero consiguió contener las ganas de contarle las últimas novedades. Quería que Jon fuera el primero en enterarse de lo de Marc Albright, pero para eso iba a tener que esperar a que llegara a casa. Había decidido no llamarle por teléfono, porque seguro que estaba muy ajetreado en el restaurante, y además, quería decírselo cara a cara para poder ver su reacción. Después de acostar a los niños, empezó a pasear con impaciencia de un lado a otro mientras esperaba a que él llegara.

Para cuando su marido llegó por fin, ya eran las once pasadas. Ella solía estar acostada a aquellas horas, así que pareció sorprendido al verla levantada. A pesar de que parecía cansado, sonrió al verla y le preguntó:

—¿A qué se debe este placer?

Ella se le acercó a toda prisa, lo abrazó con fuerza, y le dijo:

—Tengo que contarte una noticia fantástica, no podía acostarme.

—¿Se trata de la galería de arte?, he oído que hay alguien interesado en comprarla.

—Sí, Will Jefferson. Ha venido a hablar conmigo para que le diera mi opinión sobre los problemas que tiene la galería, y las posibles soluciones. Me ha parecido que estaba bastante bien informado.
—Me alegro.
—Tengo otra noticia... y tiene que ver contigo.
—¿Conmigo?
—Sí —lo condujo hacia la sala de estar y le instó a que se sentara en el sofá, entre un cesto lleno de ropa de bebé doblada y un montón de toallas recién lavadas. Ella prefirió quedarse de pie—. ¿Te acuerdas de las semanas que pasé encamada en este sofá? —lo preguntó a pesar de que sabía que ninguno de los dos olvidaría jamás los largos meses de reposo absoluto que había tenido que aguantar para llevar a buen término su embarazo.
—¿Es una pregunta con trampa?
—No, es retórica. Durante las primeras semanas estaba muy preocupada porque no podía hacer casi nada, mientras que tú tenías que cargar con todo y estabas cada vez más agotado.
—Todo eso ya ha quedado atrás, Maryellen —le dijo él, mientras la tomaba de las manos.
—Sí, ya lo sé. Enseguida voy al meollo de la cuestión, te lo prometo. Ten un poco de paciencia, ¿vale?
—Vale.
Era obvio que estaba desconcertado, pero ella necesitaba contárselo todo y a su manera.
—Entonces fue cuando le pediste a tus padres que nos ayudaran, a pesar de que habrías preferido no hacerlo.
—Sí, pero...
—Déjame terminar, por favor —estaba deseando explicarle lo que había pasado—. Sé que para ti fue muy duro pedirles ayuda, Jon —jamás olvidaría que su marido lo había hecho por los niños y por ella.
—Espera un momento, por favor. Antes de que sigas por

ahí, quiero dejar muy claro que no quiero que me veas como una especie de héroe maravilloso. No te olvides de que no me hizo ninguna gracia que mis padres vinieran a ayudarnos.

—Ya lo sé, por eso lo que hiciste es incluso más admirable —lo miró sonriente mientras los ojos se le llenaban de lágrimas—. Mientras tu familia estaba aquí, me entretuve buscándote un agente.

—¿Cómo hemos pasado de hablar de mis padres al tema de un agente?

—Es que los dos temas están relacionados. Si tu padre y Ellen no hubieran estado aquí, no habría podido pasar horas y horas buscando por Internet, ni haciendo un montón de llamadas.

—¿Estás diciendo que un agente está interesado en mí?

—Sí, más que interesado.

—¿Quién es?

—Se llama Marc Albright, y ya tiene compradores apalabrados para dos de tus fotos.

—¿En serio?, ¿bajo qué condiciones?

—El uso será limitado, y... Dios, Jon, te ofrecen una cantidad de dinero increíble.

Él enarcó las cejas cuando le dijo la cifra, y le preguntó:

—¿Para qué piensan utilizarlas?

—Una es para un anuncio de una marca de ropa. La otra será la imagen de fondo del material promocional de un autor, y va a enviarse a librerías y a distribuidores.

—¿Qué fotos son?

Maryellen ya las tenía listas para enseñárselas, así que las sacó para que las viera. Él las observó durante unos segundos, y cuando alzó la mirada, sus ojos revelaban lo atónito que estaba. Era como si acabara de asimilar lo que estaba pasando.

—¿Te acuerdas de que hablamos de que yo podría llegar a ser tu representante algún día? —cuando él asintió, añadió—: Pues ese día ya ha llegado, querido maridito mío.

—Es genial, Maryellen —se levantó sonriente, y después de abrazarla, le dijo que iba a subir a ducharse.

Ella se quedó boquiabierta. Acababa de darle una noticia trascendental para el futuro de su carrera de fotógrafo, ¿cómo era posible que estuviera pensando en darse una ducha? Procuró ocultar lo desilusionada que estaba, porque le conocía a la perfección y sabía que lo que su marido necesitaba era procesar aquella información a su manera.

Ya estaba acostada cuando él terminó de ducharse. Como sabía que Drake no tardaría en despertarse con hambre, se planteó despertarlo y darle el pecho para poder disfrutar después de varias horas de sueño ininterrumpido, pero no quería iniciar ese tipo de dinámica.

La ventana carecía de cortina, y la luz de la luna bañaba el dormitorio. Jon dejó encendida la lamparita de noche mientras se metía en la cama, y le dijo:

—Te he oído bien, ¿no? ¿De verdad que tengo agente?

—Sí, y es uno de los mejores del país. Me informé a conciencia —le dijo, sonriente.

Él le alzó el pelo y empezó a salpicarle el cuello de besos. Cuando se detuvo, Maryellen giró hasta tumbarse de espaldas, y al mirarlo vio que estaba observándola. Estaba apoyado sobre un codo, con la cabeza sobre la mano.

—Por cierto, quiere hablar contigo mañana por la mañana.

—¿Y me lo dices ahora? —le dijo él.

Ella sonrió de oreja a oreja, y le rodeó el cuello con los brazos antes de preguntarle:

—¿Estás emocionado?

—Cada vez más.

—No me extraña.

—¿De verdad le gustan mis trabajos?

Maryellen tuvo ganas de echarse a reír a carcajadas, y le dijo:

—Cree que eres fantástico, y tiene toda la razón del mundo.

Él inclinó la cabeza, y le cubrió los labios con los suyos. El beso fue ganando intensidad, y poco después estaban desnudos y él estaba cubriéndola con su cuerpo. Ella suspiró de placer, y se arqueó en un gesto invitador. Como llevaban tanto tiempo juntos, sabían a la perfección cómo satisfacerse mutuamente, y después permanecieron abrazados entre besos cálidos y llenos de amor.

—Cuando he llegado a casa estaba tan cansado, que pensaba que iba a dormirme de pie, pero ahora estoy tan nervioso, que no sé si voy a poder pegar ojo.

—A mí me pasa lo mismo —tenía ganas de reír como una quinceañera—. Estoy deseando contárselo a todo el mundo. Mamá y Rachel me han llamado esta tarde, pero no se lo he dicho.

Su madre estaba de los nervios por culpa del banquete de boda; de hecho, nunca la había visto tan alterada por un evento social. Había estado a punto de comentarle que Cliff había coincidido con Will Jefferson cuando había ido a verla, pero al final había preferido no hacerlo. Era un tema muy complicado, y no quería interferir.

—Ahora ya puedes decírselo —le dijo Jon, que parecía un poco somnoliento.

Maryellen asintió, y se acurrucó contra él antes de decir:
—Rachel y yo hemos estado hablando durante mucho rato —al ver que él se limitaba a soltar un pequeño sonido de asentimiento, se dio cuenta de que estaba cada vez más adormilado, pero añadió—: Tengo miedo de perderla.

—¿Qué quieres decir?

—Lleva tiempo saliendo con un tipo de la Armada, pero le trasladaron hace poco y le echa mucho de menos.

—Qué bien.

Como era obvio que su marido estaba más interesado en dormir que en escucharla, decidió no perder el tiempo con explicaciones, pero no pudo evitar decirle en tono de broma:

—Aún te acuerdas de lo que se siente al estar enamorado, ¿no?

—Pues claro —era obvio que estaba sonriendo.

—El amor tiene bastantes beneficios, eso está claro —lo besó en barbilla, y añadió—: Me parece que es posible que acabe mudándose a California.

—¿Quién?

—Rachel.

—Ah, sí, tu amiga... —alcanzó a decir, antes de dar un suave ronquido.

Durante unos minutos, Maryellen se limitó a escuchar la respiración profunda de su marido. Él trabajaba muy duro, en el restaurante pasaba muchas horas de pie y aguantaba mucho estrés, pero las cosas iban a cambiar de forma radical. Sus fotografías no tardarían en proporcionarles ingresos más que suficientes para afrontar sus obligaciones financieras.

Cuando ya estaba casi dormida, abrió los ojos sobresaltada al oír que Drake empezaba a llorar.

—Ya voy, ya voy —dijo en voz baja, mientras apartaba las mantas y salía de la cama.

Era la representante de Jon y ya había empezado a ejercer como tal, pero en ese momento, su principal función era ejercer de madre. Drake parecía decidido a recordárselo, porque se puso a berrear con más fuerza.

CAPÍTULO 29

El día del banquete de boda había llegado por fin. Grace había pasado más nervios preparándose y estando pendiente de todos los detalles que en los días previos a sus dos bodas. Se había casado con Dan Sherman poco después de graduarse en el instituto, y aquella boda había sido un gran evento formal. Olivia Jefferson había sido su madrina, había tenido tres damas de honor, y sus padres habían invitado a una enorme cantidad de amigos y familiares; de hecho, a algunos de ellos los había conocido aquel día.

Le había parecido que llevar el tradicional vestido blanco era una hipocresía, porque para entonces estaba de cuatro meses de Maryellen, pero como su madre había insistido, al final había acabado cediendo, a pesar de que sabía que cualquiera que la viera se daría cuenta de que estaba esperando un hijo.

A pesar de todo, había sido una novia feliz. Estaba enamorada de Dan, aunque mirando hacia atrás, se daba cuenta de que en aquel entonces no sabía casi nada del amor y de la vida en general. No había tardado en tener que enfrentarse a la dura realidad, porque Dan se había alistado en el ejército para poder mantener a la familia, y le habían mandado a Vietnam. El joven que se había marchado cuando ella aún estaba embarazada había cambiado para siempre en las junglas del sudeste asiático. El hombre del que estaba enamorada no había regresado jamás, y el que había vuelto a casa era un Dan Sherman muy diferente.

Su segunda boda había sido del todo improvisada, Cliff y ella no habían avisado a nadie. Todo el mundo se había enfadado por aquel matrimonio tan repentino, y Olivia había sido la más contundente; según ella, una tenía que avisar a su mejor amiga de que había planeado hacer algo así, al margen de la hora o de las circunstancias.

La verdad era que se había arrepentido de no haber avisado ni a su familia ni a Olivia hasta después de la ceremonia, y todo el mundo parecía estar convencido de que Cliff y ella tenían que celebrar su matrimonio con la familia y los amigos para que fuera oficial a ojos de todos. El reverendo Flemming había accedido a oficiar una pequeña ceremonia, y después iba a celebrarse el banquete.

—¿Qué tal estoy? —le preguntó Cliff, al entrar en el dormitorio.

Estaba muy guapo de esmoquin, pero se le veía incómodo y ceñudo. Su hija Lisa iba ya camino del salón parroquial junto a su familia, porque se había comprometido a ayudar a Maryellen y a Kelly con los últimos retoques de la decoración.

—Parece que vas a ir a un funeral, Cliff —le dijo, con total sinceridad.

—Odio esta cosa —refunfuñó, mientras intentaba aflojar un poco la pajarita.

—A mí me da igual si no te la pones, la verdad es que lo preferiría.

—Venía con el traje, y pensé que no me quedaría bien una de mis corbatas de lazo.

—¿Por qué no? —no quería que estuviera incómodo, el día que tenían por delante ya iba a hacerse bastante largo de por sí.

—¿Lo dices en serio?
—Pues claro —le dijo, antes de besarlo en la mejilla.
Él la miró de arriba abajo con las cejas enarcadas, contempló el vestido rosa claro que llevaba, y le preguntó:
—¿Llevas medias? —sabía que a ella no le gustaban las que llegaban a la cintura.
—La verdad es que he hecho trampa —se levantó la falda para enseñarle las que llevaba, que le llegaban a la altura del muslo.
Cliff sonrió de oreja a oreja, y deshizo la pajarita de un tirón antes de entrar en el vestidor que compartían. Cuando volvió a salir estaba relajado y sonriente, volvía a ser el hombre con el que se había casado. Se había puesto una elegante corbata de lazo con pasador de ópalo, que complementaba a la perfección con su atuendo formal.
Cuando salieron de camino al salón parroquial, pensó en mencionarle una conversación que había tenido recientemente con Olivia, y que la había dejado bastante preocupada. Su amiga había mencionado que era posible que Will Jefferson tuviera el descaro de presentarse en la ceremonia a pesar de que no había sido invitado. A ella le costaba creer que Will fuera capaz de hacer algo así, pero prefirió no mencionárselo a Cliff para no causar problemas innecesarios.
—A Olivia le pasa algo —comentó, mientras su marido la ayudaba a entrar en el coche.
—¿Qué?
Se le había escapado de sopetón. Llevaba semanas con aquella extraña intuición, aquel presentimiento, pero había intentado no prestarle atención mientras estaba atareada con los preparativos de la ceremonia.
Al principio, había supuesto que lo que le pasaba a Olivia, fuera lo que fuese, tenía algo que ver con Will, pero ya no estaba tan segura. Hacía dos semanas que no iban a clase de aeróbic, y eso era muy impropio de su amiga, que era la

que siempre insistía en que tenían que seguir haciendo ejercicio. Ella habría preferido saltarse la clase y pasar directamente a la espuma de coco. Olivia la había llamado dos semanas seguidas para decirle que no podía ir, así que estaba claro que le pasaba algo.

Tendría que habérselo preguntado sin más, pero no lo había hecho por culpa de aquella dichosa fiesta, ya que había invertido todo su tiempo y su energía en los preparativos.

—¿Qué le pasa? —le preguntó Cliff, cuando se sentó al volante.

—No lo sé, pero pienso averiguarlo —no iba a marcharse de la fiesta hasta que lo supiera.

La ceremonia privada oficiada por el reverendo Flemming se llevó a cabo en la iglesia una hora antes del banquete, y sólo asistieron los más allegados. Maryellen y Kelly estaban allí junto a sus respectivas familias, y también Lisa junto a la suya. El resto del grupo lo formaban Olivia y Jack, Charlotte y Ben, Cal, y varios amigos más.

Grace observó con atención a Olivia, que era la madrina, pero no notó nada raro en ella; sin embargo, Jack parecía estar fatal, y la forma en que se mantenía muy cerca de su mujer resultaba muy reveladora.

—Dime qué es lo que pasa, Olivia —le dijo, después de la ceremonia, cuando tuvieron un momento a solas.

—Lo haré, pero después de la fiesta —le contestó, mientras los ojos se le llenaban de lágrimas.

—No —la condujo hacia el cuarto de baño de la iglesia, y la obligó a entrar—. Soy tu mejor amiga, quiero saberlo ahora mismo.

—Tú te casaste con Cliff sin avisarme —Olivia presionó con dos dedos debajo de los ojos para evitar llorar.

—Esto es diferente.

—Te prometo que te lo diré, pero prefiero esperar hasta después de la fiesta.

Grace no tuvo más remedio que aceptarlo, aunque debía de ser algo grave si su amiga estaba casi llorando. Iba a costarle esperar hasta después de la fiesta para enterarse. Si hubiera tenido tiempo, habría acabado convenciéndola de que se lo contara allí mismo, pero los invitados ya estaban llegando.

La decoración del salón parroquial era fantástica gracias a sus hijas, que se habían pasado la mañana trabajando a destajo. El lugar no tardó en llenarse con los invitados, que iban acercándose para felicitarlos. Cliff y ella se aseguraron de saludar a todo el mundo. El hecho de que tanta gente hubiera querido compartir aquella tarde tan especial con ellos era un gran cumplido.

Tal y como dictaba la tradición, cortaron el pastel y se dieron un trozo el uno al otro mientras los invitados reían y aplaudían. Sus hijas empezaron a cortar pastel para todo el mundo y a ir pasando los platos, y fue entonces cuando notó que Olivia, que estaba de pie a su lado, se tensaba de golpe.

Sus temores se confirmaron cuando vio a Will Jefferson junto a la mesa de Cal y Vicki, cerca de la puerta. Sintió que se le encogía el corazón, porque aquello era justo lo que no quería que pasara.

—Yo me encargo de él —le dijo Olivia en voz baja.

Grace agarró otro plato de pastel, y fue en busca de su marido. Estaba hecha un manojo de nervios, no quería que Cliff pensara que ella había invitado a Will.

Olivia no era la única preocupada por la presencia de Will. En cuanto vio a su hijo, Charlotte cruzó el salón a toda prisa y se encaró con él con las manos en las caderas; a juzgar por su lenguaje corporal, era obvio que estaba indignada.

Grace llegó junto a Cliff segundos después de que Charlotte empezara a hablar con Will, y vio cómo éste asentía y miraba a su marido desde el otro lado del salón.

—Supongo que ya te has dado cuenta de que Will Jefferson está aquí. Antes de que me lo preguntes, quiero dejar muy claro que yo no le he invitado.

Su marido le pasó un brazo por la cintura, y le dijo:

—Ya lo sé, le invité yo.

—¿Qué?

—Esta semana coincidí con él en casa de Maryellen, y tuvimos una pequeña charla. Los dos nos disculpamos.

—Pero... no me comentaste nada —estaba boquiabierta, apenas podía creer lo que estaba oyendo.

—La verdad es que se me olvidó —se frotó la barbilla, y añadió—: Ya sabes que dicen que es mejor tener bien vigilado al enemigo, pero la verdad es que fue bastante amable. No te importa que le haya invitado, ¿verdad?

Daba igual que a ella le importara o dejara de importarle. Will estaba en su banquete de boda, y porque su marido le había invitado.

—Anda, ven —Cliff agarró el plato de pastel que ella le había llevado, y la tomó de la mano.

No se soltaron mientras se acercaban a la mesa de Charlotte y Ben, que en ese momento estaban acompañados de Will.

—Hola, Will —Cliff le puso delante el plato de pastel, y comentó—: Me alegra que hayas venido.

—Pues a mí no —apostilló Charlotte—. Tengo entendido que a una fiesta sólo deben ir los que están invitados. Las cosas han cambiado mucho en los últimos tiempos, pero no sabía que los buenos modales habían quedado en desuso.

—Mamá, ya te he dicho que sí que estoy invitado —Will le lanzó a Cliff una mirada llena de ironía.

—Es cierto, Charlotte. Le invité yo.

—¿En serio? —le preguntó, boquiabierta.

Olivia estaba cerca, y cuando su mirada se encontró con la de Grace, se encogió de hombros para indicar que aquello también la había tomado por sorpresa.

—Bienvenido, Will —le dijo Cliff, mientras le estrechaba la mano—. Grace y yo nos alegramos de que hayas podido venir. Quédate todo el tiempo que quieras, este trozo de pastel es para ti.

Grace no dijo ni una palabra; por suerte, no hizo falta.

Al cabo de dos horas, la mayoría de los invitados se habían ido ya. Había un árbol de dinero que servía para recaudar fondos para la protectora de animales, y parecía a punto de desplomarse por el peso de las donaciones que tenía atadas a las ramas.

Grace les dijo a sus hijas que se fueran a casa, pero Jack y Olivia se quedaron para ayudar a limpiar. Lisa y su marido sacaron a pasear a April, la hija de ambos, que estaba bastante revoltosa. La niña había dicho que quería ir a la playa para darles de comer a las gaviotas, así que su madre había recogido algunos trozos de pan en una servilleta.

Mientras Grace recogía las tarjetas de boda de las mesas, Olivia hizo lo propio con los donativos del árbol de dinero y los metió en un sobre. Cliff y ella colaboraban mucho con la protectora de animales, así que habían pedido que, en vez de darles regalos de boda, se hicieran donativos para aquella causa.

De repente, Olivia respiró hondo y le dijo:

—Han encontrado algo... raro en mi mamografía.

Grace se quedó helada. Al ver que no hacía ningún comentario, su amiga añadió:

—Tengo hora con el médico el lunes por la mañana.

—Dios, Olivia... —sintió una angustia enorme por su amiga, además de tristeza por el hecho de que hubiera mantenido aquello en secreto.

—No podía contártelo —le dijo con voz queda, como si le hubiera leído el pensamiento.

—Porque sólo pensaba en la fiesta, ¿verdad? —se sintió culpable, digna de desprecio. Había estado tan centrada en su propia vida, en preocupaciones tan banales como un banquete de boda, que se había olvidado por completo de su mejor amiga.

—No, es que no quería fastidiarte este día tan especial.

Grace dejó caer las tarjetas que había estado recogiendo, y le dio un gran abrazo. Olivia se estremeció, y se aferró a ella durante un largo momento antes de retroceder un poco.

—¿Quieres que te acompañe al médico?

—No, Jack quiere hacerlo —se esforzó por esbozar una sonrisa, y añadió—: Está fatal desde que me llamaron para avisarme.

—Te ama.

—Gracias por no decirme que todo va a salir bien, no me siento con fuerzas de aguantar los tópicos de siempre. Jack y yo estamos asustados, pero este problema nos ha unido aún más.

—Me avisarás en cuanto sepas algo, ¿verdad?

—Claro que sí.

—¿Se lo has dicho a tus hijos?

—No, aún no. No quiero preocuparlos antes de tiempo.

A Grace le pareció una decisión comprensible.

Lisa y su familia iban a regresar a Maryland al día siguiente en un vuelo que salía a primera hora, así que Cliff y ella fueron a llevarlos al hotel cercano al aeropuerto donde iban a pernoctar. Para cuando llegaron al rancho, ya eran más de las diez. Cal había regresado antes que ellos, y ya se había encargado de los caballos.

El trayecto de regreso a Olalla le había parecido más largo de lo normal, y no había podido dejar de pensar en Olivia. Cuando aparcaron delante de la casa, Cliff se inclinó hacia ella para besarla y le preguntó:

—¿Te alegras de estar en casa por fin, señora Harding?

Ella asintió, y volvieron a besarse. Cuando se separaron, se dieron cuenta de que Cal estaba parado delante del establo, así que bajaron del coche y se apresuraron a ir hacia él.

Si había estado esperándolos, seguro que había surgido algún problema.

—He recogido el correo al llegar a casa, y he abierto esta carta vuestra por error —les dijo, mientras les daba la carta en cuestión.

—No te preocupes —Grace le echó un vistazo al sobre, y vio que tenía el logotipo de la inmobiliaria.

—Será mejor que lo leáis cuanto antes.

—¿Por qué?, ¿hay algún problema? —le preguntó Cliff.

—Sí. El banco ha rechazado el cheque de los que han alquilado vuestra casa.

—¿Otra vez?, con el del mes pasado pasó lo mismo —dijo Cliff.

Grace suspiró con cansancio. Aquélla era otra mala noticia con la que habría preferido no tener que lidiar. Alquilarles la casa a aquellos impresentables había sido un gran error, y no podía culpar a nadie más que a sí misma.

CAPÍTULO 30

El domingo por la tarde, Teri buscó en un libro de cocina que acababa de comprar alguna receta nueva con la que tentar a Bobby. Él estaba muy desganado desde que se había enterado de que estaba embarazada, mientras que ella gozaba de un apetito inmejorable; además, ya sólo tenía náuseas de forma esporádica. Por el contrario, el apetito de su marido parecía haberse evaporado.

Por si eso fuera poco, Bobby parecía haber descubierto las ventajas de la telecompra, ya que pedía cualquier cosa que pudiera ser apropiada para un bebé. A menudo recibían dos o tres entregas al día; de momento, su marido había comprado tres cunas, cinco cochecitos, y juguetes suficientes como para llenar una guardería. La última entrega, que había llegado en una furgoneta enorme, era un set de gimnasio. A pesar de que le parecía adorable que estuviera tan entusiasmado, sabía que iba a tener que pararle los pies.

—¿Estás leyendo un libro de recetas? —le preguntó él, al entrar en la cocina.

Ella asintió sin alzar la mirada. Había puesto notas adhesivas en varias páginas para marcar recetas que le gustaría probar, y a pesar de que aún no había tomado una decisión final, había empezado a preparar una lista de la compra.

—Hay libros de recetas que son más entretenidos que muchas novelas.

Se suponía que Bobby tenía que reír un poco, o hacer algún comentario, o... hacer algo, lo que fuera, pero se limitó a preguntarle:

—¿Qué es esto?

—Una lista de lo que tengo que comprar en el supermercado.

—Manda a James.

—Prefiero ir yo misma —se preparó para la discusión que sabía que estaba por llegar.

—No es una buena idea.

—¿Por qué?

No quería discutir con él, pero Bobby no entendía que era una mujer sociable y que no le bastaba quedarse en casa, por muy bonita y cómoda que ésta fuera. Necesitaba ver a gente, interactuar con otras personas. Se había pasado el fin de semana viendo series de televisión y películas... ah, y también había organizado los cajones de ropa.

—No quiero que... —su marido vaciló por un instante, agarró una silla, y se sentó junto a ella—. Necesito saber que estás a salvo. ¿Te parece bien que te acompañe al supermercado?

—Claro que estaré a salvo, Bobby. Y los dos sabemos que no te gusta nada ir al supermercado. Esto es Cedar Cove, no estamos en una ciudad enorme y peligrosa. No va a pasarme nada, pero James puede acompañarme si así vas a sentirte mejor.

Ella tenía sus dudas en cuanto a la fiabilidad de James como guardaespaldas, pero Bobby parecía convencido de que su chófer sería capaz de rivalizar con el mismísimo agente 007; en cualquier caso, estaba dispuesta a aguantar que James la siguiera a todas partes si así conseguía que su marido estuviera más tranquilo.

Él le sostuvo la mirada durante un largo momento, y al final esbozó una sonrisa y le dijo:

—Gracias, Teri.
—Quiero invitar a cenar a Christie. No te importa, ¿verdad?
—¿La vas a invitar por ti, o por James? —le preguntó él, en tono de broma.
—Por los dos. Y le preguntaré si quiere venir al supermercado conmigo —era un arreglo perfecto.

James estaba encandilado con Christie, y en cuanto a ella... bueno, eso aún estaba por ver. Estaba convencida de que su hermana se sentía atraída por él, pero que no quería admitirlo.

—He pensado en hacer espaguetis.
—¿De los que llevan almejas? —era obvio que le gustaba la idea.
—Los que te gusten más.
—Con almejas.

Se sintió aliviada al verle mostrar algo de entusiasmo por una comida. Poco después llamó a Christie, que pareció alegrarse de hablar con ella y aceptó la invitación a cenar.

—Voy a ir al supermercado, ¿te apuntas?
—Vale.

Al cabo de una hora, cuando James entró en el aparcamiento, Christie ya estaba esperándolos y permitió que él le abriera la puerta de la limusina.

—Buenas tardes —le dijo él con formalidad.
—Hola, James —le contestó, antes de inclinar la cabeza con actitud pomposa.

Teri se dijo que el hecho de que su hermana no se hubiera mostrado sarcástica era todo un avance. Christie pareció tardar más tiempo del normal en entrar en la limusina, y cuando lo hizo, tenía en la mano una rosa de tallo largo. El color rojo de la flor rivalizaba con el del rubor que le teñía las mejillas.

—Me alegro de que vengas conmigo, Christie —le dijo, mientras contenía las ganas de hacer algún comentario sobre la rosa.

—Yo también.

Al darse cuenta de que su hermana y James intercambiaban una mirada a través del retrovisor, se acercó más a ella y comentó:

—James, mi hermana me preguntó una cosa muy interesante el otro día... ¿qué haces cuando Bobby no necesita que le lleves a algún sitio? —al ver que él permanecía en silencio, añadió—: No tienes que decírnoslo si no quieres —no quería incomodarle.

—Debería dar cuenta de lo que hace. Le pagáis esas horas, ¿verdad? —apostilló Christie.

James se incorporó al tráfico, y al cabo de otra pequeña pausa, comentó:

—Suelo ponerme a leer.

Aquello era toda una novedad para Teri, aunque supuso que tenía sentido.

—¿Qué es lo que lees? —le preguntó Christie.

—De todo... novelas contemporáneas, clásicos, y también libros que no son de ficción.

Teri se quedó impresionada, y estaba convencida de que su hermana sentía lo mismo.

Cuando llegaron a la casa después de comprar, Christie la ayudó a preparar la cena entre risas y alguna que otra confidencia. Bobby entró en la cocina en varias ocasiones para averiguar a qué se debía tanto jaleo, e incluso se sumó a la diversión una o dos veces.

James rechazó la invitación de Teri de sumarse a la cena, que estuvo amena y deliciosa. Poco después de que las dos hermanas acabaran de guardar las sobras y de fregar los platos, el teléfono empezó a sonar y Teri fue a contestar. Vio en el identificador de llamadas que se trataba de Rachel, y mientras estaba descolgando, vio que su hermana salía de la casa sin decir nada y supuso que iba a fumarse un cigarro.

—Hola, ¿cómo estás? —desde que trabajaba a tiempo parcial, echaba de menos pasar más tiempo con Rachel; además, estaba preocupada por ella, porque últimamente estaba bastante rara.

—Muy bien, todo me va genial.

Teri tuvo la impresión de que su entusiasmo era fingido. Sabía que estaba nerviosa por el mitin al que Nate le había pedido que asistiera.

—¿Cómo está Bruce? —estaba convencida de que lo que de verdad preocupaba a su amiga era la amistad que mantenía con Bruce.

Rachel tardó unos segundos en refunfuñar en voz baja:

—¿Por qué me preguntas por él?

—¿Por qué estás a la defensiva?

—¡No lo estoy!

—Sí, sí que lo estás; de hecho, te cierras en banda cada vez que menciono a Bruce. ¿Quieres decirme de una vez qué es lo que pasa?

—No pasa nada. Estoy enamorada de Nate, pasaremos este fin de semana juntos.

Teri suspiró con impaciencia. Rachel le había hablado una y otra vez de aquel dichoso mitin, así que se sabía de memoria todos los detalles.

—¿No ibas a ir a cenar al Taco Shack con Bruce y Jolene? —cuando la había llamado para invitarla a la cena de aquella noche, Rachel le había dicho que no podía ir, porque Bruce la había invitado para celebrar que Jolene era la nueva delegada de su curso.

—Hemos ido a cenar, y ya hemos vuelto.

Teri se preguntó si estaba imaginándose cosas, o si su intuición tenía razón y a su amiga le había pasado algo. No esperaba que la llamara tan pronto; además, normalmente solía parlotear sin cesar sobre Jolene y alardeaba de los logros de la niña como si fuera su propia hija. Su silencio era muy inusual.

—¿Y qué más? —cada vez estaba más convencida de que el extraño comportamiento de su amiga tenía algo que ver con Bruce.

—Y... hemos pasado una velada muy agradable, y después... después de la cena pasó algo.
—Venga, cuéntamelo.
—Ha sido un error. A los dos nos ha tomado por sorpresa, y... ahora tengo miedo de que se haya fastidiado todo —respiró hondo antes de añadir—: No sé qué hacer, creo que Bruce siente lo mismo, ha sido una tontería, y...
—¡Espera, espera! ¿Puedes empezar desde el principio?
Rachel respiró hondo de nuevo antes de decir:
—Una amiga de Jolene la invitó a pasar la noche en su casa, y como ella lo prefería a venirse a cenar, Bruce le dio permiso y fuimos a cenar los dos solos —permaneció en silencio durante unos segundos, y al final añadió con tono implorante—: No es nada del otro mundo, ¿verdad?
—Verdad.
—Fuimos por separado, cada uno en su coche, porque yo tenía que hacer unos recados antes de ir al restaurante.
—¿Os lo habéis pasado bien en la cena?
—Siempre nos lo pasamos genial, Bruce y yo nos llevamos muy bien —soltó una carcajada que habría podido confundirse con un sollozo, y añadió—: En el Taco Shack nos conocen, porque hemos ido tantas veces, que parece que estemos casados. Es una especie de broma, y Bruce y yo seguimos el juego.
—Qué... bien —fue la única palabra que se le ocurrió, aunque no le pareció la más adecuada.
—Me parece que no debería volver a salir a cenar con él.
—¿Por qué? Os lo pasáis bien juntos, no tiene nada de malo.
—No lo tenía... hasta esta noche. Después de cenar, hemos ido andando al aparcamiento. Ya sabes que ahora anochece muy pronto... en fin, está claro que estaba un poco despistada y que no miraba por donde iba, porque he tropezado.
—¿Te has caído?

—No. Bruce me ha agarrado del codo, y entonces... –bajó la voz al añadir–: Me ha besado.

—Vale, te ha besado... ¿le has devuelto el beso?

—Sí.

—No es la primera vez que le besas, Rachel.

—Nos hemos besado de verdad, no ha sido un pico en los labios ni un besito de amigos. Han sido los besos más increíbles que me han dado en mi vida, me han dejado atontada.

—¿Besos en plural?

—Sí.

—Ah.

—Me parece que él se ha sorprendido tanto como yo. Nos hemos quedado mirando como bobos, y entonces él se ha disculpado y yo también, y le he dicho que le he devuelto así el beso porque echo de menos a Nate.

—¿Porque echas de menos a Nate? –le pareció imposible que su amiga se creyera realmente una explicación tan absurda.

—Sí. Lo que tengo que hacer es mudarme a San Diego, es lo que quiere Nate...

Teri contuvo las ganas de gritarle que marcharse de Cedar Cove sería un gran error. Llevaba bastante tiempo convencida de que lo que Rachel sentía por Bruce era más profundo de lo que parecía.

—Los dos nos arrepentimos de esos dichosos besos, y ahora tengo miedo de que todo cambie. Por eso te he llamado, Teri. Me da miedo que las cosas no vuelvan a ser como antes con él, creo que no podría soportarlo.

—Espera un tiempo. Los dos tenéis que reflexionar sobre lo que ha pasado, está claro que habéis quedado impactados. Vas a ver a Nate dentro de poco, seguro que entonces te das cuenta de lo que sientes de verdad.

Era obvio que Rachel quería creer que iba a ser así de fácil, y Teri esperaba que, por el bien de su amiga, la situación no empeorara aún más.

Cuando colgó fue en busca de su hermana, y no se sorprendió cuando la encontró en el jardín, sentada junto a James. Ninguno de los dos parecía notar que hacía un poco de fresco. La luna llena y las estrellas brillaban en el cielo despejado.

Al ver que se levantaban a toda prisa en cuanto se les acercó, les preguntó:

—¿Os importa que me siente?

—Claro que no —le dijo su hermana.

Teri se sentó en la silla que James apartó para ella, y Christie comentó:

—James estaba hablándome del libro que está leyendo.

—Si me disculpan, me retiraré a mis habitaciones —era obvio que no se sentía cómodo.

—Sí, por supuesto —le dijo Teri.

—Adiós, James.

—Adiós, Christie. Señorita Teri.

En cuanto él se marchó, Teri dijo:

—¡Te ha llamado por tu nombre!

—Le he dicho que dejara de llamarme «señorita», que era una tontería.

A pesar de que Teri le había pedido un montón de veces que la tuteara, James nunca le había hecho caso, pero parecía más que dispuesto a hacerle caso a su hermana.

CAPÍTULO 31

Jack esperó a que Olivia saliera de la cocina, y entonces llamó a Bob Beldon, su padrino en Alcohólicos Anónimos. Necesitaba con desesperación hablar con alguien; por suerte, el número de Bob estaba en marcación rápida, porque le temblaban tanto los dedos, que no sabía si habría sido capaz de marcarlo.

Cuando Peggy contestó, le dijo:

—Hola, soy Jack.

Ella se dio cuenta de inmediato de que le pasaba algo, pero no le preguntó nada y se limitó a decir:

—Bob está en la otra habitación, voy a buscarlo.

—Gracias.

Al cabo de un momento, Bob se puso al teléfono.

—Hola, Jack.

Sintió que se le formaba un nudo enorme en la garganta, y fue incapaz de articular palabra.

—¿Estás ahí, Jack?

—Sí —alcanzó a decir al fin.

—Anoche no viniste a la reunión.

—Tendría que haber ido, la verdad es que lo necesito —admitió, mientras se apoyaba en la puerta de la cocina.

—¿Tienes algo de alcohol cerca?

—Que yo sepa, no —era posible que Olivia tuviera alguna botella de vino para cocinar, pero no estaba seguro.
—Bien.
—¿Podemos vernos?
—Dime dónde y cuándo.

Jack cerró los ojos. Le aterraba salir de la casa, porque corría el riesgo de pasar por delante de un bar, o de una licorería, o incluso de un supermercado, y sabía que en ese momento no era seguro acercarse a ningún sitio donde hubiera alcohol. Llevaba quince años sin probar ni una gota de alcohol, pero se sentía débil. No se veía capaz de superar aquella pesadilla junto a Olivia sin tomar al menos una copa, el ansia era como un cuchillo en las entrañas. Un trago, sólo uno. Aquel anhelo doloroso se negaba a desaparecer. Si tomaba un trago, todo mejoraría... cada vez le resultaba más difícil ignorar las voces que resonaban en su cabeza, demasiado difícil. Los susurros le empujaban hacia el olvido que proporcionaba la bebida, pero sabía que la promesa de aquellas voces era una mentira. Sí, sabía por experiencia propia que un trago no iba a mejorar nada.

En el pasado, había sofocado así su dolor, y estaba desesperado por alcanzar aquel olvido, aquella escapatoria. Lo único que lo detenía era el miedo a lo que podría pasar si caía en la tentación.

—¿Quieres que vaya a tu casa? —Bob parecía haberle leído la mente.
—Sí, por favor.
—Llego enseguida.

Jack se dijo que Bob era el mejor padrino del mundo, y también el mejor amigo. Lo había conocido años atrás, cuando vivía en Spokane y trabajaba para *The Review*, un importante periódico regional. Cuando Bob y Peggy habían regresado a Cedar Cove, que era la ciudad natal de ambos, y habían abierto la pensión Thyme and Tide, él había ido a visitarlos y se había quedado prendado de la ciudad, el paisaje, y el ritmo de vida más calmado.

Hasta aquel momento, su vida había sido un verdadero desastre, ya que tenía a sus espaldas problemas con el alcohol, un matrimonio fallido, y una mala relación con su único hijo. Cuando Eric se había mudado a Seattle, había pensado que tendría más posibilidades de reconciliarse con él si vivía en la misma zona, así que había ido a Cedar Cove y había conseguido un empleo en el periódico local y un lugar donde vivir.

—¿Jack?

Al oír que Olivia le llamaba desde el dormitorio, se apresuró a contestar:

—Estoy aquí —intentó recobrar la compostura, porque ella ya tenía bastantes problemas sin tener que preocuparse también por él. Después de respirar hondo, fue al dormitorio decidido a ocultar sus miedos—. ¿Necesitas algo?

Ella estaba sentada en la cama. Al verla tan pálida y guapa, tuvo que contener las ganas de abrazarla, de protegerla y amarla. Estaba asustada, era normal. Él también lo estaba. No se creía capaz de sobrevivir si perdía a Olivia.

—Estabas hablando por teléfono, ¿verdad? —le preguntó ella.

No pudo mentir. Habría preferido que ella no se enterara de que había llamado a su padrino de Alcohólicos Anónimos, pero no pensaba mentir al respecto.

—Bob va a venir, me apetecía charlar un rato con él. No te importa, ¿verdad?

—Claro que no —había pasado la tarde con Grace, y parecía más fuerte y optimista.

En ese momento, a él le habría sentado más que bien una dosis de optimismo.

—Supongo que tardaremos unas cuantas horas.

—Vale. ¿Te importa que apague la luz?

—Claro que no, te irá bien dormir.

—Superaremos esto, Jack. Te lo prometo —le dijo ella, con una sonrisa vacilante.

Sabía que debería estar tranquilizándola él a ella y no al revés, y se sintió asqueado consigo mismo por ser tan débil.

—Sí, claro que lo superaremos —se acercó a ella, la besó, y apagó la luz. Como no quería que le oyera hablando con Bob, cerró la puerta al salir del dormitorio.

Mientras avanzaba por el pasillo, se detuvo de repente y se apoyó en la pared. Se cubrió la cara con las manos, y recordó... simplemente, recordó. Eric, su hijo, había padecido leucemia de pequeño. Eso era lo que le había empujado al alcoholismo, aquella sensación de impotencia, el hecho de depender por completo de otras personas para que cuidaran a su hijo, la incapacidad de aliviar su sufrimiento... había salido adelante a duras penas en aquel entonces, pero no sabía si iba a conseguirlo en esa segunda ocasión. Eric había entrado en remisión y se había recuperado, pero no sabía si iba a poder soportar ver cómo otra persona amada soportaba el dolor y la incertidumbre, la angustia y el miedo.

No, no iba a poder soportarlo... pero no iba a quedarle más remedio que hacerlo.

Bob dio varios golpecitos en la puerta en vez de llamar al timbre. Él fue a abrir de inmediato, y estuvo a punto de derrumbarse cuando vio a su amigo. Se sintió avergonzado y humillado por su propia debilidad.

—Llevo una hora repitiendo una y otra vez la oración de la serenidad. Si no lo hubiera hecho, a estas horas estaría borracho como una cuba —al ver que su amigo asentía, se sintió aliviado por poder hablar con alguien que entendía cómo se sentía.

—¿No has tomado ni un trago?

—Dios, no —estaba a un solo trago de distancia de desmoronarse, tanto mental como físicamente. No habría sabido explicar por qué el alcohol lo tentaba tanto, a pesar de que sabía cómo le afectaría. Las ansias de beber eran tan fuertes como las olas de un mar embravecido, y sentía que le arrastraban. Estaba colgando de un hilo, y el hilo en cuestión era Bob.

—Siéntate, Jack. Cuéntame lo que ha pasado —después de llevarlo hasta el sillón, su amigo se sentó junto a él en una otomana.

—Olivia fue a hacerse una mamografía rutinaria —dijo, con voz entrecortada, mientras se cubría la cara con las manos.

—¿Tiene cáncer?

—Aún no están seguros. La llamaron del centro de diagnóstico para avisarla de que tiene que hacerse una prueba más extensiva, y también una radiografía.

—¿Habéis hablado con el médico?

—Sí, hemos ido esta misma mañana. Nos ha dicho que tiene que hacer una biopsia.

—Tienes miedo, ¿verdad?

—Sí. Me parece que, hasta esta mañana, no me había dado cuenta de lo mucho que amo a Olivia.

Bob sonrió, y comentó:

—Ella me dijo algo muy parecido cuando tú sufriste el ataque al corazón.

En ese momento en que la situación era a la inversa, se daba cuenta de lo mal que debía de haberlo pasado su mujer. El problema radicaba en que el amor te dejaba expuesto a aquella clase de dolor. Cuando se había mudado a Cedar Cove, no esperaba enamorarse de nuevo, y mucho menos que alguien llegara a amarle.

Se había sentido atraído por Olivia desde que la había visto por primera vez. Ella estaba en el juzgado, trabajando, y a él le había llamado la atención que le denegara el divorcio a una joven pareja. La mayoría de los jueces estaban hastiados de ver un amargo caso de divorcio tras otro, pero Olivia era una excepción. Ella se había dado cuenta de que la pareja aún estaba enamorada, y había intervenido. Su compasión lo había sorprendido, y su dureza le había impresionado.

Si Olivia no hubiera denegado aquel divorcio, el marido y la mujer habrían tomado caminos distintos y habrían cargado con el peso de aquel dolor durante el resto de sus vidas, pero ella los había obligado a lidiar con la angustia que les había provocado la pérdida de una hija, a resolver sus diferencias.

Se había enamorado de ella sin saberlo aquella misma mañana; de hecho, había escrito un extenso artículo en el *Cedar Cove Chronicle* sobre aquella peculiar sentencia. Olivia se había sentido un poco incómoda por salir en el periódico, pero al final le había perdonado.

Cuando se había casado con ella, había sentido que su vida empezaba de nuevo. Estaba loco por ella, aunque su relación nunca había sido fácil. En muchos aspectos, eran polos opuestos.

—Jack...

La voz de Bob lo arrancó de sus pensamientos. Alzó la mirada, y se dio cuenta de que su amigo estaba observándolo muy serio.

—No sabréis si es cáncer hasta que le hagan la biopsia, ¿verdad?

—Exacto. Tiene hora para hacérsela esta misma semana —el corazón le martilleaba en el pecho.

—¿Te apetece una copa?

—Sí, quiero beber algo fuerte... lo bastante fuerte como para borrar este dolor —un whisky o un brandy, algo capaz de corroerle los dientes.

—¿La bebida te ayudaría en algo?

Los dos sabían cuál era la respuesta a esa pregunta.

—No, pero saberlo no hace que se me quiten las ganas de tomarme una copa.

—¿Sólo una?

No hacía falta que Bob le dijera que lo de tomarse una copa, un solo trago, era pura fantasía. Para un alcohólico como ellos, la cosa jamás acababa allí. Había asistido a un montón de reuniones de Alcohólicos Anónimos, y a su edad, sabía reconocer la verdad. Muchos alcohólicos intentaban convencerse de que eran lo bastante fuertes como para detenerse después de tomar una copa, sólo una; sin embargo, estaban engañándose a sí mismos.

—Tienes que ir a una reunión para poder aclararte las ideas —Bob se puso de pie, se sacó la billetera del bolsillo, y sacó un folleto—. Hay una en Bremerton dentro de diez minutos. Vamos, yo conduzco.

Jack asintió. Regresarían bastante tarde, pero eso era lo de menos. Sabía que se sentiría mejor después de hablar del asunto con personas que estaban familiarizadas con el adictivo poder del alcohol.

—Voy a despedirme de Olivia —fue al dormitorio, pero vaciló después de abrir la puerta con sigilo. Si estaba durmiendo, no quería despertarla.

—¿Jack? —ella se incorporó sobre un codo, y le preguntó—: ¿Va todo bien?

—Sí. Me voy con Bob, estaré fuera un buen rato.

—Vale, hasta luego.

—¿No te importa quedarte sola?, ¿quieres que llame a Grace para pedirle que venga? —la amiga de su mujer estaría dispuesta a ayudarla a cualquier hora del día o de la noche.

—No hace falta, estaré bien.

Se acercó a ella, y la abrazó con fuerza. Mientras se aferraban el uno al otro, se dio cuenta de que estaba temblorosa.

—Necesito una reunión —admitió con voz queda.

—Ya lo sé, Jack. Vete, no te preocupes —le dijo, mientras le acariciaba la nuca.

Solía acariciarlo así cuando terminaban de hacer el amor. El gesto lo conmovió tanto, que tuvo que ocultar el rostro contra su hombro.

—Despiértame cuando vuelvas —le dijo ella.
—Vale.

Se marchó a regañadientes. Agarró una chaqueta del armario del recibidor, y salió de la casa con Bob. Hacía frío, estaba lloviznando, y las nubes oscurecían aún más el cielo. Aquel tiempo deprimente reflejaba a la perfección su estado de ánimo.

Cuando llegaron a la dirección que aparecía en el folleto, entraron en el sótano de una iglesia que olía a café rancio y a chaquetas húmedas. Se sumergió de inmediato en la familiar y reconfortante rutina de la reunión, y al cabo de una hora, se sentía mejor.

Durante las primeras semanas de sobriedad, había asistido a treinta reuniones en otros tantos días. Así había superado aquel primer mes... día a día, y en ocasiones, minuto a minuto. Alcohólicos Anónimos le había proporcionado una estructura, y Bob le había apoyado en todo momento escuchándole, impidiendo que cayera en la autocompasión, y dándole ánimos. Cuando se le había despejado la cabeza lo bastante como para escuchar lo que le decían, Bob le había recordado que nadie le había obligado a beber, y había insistido en que tenía que responsabilizarse de su propia vida y su propia felicidad.

Regresó a casa a las dos de la madrugada. Había ido con Bob y con varias personas más de la reunión a tomar café, y habían estado charlando durante una hora más o menos. Sentía que había recuperado la cordura casi del todo.

Cuando se quitó la chaqueta y la colgó en el armario del vestíbulo, se dijo sonriente que Olivia lo tenía bien enseñado. Al entrar en el dormitorio, se sorprendió al verla sentada en la cama con un libro sobre el regazo. Ella parpadeó al verlo como si estuviera un poco desorientada, y comentó:

—No te he oído llegar.

—Ya lo veo —se acercó a la cama y la besó. Iba a ser un

beso tierno y breve, pero en cuestión de segundos se transformó en algo mucho más carnal y pasional.

De repente, ella se apartó y le dijo:

—¡Jack Griffin! ¿Qué es este sabor que hay en tu boca?

—Eh...

Su mujer se pasó la lengua por el labio inferior, y le preguntó con fingida indignación:

—¿Es pastel de cereza?

—A lo mejor —le dijo, con una sonrisa traviesa.

—¡Jack!

—Oye, tú comes espuma de coco todos los miércoles, así que no puedes criticarme.

—¿Te encuentras mejor? —le preguntó, sonriente, mientras dejaba a un lado el libro.

—Sí.

—Yo también.

Jack sabía que estaba preparado para lidiar con lo que le tuviera deparado el futuro. Podía ser... estaba decidido a ser... el hombre que su mujer se merecía.

CAPÍTULO 32

Rachel le echó un vistazo a su reloj de pulsera antes de volver a mirar por la ventana. Bruce ya llevaba cinco minutos de retraso, y la preocupaba que se le hubiera olvidado que se había comprometido a llevarla al aeropuerto. Se lo había pedido semanas atrás, antes de que se besaran y de que la relación de amistad que había entre ambos sufriera un cambio más que obvio. No habían vuelto a hablar desde la noche del beso.

En condiciones normales, le llamaría por teléfono para recordarle que tenía que pasar a buscarla, pero no lo había hecho porque no sabía qué decirle. La situación era muy incómoda. Era obvio que él se arrepentía de haberla besado, y ella se sentía mortificada cada vez que recordaba su apasionada reacción. Los dos habían cometido un error, y lo que más la preocupaba era que aquel pequeño desliz hubiera echado a perder una de las amistades que más valoraba en su vida.

No supo si sentirse aliviada al verle llegar en su coche. Agarró la maleta, se apresuró a salir de la casa, y sólo se detuvo el tiempo justo para cerrar la puerta con llave. Había consultado por Internet el pronóstico del tiempo del servicio de meteorología de Pittsburgh, y al parecer, hacía más frío de lo habitual para aquellas fechas de mediados de octubre. Había optado por llevarse su abrigo de invierno, pero lo llevaba colgado del brazo, porque en ese momento no lo necesitaba. En la zona del Noroeste del Pacífico había unas temperaturas moderadas, aunque hacía bastante frío por la noche.

Bruce salió del coche, agarró la maleta, y la metió en el maletero. Se sintió angustiada al ver que él no pronunciaba ni una sola palabra, y que evitaba mirarla a los ojos. Estaba claro que, si querían seguir siento amigos, iban a tener que aclarar las cosas, pero esperó hasta estar metida en el coche y con el cinturón de seguridad puesto.

—Gracias por llevarme —pensó que mostrar su gratitud era un buen comienzo.

—De nada —lo dijo con voz seca, como si prefiriera no hablar con ella.

Ir en coche a Seattle durante la hora punta de la mañana era complicado, así que él estaba haciéndole un gran favor, pero se había ofrecido a hacerlo en cuanto ella lo había mencionado. Como era dueño de su propio negocio, podía permitirse el lujo de tomarse unas horas libres.

Cuando estaban cerca de la entrada de la autopista, Rachel decidió sacar a colación de una vez el tema del beso.

—Bruce, me parece que deberíamos hablar sobre lo que pasó el viernes por la noche —comentó, mientras jugueteaba con nerviosismo con la correa del bolso.

—¿Para qué? —le preguntó, sin apartar la atención de la carretera.

—Quiero asegurarme de que no ha dañado nuestra amistad.

—No lo ha hecho.

—Ya sé que te arrepientes de lo que pasó, yo siento lo mismo.

Él le lanzó una rápida mirada, y le dijo:

—No dije en ningún momento que me arrepintiera.

—Te disculpaste.

—Sí, pero eso no significa que me arrepintiera.

Ella lo miró ceñuda, porque no acababa de entenderle.

—Supongo que tienes razón —le dijo al fin, a pesar de que seguía sin entender su razonamiento—. Nuestra amistad es muy importante para mí.

—Y para mí. Siempre te has portado genial con Jolene.

—Nuestra relación no se centra sólo en la niña.

—Sí, ya lo sé.

Rachel estaba confusa. Adoraba a Jolene, y apreciaba a Bruce... bueno, quizás era más que aprecio. La situación era muy complicada.

Realizaron el resto del trayecto en silencio, y cuando llegaron al aeropuerto de Seattle-Tacoma, se detuvieron cerca de la entrada. La acera que había frente a la terminal era un hervidero de gente. Bruce bajó del coche sin apagar el motor, sacó la maleta, y la dejó sobre la acera antes de que ella tuviera tiempo de recoger sus cosas y salir del vehículo.

Era obvio que estaba deseando perderla de vista. Se miraron en silencio durante un largo e incómodo momento mientras a su alrededor la gente iba y venía, mientras unos llegaban y otros lidiaban con el equipaje.

—Buen viaje —le dijo él al fin. Era obvio que estaba tan nervioso como ella.

—Gracias.

Iba a volver a ver a Nate en un par de horas, así que tendría que estar entusiasmada, pero el problema era que no lo estaba. Habría preferido quedarse para arreglar las cosas con Bruce, o llegar al menos a una especie de reconciliación antes de irse, porque no soportaba sentirse tan desestabilizada. Pero había intentado hablar con él, y no había logrado nada; además, no quería presionarle.

No se sentía cómoda yendo a visitar a Nate y a su familia mientras estaba pensando en otro hombre. Iba a ser una semana importante, el mitin para recaudar fondos que iba a celebrarse al día siguiente por la tarde era fundamental para la familia de Nate, y estaba decidida a hacer lo que estuviera en sus manos para ayudar.

Bruce la sorprendió de nuevo cuando de repente se acercó y la abrazó. No fue un abrazo inconsecuente, se aferró a ella con fuerza como si no quisiera dejarla marchar. No supo cómo reaccionar cuando él la soltó al cabo de un largo momento, así que agarró su maleta y fue hacia la terminal sin volver la vista hacia atrás. Estaba atónita, y más confundida que nunca.

Nate había elegido un vuelo que llegaba a Pittsburgh desde San Diego media hora antes que el suyo, así que ya estaba esperándola cuando ella llegó.

En cuanto vio a su apuesto marinero, soltó una pequeña exclamación de entusiasmo y echó a correr hacia él. A pesar de que sólo había pasado un mes desde la última vez que se habían visto, le parecía que había sido una eternidad.

—Ha venido a recogernos un coche, lo ha enviado mi padre —Nate le pasó el brazo por la cintura, y la contempló con una mirada llena de calidez—. Estás fenomenal.

Ella no pudo evitar ruborizarse al oír el cumplido, y le dijo:

—Tú también.

—Esta noche se celebra una cena de gala, y mi madre me comentó que deberíamos asistir. No te importa, ¿verdad?

Lo cierto era que sí que le importaba, pero como la familia de Nate le había pagado el billete de avión, se sintió incapaz de protestar. Esperaba disfrutar de una velada tranquila con él, pero estaba claro que no iba a poder ser.

El chófer los encontró en la zona de recogida de maletas, y no tardaron en ponerse en camino. Nate empezó a explicarle la planificación de los próximos dos días, y a juzgar por todo lo que había programado, era poco probable que pudieran disfrutar de más de un par de minutos a solas. El mitin era el evento cumbre, y el padre de Nate iba a anunciar allí que iba a presentarse como candidato al senado.

—Para ya, me da vueltas la cabeza. ¿De verdad que tenemos que ir a todos esos sitios?

Además del mitin, había un sinfín de comidas formales y de cócteles, incluso tres en una misma tarde. Por no hablar de las visitas a asociaciones, organizaciones de ayuda a la tercera edad, tiendas, e incluso un centro comercial donde iban a repartir folletos.

A Nate pareció sorprenderle su pregunta, y le dijo:

—Claro que tenemos que ir a todos. Es lo que se hace en las campañas políticas... créeme, lo sé por experiencia propia.

—¿Siempre te has implicado tanto en este tipo de cosas?

—Antes sí, pero llevaba un par de años bastante alejado de la política —la tomó de la mano, y añadió—: Quiero que sepas que he estado hablando con mi padre.

Rachel no sabía si eso era bueno o malo, aunque prefería a su padre antes que a su madre. Nathaniel Olsen era un político nato, y hacía que cualquiera que acabara de conocerlo se sintiera como si fuera su mejor amigo; sin embargo, no estaba segura de si aprobaba la relación que su hijo mantenía con ella.

Por el contrario, la madre de Nate no se había molestado en ocultar sus objeciones, pero en esa ocasión iba preparada para lidiar con ella. Iba a mantener la calma, al margen de lo que Patrice dijera o hiciese.

—Papá quiere que trabaje con él cuando deje la Armada —le dijo Nate.

Era obvio que pensaba que ella se alegraría con aquella noticia, pero estaba muy equivocado; de hecho, era justo lo que ella había temido desde el principio. Cuando se habían conocido, Nate le había asegurado que no tenía aspiraciones políticas, pero aquello era cada vez menos creíble. Era obvio que le encantaban el desafío y la emoción de la campaña electoral. Estaba acostumbrado a vivir rodeado de privilegios, y a todas las ventajas que se derivaban del poder y el dinero. Cuando iba con su padre a algún sitio, fuera donde fuese, siempre le trataban como un invitado de honor.

—Aún no has decidido si vas a seguir en la Armada, ¿verdad? —habían hablado del tema un montón de veces.
—No —le dijo él de inmediato.
Al ver cómo se apresuraba a contestar, tuvo la impresión de que en realidad la decisión ya estaba tomada.

El chófer los condujo a la casa que los Olsen tenían a las afueras de la ciudad. Era un edificio enorme de dos plantas, y a ella le pareció un verdadero palacio; de hecho, era incluso más impresionante de lo que esperaba. El paisaje era precioso, y el terreno debía de abarcar unos quince acres. La casa en sí parecía sacada de una revista de arquitectura.

—Vamos —le dijo Nate, mientras la tomaba de la mano.

Ella alcanzó a cerrar la boca y a respirar hondo antes de que Patrice Olsen saliera de la casa a toda prisa. Cuando su madre abrió los brazos en un gesto de bienvenida, Nate la abrazó con tanto entusiasmo, que la alzó del suelo.

En el interior de la casa, todo parecía hecho de mármol italiano y de caoba pulida, y los muebles parecían antigüedades de un valor incalculable. Rachel no se atrevía a tocar nada por miedo a ensuciar algo, apenas se atrevía a moverse porque no quería dejar pisadas en la mullida alfombra.

La llevaron a un dormitorio que parecía una habitación de hotel, aunque de las caras. Como sólo faltaba una hora para la cena, no pudo entretenerse curioseando, y tuvo el tiempo justo para cambiarse de ropa y retocarse el maquillaje.

A la mañana siguiente asistieron a un almuerzo, y tratar con los invitados no le resultó tan difícil como esperaba. Nate la felicitó después por lo bien que lo había hecho, y sus elogios sirvieron para tranquilizarla un poco.

—Lo estás haciendo muy bien —le dijo él al salir del almuerzo.

A continuación fueron a una fábrica, y después a una residencia de ancianos. La prensa estuvo presente en todas partes, por supuesto, y ella rezó para que no le hicieran ninguna pregunta.

Se quedó asombrada con Nate y su padre, ya que en cada lugar que visitaban hablaban con elocuencia y efectividad. El mitin iba a ser el evento principal, y después iba a celebrarse una cena de gala.

El sábado fue un largo día de apariciones públicas, hasta que por fin llegaron al auditorio donde iba a celebrarse el mitin. Escuchó atenta todos los discursos y aplaudió en los momentos oportunos, y cuando Nathaniel acabó el discurso en el que acababa de anunciar que iba a presentar su candidatura al senado, se puso de pie para ovacionarlo junto a los demás.

Cuando los aplausos remitieron, el congresista hizo que Nate subiera al estrado para presentarlo ante todo el mundo, y comentó lo orgulloso que se sentía de tener un hijo militar. Ella aplaudió como una loca, y sintió que los ojos se le llenaban de lágrimas por la emoción.

Nate alzó los brazos mientras lo ovacionaban, y mientras padre e hijo se daban un abrazo muy emotivo, Patrice Olsen se sentó junto a ella y le dijo:

—Nate parece muy cómodo en el estrado, ¿verdad?

—Sí —Rachel la miró sonriente y siguió aplaudiendo.

—Nathaniel tiene aspiraciones políticas para él.

—Seguro que Nate sería un político fantástico —después de verlo junto a su padre, estaba convencida de que era inevitable que acabara dedicándose a la política.

—Dejará la Armada en menos de un año.

Rachel se limitó a asentir. Había hablado del tema con él poco después de llegar a Pittsburgh, y a raíz de aquella conversación se había dado cuenta de que él ya había decidido dejar la Armada.

—Dirk Hagerman, un diputado estatal amigo de Nathaniel, va a retirarse dentro de poco, y está dispuesto a apoyar a Nate si quiere optar a su puesto. El bagaje militar de mi hijo jugaría a su favor, y creemos que tendría muchas posibilidades de salir elegido.

—¿Es lo que Nate piensa hacer?

—Míralo, Rachel. ¿Tú qué crees? —le dijo Patrice con frialdad.

Era innegable que Nate era un político nato, al igual que su padre.

—Nació para dedicarse a esto —añadió Patrice.

Aquello también era innegable. Pensaba que la madre de Nate iba a criticarla, que le diría que no era una candidata adecuada para llegar a ser la esposa de un político, así que se sorprendió al ver que no añadía nada más; sin embargo, era obvio que a aquella mujer no le hacían falta palabras para mostrar su desprecio, y su silencio resultó de lo más hiriente.

Rachel llevaba tiempo hecha un mar de dudas, y se había esforzado por conseguir que aquel fin de semana fuera un éxito. Nate apenas se había apartado de su lado, y a pesar de que no era ninguna experta a la hora de vivir de cara al público, no era tan horrible como esperaba.

El domingo por la mañana, fueron juntos al aeropuerto. Los padres de Nate se habían despedido de ella con un abrazo, y le habían dado las gracias por participar en aquel evento tan importante.

Como cada uno tenía un destino distinto, Nate y ella tuvieron que despedirse antes de ir hacia sus respectivas puertas de embarque. Él la besó, y le dijo sonriente:

—Lo has hecho muy bien, has estado increíble.

—Tú también —lo único que lamentaba era que apenas habían pasado tiempo a solas.

—No me había dado cuenta de lo mucho que echaba de menos todo esto, me encanta tratar con la gente que nos apoya.

Charlaron durante unos minutos, y se despidieron con otro beso. Los pasajeros de su vuelo ya habían empezado a embarcar, y cuando entró en el avión pertrechada con varias revistas, se sentó y respiró hondo mientras intentaba relajarse.

Después de pasar varios días junto a Nate, tenía más claro que nunca que acabaría siendo un político. Él no le había contado que ya había tomado una decisión, estaba claro que había preferido esperar a ver cómo iba el fin de semana.

La idea no la animó demasiado.

Cuando llegó a Seattle, encontró a Bruce y a Jolene esperándola en la zona de recogida del equipaje. En cuanto la vio llegar, la niña echó a correr hacia ella como si llevaran años sin verse.

—¡Hola, Rachel!

Ella la abrazó y la giró en el aire, aunque la niña ya estaba demasiado crecidita para eso. Costaba creer lo grande que se había puesto.

—¿Cómo te ha ido? —le preguntó Bruce.

—Muy bien.

A él no pareció hacerle ninguna gracia aquella respuesta; de hecho, parecía irritado y empalideció un poco. Tuvo ganas de preguntarle qué le pasaba, pero Jolene se comportó como un cachorrillo juguetón que estaba deseando que le prestaran atención, así que no pudieron mantener una conversación seria mientras iban hacia el aparcamiento.

—¿Qué tal está Don Casanova?

—Ya sabes que no me gusta que le llames así —le dijo, mientras lo fulminaba con la mirada.

—Vale... ¿cómo está Don Marinerito?

—Bruce, tiene un nombre.

—Vale, vale... ¿cómo está Nate? —le preguntó, mientras le abría la puerta del lado del pasajero.

—Muy bien, gracias.

—¿Podemos ir a comer a algún sitio? Quiero que me cuentes todo lo que has hecho, Rachel —dijo Jolene, mientras se sentaba en el asiento trasero y se abrochaba el cinturón de seguridad.

—No, no vamos a ir a comer a ningún sitio —le dijo Bruce.

Rachel se sorprendió un poco al oír su tono de voz seco y se volvió hacia Jolene, que le dijo:
—Lleva todo el día de mal humor.
—Eso no es verdad. Me has dicho que tenías deberes, ¿no? —le dijo su padre.
—Sí, pero muy pocos.
—Ya saldremos a comer otro día, ¿vale? —apostilló Rachel, para intentar apaciguar los ánimos.
—Vale —le dijo la niña.
A juzgar por su expresión huraña, era obvio que Bruce no tenía ganas de pasar más tiempo del necesario con ella. Los besos que habían compartido lo habían estropeado todo.
El trayecto hasta Cedar Cove le pareció mucho más largo de lo normal. Consiguió mantener una conversación bastante fluida con Jolene, que se centró básicamente en cotilleos de su clase del cole... quién le gustaba a quién, y cosas así. Bruce permaneció en silencio, y en cuanto llegaron, bajó del coche a toda prisa y sacó la maleta.
—Nos vemos pronto —le dijo Rachel a la niña.
—Vale.
Bruce ya había dejado la maleta delante de la puerta de la casa, y cuando regresó hacia el coche, permaneció con la cabeza gacha y mantuvo la mirada esquiva.
—Gracias por traerme, Bruce.
—De nada —pasó por su lado sin apenas mirarla.
Para cuando oyó que el coche se alejaba, ella apenas había tenido tiempo de meter la llave en la cerradura.

CAPÍTULO 33

Grace no podía dejar de pensar en Olivia, y en los resultados de la biopsia. Su amiga intentaba aparentar tranquilidad, pero estaba claro que tanto Jack como ella estaban aterrados. Ya le habían hecho la biopsia, y los resultados tardaban dos días en estar listos... aquél era el segundo.

Justo cuando estaba a punto de salir a comer, el teléfono empezó a sonar.

–Grace Harding al habla, ¿en qué puedo ayudarle?
–Grace...

Era Olivia, y no hizo falta que dijera nada más. Su tono de voz hablaba por sí solo... tenía cáncer.

–¿Dónde estás?
–En casa, hoy no he ido al juzgado. El médico me ha llamado hace unos minutos.
–No te muevas, ahora mismo voy –se le olvidó la comida, su apetito se había desvanecido en cuanto había oído la voz de su amiga. Apenas había probado bocado en los dos últimos días, sólo podía pensar en Olivia.

Después de arreglarlo todo para poder tomarse el resto del día libre, salió a toda prisa de la biblioteca. Estaba tan aturullada, que estuvo a punto de dejarse el abrigo y el bolso, y aún estaba metiendo los brazos en las mangas cuando salió por la puerta.

Por suerte, mientras conducía hacia Lighthouse Road tuvo tiempo de aclararse las ideas. Cuando llegó, vio a Olivia esperándola en el porche. Sólo llevaba un jersey, parecía delgada y frágil bajo el envite del frío aire otoñal. Tenía los brazos alrededor de la cintura, y en su rostro se reflejaba una expresión que ella conocía bien: era la misma que tenía la tarde en que le había dicho que Stan, su ex marido, había decidido marcharse de casa. Aquella mirada decía que la vida era dura, pero que no había que rendirse ante la adversidad... que había que plantarles cara al dolor y a la angustia.

Los ojos se le inundaron de lágrimas al ver a su mejor amiga allí sola, pero alcanzó a aparcar a pesar de que tenía la visión borrosa. Su abrigo ondeó bajo el viento cuando salió del coche. Se secó las lágrimas que le humedecían las mejillas, y no se molestó en disimular el hecho de que estaba llorando. Fue hacia la casa a toda prisa, y cuando acabó de subir los escalones del porche, se detuvo en seco. Se abrazaron temblorosas, y se le escapó un sollozo al ver que su amiga tenía los ojos llorosos.

—Dímelo, Olivia.

—Es cáncer.

Intentó contener las lágrimas, porque sabía que llorando no iba a ayudar en nada a su amiga.

—¿Está... está muy avanzado?

—Aún no se sabe, la semana que viene tengo hora con el cirujano. Supongo que para entonces ya podrán decirme algo más.

Grace tragó con dificultad mientras intentaba controlar sus emociones. La recorrió un escalofrío de terror... su amiga, su mejor amiga, tenía cáncer.

—Tengo miedo, Grace.

A lo largo de los años, la había visto enfrentarse con agallas y fe a todas las desgracias que le había tocado vivir. Tras la muerte de Jordan, había sido Olivia la que había mantenido unida a la familia, y cuando Stan se había marchado de casa pocos meses después, también había conseguido salir adelante. A pesar de todo lo que había sufrido, era la primera vez que admitía que tenía miedo.

—Anda, vamos a tomar un poco de té —Grace le pasó el brazo por la cintura, y la condujo hacia la cocina.

Mientras ella ponía la tetera al fuego, Olivia permaneció sentada como una niñita perdida y confundida.

—¿Dónde está Jack? —le extrañaba que no estuviera junto a su esposa en aquel momento tan duro.

—Se... se ha tomado bastante mal la noticia, así que le he aconsejado que fuera a hablar con Bob —admitió su amiga con voz queda.

—No tendría que haberte dejado sola —era consciente de que en realidad no estaba enfadada con Jack, sino con la vida en general.

—No te preocupes, le dije que ibas a venir.

—Aquí estoy.

—Sí —su voz era apenas un susurro, y una lágrima le bajó por la mejilla.

—¿Lo sabe alguien más?

—Aún no.

Era comprensible que quisiera centrarse un poco y plantearse su propio futuro antes de decírselo a su madre o a sus hijos.

—Voy a estar a tu lado en todo momento.

—Sabía que podía contar contigo —Olivia esbozó una sonrisa, y cuando alargó la mano, se aferraron la una a la otra.

Su amiga la había apoyado cuando Dan había desaparecido, y había estado a su lado cuando había aparecido muerto y lo habían enterrado. Eran amigas y siempre lo serían, al margen de lo que les deparara el futuro. Durante toda la vida habían compartido sus secretos, sus penas, sus triunfos y sus alegrías.

—Lo que más me cuesta aceptar es que haya un intruso en mi cuerpo, una enfermedad que quiere arrebatarme la vida. No puedo dejar de pensar en eso —tomó un trago de té, y se llevó una mano al corazón—. El enemigo está dentro de mí. Hasta ahora, he tenido que enfrentarme a fuerzas externas, pero ahora tengo que hacerle frente a algo que tengo dentro —cerró la mano en un puño, y cerró los ojos.

Grace se mordió el labio, y permaneció en silencio; al cabo de unos segundos, Olivia añadió:

—Me gustaría poder explicarme mejor. En los otros casos, podía cerrar la puerta y procurar darme un respiro, pero con el cáncer no puedo. No puedo escapar de mi propio cuerpo.

Grace se limitó a asentir. No sabía qué decir, así que se contentó con darle apoyo con su presencia.

Jack llegó una hora después, cuando ya iban por la segunda tetera. Debía de haber solucionado el problema que le había impulsado a marcharse, porque parecía tranquilo y seguro de sí mismo, y contestó con rapidez y claridad a todas las preguntas que Grace le hizo.

Cuando su amiga decidió ir a tumbarse un rato, aprovechó para poder hablar con él en privado.

—Llámame a cualquier hora del día o de la noche.

—De acuerdo.

—Si necesitáis cualquier cosa, avisadme.

Él asintió, y al cabo de unos segundos admitió:

—Pensaba que estaba preparado para un golpe así, pero me equivocaba. No sé si te acuerdas de que mi hijo tuvo cáncer hace años. Di por hecho que sabía lo que sentiría al oír un diagnóstico así por segunda vez, pero no ha sido lo mismo ni de lejos.

—Olivia es una mujer fuerte.

—Necesita a un marido fuerte que la apoye y la ayude a superar esto. Estoy aquí, y no pienso defraudarla —su voz reflejaba una decisión firme.

Grace se marchó poco después. Se despidió con un

abrazo de Jack, que le dio las gracias una y otra vez por haber ido a acompañar a Olivia, por apoyarla tanto, por ser su amiga.

Fue en busca de Cliff en cuanto llegó a casa. Él estaba hablando con Cal en el establo, pero dejó a medias lo que estaba diciendo al verla llegar.

—He ido a ver a Olivia —se apresuró a decirle, mientras los ojos se le llenaban de lágrimas.

Él le pasó el brazo por los hombros, y fueron hacia la casa. En cuanto entraron, se volvió hacia él y le dijo:

—Es cáncer.

—¿Lo tiene muy avanzado?

—No lo sabremos hasta que hable con el cirujano la semana que viene —se le quebró la voz, y tardó un momento en poder añadir—: Aún no se lo ha dicho ni a Charlotte ni a sus hijos.

Cliff la llevó a la cocina, la instó a que se sentara, y empezó a preparar un poco de té. Ella se lo agradeció con una pequeña sonrisa, aunque se había hinchado de té en casa de Olivia.

Al ver el sobre que contenía el cheque sin fondos que les habían dado los inquilinos de su casa, soltó un suspiro. Aquélla era otra preocupación más con la que tenía que lidiar, otro problema que tenía que solucionar. Era trivial en comparación con lo de Olivia, pero aun así...

Cliff miró también hacia el sobre, y comentó:

—He hablado con Judy esta tarde.

Grace sabía que la agente de la inmobiliaria no tenía la culpa de lo que pasaba; al fin y al cabo, había sido ella la que había insistido en alquilarles la casa a los Smith a pesar de que tenían malas referencias.

—Me ha dicho que no es la primera vez que esa gente hace algo así, un amigo suyo que trabaja en una inmobiliaria de Bremerton le dijo que es una pareja que suele estafar siempre a sus caseros.

—¿Te ha dicho cuánto tiempo tardaremos en poder echarlos?
—Sí, me ha comentado que unos seis meses. La gente así sabe cómo aprovecharse del sistema legal.
—¿Seis meses?, ¡eso es una barbaridad!
—Ya lo sé, pero tenemos las manos atadas. Ellos sacarán el máximo jugo posible a sus derechos como inquilinos, y lo alargarán todo al máximo.
—Es indignante.
—De momento, lo único que podemos hacer es ocuparnos del papeleo para el desalojo y esperar —al verla gemir y apoyar la cabeza sobre la mesa, sacó una botella de bourbon de uno de los armarios y le dijo—: Bueno, podemos hacer una cosa más... tomar un buen trago de algo fuerte en vez de una taza de té.

Grace no pudo evitar sonreír.

CAPÍTULO 34

Teri se dio cuenta de que a Rachel le pasaba algo. Aunque el salón de belleza estaba tan lleno como cada viernes, las dos solían combinar sus respectivas agendas de trabajo para poder comer juntas, pero en esa ocasión su amiga le dijo que no tenía hambre.

—¿Que no tienes hambre? Lo que te preocupa debe de ser muy fuerte, porque tú nunca pierdes el apetito.

Su preocupación fue en aumento al ver que su amiga ni siquiera esbozaba una pequeña sonrisa. A pesar de que había intentado por todos los medios que le contara cómo le había ido el viaje a Pittsburgh, Rachel apenas le había hablado del tema; de hecho, no había mencionado ni a Bruce ni a Jolene, y eso era muy inusual en ella.

Estaba convencida de que su amiga estaba así porque la situación con Nate y con Bruce la tenía desconcertada. Nate había dejado muy claro lo que quería, mientras que Bruce... en fin, tenía ganas de decirle a aquel tipo que dejara de perder el tiempo, que iba a acabar perdiendo a Rachel si no hacía algo cuanto antes. Y en cuanto a su amiga, la verdad era que no sabía qué pensar. La creía cuando aseguraba que amaba a Nate, pero estaba segura de que en el fondo amaba aún más a Bruce.

Varias semanas atrás, cuando Rachel la había llamado hecha un manojo de nervios porque había besado a Bruce, cualquiera que la hubiera escuchado habría pensado que era la primera vez que pasaba algo así, cuando en realidad Bruce y ella ya se habían besado antes.

Quizá no había sido un simple beso, porque tanto Rachel como Bruce se habían quedado muy afectados.

Su amiga sólo había mencionado a Bruce en una ocasión, cuando le había contado lo enfadado que estaba cuando había ido a buscarla al aeropuerto; según Rachel, Bruce se había apresurado a llevarla a casa y se había largado de inmediato, como si estuviera deseando perderla de vista.

A las cuatro tenía que hacer una permanente, pero estaba tan ocupada vigilando a Rachel y preocupándose por ella, que se retrasó un poco. Cuando James llegó a las cinco y cuarto para llevarla a casa, aún le quedaba media hora más de trabajo.

—De acuerdo —le dijo él. Miró con nerviosismo a su alrededor, y comentó—: Me parece que será mejor que la espere en el coche; por cierto, ha empezado a llover a cántaros, así que acuérdese de salir con el paraguas.

Rachel ya estaba lista para marcharse. Mientras iba hacia la puerta, alzó una mano en un gesto de despedida y dijo:

—Hasta mañana.

—¿Tienes planes para el fin de semana? —le preguntó Teri.

—La verdad es que no. Ahora voy a por mi coche, se lo dejé al mecánico de Harbor Street para que le cambiara el aceite. Después iré a casa, y me daré un buen baño.

—James puede llevarte si quieres.

No tenía nada que hacer mientras la esperaba... aparte de leer, claro... y no tardaría demasiado en llevar a Rachel. Para cuando él volviera, seguro que ya estaría lista para marcharse.

—No te preocupes, me irá bien hacer ejercicio —le dijo su amiga.

—¡Está diluviando! No tienes necesidad de mojarte, James no tiene nada que hacer y no le cuesta nada llevarte.

—Para mí será un placer, señorita Rachel —apostilló él, con su cortesía acostumbrada.

—Gracias, James. Vale, me voy contigo —le dijo Rachel, sonriente. Como Teri la acompañó hasta la puerta del salón de belleza, aprovechó para decirle—: Te lo agradezco de verdad. Eres una buena amiga, Teri. La mejor que tengo.

Parecía tan deprimida, que Teri tuvo que contener las ganas de abrazarla.

—Si necesitas hablar o cualquier otra cosa, llámame.

—Gracias, lo haré. ¿Qué tienes pensado hacer esta noche?

—Poca cosa. Christie va a venir a cenar, y veremos *Grease* —aquella película les encantaba cuando eran pequeñas. Como se sabían todas las canciones, podrían cantarlas conforme fueran saliendo. Comerían palomitas, y después helado del caro. Iban a pasárselo genial.

Se dio cuenta de que James había bajado la mirada en cuanto había oído mencionar a Christie. Las cosas parecían estar en punto muerto entre ellos. Seguro que había pasado algo, porque su hermana había insistido en que aquella vez iba a ir en su propio coche.

—No tengo ningún plan para el fin de semana —le dijo a Rachel.

—Vale, te llamaré para quedar.

—Genial.

Estaba deseando ayudarla en lo que pudiera. Al principio de su relación con Bobby, Rachel había sido una confidente fantástica, había tratado el tema con discreción y sensatez y la había animado a seguir con él. Quería devolverle el favor. Miró por encima del hombro, y deseó poder hablar con ella durante unos minutos más. Era la primera vez en todo el día que su amiga se mostraba dispuesta a hablar.

—Te llamo mañana por la mañana —le dijo Rachel, antes de marcharse hacia el aparcamiento.

James estaba esperándola junto al coche, con el paraguas preparado. Seguía lloviendo, y ya casi había anochecido.

Teri volvió a entrar en el salón, y cuando terminó la permanente de la señora Dawson, esperó a que James volviera... y siguió esperando. Al ver que ya había pasado media hora y no había ni rastro de él, llamó al móvil de Rachel, pero le salió el contestador automático. Lo intentó con el número de la casa de su amiga, pero obtuvo el mismo resultado.

Como no sabía qué hacer, acabó llamando a su hermana.

—¿Puedes venir a buscarme al salón?

—¿Dónde está James?

—No lo sé. Ha ido a llevar a Rachel a su casa, y aún no ha vuelto.

—¿Le has llamado al móvil?

—Sí. También he llamado a Rachel, pero ninguno de los dos contesta.

—Es un poco raro, ¿no?

—Sí —era más que raro; de hecho, estaba empezando a preocuparse—. ¿Vas a venir a buscarme? —si Christie no podía ir, tendría que llamar a un taxi. Seguro que Bobby ya estaba empezando a angustiarse.

—Sí, llegaré en unos cinco minutos.

—Gracias —se sintió aliviada. Bobby quería que dejara el trabajo, y era obvio que incidentes como aquél no la ayudaban en nada.

No tenía ni idea de dónde estaban James y Rachel ni de por qué no contestaban al teléfono, pero seguro que había alguna explicación lógica. No quería estresarse sin razón alguna.

Al ver que su hermana llegaba en su coche... un cacharro que perdía aceite... y que le abría la puerta del pasajero, echó a correr bajo la lluvia hacia ella y suspiró con alivio al entrar en el vehículo.

—¿Se sabe algo de James? —le preguntó Christie.

—No.

—Seguro que se le ha olvidado ir a buscarte, y que ya está en tu casa.

Teri sabía que aquello era muy improbable. James era la responsabilidad personificada, y sería incapaz de descuidar sus tareas. A pesar de que había decidido no preocuparse, empezaba a sentir cierta ansiedad.

Christie apenas habló durante el trayecto, pero cuando enfilaron por Seaside Avenue, dijo de improviso:

—¿Quiere ligársela?

—¿Qué?

—No te hagas la tonta, Teri.

—¿Estás preguntándome si James quiere ligarse a Rachel?

—Pues claro, ¿a quién quieres que me refiera si no? —le espetó su hermana con irritación.

—No, no quiere ligársela —estaba convencida de que James estaba interesado en Christie.

En cuanto aparcaron delante de la casa, la puerta principal se abrió de golpe y Bobby echó a correr hacia el coche a pesar de la lluvia. La sacó a toda prisa del vehículo, y la abrazó con todas sus fuerzas.

Teri sintió sus puños apretados contra la base de la espalda, y oyó su respiración entrecortada. Era obvio que pasaba algo malo. Siempre se preocupaba por ella, pero jamás se había comportado así.

—¡Bobby! Bobby, ¿qué es lo que pasa?

Para cuando la soltó, los dos estaban empapados, tenían el pelo mojado pegado a la cabeza, y el agua les chorreaba por la cara. Él empezó a balbucear frenético palabras inconexas, y antes de que terminara de hablar, el coche patrulla del sheriff enfiló por el camino de entrada con las luces centelleando. Troy Davis bajó del vehículo, y los cuatro entraron en la casa.

—Entonces, ¿todo se ha solucionado? ¿Estás bien, Teri? —le dijo Davis.

—Claro que estoy bien, ¿te ha llamado mi marido? —Bobby se había excedido, sólo se había retrasado una hora.

—Te han secuestrado —apostilló su marido.

—¿De qué estáis hablando? —Christie miró desconcertada al sheriff y a su cuñado.

—Me ha dicho que te había atrapado... bueno, no lo dijo con esas palabras, pero lo dejó implícito —los ojos de Bobby reflejaban una mezcla de conmoción y de alivio.

—¿A quién te refieres? —le preguntó Davis.

—A Vladimir.

Christie ató cabos, y exclamó:

—¡James! ¡Tienen a James y a Rachel!

Teri la miró boquiabierta, y entonces se volvió hacia Bobby. Eso debía de ser lo que había pasado... habían secuestrado a James y a Rachel, y el responsable creía que la había atrapado a ella. Si se trataba de los dos hombres que habían ido a hablar con ella al salón de belleza, no tardarían en darse cuenta de que se habían equivocado de mujer, y la cuestión era lo que harían entonces.

Se quedó paralizada de terror, y sintió que se quedaba sin aliento. El sonido del teléfono la arrancó de su repentina parálisis, y consiguió respirar hondo. Se apresuró a agarrar el teléfono, y vio en el identificador de llamadas que se trataba de Bruce Peyton. Se preguntó qué querría, quizá se había enterado de lo que estaba pasando...

—Hola, Bruce —intentó con todas sus fuerzas aparentar normalidad.

—Perdona que te moleste, Teri, pero quería preguntarte si sabes dónde está Rachel.

—Eh... ¿había quedado con Jolene esta noche?

—No. Tengo que hablar con ella, pero no consigo localizarla. Suele llevar el móvil encima, pero no contesta.

—Será mejor que vengas a mi casa, Bruce —no podía decirle por teléfono que la habían secuestrado.

—¿Pasa algo?

—La verdad es que... sí. ¿Puedes pasarte por aquí lo antes

posible? Por cierto, me parece que será mejor que Jolene no venga contigo.

—Debe de ser algo serio —comentó, antes de asegurarle que llegaría enseguida.

Después de colgar, Teri se volvió hacia el sheriff para pedirle que le explicara lo que había pasado. Miró a su marido, y se dio cuenta de que aún estaba muy alterado. Antes de que pudiera hacer una sola pregunta, el teléfono empezó a sonar de nuevo. Estuvo a punto de dejar que saltara el contestador, pero Christie exclamó:

—¡Es James! —intentó descolgar, pero el sheriff la detuvo.

—Deja que yo me encargue.

Christie asintió, y retrocedió unos pasos mientras se cubría la boca con ambas manos. Al verla temblar, Teri no supo a quién debería consolar primero, a su marido o a ella.

—Soy el sheriff Davis —tras escuchar durante un momento, Davis dijo—: Un coche patrulla va a ir a buscaros, llegará en unos cinco minutos.

Ordenó de inmediato que un coche patrulla se personara en el restaurante Dairy Queen, que estaba situado cerca de la carretera dieciséis, y a continuación dio aviso para que se intentara localizar el coche de Bobby. Cuando terminó, se volvió hacia Teri, ya que seguramente la consideraba la más racional del grupo.

—Eran James Wilbur y Rachel Pendergast, voy a hacer que los lleven a comisaría para poder interrogarlos.

—No les tendrá allí mucho tiempo, ¿no? —le preguntó Christie.

—No, ya han pasado bastante. Parece ser que los dos hombres en cuestión les han sacado a empujones de la limusina, y se han largado. Estaremos alerta por si vuelven a aparecer.

Se marchó al cabo de unos minutos, después de asegurarles que se mantendría en contacto con ellos. Teri se puso a preparar café, porque necesitaba con desesperación una buena dosis de cafeína y azúcar, y supuso que a los demás les pasaba lo mismo. Estaba empezando a asimilar lo que había pasado, y no podía dejar de temblar.

Bruce llegó cuando estaban sentados alrededor de la mesa de la cocina, intentando encontrarle algún sentido a lo que había sucedido. En cuanto Teri le abrió, entró en la casa y se apresuró a preguntar:

—¿Qué pasa con Rachel?, ¿dónde está?

Teri exhaló aire mientras intentaba encontrar la forma de explicarle que Rachel había sido secuestrada por error. Los responsables habían decidido secuestrar también a James, seguramente le habían reducido y le habían robado la limusina. Quizás incluso le habían obligado a conducir.

Le echó un vistazo a su reloj de pulsera, y luchó por hablar con serenidad.

—A estas horas, Rachel debe de estar hablando con el sheriff Davis.

—¿Por qué?

—Porque la han secuestrado.

—¿*Qué?* —Bruce la miró boquiabierto, como si apenas pudiera creer lo que acababa de oír.

—Anda, ven —le dijo, antes de conducirlo hacia la cocina.

Al verlo llegar, Christie le sirvió una taza de café y se la ofreció, pero él ni siquiera pareció darse cuenta y preguntó:

—¿Qué está pasando?

Bobby empezó a contárselo, pero como su versión era de lo más confusa y las correcciones de Christie no ayudaban en nada, Teri se sumó a la explicación.

Bruce soltó un sonoro silbido, y exclamó:

—¡Uno a uno, por favor! —señaló a Bobby, y le dijo—: Tú primero.

—No puedo, sólo sé que Teri está sana y salva. Siento lo que le ha pasado a Rachel por mi culpa.

—No es culpa tuya —Teri le tomó la mano, y le dio un ligero apretón. Su marido tenía los dedos helados.

Cuando ella le explicó a Bruce los hechos tal y como los

conocía hasta ese momento, él se levantó de inmediato y dijo con firmeza:
—Voy a comisaría —sin más, fue hacia la puerta.
Christie fue tras él, y dijo:
—Yo también voy.
—¡Nosotros esperaremos aquí! —les dijo Teri.
El sheriff Davis había dicho que llamaría, así que era mejor que alguien se quedara en la casa; además, ni Bobby ni ella podían aportar gran cosa a la investigación, al menos de momento, aunque seguro que Davis querría hacerles algunas preguntas más adelante.
En cuanto estuvieron a solas, Bobby se levantó y fue a la sala de estar.
—¡Bobby!
Se apresuró a seguirlo, y él se volvió de repente y la abrazó con fuerza. Empezó a besarla con desesperación, y susurró entre besos:
—No puedo seguir así, Teri.
—¿Qué quieres decir?
—No puedo arriesgarme a perderos al bebé y a ti.
—No podemos dejar que Vladimir te chantajee para que renuncies a tu título.
—Perderé a propósito, me da igual. Ganar ya no me importa, no voy a permitir que vuelvas a correr peligro.
—Por favor, Bobby...
—No, la decisión ya está tomada. Jugaré contra Vladimir, eso es lo que quiere. Por eso ha organizado lo del secuestro. Quería presionarme para que accediera a enfrentarme a él, y lo ha conseguido.

CAPÍTULO 35

Rachel se aferró a la fina manta que un agente le había puesto sobre los hombros. Estaba en el despacho del sheriff, temblorosa y helada. Se habían llevado a James de inmediato al Hospital Harrison.

—La verdad es que no he visto gran cosa. Los dos hombres irrumpieron en el coche cuando James y yo estábamos en el aparcamiento. Estaba oscuro y llovía, todo pasó muy rápido —se tapó mejor con la manta, y añadió—: Me sacaron del coche, me vendaron los ojos, y me metieron en el asiento trasero.

—¿Cuándo se dieron cuenta de que no eras la persona que buscaban? —le preguntó el sheriff, que estaba grabando la conversación.

No estaba segura, sólo recordaba que los dos tipos se habían puesto a discutir en voz alta.

—No hablaban inglés... me parece que era ruso, eso es lo que James me dijo después —se mordió el labio mientras intentaba recordar cualquier detalle que pudiera ser de utilidad—. Cuando hablaban en inglés, tenían un acento extranjero muy marcado.

—¿Hablaste con ellos?

—No —estaba convencida de que habría sido incapaz de

articular palabra, porque había sido presa del pánico desde el principio. James era el único que había opuesto alguna resistencia–. ¿Cómo está James?, ¿está bien?

–Aún no me han dado el parte.

–Intentó protegerme.

Se sintió culpable por no haber preguntado antes por él. A pesar de que tenía los ojos vendados, había oído cómo le golpeaban, había oído el impacto de puños contra hueso y sus gemidos de dolor. Mientras uno de los tipos conducía el coche, el otro permanecía alerta. James también estaba atado y con los ojos vendados, y le habían obligado a tumbarse en el suelo del asiento de atrás. Los secuestradores se habían puesto a discutir, y al parecer, habían decidido dejarlos en libertad, porque poco después los habían sacado de la limusina y los habían dejado allí sin más. Ella se había quitado la venda de los ojos y había desatado a James, y cuando éste había llamado con el móvil a casa de Teri, había sido el sheriff el que había contestado.

A ella se le había caído el móvil durante el rifirrafe en el aparcamiento, y pensándolo con calma, era sorprendente que los secuestradores no le hubieran quitado a James el suyo. A lo mejor eran unos aficionados, unos matones incompetentes.

James se había mantenido sereno y profesional en todo momento, pero ella estaba tan trémula y conmocionada, que él había tenido que ayudarla a llegar a un restaurante cercano a pesar de que estaba herido. Sólo habían pasado unos dos minutos en el Dairy Queen, porque un coche patrulla había llegado casi de inmediato. Uno de los agentes había pedido una ambulancia para James, y el otro la había llevado a comisaría.

En ese momento, oyó que se formaba un alboroto fuera del despacho, y al reconocer la voz de Bruce se puso de pie de inmediato y miró suplicante al sheriff.

–¿Puedo hablar con él? Por favor, necesito verle.

—De acuerdo. Mañana me pondré en contacto contigo, intenta tomártelo con calma.

En cuanto abrió la puerta, vio a Bruce discutiendo con un agente.

—¿Es que no lo entiende?, no puedo... —estaba diciendo él con impaciencia.

—Bruce.

Sus miradas se encontraron, y al cabo de un instante estaban abrazándose. La apretó con tanta fuerza, que estaba asfixiándola, pero a ella le dio igual. Necesitaba que la abrazaran, que la consolaran y la amaran. Había pasado por una experiencia aterradora, y mientras estaba secuestrada, sólo había pensado en él... no había pensado en Nate, sino en él. Mientras se preguntaba si iba a morir, mientras estaba con los ojos vendados en el asiento de una limusina que circulaba a toda velocidad, había sabido con absoluta certeza a quién amaba en realidad.

¿Cómo era posible que no se hubiera dado cuenta antes? Nate era encantador y le apreciaba, pero no era el hombre que se le había metido en la cabeza y se negaba a salir, el hombre en el que había pensado cuando estaba convencida de que iba a morir.

Tenía que sincerarse con los dos, tenía que decirles lo que sentía...

—¿Estás herida? —Bruce retrocedió un poco para poder verla bien.

Le apartó con cuidado el pelo para poder echarles un vistazo a las magulladuras que tenía en la frente, y la miró a los ojos. Fuera lo que fuese lo que estuviera buscando en su mirada, pareció encontrarlo, porque soltó un suspiro de alivio y volvió a abrazarla.

—Gracias a Dios que estás bien, gracias a Dios...

Mientras estaba entre sus brazos, el temblor empezó a remitir, las magulladuras dejaron de dolerle, y dejó de tener frío.

—Cuéntame lo que ha pasado —le dijo él, sin soltarla.

Ella le contó lo que sabía, pero el porqué seguía siendo un misterio.

—Iban a por Teri —añadió, cuando acabó de explicárselo.

—Sí, fastidiaron el secuestro cuando se equivocaron y te atraparon a ti en su lugar.

Estaba convencida de que todo aquello tenía algo que ver con Bobby, pero no tenía ni idea de lo que querían conseguir aquellos matones; en todo caso, aquello carecía de importancia en ese momento, porque Bruce estaba con ella.

Él siguió abrazándola en medio de aquel pasillo, susurrando palabras tranquilizadoras.

—¿Cómo te has enterado de lo que ha pasado? —le preguntó, al cabo de un largo momento.

—Llamé por teléfono a Teri al ver que no contestabas al móvil, pensé que a lo mejor estabas en su casa. Quería hablar contigo sobre... sobre algo.

—¿Qué te dijo ella?

—Que fuera a su casa, y al llegar me enteré de que te habían secuestrado. James llamó poco después, y en cuanto supe que te habían liberado y que estabas aquí, vine de inmediato.

La soltó de repente, como si acabara de darse cuenta de que estaba abrazándola, y ella volvió a tener frío. Quería que siguiera abrazándola, le necesitaba.

—Por favor... —le dijo con voz queda, mientras daba un paso hacia él.

Él alzó los brazos como para abrazarla de nuevo, pero volvió a bajarlos y le dijo:

—No creo que sea una buena idea.

—¿Por qué no?

—Los dos sabemos por qué, Rachel. ¿Cómo crees que se sentiría Nate si nos viera así?

Ella sabía que Nate se enfadaría y se pondría celoso, así que no tuvo más remedio que admitir:
—Tienes razón, pero...
—Tengo que hablar contigo, por eso estaba intentando localizarte esta noche.
—¿De qué quieres hablar?
—No es un buen momento, será mejor que lo dejemos para otro día.

Rachel no quería esperar; al contrario que él, sí que estaba lista para hablar.
—Te necesito a ti, Bruce. Ni a Nate, ni a nadie más. A ti.
—No —lo dijo con voz cortante, como si le diera miedo creerla—. Necesitas un cuerpo cálido, nada más. Si fuera Nate el que estuviera aquí, querrías estar con él. Ya hablaremos de todo esto mañana por la mañana.

Ella le rogó con la mirada que mostrara un poco de comprensión. Por fin tenía muy claro lo que sentía, pero a pesar de que sabía a ciencia cierta que amaba a Bruce y que quería estar con él, no podía decírselo aún.
—¿Puedes llevarme a casa?
—No sé si...
—Por favor, Bruce.

Él asintió, pero no parecía demasiado convencido.

Después de hablar de nuevo con el sheriff, se apresuró a ir al aparcamiento. Bruce estaba esperándola en el coche con la calefacción puesta, y aquel aire cálido la reconfortó. Había pasado por una experiencia horrible y se sentía insegura, así que lo que más deseaba en ese momento, además del amor de sus seres queridos, era estar en su propia casa, rodeada de las cosas con las que estaba familiarizada.

Los dos permanecieron en silencio durante el trayecto. Cuando Bruce aparcó delante de la casa, se volvió hacia él con la esperanza de recibir alguna palabra o algún gesto que la reconfortara, pero él dejó el motor en marcha para dejarle claro que no pensaba entrar en la casa con ella.

—Te acompañaré a la puerta —le dijo con sequedad.

Se sintió agradecida por aquella pequeña muestra de cortesía. Él le quitó la llave de las manos al ver cuánto le temblaban, abrió la puerta, y le devolvió la llave sin mirarla a la cara, pero antes de que pudiera detenerla, ella le rodeó el cuello con los brazos y le besó para demostrarle sin palabras cuánto le amaba.

Bruce se resistió un poco, pero al cabo de un instante cedió y la besó con pasión. Por primera vez desde que la habían secuestrado, ella se sintió completamente a salvo, se sintió amada y valorada.

Él dio por finalizado el beso antes de que estuviera preparada para dejarlo marchar.

—Me alegro de que estés bien, Rachel —le dijo, con voz ronca.

—Yo también. Gracias por venir a verme, por traerme a casa... y por el beso.

Él fijó la mirada en el suelo, y asintió. Tenía tanta prisa por marcharse, que al dar media vuelta estuvo a punto de tropezar.

Christie estaba en la sala de urgencias del Hospital Harrison. La recepcionista era una cascarrabias, pero no iba a permitir que un vejestorio amargado le impidiera entrar a ver a James. Iba a lograrlo fuera como fuese.

—No puede entrar, y llamaré a seguridad si sigue insistiendo —le dijo la mujer.

—Llame a quien le dé la gana —calculó que tendría unos dos o tres minutos para encontrar a James antes de que los de seguridad la encontraran y la echaran de allí. Unos minutos daban tiempo para mucho.

Echó a andar hacia la puerta con paso decidido, pero en ese momento James salió por allí. Tenía un ojo morado y cerrado por la hinchazón, un pómulo magullado, el labio partido, y un brazo vendado y en cabestrillo.

—¡James!

La recorrió una oleada de pánico, y por un segundo creyó que iba a vomitar allí mismo. Se sintió horrorizada al notar que los ojos se le llenaban de lágrimas. No era una persona llorona, pero en ese momento apenas podía contener sus emociones.

—Dios, James...

—No me toques —le dijo él con voz ronca, al verla acercarse—. Tengo dos costillas rotas, me parece que un abrazo bastaría para matarme.

Ella parpadeó para intentar contener las lágrimas, pero no le sirvió de nada.

—Deja que te ayude.

—Ten cuidado —no parecía demasiado entusiasmado ante la idea de que lo tocara.

—Sí, por supuesto —le pasó un brazo por la cintura, y salieron a la calle; por suerte, había dejado de llover. Lo condujo a paso lento hacia su coche, y le preguntó—: ¿Te han recetado algo?

—Sí, un calmante. Tengo la receta en el bolsillo. Me han dicho que lo que más necesito es reposo.

—Y sopa de pollo —fue lo único que se le ocurrió—. Iré a buscarte el calmante, y aprovecharé para comprar un paquete de sopa.

Pensaba que él protestaría un poco, pero el hecho de que aceptara sin rechistar su ayuda revelaba lo dolorido que estaba. A pesar de que no se quejó ni una sola vez, era obvio que el corto paseo hasta el coche le resultó agónico. Para cuando ella le abrió la puerta y le ayudó a entrar, estaba pálido y exhausto.

—Podría haber tomado un taxi —le dijo, cuando ella se puso al volante.

—No me cuesta nada llevarte —metió la llave en el contacto, y se volvió a mirarlo–. Tendría que llamar a Bobby y a Teri, pero no tengo móvil.

–He hablado con ellos hace unos minutos, los he llamado desde un teléfono público que había cerca de la sala de urgencias. Bobby me ha dicho que la policía ya ha recuperado la limusina, estaba abandonada junto a las vías del tren.

Christie puso el coche en marcha. Como sabía que a él le dolía incluso el más mínimo movimiento, le dijo:

–Iré muy despacio.

Cuando estaban a medio camino de la casa, se echó a llorar otra vez en silencio. Estaba asombrada por lo mucho que la había afectado verle así. Se repetía un montón de veces al día que aquel hombre era una molestia, pero sabía que estaba intentando engañarse a sí misma. Estaba enamorándose de él.

En cuanto llegaron a la casa, Bobby y Teri salieron a recibirlos.

–No le toquéis, está muy dolorido. Tiene algunas costillas rotas –les dijo, con voz severa.

–Dios mío, James... –le dijo Teri, que también se había echado a llorar–. Quédate en la casa, te costaría mucho subir las escaleras de tu apartamento. Tenemos un dormitorio para invitados en la planta baja, y...

–No, puedo arreglármelas solo.

Christie sabía que no iba a aceptar el ofrecimiento de su hermana, porque era un hombre muy estoico que valoraba mucho su privacidad, pero a pesar de que le entendía, le resultaba muy duro verle sufrir.

–Voy a conseguir que Vladimir pague por esto –masculló Bobby, que tenía los puños fuertemente cerrados a ambos lados del cuerpo.

Christie posó una mano en el brazo de James, y le dijo a su cuñado con firmeza:

–Si necesitas que te ayude a conseguirlo, dímelo.

—¿Puedo ayudar en algo? —apostilló Teri.
Christie se sacó la receta del bolsillo, y le dijo:
—Encárgate de comprar esto, y cuatro botes de sopa de pollo con fideos —había visto una hoja de propaganda de una tienda en la que ofrecían cuatro botes por tres dólares. Como había sido pobre desde pequeña, siempre estaba pendiente de encontrar buenas ofertas.
—Voy contigo, Teri —le dijo Bobby.
—Ven, te llevaré a tu apartamento —Christie tomó a James del codo y lo condujo con cuidado hacia la escalera exterior que llevaba hasta el apartamento en cuestión, que estaba encima del garaje.
—Puedo arreglármelas solo a partir de aquí, gracias —le dijo él, cuando llegaron al pie de la escalera.
—Ni hablar.
Él debió de darse cuenta de que no estaba dispuesta a aceptar un no por respuesta, porque cedió sin protestar. Se sintió aliviada, ya era bastante malo que se hubiera negado a quedarse en la habitación de invitados de Teri por pura cabezonería. Fueron subiendo poco a poco, pero cada escalón era un suplicio para él. Para cuando llegaron por fin al rellano, lo tenía sujeto por la cintura y él estaba apoyado contra ella.
La puerta estaba abierta, y como era de esperar, todo estaba impoluto. Él le indicó dónde estaba el dormitorio, y lo ayudó a llegar hasta allí. La cama estaba hecha con una precisión militar, y la colcha ni siquiera se arrugó cuando él se sentó.
—Ya puedes irte, Christie —le dijo, con más firmeza.
—Pero...
—No necesito que me ayudes más.
—¿Lo dices en serio? —intentó ocultar lo dolida que se sentía por aquel comentario.
—Me dijiste que soy un estirado —le dijo, sin mirarla a la cara.

—¿Y qué?, es la pura verdad.

—No quieres saber nada de mí, fue lo que me dijiste la última vez que te llevé a tu casa...

—¿En serio? —ni siquiera se acordaba, aunque recordaba que habían discutido porque ella le había dicho que era un pesado y que no le gustaba que fuera tan exageradamente protector.

—Sí, me dijiste otra vez que no querías que yo volviera a llevarte a ningún sitio.

—Tengo coche, soy capaz de ir solita a donde quiera —le parecía lo más normal del mundo.

—Y yo soy capaz de cuidar de mí mismo.

—Vale, ha quedado claro que los dos somos gente capaz —se llevó las manos a las caderas, y añadió—: Métete en la cama para que pueda taparte.

—¿Y después te irás?

Ella vaciló por un instante antes de decir:

—Sí.

—Perfecto —apartó la mirada, y le dijo con voz queda—: Sal de la habitación, por favor.

Aquello la enfureció, aunque ni ella misma habría sabido decir por qué. Salió con indignación, cerró de un portazo, y esperó en el pasillo. Estuvo a punto de entrar dos veces al oírle gemir de dolor, pero sabía que a él no le haría ninguna gracia. Decidió que se largaría en cuanto se asegurara de que estaba acostado. Si él no quería que estuviera allí, no quería ser una molestia.

Al cabo de dos o tres minutos de silencio, le preguntó:

—¿Puedo entrar ya?

—Si insistes...

—Sí, insisto.

Abrió la puerta con cautela, y al ver que se había puesto el pijama, supuso que se había quitado el cabestrillo y se lo había vuelto a poner él solo. Seguro que le había dolido mucho, pero al parecer, era un masoquista además de un estirado.

Después de apartar las mantas y ahuecar la almohada, le ayudó a acostarse. Al verle apretar los dientes y cerrar los ojos con fuerza mientras se tumbaba, se mordió el labio y luchó por contener las lágrimas.

—¿Necesitas que haga algo más? —le preguntó, cuando estuvo acostado.

—Sí, que me dejes solo.

—Vale —lo besó en la frente, y le dijo—: Buenas noches, James —al verle fruncir el ceño, añadió con voz suave—: No te preocupes, ya me voy —no añadió que pensaba volver; no hacía falta, él no tardaría en descubrirlo.

Al salir del apartamento, bajó la escalera y fue a toda prisa a una tienda que no cerraba en toda la noche. Cuando regresó al cabo de media hora, Teri salió a recibirla y le dijo:

—Está durmiendo.

—Perfecto.

—Bobby y yo le hemos comprado los calmantes y la sopa. Le he dado una pastilla con un vaso de agua, pero no ha querido comer nada —fue con ella hasta el pie de la escalera que llevaba al apartamento, y añadió—: Al parecer, opuso una resistencia considerable cuanto esos matones los atacaron.

—Sí, y ha pagado por ello.

—Estaba equivocada con él. Creía que, si llegaba a pasar algo así, sería yo la que acabaría defendiéndole a él.

—Sí, a mí también me ha sorprendido —ella tampoco le había creído capaz de hacer de guardaespaldas.

—¿Eso es para él? —Teri indicó con un gesto lo que llevaba en la mano.

—Sí, aunque no quiere tenerme cerca.

—¿Estás segura de eso?

—Me ha pedido que me vaya, y lo he hecho. Sólo quiero dejarle esto.

—Ven a casa cuando acabes.

Christie asintió. Ya era más de medianoche, pero sabía que iba a costarle mucho conciliar el sueño. Cuando su hermana entró en la casa, ella subió al apartamento de James y entró con sigilo. Consiguió llegar al dormitorio gracias a la luz de la luna que entraba por las ventanas, y entró de puntillas.

Con mucho cuidado, dejó la rosa roja de tallo largo junto a él, encima de la almohada.

CAPÍTULO 36

La enfermedad de Olivia había afectado al estado de ánimo de Grace. Había intentado ocultarle a su amiga lo deprimida y agobiada que estaba, aunque había empezado a sentirse más centrada después de que Olivia hablara con el cirujano y el oncólogo.

Iban a operarla, y después la someterían a radioterapia y a varios meses de quimioterapia. Olivia había hecho gala de su optimismo nato y de su espíritu luchador, había aceptado el diagnóstico y estaba mentalizada de cara al tratamiento. Todo el mundo estaba al tanto de su enfermedad, y Charlotte se había quedado destrozada. Como siempre, Olivia era la única que permanecía fuerte y positiva, la que mantenía unida a la familia; según ella, estaba preparada para enfrentarse a lo que le deparara el futuro.

Al igual que Jack, que Charlotte y Ben, que Justine y Seth, Grace estaba decidida a permanecer a su lado y a apoyarla de forma incondicional.

En cuanto al problema de los inquilinos, lo cierto era que dudaba que las cosas pudieran solucionarse pronto. Había accedido a alquilarles la casa a Darryl y Pamela Smith, y aquella decisión le había costado muy cara; de hecho, el coste había aumentado desde que había abogados de por medio. Y por si fuera poco, sus antiguos vecinos, gente a la que conocía desde hacía décadas y con la que siempre había tenido una buena amistad, estaban molestos con ella. La señora Vessey le había dicho que estaba convencida de que los Smith vendían droga, y a pesar de que no sabía con certeza si eso era cierto, no le habría extrañado que su antigua vecina tuviera razón.

—¿Qué voy a hacer? —le dijo con voz quejicosa a Cliff.

Era miércoles por la mañana y estaba en la cocina, desayunando antes de irse a trabajar. Bajó la mirada hacia el café y las tostadas, y se dio cuenta de que se había quedado sin hambre. Su preocupación había ido en aumento desde que la señora Vessey la había llamado para decirle que los Smith habían celebrado otra fiesta en plena noche, y que los vecinos habían tenido que llamar de nuevo a la policía.

—Has hablado con Olivia, ¿verdad? —le dijo su marido.

—Sí.

A pesar de que tenía problemas mucho más serios, Olivia había estado hablando con ella sobre lo de los Smith, y la había asesorado sobre lo que tenía que hacer para lograr que los desalojaran. El proceso legal era costoso, y también duro desde un punto de vista emocional; en primer lugar, tenía que obtener lo que se denominaba «retención ilícita», y si los Smith no pagaban lo que debían en el plazo máximo de tres días, el asunto se llevaría a juicio. Eso podía alargarse durante unas dos semanas o incluso más, dependía del juzgado.

Judy se había enterado de que los Smith eran unos expertos a la hora de alargar el proceso; de hecho, habían conseguido vivir ocho meses sin pagar el alquiler en el último sitio donde habían estado.

—Me ha dicho que podríamos tardar meses en sacarlos de casa. Judy intentó avisarme, pero no le hice ni caso —suspiró resignada, y añadió—: Los Smith son unos impresentables.

—Sí, saben aprovecharse del sistema legal.

—Pero eso no es lo peor —no le había contado todo lo demás, porque sabía que se pondría furioso.

Él se sirvió una taza de café, y se apoyó contra la encimera antes de decirle con calma:

—Venga, suéltalo de una vez. ¿Qué es lo que pasa?

—¿Cómo es posible que una simple decisión me traiga tantos quebraderos de cabeza? —intentó hablar en tono de broma, aunque la verdad era que estaba harta de aquella situación.

—Cuéntame lo que pasa, Grace.

Ella tomó un trago de café antes de contestar, y ni siquiera se dio cuenta de que estaba frío.

—He pasado en mi coche por delante de la casa, y tiene un aspecto horrible. Parece que llevan meses sin cortar el césped, hay un coche destartalado en el jardín delantero y basura por todas partes, y la pintura del exterior está dañada. Si la casa está así por fuera, ¿cómo estará por dentro?

Un año atrás, el 204 de Rosewood Lane tenía un césped perfecto, un precioso jardín de flores, y una nueva capa de pintura. Ian y Cecilia Randall, los anteriores inquilinos, habían mantenido la casa en perfecto estado durante su breve estancia. El cambio era brutal.

Deseó haber vendido la casa a pesar del vínculo emocional que la unía a ella, pero teniendo en cuenta las malas condiciones en las que estaba en ese momento, venderla ya no era viable. No quería ni imaginarse cómo estaría en seis meses más.

—Lo siento mucho, Grace —Cliff se acercó a ella, y posó las manos en sus hombros—. Tiene que haber algo que podamos hacer...

—Pues no se me ocurre nada —intentó esbozar una sonrisa.

—¿Por qué has decidido pasarte por allí?, ¿tiene algo que ver la llamada que recibiste el domingo por la mañana?

—Sí. La señora Vessey me dijo que todo el vecindario

está enfadado. La policía tuvo que personarse el sábado por la noche, porque alguien se quejó de que en la casa había una escandalera; además, el señor y la señora Wicks van a mudarse y tienen que vender su casa, pero les preocupa que el valor de su propiedad se vea afectado. La verdad es que no me extraña que estén preocupados.

—Sí, pero estás haciendo todo lo que está en tus manos. No te servirá de nada pasarte el día agobiada.

—No puedo evitarlo, Cliff; y por si fuera poco, es posible que los Smith decidan causar más daños si se enteran de que estoy intentando desalojarlos.

—¿Me dejas que te ayude?

—¿Qué piensas hacer? —la ley era la ley, y no tenían más alternativa que esperar a que aquello se solucionara por la vía legal.

—Ya se me ocurrirá algo —la besó en la mejilla, y salió al establo.

Grace fue al dormitorio para acabar de arreglarse. Aquella tarde iba a ir al gimnasio, porque Olivia había insistido en que tenían que seguir yendo a clase de aeróbic.

Por suerte, tuvo una jornada de trabajo bastante ajetreada, así que apenas le quedó tiempo para pensar en sus propios problemas. Dos clases enteras de niños de guardería asistieron a la hora del cuento, una de las actividades de la biblioteca que más le gustaban. Disfrutaba tanto como los pequeños mientras les leía las historias. También tuvo una sesión de asesoramiento con una nueva ayudante, varias reuniones, y tuvo que echarles un vistazo a varios catálogos editoriales.

Mientras estaba comiendo, volvió a pensar en el tema de la casa. En cuanto se arreglara el problema con los Smith, la pondría a la venta. Alquilarla sólo le daba problemas.

La clase de aeróbic la dejó exhausta, aunque Olivia parecía llena de energía y dispuesta a comerse el mundo.

—Soy demasiado vieja para estos trotes, Olivia —masculló, jadeante.

—¡Anda ya!

—Te lo digo en serio —se inclinó hacia delante, y apoyó las manos en las rodillas mientras respiraba hondo varias veces—. No es normal que me cueste tanto.

—Quien algo quiere, algo le cuesta —le dijo, con una carcajada.

Si hubiera sido otra clase de persona, era posible que Grace hubiera envidiado la esbelta figura de su amiga y la facilidad con la que hacía los ejercicios de aeróbic.

—Si perdiera algo de peso, por lo menos me animaría un poco.

Estaba convencida de que le sobraban unos siete kilos, pero tal y como Olivia le había dicho en más de una ocasión, llevaba años así. Era obvio que su cuerpo se había acomodado en aquel peso, y cuando intentaba hacer una dieta, le costaba Dios y ayuda perder algún gramo. Era una pérdida de tiempo, y por desgracia, lo de «pérdida» no se aplicaba también a su peso.

—No pienso renunciar a mi espuma de coco —la sonrisa de Olivia se desvaneció, y añadió—: A menos que tenga que hacerlo.

—Como soy tan buena amiga, me comeré tu ración.

Olivia se echó a reír, y le dio un codazo. Cuando llegaron al Pancake Palace, Goldie ya estaba esperándolas, como de costumbre, y tenía listos los platos de pastel y las tazas de café incluso antes de que cruzaran la puerta.

Justo cuando acababa de tomar la primera cucharada de espuma de coco, Grace se sorprendió al ver que Cliff entraba en el aparcamiento.

—Cliff está aquí —le extrañó mucho, porque podía llamarla al móvil si surgía cualquier problema en el rancho... o en la casa de Rosewood.

Cliff no entró solo en el Pancake Palace, Jack Griffin estaba con él.

—¡Jack! ¿Qué haces aquí? —le preguntó Olivia.

—Nos apetecía venir a saludar a nuestras mujercitas.

—Exacto. Me parece que nuestra visita no les ha hecho mucha gracia, Jack —comentó Cliff, mientras se sentaba junto a Grace y su amigo junto a Olivia. Miró el pastel de su mujer, y le preguntó—: ¿Vas a comértelo todo, cariño?

—Sí, pídete uno para ti —levantó el plato, y giró para que no pudiera robarle ni un bocado.

Cliff alzó la mano para pedirle a Goldie que se acercara. El rostro de la camarera se iluminó cuando vio a los dos recién llegados.

—¿A qué se debe este inesperado placer, caballeros? —les preguntó, mientras les servía un poco de café.

—Somos inspectores pasteleros, hemos venido a comprobar si los productos que servís aquí pasan nuestro control de calidad.

—Ya veo —Goldie frunció el ceño, y le dijo con fingida severidad—: Os traeré lo que sea, menos espuma de coco —miró a Grace y a Olivia, y añadió—: A ellas no he podido convencerlas de que pidan otra cosa, aunque tenemos el mejor pastel de manzana y pasas del condado y podrían probarlo por lo menos.

—Tráeme un trozo —le dijo Cliff—. ¿Qué quieres tú, Jack? Invito yo.

—Yo prefiero pastel de pera, ¿tenéis?

—Sí, claro —Goldie sonrió con aprobación, y al cabo de un par de minutos llegó con dos porciones enormes de los pasteles que habían pedido.

—¿Queréis saber por qué estamos aquí? —dijo Cliff, después de tomar un primer bocado.

—Yo pensaba que era por el pastel —le dijo Olivia, en tono de broma.

—Pues no, aunque la verdad es que está buenísimo.

Tanto Jack como él parecían muy satisfechos de sí mismos, pero no explicaron el porqué de aquella inesperada visita hasta cinco minutos después, cuando acabaron de comerse hasta la última migaja de pastel.

Cliff se reclinó en la silla, y sonrió con satisfacción antes de decir:

—Quizás os interese saber que los inquilinos de Rosewood Lane están marchándose de allí en este preciso momento.

—¿Ahora?, ¿esta misma noche? ¿Qué ha pasado? —Grace estaba boquiabierta.

—Cliff me ha llamado esta tarde, se le había ocurrido una idea para conseguir que esos impresentables se largaran de la ciudad —apostilló Jack, con una carcajada.

—¿Los habéis amenazado? Si es así, no quiero saberlo —dijo Olivia con preocupación.

Jack negó con la cabeza, y Cliff se encogió de hombros y comentó:

—Ni Jack ni yo nos hemos acercado a ellos.

Olivia no pareció demasiado convencida, y les dijo con firmeza:

—Será mejor que nos expliquéis lo que habéis hecho.

—Cuéntaselo tú, Cliff. La idea ha sido tuya, y la verdad es que ha sido genial.

—De acuerdo —Cliff apuró su taza de café antes de decir—: Después de ver lo preocupada que estaba Grace esta mañana, he decidido que tenía que haber alguna forma de conseguir que esa gentuza se fuera de la casa.

—¿Se te ha ocurrido algo? —Grace no sabía qué pensar.

—Sí, y entonces he llamado a Jack para ver qué le parecía la idea.

—Su plan me ha impresionado tanto, que le he pedido que me dejara participar.

—Vale, muy bien. Eres un genio, Cliff. ¿Puedes contarnos de una vez lo que habéis hecho? —les dijo Olivia con exasperación.

—¿Conocéis el bar que hay cerca de Heron Avenue?
—Sí.

Grace no había entrado nunca, era un edificio de madera que parecía un salón del oeste americano. El techo estaba combado, y daba la impresión de que estaba a punto de desplomarse. Se llamaba The Horse with No Name, y estaba frecuentado por tipos duros y motoristas de la zona.

—Jack y yo hemos estado allí. Me he parado en medio del bar, y he dicho que tenía un problemilla con unos inquilinos que no querían largarse.

—Estás de broma, ¿verdad? —Grace no daba crédito a lo que estaba oyendo.

—No, lo digo muy en serio.

—Ha ofrecido un barril de cerveza para el que estuviera dispuesto a ir a la casa y convencer a los inquilinos de que ya era hora de que se mudaran a otro sitio —apostilló Jack.

—Pero... pero...

Cliff alzó las manos en un gesto tranquilizador, y le dijo a su mujer:

—No te preocupes. He dejado muy claro que no quería que les hicieran daño físico, pero que podían amenazarlos todo lo que quisieran.

—¿Y qué ha pasado después? —le preguntó Olivia.

—La verdad es que no tenemos ni idea —Jack metió un dedo en la espuma de coco de su mujer, y lo chupó antes de añadir—: Lo único que sabemos es que unos diez tipos se han subido en sus motos... que por cierto, eran enormes y ruidosas...

—Sí, ellos también eran enormes y ruidosos —dijo Cliff—. Eran de esos tipos que llevan un montón de tatuajes y ropa de cuero. La verdad es que tenían bastante mala pinta, no me atrevería a discutir con ellos si se presentaran en mi casa.

—Han vuelto al cabo de unos veinte minutos —comentó Jack.

—¿Qué os han dicho?

—Poca cosa... que todo estaba arreglado, y que querían el barril de cerveza que les había prometido —dijo Cliff.

—Sí, le ha costado menos de cien pavos.

—¿Estáis seguros de que los Smith se van? —Grace estaba atónita.

—¿Que si se van? —la sonrisa de Jack era tan amplia, que debía de dolerle la cara—. Cliff y yo hemos pasado por delante de la casa, y hemos visto que ya habían metido todas sus cosas en el coche. Supongo que a estas horas ya estarán a punto de largarse.

—Dios mío... no estáis tomándome el pelo, ¿verdad? —a Grace aún le costaba creérselo.

—Claro que no, te juro que es la pura verdad. Esa gente no volverá a darte problemas.

—Cliff Harding... ¿te he dicho cuánto te amo?

—¿Lo bastante como para compartir tu espuma de coco?

—No sólo eso, voy a pedirte una ración para ti solo.

CAPÍTULO 37

Después de lo del intento de secuestro, Bobby había accedido a enfrentarse a Vladimir en una partida, y el ruso le había dado unas instrucciones específicas sobre los primeros movimientos que tenía que hacer. Aquellos movimientos le garantizaban que Bobby acabaría perdiendo, porque se encontraría atrapado en lo que en el mundo del ajedrez se conocía como el Agujero Negro; hasta la fecha, nadie había encontrado la forma de escapar de aquella posición, pero Bobby estaba decidido a conseguirlo.

Estaba huraño y poco comunicativo desde su conversación con Vladimir. A Teri la enfurecía que su marido hubiera cedido ante aquel chantajista, pero entendía que él consideraba que no tenía otra opción.

Los matones rusos se habían esfumado, y según el sheriff, la investigación estaba en punto muerto. No habían encontrado ninguna prueba sólida que relacionara a Vladimir con el secuestro, aunque eso no era de extrañar, porque estaba claro que se trataba de un hombre que sabía cubrir bien sus huellas.

Bobby pensaba hacer algo al respecto, y puso en marcha su plan con una larga y misteriosa reunión en el despacho del sheriff. El siguiente paso iba a ser una partida de ajedrez que se celebraba el once de noviembre en Nueva York, sólo faltaba una semana...

—No puedes perder, Bobby —le dijo Teri.

—No lo haré —parecía muy seguro de sí mismo.

Ella tenía hora en el médico aquel lunes por la mañana, para hacerse una revisión rutinaria. Era su día libre en el salón de belleza, así que solía aprovecharlo para hacer las gestiones que tuviera pendientes.

Lo que más miedo le daba era el momento de subir a la balanza, y cerró los ojos cuando le tocó hacerlo. Las náuseas de la primera etapa del embarazo habían desaparecido y se sentía fantásticamente bien; en su opinión, lo único malo era que había recuperado el apetito.

La visita duró poco más de un cuarto de hora, así que salió antes de lo que esperaba. Rachel la había llamado para quedar a comer, parecía haberse recuperado del trauma del secuestro.

El restaurante The Pot Belly Deli estaba medio vacío, así que pudo escoger una mesa junto a una de las ventanas. Mientras esperaba a su amiga, le echó un vistazo al menú. Las sopas eran una de las especialidades del restaurante... al igual que unos bocadillos enormes que no pensaba pedir. Como el médico le había dicho que tenía que controlar el consumo de calorías, optó por una sopa de ternera con verdura y una ensalada. Era una comida insulsa, pero nutritiva.

Rachel llegó a la hora acordada. Al llegar a la mesa, dejó el bolso sobre una de las sillas y empezó a desabrocharse el abrigo.

—Hola, Teri. Tienes muy buen aspecto, ¿cómo está James?

—Mejor. Aún sigue dolorido, pero va mejorando.

Sentía verdadera admiración por el chófer de su marido. Su valentía la había impresionado... y también su estoicismo, por mucho que la frustrara a veces. Las costillas rotas debían de dolerle mucho. Desde el ataque se había aislado bastante, y se había negado en redondo cuando Bobby había hablado de contratar a una enfermera para que lo cuidara; de hecho, había rechazado todos sus intentos de ayudarle.

Christie no había vuelto después de aquella primera noche, pero llamaba varias veces al día para preguntar por él. Intentaba ser sutil, pero era obvio que estaba muy interesada en James.

—Pobrecillo —dijo Rachel.

—Y tú qué, ¿estás bien? ¿No has tenido efectos secundarios?

—No. Puede que te cueste creerlo, pero la verdad es que me alegro de lo que pasó.

—¿Por qué? —lo que su amiga acababa de decir carecía de sentido, pero era obvio que estaba hablando en serio.

—Si no me hubieran secuestrado, no sé cuánto habría tardado en darme cuenta de que en realidad estoy enamorada de Bruce. Es el hombre con quien quiero estar, Teri. No tengo ninguna duda.

—¿Bruce?

—Al principio, creí que aquellos tipos iban a matarnos a James y a mí —bajó un poco la voz al añadir—: Estaba aterrada. ¿Has oído eso de que la vida te pasa por delante de los ojos? No fue lo que me pasó exactamente, pero tuve tiempo de pensar... bueno, «pensar» no es la palabra adecuada, porque no controlaba los recuerdos y las imágenes que me pasaron por la mente. Y Bruce fue la persona predominante en mi cabeza.

—¡Lo sabía! —fue incapaz de disimular su alegría. Saber que uno estaba en lo cierto era de lo más satisfactorio, sobre todo cuando se trataba de un tema tan positivo. Al darse cuenta de que Rachel no parecía demasiado entusiasmada, le preguntó—: ¿Qué piensas hacer?

Su amiga empezó a leer el menú con tanto interés, que cualquiera diría que se trataba de un superventas.

—¿Rachel? —apartó el menú para poder verla, y se quedó de piedra al ver que tenía los ojos llenos de lágrimas.

—Perdona, es que... —dejó la frase inacabada, y se puso a buscar un pañuelo en su bolso.

—¿Por qué lloras? Rachel, ¿qué es lo que pasa?

—Que ames a alguien no implica que las cosas sean fáciles —soltó un sollozo, y se tomó unos segundos para recuperar la compostura antes de añadir—: Se lo dije a Nate.

—¿Y qué pasó?, ¿cómo reaccionó?

Rachel se sonó la nariz, y se encogió de hombros.

—¿Tú qué crees?, tan mal como te imaginas.

—Lo siento mucho, Rach.

—Al principio, no me creía. Me dijo que era por el trauma, que no estaba pensando con claridad, y yo le contesté que estaba muy segura de mis sentimientos. Entonces se alteró mucho y me dijo que hacía tiempo que temía que pasara aquello, porque... porque como él estaba en San Diego, Bruce tenía la ventaja de jugar en casa —la miró con expresión dolida, y comentó—: Me lo dijo con esas mismas palabras.

—A los hombres les encantan las analogías deportivas.

Romper una relación siempre era difícil, ella lo sabía por experiencia propia. Incluso aquella vez en que Gary Underwood le había vaciado la cuenta corriente, se había sentido culpable por echarlo de casa. Era increíble... apenas podía pagar el alquiler de su casa porque el muy impresentable le había robado todos sus ahorros, y aun así, se había preocupado por él.

—¿Qué pasó después?

—Nate intentó convencerme de que en realidad le amo a él. La verdad es que le quiero, pero no tanto como a Bruce.

La camarera eligió aquel preciso momento para acercarse a tomarles nota. Cuando se marchó, Rachel siguió con su explicación.

—La conversación acabó bastante mal, los dos dijimos cosas

bastante duras. Estoy segura de que es verdad que Nate siente algo por mí, pero me he dado cuenta de que tenía sus propios motivos para querer seguir conmigo. Su madre no aprobaba nuestra relación, pero él veía la situación desde otro punto de vista. Creo que me consideraba una ventaja de cara a su carrera política, quería una esposa normalita para mejorar su imagen pública y conseguir más votantes.

—Eso es verdad. No me refiero a lo de «normalita», sino a que le caerías bien a los votantes. Eres una persona fantástica.

Rachel sonrió, y sacó otro pañuelo del bolso.

—Me siento fatal, pero ya está hecho. Hemos terminado, y dudo que vuelva a saber de él.

Teri esperó unos cuantos segundos antes de preguntarle:
—¿Has hablado con Bruce?

—Aún no —respiró hondo antes de añadir—: Esa conversación va a ser tan difícil como la que tuve con Nate.

—¿Por qué?

—Bruce está muy raro últimamente.

—Está enamorado de ti, y le da miedo.

—Puede que sí. A lo mejor...

—¿Cuándo vas a volver a verle?

—Aún no lo sé.

—¡Por el amor de Dios, Rachel!

No entendía por qué todo el mundo era tan testarudo. James y su hermana, Rachel y Bruce... se sentía en la obligación de tomar las riendas de la situación, ya que estaba convencida de que sabía lo que les convenía mejor que ellos mismos.

—Hablaré con él —su amiga se sentó más erguida, y admitió—: Intenté sincerarme con él el viernes, después del... incidente, pero no quiso escucharme. Me dijo que lo que pasaba era que yo necesitaba a alguien, a quien fuera, y que como él estaba allí, pues me resultaba conveniente. Pero estaba muy equivocado, Teri. Se suponía que íbamos a hablar al día siguiente, pero nada de nada.

—Tienes que decírselo.
—Sí, ya lo sé. ¿Podemos cambiar de tema?
—Como quieras —le dijo, mientras intentaba encontrar otro tema de conversación.

Había leído el *Chronicle* aquella mañana, seguro que había algún artículo interesante del que podrían hablar. La galería de arte de Harbor Street había cambiado de dueño, así que al final no iba a cerrar. Pero aquello estaba en la primera plana del periódico, así que seguro que Rachel ya se había enterado.

Mientras seguía dándole vueltas al asunto, la camarera llegó con la comida. Sintió cierta envidia, porque su amiga había pedido puré de brócoli y queso y una ensalada césar; en comparación, su comida parecía de lo más insulsa.

—Me he enterado de que el Taco Shack va a pasar a ser un asador —comentó Rachel.
—Será una broma, ¿no?
—Qué va. A mí tampoco me hace ninguna gracia.
—Bruce y tú solíais ir allí bastante a menudo, ¿verdad? —en cuanto pronunció aquellas palabras, deseó haberse mordido la lengua. Era el momento menos apropiado para recordarle algo así a su amiga.
—Sí —Rachel fijó la mirada en la ventana. Los árboles estaban desnudos, y el viento arrastraba unas cuantas hojas por la calle—. ¿Qué tal te ha ido en el médico?
—Bien. Me ha aconsejado que camine un poco cada día.
—¿Te encuentras bien?
—Sí, estoy genial. Sólo tengo que bajar un poco de peso, será bueno para mi presión arterial... y para el bebé.
—No sé si llegaré a tener hijos algún día.
—Pues claro que sí. Se te da muy bien tratar con niños —era algo que siempre la había admirado.

Daba la impresión de que la mitad de la clientela del salón de belleza tenía menos de doce años; de hecho, Rachel había conocido a Bruce y a Jolene cuando él había llevado a la niña a cortarse el pelo.

Después de comer, fueron a dar un paseo. Pasaron junto a la biblioteca y el puerto, en dirección al parque del paseo marítimo.

—Habla con Bruce en cuanto puedas, Rachel. No vayas dejándolo para después. ¿Qué es lo peor que puede pasar?

—Que me diga que no está enamorado de mí —se metió las manos en los bolsillos, y fijó la mirada en el mar.

—No digas tonterías, he visto cómo te mira.

Su amiga esbozó una sonrisa, y le dijo:

—Necesita que yo le ayude con Jolene.

—Esa niña te adora.

—Y yo la adoro a ella, y Bruce lo sabe. No quiere que me mude a California, pero creo que sólo es por su hija.

—Lo dudo, pero sólo hay una forma de saberlo con certeza: preguntárselo a él.

CAPÍTULO 38

Jolene llamó a Rachel aquel mismo día, para preguntarle si podía ir a su casa. Cuando fue a buscarla, la niña le contó que se había peleado con su amiga Michelle, y después se pintaron las uñas de los pies mientras charlaban sobre los niños guapos que había en su clase.

Después de consolar a la pequeña por la aparente pérdida de su amistad con Michelle, Rachel la llevó a merendar al Pancake Palace, aunque antes hizo que llamara a su padre para pedirle permiso. La llevó de regreso a casa a eso de las siete de la tarde.

—Gracias, Rach. Me lo he pasado muy bien —le dijo la niña, mientras abría la puerta del coche.

—Voy a entrar contigo, me gustaría charlar un rato con tu padre.

—¡Genial!

Después de hacer acopio de valor, Rachel tragó con fuerza y fue hacia la casa con Jolene.

—¡Papá, Rachel está aquí! —gritó la niña, en cuanto entraron. Al ver que su padre no respondía, gritó con más fuerza—: ¡Papá! —se asomó a la cocina, y se volvió de nuevo hacia Rachel—. A lo mejor está en el sótano —sin más, abrió una puerta y desapareció.

Poco después, volvió con su padre. Bruce llevaba una camisa de franela azul, y tenía el pelo y los hombros cubiertos de serrín.

—¿Quieres que vuelva más tarde?

—Puedes quedarte, Rachel —le dijo Jolene—. A papá le gusta hacer cosas de madera, siempre está trabajando en algo.

Rachel no sabía que Bruce tenía aquella afición, y tuvo la sensación de que había muchas más cosas que desconocía sobre él.

—¿No te importa, Bruce?

—No, estaba a punto de tomarme un descanso. Por cierto... —miró a su hija, y le dijo—: Te ha llamado Michelle.

—¿En serio? —Jolene abrió los ojos de par en par y miró sonriente a Rachel, que le devolvió la sonrisa.

—Le he dicho que la llamarías en cuanto llegaras a casa —dijo Bruce.

—¿La llamo? —la niña miró a Rachel sin ocultar lo entusiasmada que estaba.

—Claro que sí, hazlo ahora mismo. Aprovecharé para charlar con tu padre —cuando la niña alzó los pulgares y se fue a toda prisa, miró a Bruce y le preguntó—: ¿Te apetece una taza de café? —necesitaba tener algo entre las manos, entretenerse con alguna tarea.

Él asintió mientras se sacudía el serrín de las manos, fue con ella a la cocina, y apartó una silla para que se sentara.

La cocina estaba hecha un desastre. Había platos sucios apilados en el fregadero, una caja de galletas se había volcado encima de la encimera, y había un cazo con restos de sopa de lata... de hecho, la lata en cuestión estaba a escasa distancia, junto a un paquete de leche.

—No esperaba recibir visita —después de meter la leche en la nevera, Bruce se volvió hacia ella y se metió las manos en los bolsillos—. Voy a preparar el café.

—Si es mucha molestia, no hace falta que...

—No es ninguna molestia, Rachel —echó un poco de agua en la cafetera, para limpiar los posos que habían quedado del café del desayuno.

—Quería darte las gracias otra vez por venir a la comisaría la otra noche.

—Me alegré de que no te hubieran hecho daño. Llevarte en coche a tu casa no fue ninguna heroicidad, así que deja de darme las gracias. ¿Por qué no vas al grano de una vez?

Su brusquedad la sorprendió. Había planeado con sumo cuidado un pequeño discurso, pero él estaba poniéndoselo muy difícil. Permanecía tan alejado de ella como podía en el espacio limitado de la cocina, tenía la cadera pegada a la encimera.

—La verdad es que me gustaría decirte varias cosas...

—¿Como qué? —siguió preparando el café, y cuando terminó, se sentó a horcajadas en una silla, justo enfrente de ella.

Rachel lo prefirió así, ya que por lo menos estaban cara a cara.

—Nate y yo...

Él no le dio tiempo a acabar la frase.

—Has decidido casarte con él, ¿verdad? —tenía una expresión distante en la cara, como si se hubiera encerrado en sí mismo.

—¡No!

—¿No?

—No voy a casarme con él —esperaba alguna reacción por su parte, pero él parecía decidido a mantenerse imperturbable—. Lo más probable es que no vuelva a verlo nunca más.

Al oír que la cafetera empezaba a gorgotear, él se levantó de golpe y sacó dos tazas del lavavajillas.

—¿Cómo te gusta el café? —al ver que ella no contestaba, añadió—: Solo, ¿verdad?

El hecho de que se mostrara tan indiferente le resultó

más que insultante; de hecho, se sintió dolida. Habían tomado café juntos un montón de veces, así que él sabía cómo le gustaba.

Se puso de pie, y le dijo:

—Me parece que esto ha sido una mala idea —no hacía falta que él dijera nada más, su posición estaba muy clara. Lo único que quería de ella era que fuera una madre sustituta para Jolene.

—¿Qué quieres decir?

—Que venir aquí ha sido un error —Teri tenía la culpa. Había sido ella la que había insistido en que hablara con Bruce, y el resultado había sido desastroso.

—No entiendo a qué viene todo esto, Rachel. ¿Qué es lo que pasa? —le dijo, mientras la miraba desafiante.

—No pasa nada, así que no te preocupes —agarró el bolso, y añadió—: Siento haberte molestado, no volverá a suceder —fue hacia la puerta sin esperar a que le respondiera. Se dijo con amargura que al menos le habían quedado las cosas claras. A pesar de que Bruce no quería que se casara con Nate, no estaba interesado en mantener una relación sentimental con ella. Había sido una idiota.

—¡Rachel! ¡Rachel!

Al ver que Jolene la llamaba desde la puerta, se despidió con un gesto de la mano pero no se detuvo. Al llegar a casa se sentía inquieta, irritada, enfadada, y dolida. No podía centrarse en nada. Pasó de estar furiosa a ponerse a llorar, y a continuación se enfureció de nuevo.

Intentó leer, pero era incapaz de concentrarse. Se metió en Internet y contestó a un par de correos electrónicos, pero tampoco estaba de humor para eso. Y tampoco tenía ganas de llamar a alguna de sus supuestas amigas.

Al final, puso el DVD de su película preferida, *La princesa prometida*, y preparó palomitas. Se las comió a pesar de que no tenía hambre, y como después se sintió llena y empachada, se enfadó aún más consigo misma.

A las diez se dio un baño, se puso un pijama de franela y la bata más gruesa que tenía, y se sentó delante de la tele para acabar de ver la película.

Se sobresaltó cuando el timbre de la puerta sonó a eso de las once. Echó un vistazo por la mirilla, y retrocedió asombrada al ver que se trataba de Bruce. Después de respirar hondo, descorrió el cerrojo y entreabrió la puerta.

−¿Qué quieres?

Él le enseñó dos vasos de plástico, y le dijo:

−Te he traído café.

−¿No crees que es un poco tarde para tomar cafeína?

−Es descafeinado.

−Ah −como si aquélla fuera una razón de peso, se apartó para dejarlo pasar.

−El tuyo está tal y como te gusta, sin leche ni azúcar −después de darle el vaso, fue a la sala de estar sin pedir permiso y se sentó en un extremo del sofá.

Ella se sentó en el otro extremo, y tomó un sorbo de café. Había apagado la tele y el silencio parecía reverberar entre ellos, pero no quiso tomar la iniciativa; en su opinión, como era él quien había ido a verla, le tocaba hablar primero.

−He venido a disculparme por lo que te he dicho antes −le dijo él al fin. Era obvio que era plenamente consciente de lo que había hecho. Al ver que ella se limitaba a asentir y a tomar otro sorbo de café, le preguntó−: ¿Podrías explicarme por qué te has enfadado tanto?

−No.

Había creído que él le declararía su amor en cuanto le dijera que había roto con Nate, pero no lo había hecho, y era obvio por qué. Bruce se había esforzado en dejarle muy claro que no sentía nada por ella.

−Si he dicho algo que te haya ofendido, dímelo.

−No me has ofendido −le dijo con rigidez, mientras mantenía la mirada fija en la pared.

Él parecía bastante incómodo, y se produjo otro silencio tenso; al cabo de unos segundos, comentó:

—En ese caso, será mejor que me vaya —se puso de pie, y dejó el vaso encima de la mesa.

Rachel siguió aferrada a su propio vaso mientras lo acompañaba hasta la puerta.

—Echo de menos tu amistad, Rachel.

No se molestó en contestarle. Amiga, madre sustituta, compañera de cena ocasional... todas aquellas cosas estaban muy bien, pero a ella no le bastaban.

—Adiós, Bruce —le dijo con voz queda, antes de cerrar la puerta.

CAPÍTULO 39

Los herederos de Martha Evans habían buscado por todas partes, y al final habían denunciado de forma oficial la desaparición de varias joyas bastante caras. Habían aportado descripciones de las joyas en cuestión, y el sheriff Davis se había pasado la mañana recabando información. En primer lugar había ido a hablar con el reverendo Dave Flemming, que había sido quien había encontrado el cadáver de la anciana.

Dave había tenido la oportunidad de cometer el robo, pero carecía de motivos. A Troy le caía bien, y en ningún momento le había considerado sospechoso. Había respondido a las preguntas sin vacilar y se había esforzado por colaborar en todo lo posible, y eso siempre era de agradecer.

El otro caso importante que tenía entre manos en ese momento era el de Bobby Polgar y el intento de secuestro, pero eso parecía estar bajo control.

Estaba de buen humor y en gran parte se debía a Faith, ya que iba a volver a verla al acabar la jornada. Se veían todas las semanas, en Cedar Cove o en Seattle; en esa ocasión habían quedado a medio camino de los dos sitios, en un restaurante de Tacoma.

Aún no le había contado a Megan lo que pasaba. Sabía que estaba comportándose como un cobarde, pero lo del aborto había sido un golpe muy duro para ella, y quería que se recuperara tanto emocional como físicamente antes de hablarle de Faith. Quería que se conocieran, y las Navidades serían el momento perfecto. Su hija no quería que saliera con otra mujer tan pronto después de la muerte de Sandy, pero seguro que Faith le caería bien en cuanto llegara a conocerla.

Estaba sentado en su despacho, repasando el caso Evans, cuando uno de los agentes llamó a la puerta y le dijo:

—Su hija ha venido a verle, sheriff.

—Dile que pase.

Supo que pasaba algo malo en cuanto la vio entrar en el despacho. Estaba pálida y temblorosa, y tenía los ojos llorosos. Se acercó a ella, y la condujo hacia una silla.

—¿Qué pasa, cariño?

Ella parecía incapaz de articular palabra. Se llevó un pañuelo húmedo y medio roto a la cara, y luchó por inhalar hondo varias veces.

—¿Se trata de Craig? —al verla negar con la cabeza, lo intentó de nuevo—. ¿Tiene algo que ver con... el aborto?

Ella hizo un gesto de dolor y cerró los ojos en cuanto le oyó mencionar aquello.

—He... he ido al médico esta mañana.

—¿Hay algún problema? —sintió una súbita punzada de temor.

—Sí.

Troy sintió que le flaqueaban las piernas, y tuvo que sentarse.

—Tendría que haberme dado cuenta de que era una posibilidad... y tú también, papá.

—¿A qué te refieres?

—El doctor Franklin quiere que me haga unas pruebas.

—¿Para qué?

Ella soltó un sollozo, y le dijo con una voz queda que reflejaba una mezcla de miedo y dolor:

—Para ver si tengo esclerosis múltiple.

Aquellas palabras lo golpearon con una fuerza brutal. Aquella posibilidad ni siquiera se le había pasado por la cabeza. Saber que su hija corría el riesgo de padecer la misma enfermedad que le había arrebatado a Sandy la posibilidad de llevar una vida normal... era incapaz de asimilarlo.

—El doctor Franklin me ha explicado que aún no se conocen las causas, pero que puede ser algún factor genético. Me ha dicho que afecta más a las mujeres que a los hombres, y que estadísticamente tengo más probabilidades porque mamá la padecía.

Troy apenas podía pensar, estaba conmocionado. Había visto de primera mano todo lo que Sandy había sufrido. Cada día había tenido que enfrentarse a nuevos desafíos, y había ido perdiendo terreno mes a mes. A pesar de que había afrontado lo que le pasaba con fuerza de voluntad y esperanza, la enfermedad había acabado matándola. No podía soportar la idea de que su única hija tuviera que pasar por aquel calvario.

—¿Cómo voy a decírselo a Craig? —dijo ella, entre sollozos.

Él fue incapaz de contestar.

—Mamá también sufrió abortos, ¿verdad?

Como seguía sin poder articular palabra, se limitó a asentir.

—Creo que preferiría morir antes de tener que pasar por lo mismo que mamá —le dijo ella, con voz queda.

—¡No! —se puso de pie de un salto, y exclamó—: ¡No digas eso! —no se asustaba con facilidad, pero oírle decir aquello a su hija lo había aterrado. Al verla llorar desesperada, sintió que se le rompía el corazón—. ¿Cuándo te harán las pruebas?

—La semana que viene. Me harán una resonancia magnética, el doctor me ha dicho que es la técnica más fiable para obtener un diagnóstico. También me ha dicho que tengo muchas posibilidades de no tener la enfermedad, pero... y si...

Troy no podía soportarlo, no podía aceptar el hecho de que su única hija pudiera padecer la misma enfermedad que Sandy.

—¿Qué pasará si estoy enferma? En cuanto el doctor Franklin dijo que tenía que hacerme las pruebas, algunos detalles empezaron a encajar.

—¿A qué te refieres?

Su hija siempre había tenido una imaginación muy activa, así que a lo mejor había exagerado cualquier posible síntoma y había hecho una montaña de un grano de arena. Tenía sentido. Había perdido a su madre y había sufrido un aborto poco después, era normal que estuviera alterada.

Ella permaneció en silencio durante unos segundos, como si estuviera buscando la mejor manera de explicarse, y al final dijo:

—Llevo algún tiempo sintiendo molestias en los ojos.

Troy sintió que lo recorría un escalofrío. Poco después de que se casaran, Sandy había pasado por una época en que le molestaban mucho los ojos, pero los síntomas habían acabado desapareciendo y los dos habían creído que se debían al estrés. Con el tiempo habían sabido que la visión doble podía ser un síntoma temprano de la esclerosis múltiple, pero aquello había sucedido cuarenta años atrás, y en aquel entonces se sabía mucho menos sobre aquella enfermedad y su tratamiento.

—Superaremos esto, Megan. Ya lo verás, lo superaremos juntos... Craig, tú, y yo.

Ella lo miró con desesperación. Era obvio que ansiaba creer que aquello era cierto... de hecho, él también quería creerlo.

Se dieron un largo abrazo antes de que ella se fuera, y cuando se quedó solo, se dio cuenta de que su hija le había humedecido la camisa con sus lágrimas.

Si existía la más mínima posibilidad de que Megan tuviera esclerosis múltiple, tenía que apoyarla en todo, tal y como había hecho en el caso de Sandy. De modo que iba a tener que hacer algunos cambios en su vida, y el mayor de todos tenía que ver con su relación con Faith.

Pasó una hora solo en su despacho, con la mirada perdida fija en la ventana, intentando encontrarle algún sentido a lo que estaba pasando. A pesar de que estaba conmocionado, tenía la sensación de que estaba pensando con claridad. Sin darse tiempo a cambiar de idea, sacó el móvil y llamó a Faith.

—¡Hola, Troy! Qué sorpresa tan agradable —por regla general, él no solía llamarla durante la jornada.

Al verla tan alegre, sintió como si acabaran de clavarle un cuchillo en el corazón.

—Hola, Faith —cerró los ojos, y tuvo que obligarse a decir—: No puedo cenar contigo esta noche.

—Qué lástima.

La desilusión que se reflejaba en su voz lo angustió aún más. Si Faith seguía saliendo con él, tendría que aguantar un montón de citas canceladas y de desilusiones, porque tenía que estar centrado en Megan; además, su trabajo de sheriff también acaparaba mucho tiempo. No era justo pedirle a Faith que esperara en un segundo plano, o que se contentara con los momentos ocasionales que él podría ofrecerle.

—Lo siento, Faith.

—Ya sé que no cancelarías la cita sin una razón de peso —al ver que no contestaba, añadió—: En fin, quería darte la noticia durante la cena, pero voy a tener que hacerlo por teléfono.

Se sintió un poco irritado al ver que seguía igual de alegre, como si no pasara nada.

—¿Qué noticia?

—No te había dicho nada antes porque quería que fuera una sorpresa... ¡he vendido mi casa!

—Ah —sintió que se le caía el alma a los pies. No sabía cómo iba a soportar verla por Cedar Cove... por las calles, en las tiendas, por todas partes.

Ella no pareció notar su falta de entusiasmo, y añadió:

—Tendría que haberlo hecho hace mucho tiempo, era una ridiculez vivir sola en una casa tan grande —al ver que él no hacía ningún comentario, siguió hablando—. Mi hijo está encantado, ya está buscándome una casa. Tú y yo nos ahorraremos tener que pasar tanto tiempo en la carretera —añadió, con una carcajada.

—Faith... he estado pensando, y he decidido que será mejor que dejemos de vernos.

No sabía cómo había podido pronunciar aquellas palabras. Su corazón le gritaba que se detuviera, que se retractara, que fingiera que no había dicho nada, pero sabía que no podía hacerlo. Se llevó la mano a la frente, y apoyó el codo en la mesa.

Tras un breve silencio, ella le preguntó con voz suave:

—¿He hecho algo que te haya molestado?

Antes se había irritado al oírla hablar con tanto entusiasmo, pero sintió que le arrancaban las entrañas al oír el dolor que se reflejaba en su voz.

—No.

—¿Puedes explicarme por qué has tomado esa decisión?

—No —lo dijo con firmeza, a pesar de que sabía que estaba siendo injusto con ella.

Faith tardó unos segundos en asimilar su negativa, y al final le dijo:

—Ya no soy una adolescente, Troy. Ninguno de los dos tuvimos la culpa de que nuestra relación se malograra hace años, y no quiero que la historia se repita. Por favor, dime lo que pasa. Me parece que al menos me merezco una explicación.

Troy se dio cuenta de que ella tenía razón, y admitió:

—Se trata de Megan.

—Tu hija...
—Es posible que tenga esclerosis múltiple.
—¡Dios mío! Troy, no sabes cuánto lo siento.
—Aún no le había hablado de ti, y ahora está claro que no puedo hacerlo.
—Supongo que tienes razón —admitió ella con tristeza.
—Cuando vengas a vivir a Cedar Cove... —no podía pedirle que no lo hiciera, pero sabía que sería una agonía verla por la ciudad.
—La decisión ya está tomada, Troy. Tú fuiste una de mis razones, pero hay otras, incluyendo a mi hijo y a su familia.
—Por supuesto —cerró los ojos mientras intentaba mantener la compostura. Amaba a Faith. La había amado cuando estaban en el instituto, y la amaba en ese momento. Lo que sentía por ella no iba a cambiar, daba igual dónde viviera—. Quizá sería mejor que salieras con otro hombre —aquellas palabras le causaron un dolor tremendo, y se puso cada vez más tenso al ver que ella no contestaba.
—¿Es eso lo que quieres, Troy? ¿De verdad quieres que salga con otro? —le preguntó al fin.
—Quizá sería lo mejor.
—No lo creo, pero entiendo por qué opinas así.
—Lo siento, Faith. Me gustaría que nuestra relación hubiera funcionado, pero es inútil.
—Yo también lo siento. Rezaré por tu hija y por ti —le dijo ella, con voz queda.
—Gracias.
—Adiós —era obvio que estaba controlando el llanto.
—Adiós, Faith.

CAPÍTULO 40

Linnette llevaba casi dos meses trabajando para Buffalo Bob, y lo cierto era que cada vez se sentía más cómoda en aquel lugar llamado Buffalo Valley. La gente era abierta y cordial, pero todo el mundo respetaba su privacidad y nadie le hacía preguntas indiscretas... bueno, había una excepción: Pete Mason.

Aquel hombre había tomado por costumbre ir a comer al 3 of a Kind dos o tres veces por semana. Eso no tendría por qué molestarla, pero el problema radicaba en que él no se limitaba a comer. Cada vez que iba al restaurante, hacía algún comentario sobre lo que ella había dicho justo después del tornado; de hecho, ni siquiera parecía darse cuenta de cuánto la incomodaba con sus desconsiderados comentarios.

En una ocasión, Pete le había llevado una bolsa de palomitas que había comprado en el pequeño cine del pueblo. Tenían tanta mantequilla, que había calado en la bolsa de papel. Se las había dado en el restaurante, delante del resto de comensales, mientras hacía una pequeña reverencia, así que había dado todo un espectáculo y la había puesto en evidencia... y todo porque ella le había comentado en una ocasión que le gustaban las palomitas.

De acuerdo, tenía que admitir que al final se las había comido... más tarde, cuando estaba a solas en su habitación.

—Pete está interesado en ti —le dijo Merrily, el sábado por la tarde.

—Lo dudo.

No quería hablar del tema. Si Pete Mason estuviera interesado en ella, a aquellas alturas ya la habría invitado a salir a algún sitio, porque había tenido un montón de oportunidades para hacerlo; sin embargo, había mostrado más interés en el bistec y el puré de patatas del menú que en ella. Daba la impresión de que sólo recorría el largo camino que había desde su granja hasta el pueblo para poder humillarla con la información personal que ella había revelado.

Aquella noche se celebraba un baile, y como el pueblo entero iba a asistir, el restaurante iba a estar cerrado.

—Seguro que va al baile —Merrily le lanzó una pequeña sonrisa.

Linnette dejó pasar aquel comentario. Acabó de meter los platos en el lavavajillas, y limpió el mostrador. La hora punta del desayuno ya había pasado, y sólo iba entrando algún que otro cliente esporádico. En las horas de calma que había entre el desayuno y la comida, solía ayudar en la cocina pelando patatas, rallando zanahorias, cortando cebollas... en fin, haciendo lo que Bob le pidiera. A pesar de que aquel empleo era temporal, le gustaba estar allí.

Gracias a su trabajo de camarera, apenas tenía tiempo de pensar en Cal y en Vicki. Su madre le había comentado que la pareja pensaba marcharse en breve a rescatar mustangs de nuevo; de hecho, había aprovechado para intentar convencerla de que regresara a Cedar Cove, pero ella ya había decidido quedarse en Buffalo Valley.

—¿Abriremos en Acción de Gracias? —le preguntó a Merrily.

—No, casi todo el mundo prefiere celebrarlo en casa. Buffalo Valley se cierra a cal y canto en las fiestas.

—Ah.

—Si vas a estar sola, puedes pasar el día con nosotros. Siempre es un poco caótico, por los niños y tal, pero serás bienvenida.

—Gracias, pero aún no he decidido lo que voy a hacer.

—¿Añoras tu casa?

—La verdad es que no.

—¿No echas de menos a... nadie?

Gracias a Pete Mason, medio pueblo sabía que el hombre al que amaba la había dejado. Era indignante que aquel hombre fuera revelando a diestro y siniestro lo que ella le había contado, había sido una insensata al decirle todo aquello.

Más tarde, mientras se arreglaba para ir al baile, empezó a darle vueltas a la conversación que había mantenido con Merrily; por sorprendente que fuera, la verdad era que no añoraba Cedar Cove, y aunque echaba de menos a sus padres y a sus hermanos, hablaba con ellos por teléfono muy a menudo, y eso la reconfortaba.

En cuanto a sus amigos... lo cierto era que tenía pocos. Chad le había mandado una carta en la que le explicaba cómo iban las cosas en la clínica, y en la que mencionaba que por fin había logrado que Gloria accediera a salir a cenar con él.

Aquello sí que era un notición, aunque ya sabía que era probable que su hermana accediera a tener una relación con Chad cuando ella ya no estuviera en Cedar Cove. No acababa de entender el razonamiento de Gloria; al parecer, había querido asegurarse de que ella ya no estaba interesada en Chad. Sí, era cierto que se había sentido atraída por él en el pasado, pero hacía mucho tiempo que ya no sentía nada por él.

Cuando hablaba con su familia y sus amigos, nadie mencionaba a Cal, y eso era de agradecer; en su caso, el viejo dicho de «ojos que no ven, corazón que no siente» se había cumplido, ya que últimamente apenas pensaba en él. El problema era que, en las escasas ocasiones en que se acordaba de él, volvía a sentir el mismo dolor profundo que la había atenazado cuando él la había dejado.

Fue al baile con Bob, Merrily y los niños. El salón donde iba a celebrarse estaba a las afueras del pueblo, y el aparcamiento estaba abarrotado con furgonetas de todos los modelos y los estilos imaginables; en aquella parte del país, las furgonetas y los vehículos con tracción en las cuatro ruedas no eran un capricho, sino una necesidad. Cuando salió de la furgoneta de Bob, se quedó quieta durante unos segundos mientras saboreaba el ambiente... había anochecido, hacía bastante frío, y se oía la música procedente del salón.

Merrily le había dejado unas botas vaqueras de color turquesa, que combinaban a la perfección con la falda de tres cuartos que llevaba. La chaqueta marrón de ante daba el toque adecuado, aunque habría sido perfecta si tuviera flecos. Lo único que le faltaba para acabar de parecer una oriunda de la zona era un sombrero vaquero. Si su familia pudiera verla en ese momento...

Por sorprendente que pareciera, estaba planteándose la posibilidad de instalarse de forma definitiva en Buffalo Valley. El pueblo le gustaba, aunque tuviera que soportar a Pete Mason. Si él no fuera tan... tan... fue incapaz de encontrar una palabra adecuada para definirlo. ¿Insolente?, ¿grosero?, ¿presuntuoso?

Cuando había obtenido su título de asistente médico, lo que quería era trabajar en una población pequeña como Buffalo Valley. Su idea inicial era buscar en Montana o en Wyoming, pero a su madre no le había gustado la idea de que viviera tan lejos de Washington. Si se hubiera ceñido a sus planes, se habría ahorrado la relación fallida con Cal. La verdad era que Dakota del Norte le parecía un lugar ideal para vivir.

Al entrar en el salón con Bob y Merrily, se quitó el abrigo largo que llevaba y lo dejó apilado con los demás en la entrada. Se había construido un escenario temporal para los músicos... un pianista, y un hombre que tocaba el banjo... pero en ese momento estaban tomándose un respiro.

El suelo estaba espolvoreado de serrín, y a la izquierda del salón había mesas con ponche y dulces caseros, debajo de las cuales había niños sentados que contemplaban a los adultos. A la derecha, al fondo de todo, había tres filas de sillas para los que estaban más interesados en charlar que en bailar.

Jamás había visto nada igual, nunca había estado en un sitio así.

Cuando Buffalo Bob y Merrily se alejaron para ir a saludar a unos amigos, se quedó cerca de la puerta sin saber qué hacer durante un largo e incómodo momento, y al final fue a servirse un vaso de ponche.

La música empezó de nuevo, y antes de que pudiera tomar un trago, tres hombres se le acercaron a toda prisa. Cada uno de ellos estaba tan empeñado en ser el primero en hablar con ella, que iban dándose empujones y codazos para intentar adelantarse.

—¿Quieres bailar? —le preguntó Charley Dawson.

—Oye, ¿y yo qué? —dijo DeWayne Block.

—Ha sido idea mía —apostilló Brian Ledel.

Linnette apenas pudo contener una sonrisa; desde luego, la autoestima de cualquier mujer subiría ante un recibimiento así.

—Me parece que ha sido Charley el que me lo ha pedido primero —dejó el vaso sobre la mesa, y alargó la mano hacia él. Los músicos estaban tocando los primeros acordes de un vals.

Se dio cuenta de que se había equivocado al elegir a Charley la tercera vez que la pisó.

—Perdona, la verdad es que bailar no se me da demasiado bien —le dijo él.

—No te preocupes, estás haciéndolo bien —le contestó, tranquilizadora. Se dio cuenta de que él iba contando los pasos en silencio, ya que sus labios iban formando las palabras: *un, dos, tres, un, dos...*

DeWayne Block se les acercó para reclamar su turno antes de que el vals acabara, pero, por desgracia, debía de haber tomado clases de baile con el mismo profesor que Wayne. Si aquello seguía así, iba a acabar coja o con los pies rotos.

Cuando Pete Mason llegó para reclamar su turno, estuvo a punto de decirle que necesitaba descansar un poco, pero sabía que entonces él insistiría en acompañarla a las sillas y que no podría zafarse de él. Prefería aguantar otra sesión de pisotones antes que arriesgarse a sentarse con él, aquel hombre era capaz de empezar a contarle al primero que pasara las intimidades que ella le había confesado.

Se sorprendió al ver que era muy buen bailarín; de hecho, no la pisó ni una sola vez. Pero lo más sorprendente fue que permaneció callado mientras bailaban.

Él apoyó la mandíbula contra su sien y la hizo girar por el salón como todo un experto, hasta el mismísimo Arthur Murray habría aprobado su técnica. Nadie diría que estaban en un salón de pueblo con el suelo cubierto de serrín, parecían sacados de algún elegante salón de baile de Nueva York.

Cuando la canción terminó y él la soltó con una pequeña reverencia, se quedó mirándolo desconcertada y le preguntó:

—¿Dónde has aprendido a bailar así?

—En la universidad, la clase de baile era una asignatura optativa —sonrió con ironía, y añadió—: Pensé que estaría chupado sacar buena nota, pero me equivoqué. No sabes lo que me costó aprobar.

Fueron a sentarse, pero los dos se quedaron sin saber qué decir y se produjo un incómodo silencio.

—Lo que daría por otro tornado —dijo él, en voz baja.

—¿Qué has dicho? —le preguntó, boquiabierta.

—Nada —ni siquiera se volvió hacia ella, mantuvo la mirada fija hacia delante.

Linnette hizo lo mismo, pero al ver que sus tres pretendientes se acercaban, los dedos de los pies se le encogieron. Si volvía a bailar con alguno de ellos, lo más probable era que acabara la velada sin poder andar.

Pete se puso de pie antes de que DeWayne tuviera tiempo de llegar, la agarró de la mano, y la condujo de nuevo a la pista de baile.

—Eres mi héroe —cuando susurró aquel comentario, notó que él sonreía mientras la tomaba entre sus brazos. Era un baile lento, y le costó creer lo sincronizados que estaban. Era como si hubieran bailado juntos infinidad de veces—. Estoy esperando —comentó, cuando la canción estaba a punto de acabar.

—¿A qué?

—A que hagas algún comentario que me incomode.

Él estuvo a punto de perder el ritmo, y admitió a regañadientes:

—Me he dado cuenta de que esa técnica no estaba funcionando.

—¿Qué quieres decir?

—Da igual.

—No te entiendo, Pete.

Él carraspeó un poco, y le preguntó:

—¿Piensas marcharte de Buffalo Valley? Si es así, prefiero saberlo de antemano.

La pregunta la sorprendió. Los músicos anunciaron que iban a hacer otra pausa, así que regresaron a las sillas. Después de sentarse, se volvió hacia él y le preguntó:

—¿Qué más te da si me quedo o me voy?

Él se cruzó de brazos, y miró ceñudo al suelo.
—¿Piensas irte de Buffalo Valley, o no?
—¿Quieres que me vaya?
Alzó la mirada hacia ella de golpe, y exclamó:
—¡No!
—¿Por qué crees que voy a hacerlo?
—No sé... supuse que una chica de ciudad como tú no querría quedarse aquí mucho tiempo.
Aquella conversación cada vez se ponía más interesante.
—¿Por qué quieres que me quede? Si es que es eso lo que estás diciendo, claro.
Él la miró con incredulidad, como si apenas pudiera creer que le hubiera preguntado aquello, y le dijo:
—¿Es que no te has dado cuenta de la cantidad de veces que he venido al pueblo en los últimos dos meses? En mi granja tenemos una cocinera fantástica, así que mi hermano y yo comemos muy bien. La comida de casa es tan buena como la de Buffalo Bob, quizás incluso mejor.
En otras palabras: estaba diciéndole que iba tanto al pueblo por ella.
—No me has invitado a salir ni una sola vez, Pete.
—Y con razón.
—¿Ah, sí?
—Me dijiste que tenías el corazón roto —exhaló con fuerza, y descruzó los brazos—. Supuse que necesitabas tiempo para olvidarte de ese tipo.
—Ah.
—¿Por qué crees que vengo tantas veces a Buffalo Valley?, ¡mi granja está a una hora de camino!
—No soy adivina, Pete.
—Tenía que asegurarme de que nadie más se interesara en ti.
Linnette estuvo a punto de caerse de la silla, y alcanzó a decir:
—¿Qué?

—Perdona, ¿te ha molestado el comentario? Mi hermano Josh dice que nunca conseguiré casarme, porque no sé cuándo mantener la boca cerrada.

—¿Estás buscando esposa? —aquello le daba un enfoque distinto a la conversación... y también al comportamiento de Pete. Aunque lo cierto era que, si de verdad estaba buscando esposa, la forma en que estaba encarando el asunto era bastante peculiar.

—No estoy proponiéndote matrimonio —le dijo él a toda prisa.

—Perfecto.

—¿Perfecto? —le preguntó, ceñudo.

—Eh... sí, perfecto. Por ahora, ni siquiera me planteo casarme.

Él se inclinó hacia delante, y apoyó los codos en las rodillas antes de decir:

—Entonces, ¿estoy perdiendo el tiempo?

—Depende.

—¿De qué?

—De quién.

—Vale, me parece justo. ¿Puedo preguntarte algo?

—Claro —se cruzó de piernas, y empezó a mover un pie al ritmo de la música.

—¿Tengo posibilidades? Dímelo con sinceridad, así me ahorraré el tiempo, el esfuerzo, y el gasto que supone venir al pueblo tan a menudo. Por no hablar del ridículo que estaría haciendo —añadió—, en voz baja.

Ella se lo pensó durante unos segundos, y al final le dijo:

—La verdad es que no sé qué decirte. Supongo que tendría las ideas más claras si supiera más cosas sobre ti.

—De acuerdo —respiró hondo, y le dijo—: Tengo una granja con mi hermano Josh, que tampoco está casado —la miró con expresión pensativa, y le preguntó—: ¿Tienes alguna amiga soltera que pueda estar interesada en venirse a vivir aquí? —en cuanto pronunció aquellas palabras, pareció arrepentirse de haberlo hecho, y se apresuró a añadir–: Da igual, olvídalo. Funcionó una vez, pero no creo que la historia vuelva a repetirse.

–¿A qué te refieres?

–Lindsay Snyder se vino a vivir aquí hará unos ocho o nueve años...

–La conozco.

–Resulta que su amiga Maddy Washburn siguió sus pasos y las dos se casaron con tipos de la zona, así que... ¿por dónde iba?

–¿Has dicho Washburn? –le preguntó, boquiabierta.

–Sí.

–Ah –al parecer, Cal iba a perseguirla estuviera donde estuviese.

–Se casó con Jeb McKenna.

Había entablado una buena amistad con Maddy; de hecho, el día del tornado iba camino de su rancho. De modo que Washburn era su nombre de soltera... la vida estaba llena de ironías.

Maddy estaba en el otro extremo del salón, charlando con Lindsay Sinclair. Las saludó con un gesto, y cuando ellas le devolvieron el saludo, se volvió de nuevo hacia Pete. Al ver que parecía un poco aturullado, le dijo:

–Ibas a hablarme de ti mismo.

–Ah, sí –se sentó más erguido, y comenzó a hablar–. Soy un granjero, seguí los pasos de mi abuelo y de mi padre. Trabajo duro, cultivamos soja y trigo y también tenemos algunos caballos. Hoy día, no es fácil vivir de la tierra. Josh y yo trabajamos un montón de horas. Aprovecho mi tiempo libre para leer, y como ya has visto, bailar no se me da mal. Sé tocar un poco la guitarra, y me gustan los niños.

–¿Tratas bien a los animales?

–Sí; de hecho, mi hermano dice que soy demasiado sensiblero.

–¿Tienes algún secreto que estés dispuesto a contarme?

—¿Qué clase de secreto?

—Algo parecido a lo que yo te conté durante el tornado.

—Siempre me he sentido culpable porque copié una vez en un examen del cole. La primera vez que masqué tabaco tuve que tragármelo, porque mi padre entró en la habitación. Me puse muy malo, y no he vuelto a probar el tabaco desde entonces.

Aquello era un punto a su favor, porque demostraba que era un hombre que aprendía de sus propios errores.

—¿Quieres preguntarme algo más? —mientras ella se lo pensaba, añadió—: Sé sin ninguna duda que, si tuviera la suerte de que una mujer como tú se enamorara de mí, valoraría y atesoraría el regalo que estaba en mis manos, y jamás miraría a ninguna otra.

Aquellas palabras la conmovieron de verdad, y le dijo:

—Me parece que tus posibilidades acaban de aumentar considerablemente, Pete Mason.

—¿En serio?

Cuando los dos se miraron sonrientes, Linnette se dio cuenta de que Buffalo Valley, aquel pueblecito de Dakota del Norte, cada vez le gustaba más.

CAPÍTULO 41

Teri sabía que Bobby estaba preparado al máximo para afrontar aquella partida de ajedrez tan importante. Los dos primeros jugadores del mundo iban a enfrentarse por fin, y la prensa estaba expectante.

A pesar de que su marido no quería que le acompañara a Nueva York, ella había sido tajante. Le había pedido a Christie que, mientras ellos estaban fuera, se pasara de vez en cuando a ver a James, que aún estaba recuperándose y había tenido que quedarse en Cedar Cove. Al ver que su hermana accedía con cierta renuencia, había decidido que en cuanto volviera indagaría un poco. Aquella relación parecía dar un paso hacia delante y veinte hacia atrás, y ni James ni su hermana le decían nada.

La partida iba a celebrarse en el centro de Manhattan, y se iba a retransmitir en el mundo entero. El *New York Times* había escrito un artículo sobre el elusivo Bobby Polgar; según el periodista, Bobby se había recluido desde que se había casado, y por fin había resurgido.

Ella se puso un jersey de premamá por primera vez en el vuelo desde Seattle. Aún no lo necesitaba, pero pensó que el embarazo le daría a la prensa un tema sobre el que hablar, y también una posible razón que explicaría por qué Bobby había desaparecido de la vida pública.

Llegaron a Manhattan el sábado por la tarde, la partida iba a celebrarse al día siguiente en un hotel cercano a Broadway. Cuando entraron en la suite, se quedó boquiabierta al ver los enormes centros florales, las cestas de fruta, y las botellas de champán. Era la primera vez que estaba en Nueva York, y era tal y como esperaba. Se acercó a una de las ventanas y contempló las calles que tenía a sus pies, las luces resplandecientes de la ciudad. Estaba a treinta y ocho pisos de altura, y mientras miraba hacia abajo como hipnotizada, le pareció que podía oír el latido del corazón de aquel lugar.

—¡Mira esto, Bobby! —sujetó las cortinas mientras contemplaba la vorágine de taxis amarillos. Había pantallas publicitarias en las que se sucedían los anuncios, y los vendedores ambulantes cantaban las excelencias de sus productos—. Quiero ir de compras —sólo tenía dos jerséis de premamá, y según tenía entendido, Nueva York era uno de los mejores lugares del mundo a la hora de comprar.

—No —le dijo Bobby con firmeza.

—¿No? —él nunca le negaba nada, así que fue como oírle hablar en un idioma extranjero.

—Ya iremos después.

Teri se dio cuenta de que su marido tenía razón. Ella estaba allí para apoyarle, tendrían tiempo de sobra de ir de compras después de la partida de ajedrez.

—¿Vendrás conmigo?

—Sí.

—Nos lo pasaremos bien, ya lo verás —se tumbó en la cama, agarró el menú del servicio de habitaciones, y mientras le echaba un vistazo la asombraron tanto la variedad disponible como los precios astronómicos.

La partida iba a empezar a las nueve de la mañana, y Bobby parecía mucho más relajado que ella. Había dado por hecho que iban a quedarse en el hotel, que pedirían la comida al servicio de habitaciones y esperarían a que llegara la hora del enfrentamiento, así que cuando él le preguntó si le apetecía salir a dar un paseo, le dijo que sí de inmediato. Cuando se habían conocido el año anterior, él vivía en Nueva York, en un ático cercano a Central Park. Ella no había llegado a ver aquel lugar, porque Bobby lo había vendido poco después de que compraran la casa de Seaside Avenue.

Las calles estaban abarrotadas de gente de todas las edades, de todos los estratos sociales, de todas las nacionalidades. Había una energía casi ecléctica que ella no había experimentado jamás. Su mirada intentaba abarcarlo todo, y Bobby tuvo que apartarla en más de una ocasión de los vendedores ambulantes.

—Puedo comprar un bolso de marca por treinta pavos, ¿no ves que es una ganga? —protestó, mientras miraba por encima del hombro hacia los bolsos.

—Son falsos.

—Pero...

—Si quieres un bolso, te compraré uno auténtico.

—Bobby...

Al ver que se negaba a escucharla, decidió que a lo mejor podría escabullirse después y comprar bolsos para Rachel y Christie, seguro que les encantaban. Pero a pesar de lo decepcionada que estaba por no poder comprar nada, el paseo la revigorizó. Habían comido en un restaurante muy bueno y estaba decidida a encontrar la receta de algún pastel de queso parecido al que les habían servido allí, que estaba delicioso.

Cuando estuvieron de vuelta en la suite, se volvió hacia su marido y le preguntó:

—¿Quieres ver una película?

Tenían una amplia selección disponible en la tele. Se podría haber pasado los días viendo películas durante la semana que habían pasado de luna de miel en Las Vegas, pero habían tenido mejores cosas que hacer; sin embargo, en esa ocasión Bobby tenía que relajarse y disfrutar de una buena noche de sueño.

—¿Una película? —le preguntó, desconcertado.

—Sí, aquí hay una lista. Ni siquiera tenemos que salir de la habitación.

—Tengo mis propios métodos de relajación —le dijo él, con una sonrisa de oreja a oreja.

—¡Bobby! ¿Esta noche...?

—¿Por qué no?

—Para empezar, mañana por la mañana te espera la partida más importante de tu carrera.

Al ver que se acercaba a la puerta y ponía el seguro y la cadenilla, se sintió en la obligación de avisarle:

—Dentro de unos meses estaré enorme y gorda, y ya no me querrás.

Él la miró como si apenas pudiera creer lo que acababa de oír, y le dijo:

—Siempre te querré.

—Oh, Bobby... —la recorrió una emoción tan intensa, que tuvo que contener las lágrimas.

Aquella noche se acostaron pronto, pero no se durmieron hasta tarde.

Bobby solía ponerse nervioso antes de las partidas y los torneos, pero parecía muy tranquilo cuando se levantó a la mañana siguiente. Después de ducharse, no se puso ninguna ropa especial que considerara que le daba buena suerte, sino que optó por una camisa y unos pantalones normales y corrientes; a continuación, pidió el desayuno.

Ella se había puesto su jersey nuevo de premamá, y se colocó de lado mientras se miraba en el espejo de cuerpo entero que había en la puerta del armario.

—¿Se nota que estoy embarazada?

Él ladeó la cabeza, y la observó con atención antes de decir:

—Aún no.

—No quiero que la gente piense que es que soy gorda —dijo, con tono lastimero.

—Pensarán que eres preciosa.

Como su marido no dejara de decirle aquellas cosas tan bonitas, iba a echarse a llorar. A pesar de que no era un guaperas al estilo de las estrellas de Hollywood, ella jamás había conocido ni llegaría a conocer a alguien con más corazón e inteligencia. Se sentía agradecida... y en cierto sentido, asombrada... por el hecho de que él la amara.

El torneo iba a celebrarse en un salón de la última planta del hotel. En cuanto llegaron, las conversaciones se interrumpieron y se creó un silencio expectante. Bobby era el campeón reinante en el mundo del ajedrez, pero aun así, jamás se daba aires de grandeza ni era pretencioso, nunca esperaba deferencias ni tratamientos especiales.

Él la condujo hasta la zona de los espectadores, donde la sentaron en un lugar preferente. Había cámaras de televisión y varios monitores por todo el salón.

Aleksandr Vladimir, el jugador ruso, llegó con gran teatralidad. Se detuvo en la puerta, como si antes de que se dignara a entrar tuvieran que aplaudirle. Cuando varias personas lo hicieron por cortesía, se inclinó en una pequeña reverencia, se quitó el abrigo negro que llevaba, y lo colgó del brazo del tipo corpulento que tenía a su derecha.

Los flashes de las cámaras empezaron a relampaguear, y los reporteros se apresuraron a acercarse para entrevistarle.

Teri miró con atención al tipo corpulento que acompañaba a Vladimir, y se dio cuenta de que era uno de los matones que la habían acorralado en el aparcamiento del centro comercial la primavera pasada. Quizás incluso era uno de los hombres que habían secuestrado a Rachel.

Apenas podía creerlo, le pareció increíble que el despreciable de Aleksandr Vladimir tuviera el descaro de presentarse allí con aquel matón. ¿Acaso pensaba que ella iba a ignorar el hecho de que la había amenazado? Estaba claro que iba a tener que mantener una charla con el jugador ruso para dejarle las cosas muy claras.

Se obligó a mantener la calma mientras Bobby y el ruso se sentaban el uno frente al otro delante del tablero de ajedrez. El comentarista de una de las principales cadenas de televisión se encargó de las presentaciones, y después bajó un poco la voz mientras les explicaba a los espectadores que estaban viéndolo por la tele la gran importancia que tenía aquella partida.

La noche anterior, Bobby le había contado cuál iba a ser su estrategia, cómo pensaba ganarle al ruso. Ella había asentido cuando le parecía que tenía que hacerlo, pero no se había enterado de casi nada.

Observó con atención lo que sucedía en el tablero. Bobby le había mostrado los ocho primeros movimientos que creía que haría el ruso, y cómo respondería él. Los tres movimientos siguientes eran los que tendían la trampa en la que Bobby debía caer, la trampa que el ruso había planeado para poder ganar la partida y salir de allí victorioso.

Cuando llegó el noveno movimiento, Bobby hizo lo que le habían ordenado. Se hizo un silencio absoluto, y Teri oyó algunos murmullos... el Agujero Negro, Bobby había caído en el Agujero Negro. Al ver que el ruso fingía estar muy sorprendido, pensó que habría que felicitarle por ser tan buen actor y apretó con fuerza los puños.

Aleksandr parecía de lo más engreído mientras hacía su siguiente movimiento, y Bobby miró el tablero como si acabara de darse cuenta de que le habían ganado la jugada.

Según lo que él le había explicado, quedaban once movimientos más antes de perder la partida, con unas cuantas variaciones posibles. Cuando Bobby llegó al décimo, Vladimir respondió haciendo justo lo que su marido había predicho. Bobby hizo otro movimiento más, y el ruso miró hacia la cámara de televisión con una sonrisa triunfal y ejecutó su siguiente movimiento.

Bobby asintió, y colocó su peón en posición.

Vladimir frunció el ceño.

—Me dijiste once movimientos —la voz de Bobby se oyó a través del micrófono.

El ruso no contestó, y después de vacilar durante un par de segundos, movió de nuevo.

El salón entero pareció enmudecer, y el comentarista explicó entusiasmado por el micrófono que la audiencia estaba presenciando un momento histórico en el mundo del ajedrez. Por primera vez, un jugador había conseguido escapar del Agujero Negro. Al margen de que Bobby Polgar ganara o no la partida, acababa de hacer historia.

Al final, Bobby acabó ganando, a pesar de que había cumplido a rajatabla las instrucciones de Vladimir.

—¡No! —el ruso se puso de pie de un salto, y dejó atónito a todo el mundo cuando empezó a soltar imprecaciones—. ¡Se suponía que ibas a perder!

—Eso no es verdad. Me dijiste que tenía que jugar los once primeros movimientos del Agujero Negro, y lo he hecho. He seguido tus instrucciones al pie de la letra.

Teri vio por el rabillo del ojo que dos policías uniformados entraban en el salón y se acercaban al matón que acompañaba al ruso; al cabo de un momento, entraron dos agentes más que se acercaron a la tarima y arrestaron de inmediato a Vladimir. Se le acusaba de fraude, y también de conspiración para... ella no alcanzó a oír el resto, pero esperaba que el secuestro y la agresión con lesiones estuvieran en la lista.

Los periodistas se apresuraron a acercarse a Bobby, que bajó de la tarima y fue hacia ella bajo la atenta mirada de las cámaras de televisión. Hizo caso omiso de las preguntas que le lanzaban a diestro y siniestro, y cuando llegó junto a ella, Teri se lanzó a sus brazos y exclamó:

—¡Has estado increíble!

—¡Señora Polgar! ¡Señora Polgar!, ¿sabía que estaba amenazada?

—Sí, lo sabía —miró a los periodistas con una sonrisa radiante, y como quería que supieran que estaba embarazada, se llevó la mano al vientre y dijo—: Vamos a tener un hijo.

—¡Señora Polgar! ¡Señora Polgar...!

—Me he casado con el hombre más brillante del universo.

—¿Le enseñarán al niño a jugar al ajedrez? —les preguntó uno de los reporteros.

—No —le dijo Bobby.

—Sí, claro que sí —contestó ella.

—Caballeros, yo puedo responder a sus preguntas sobre la partida, y explicarles lo que acaba de suceder —apostilló el comentarista, y todos los reporteros se volvieron hacia él.

Bobby aprovechó para agarrarla de la mano, y fueron hacia la puerta escoltados en todo momento por los de seguridad. Los llevaron a un ascensor especial, y a continuación los condujeron a una suite donde había más flores y champán.

En cuanto se quedaron solos, Teri le abrazó entusiasmada y empezó a salpicarle la cara de besos mientras le decía:

—¿Te he dicho alguna vez lo sexy que es tu cerebro?

—Eh... no —tenía las gafas ladeadas.

—Estoy tan loca por ti, te amo tanto, que tengo ganas de arrancarte la ropa y de hacer el amor contigo ahora mismo.

Él sonrió de oreja a oreja, y la miró con ojos chispeantes.

—Bobby... lo tenías todo planeado, ¿verdad?

—Sí, el sheriff Davis y yo urdimos el plan y él avisó a la policía de Nueva York.

—Me dijiste que Vladimir pagaría por lo que le hizo a Rachel y a James.

—Sí, lo pagará en la cárcel.

—Se lo merece —se echó a reír, lo agarró de la solapa de la camisa para acercarlo más, y empezó a mordisquearle el labio inferior.

—Me parece que voy a traerte a más torneos de ajedrez —comentó él, mientras empezaba a desabrocharse la camisa.
—Buena idea —lo condujo hacia la cama, hasta que él perdió el equilibrio y cayeron sobre el colchón—. Te amo, Bobby.
—Sí, ya lo sé —le dijo él, con expresión solemne.

CAPÍTULO 42

El lunes por la tarde, después de encargarse de las tareas domésticas y de doblar la ropa que acababa de sacar de la secadora, Rachel se sentó a ver la tele, pero fue incapaz de prestar atención; de hecho, ni siquiera habría sabido decir qué programa estaba viendo. Se había pasado toda la semana intentando no pensar en lo desastrosa que era su vida desde que había roto con Nate. Sus temores se habían confirmado, ya que no había vuelto a saber nada de Bruce desde aquella última y tensa conversación, y Jolene tampoco se había puesto en contacto con ella.

Lo único positivo que había sucedido recientemente era la victoria de Bobby Polgar en la partida de ajedrez que se había celebrado en Nueva York, y el arresto de Aleksandr Vladimir. Eso sí que era una gran noticia. No sabía si tendría que testificar, pero estaba más que dispuesta a hacerlo.

Se sobresaltó cuando el teléfono empezó a sonar. Pensaba que sería Teri desde Nueva York, pero al ver el identificador de llamadas, supo que se trataba de Bruce o de Jolene.

—Hola, Rachel —le dijo la niña, con voz alegre—. Estoy preparando un pastel, pero sólo tenemos un huevo y en la receta pone que necesito tres.

—Añade dos cucharadas soperas de agua.

—Gracias —justo cuando daba la impresión de que iba a colgar, añadió—: No hemos hablado en toda la semana.

—Ya lo sé, te he echado de menos.

—Yo también... oye, ¿puedes esperar un momento?

—Claro.

Oyó a Bruce hablando en segundo plano, y al cabo de unos segundos, la niña volvió a ponerse al teléfono.

—Papá quiere hablar contigo.

—Vale —sintió que el corazón empezaba a martillearle en el pecho.

—Hola, Rachel.

Al darse cuenta de que tenía la voz un poco ronca, se preguntó si estaba constipado, así que le preguntó:

—¿Estás enfermo?

—No.

Le oyó carraspear, y esperó a que le dijera por qué quería hablar con ella. Cuando no pudo seguir soportando el silencio que se había creado, comentó:

—Jolene me ha dicho que está preparando un pastel, ¿lo hace por alguna razón en especial?

—No, me ha dicho que le apetecía cocinar.

Al ver que no añadía nada más y que se creaba otro silencio, estuvo tentada de colgar sin más.

—Mencionaste algo el otro día, y no estoy seguro de si te escuché bien —le dijo él al fin.

—¿El qué?

—¿Me dijiste que ya no sales con Nate?

—Sí.

—¿Por qué?

—No es asunto tuyo —no estaba dispuesta a admitir que le amaba, sobre todo teniendo en cuenta que estaba comportándose como un idiota.

—Creo que estás equivocándote, que tendrías que casarte con él.

Ella se quedó atónita, y cuando logró recuperar el habla, le dijo:

—Vale, a lo mejor lo hago. Muchas gracias por darme un consejo tan útil, lo tendré en cuenta —sin más, colgó de golpe.

El teléfono empezó a sonar de nuevo, pero al ver en el identificador de llamadas que era él, se negó a contestar. Su voz pareció resonar en la habitación cuando saltó el contestador automático.

—Sé que estás ahí, Rachel. Por favor, sé razonable.

Se volvió hacia el contestador, y gritó:

—¡No, no pienso ser razonable!

Tenía que salir de allí. Agarró el bolso, y ya estaba a medio camino del coche cuando se dio cuenta de que estaba tan furiosa con Bruce, que se le había olvidado el abrigo. Regresó a la casa, agarró el abrigo, y volvió a salir, pero justo cuando acababa de meterse en el coche, vio que el de Bruce doblaba la esquina.

Se alejó a toda velocidad con la esperanza de que él no la hubiera visto, pero no tuvo esa suerte. No sólo la vio, sino que además la siguió hasta que entró en el aparcamiento de un supermercado. Él aparcó a dos espacios de distancia, y cuando salieron de sus respectivos vehículos, se acercó a ella de inmediato y le preguntó:

—¿Por qué estás enfadada conmigo?

Ella no le hizo ni caso, y fue hacia el supermercado con tanta decisión como si se acercara una tormenta de nieve y tuviera que hacer acopio de provisiones.

Él no se dio por vencido, y se esforzó por seguirle el paso mientras le decía:

—No sé qué he dicho que sea tan horrible, es verdad que Nate Olsen sería un buen marido para ti —al ver que ella no se molestaba en contestar, añadió—: Está enamorado de ti.

Rachel siguió sin hacerle caso mientras agarraba un carro y se dirigía hacia la entrada del supermercado. Bruce fue a por un carro también, y le dijo:

—Él tiene buenos contactos, dinero, y prestigio.

Aquélla fue la gota que colmó el vaso. Se volvió hacia él de golpe, y le preguntó:

—¿Por qué me besaste?

—¿Cuándo?

—Elige la vez que quieras.

—La verdad es que no sé por qué, supongo que no tendría que haberlo hecho.

—En eso tienes toda la razón —echó a andar de nuevo, y se dio cuenta de que la gente se apartaba a toda prisa para dejarla pasar; al parecer, aquellos desconocidos se daban cuenta de su estado de ánimo, pero Bruce era incapaz de hacerlo.

Mientras avanzaba por el pasillo, fue metiendo cosas en el carro a diestro y siniestro. No se fijaba en lo que estaba comprando, ni se planteaba si lo necesitaba. Cuando pasó por caja, Bruce dejó a un lado su carro vacío y se apresuró a recoger las bolsas.

—Soy capaz de llevar mi compra, Bruce —le dijo con frialdad.

—No lo dudo.

Al verlo ir hacia la puerta cargado con las tres bolsas, no tuvo más remedio que seguirlo. Cuando llegó a su coche, él ya estaba esperándola allí.

—Me parece que está bastante claro que tenemos que hablar —le dijo él.

—Vale, dime lo que quieras —le dijo, muy seria.

Él respiró hondo antes de admitir:

—Te mentí.

—¿Sobre qué? —le preguntó, antes de cruzarse de brazos.

—No quiero que te cases con Nate; de hecho, estoy convencido de que sería negativo para todos... incluso para mí. Sobre todo para mí.

—Pero, dijiste que...

—Ya sé lo que dije, pero todo era mentira.

—Entonces, ¿por qué lo dijiste?

—Porque Don Casanova es mejor en todos los aspectos.

Rachel no se molestó en decirle que no llamara así a Nate, porque era algo que ya no tenía importancia.

—¿Mejor que quién?

Él tardó unos segundos en responder. Se tensó de forma visible, y apretó los puños antes de admitir:

—Que yo.

—¿Qué? —descruzó los brazos de golpe; desde luego, le había costado bastante conseguir que él llegara al meollo del asunto.

Él inhaló con fuerza antes de decir:

—Te amo, Rachel. No sé cuándo pasó, sólo sé lo que siento. Si te casaras con Nate, me quedaría destrozado. Jolene no sería la única que sufriría, para mí sería un golpe devastador.

—Ya te dije que había roto con él —recordaba a la perfección cómo había reaccionado cuando se lo había dicho: se había mostrado indiferente, frío, impasible.

—¿Por qué?, ¿por qué rompiste con él?

—Porque cuando me secuestraron me di cuenta de que estaba enamorada de ti. Creía que iba a morir y no pensé en Nate, sino en ti.

—Entonces, ¿por qué estamos discutiendo? —le dijo, mientras avanzaba un paso hacia ella.

—Porque cuando te dije que había roto con Nate, te... te portaste como si te diera igual.

—¿En serio? —era obvio que estaba desconcertado.

—Sí.

—A lo mejor tenía miedo de creer que fuera cierto.

—O a lo mejor no sabes lo que quieres.

—Tengo muy claro lo que quiero. Estoy enamorado de ti, Rachel. Hace mucho tiempo que te amo.

Ella lo miró ceñuda, ya que no sabía si creerle.

—Entonces, ¿por qué no estás abrazándome? —le preguntó al fin.

—Pues porque estoy cargado con estas bolsas —le dijo, con una sonrisa de oreja a oreja.

Ella se apresuró a abrir la puerta del coche, y después de dejar las bolsas dentro, él la abrazó y empezó a besarla. Aquel beso fue tan fantástico como los de la noche en que habían ido a cenar al Taco Shack... de hecho, fue incluso mejor, por increíble que pareciera.

—Gracias a Dios... —le dijo él, con voz queda—. Me aterraba pensar que iba a perderte.

Rachel había sentido el mismo terror.

—No soy partidario de los compromisos largos —volvió a besarla de nuevo. Sus besos estaban cargados de significado, de felicidad y anticipación.

—Yo tampoco.

—Perfecto.

—No puedo creer que de verdad me ames.

—Pues créetelo. Me parece que lo supe siempre, pero lo supe sin ninguna duda la noche del secuestro —la abrazó con más fuerza, y añadió—: Al final, resulta que ese jugador ruso nos hizo un favor.

—Sí, es verdad.

—Cuando Stephanie murió, creía que no volvería a amar a otra mujer, pero me equivoqué. Te amo con toda mi alma, Rachel. No puedo impresionarte con un diamante enorme ni con una mansión, soy un tipo normal que intenta ganarse la vida y criar a su hija. He estado solo durante años, pero no quiero seguir estándolo.

Rachel tampoco quería seguir estando sola. Había estado viviendo perdida, a la deriva, con miedo. Su madre había muerto cuando ella tenía nueve años, y por primera vez desde entonces, tenía una familia.

Emily Flemming se sentó al piano de la iglesia, y colocó las manos en las teclas. En momentos como aquél, le gustaba tocar el piano y entonar cánticos religiosos, porque hacían que se sintiera en paz.

Dave iba a llegar a la iglesia en breve, estaba en una de sus rondas de visitas a gente que no podía salir de casa. Era un hombre responsable y compasivo. Estar casada con un reverendo no era nada fácil, porque él tenía que dedicarle mucho tiempo a su trabajo y solía llegar tarde a casa casi todas las noches; de hecho, en los últimos tiempos llegaba incluso más tarde de lo normal, y para entonces los niños ya estaban dormidos y él se sentía exhausto tanto mental como físicamente. Por eso estaba tan ilusionada con aquella velada relajante que iban a pasar juntos. Era su aniversario de boda, y para celebrarlo iban a salir a cenar fuera.

Estuvo tocando el piano y cantando durante media hora, pero al notar que se le cansaba la voz decidió esperar a Dave en el despacho; al llegar allí se encontró con Angel, la secretaria parroquial, que en ese momento estaba apagando el ordenador.

—Seguro que no tarda en llegar —le dijo la mujer.

—Sí, ya lo sé.

Dave le había prometido que irían a cenar, aunque después tenía que reunirse con el Comité Financiero para tratar del presupuesto de la iglesia para el año siguiente.

Se habían mudado a Sandpiper Way a principios de año, y el cambio había supuesto una carga añadida para el presupuesto familiar, que ya era justo de por sí. Sabía que era la culpable de la situación, porque se había enamorado de la casa en cuanto la había visto y Dave había insistido en comprársela, a pesar de que ella había protestado y le había dicho que no podían permitirse una casa nueva.

—Le esperaré aquí, no hace falta que te quedes —le dijo a Angel, que estaba acabando de recoger sus cosas.

La mujer vaciló por un momento, y admitió:

—Gary y yo vamos a ir al cine con unos amigos.

—Vete, no te preocupes.

Cuando la secretaria se marchó, empezó a pasearse por el despacho y recorrió con la mirada las cosas que había sobre la mesa y los libros que había en una estantería. A Dave le encantaba leer.

Al ver que la chaqueta preferida de su marido estaba colgada detrás de la puerta, supuso que se la había dejado allí aquella mañana. La agarró y se la colgó del brazo, pero entonces oyó que algo caía del bolsillo y rodaba hasta quedar debajo de la mesa.

Se agachó, y se dio cuenta de que era un pendiente de mujer. Parecía caro, daba la impresión de que tenía varios diamantes. Metió la mano en el bolsillo, pero no encontró ninguno más. Si se tratara de un regalo de aniversario para ella, tendría que haber dos, y además, no estarían sueltos, sino en una cajita de joyero. Se trataba de una joya elaborada y con aspecto antiguo... su marido conocía a la perfección sus gustos, y sabía que ella jamás se decantaría por algo así.

Empezó a ponerse nerviosa, y se dijo que su marido sería incapaz de serle infiel con otra mujer. Repasó mentalmente los últimos meses, y se sorprendió al darse cuenta de que su vida de pareja ya no era la de antes. Se preguntó cuándo habían empezado a cambiar las cosas... ¿seis meses atrás?, ¿un año?

De repente, se quedó helada cuando recordó que el sheriff Davis había ido a hablar con Dave sobre Martha Evans y unas joyas que habían desaparecido. Se preguntó si aquel pendiente había pertenecido a la difunta anciana, y sintió que se le formaba un nudo en el estómago.

En ese momento, oyó que la puerta de la iglesia se abría y su marido la llamaba.

—¿Emily?

—¡Estoy aquí, Dave!

Metió el pendiente en su bolso a toda prisa, y se obligó a sonreír. Mientras salía al encuentro de su marido, se preguntó por primera vez en su vida si realmente conocía a aquel hombre.

Títulos publicados en Top Novel

Más fuerte que la venganza – CANDACE CAMP
Tan lejos… tan cerca – KAT MARTIN
La novia perfecta – BRENDA JOYCE
Comenzar de nuevo – DEBBIE MACOMBER
Intriga de amor – ROSEMARY ROGERS
Corazones irlandeses – NORA ROBERTS
La novia pirata – SHANNON DRAKE
Secretos entre los dos – DIANA PALMER
Amor peligroso – BRENDA JOYCE
Nuevos amores – DEBBIE MACOMBER
Dulce tentación – CANDACE CAMP
Corazón en peligro – SUZANNE BROCKMANN
Un puerto seguro – DEBBIE MACOMBER
Nora – DIANA PALMER
Demasiados secretos – NORA ROBERTS
Cartas del pasado – ROSEMARY ROGERS
Última apuesta – LINDA LAELL MILLER
Por orden del rey – SUSAN WIGGS
Entre tú y yo – NORA ROBERTS
El abrazo de la doncella – SUSAN WIGGS
Después del fuego – DEBBIE MACOMBER
Al caer la noche – HEATHER GRAHAM
Cuando llegues a mi lado – LINDA LAELL MILLER
La balada del irlandés – SUSAN WIGGS
Sólo un juego – NORA ROBERTS
Inocencia impetuosa/Una esposa a su medida – STEPHANIE LAURENS

www.ingramcontent.com/pod-product-compliance
Lightning Source LLC
LaVergne TN
LVHW030334070526
838199LV00067B/6284